पत्नी प्रभावती

को

आभार

सर्वश्री

प्रकाश झा : फिल्मकार, मुम्बई
अशोक भौमिक : चित्रकार, कथाकार, दिल्ली
मिलिन्द काश्यप : कवि, शिक्षक, पत्रकार, चिरकुंडा
ज्ञानसिंह तोमर : पत्रकार, कुमारधुबी
गिरजेश्वर प्रसाद : पत्रकार, मैथन
संजीव ठाकुर : कथाकार, दिल्ली
डॉ. रविशंकर सिंह : कथाकार, शिक्षक, रानीगंज
संजय भालोटिया : कवि, उद्योगपति, रानीगंज
डॉ. मनोज कुमार शुक्ल : आलोचक, कोलकाता
शिवकुमार यादव : कथाकार, वर्णपुर
रामजी यादव : रंगकर्मी, रानीगंज
नरेन : कथाकार, पत्रकार, पटना
हेमन्त : पत्रकार, कथाकार, पटना
सुशील : दिल्ली
अमर गोस्वामी : कथाकार, नोएडा
धर्मेन्द्र सुशान्त : पत्रकार, साहित्यिक, दिल्ली
माधव भान : निदेशक, रेमाधव प्रकाशन प्रा.लि.
देवेन्द्र कुमार : शब्द संयोजक, अशोक नगर, शाहदरा

और

विजयदान देथा (बिज्जी) : कथाकार, बोरुन्दा, राजस्थान

संजीव

मूर्धन्य कथाकार संजीव का जन्म 6 जुलाई, 1947 को सुल्तानपुर, उत्तर प्रदेश में हुआ। 38 वर्षों तक एक रासायनिक प्रयोगशाला में कार्यरत रहे। सात वर्षों तक 'हंस' समेत कई पत्रिकाओं का सम्पादन और स्तम्भ-लेखन किया। लगभग दो वर्षों तक महात्मा गांधी अन्तरराष्ट्रीय विश्वविद्यालय, वर्धा और अन्य विश्वविद्यालयों में अतिथि लेखक रहे।

संजीव का अनुभव-संसार विविधताओं से भरा हुआ है। साक्षी हैं उनकी प्राय: दो सौ कहानियाँ और 'अहेर', 'सर्कस', 'सावधान! नीचे आग है', 'धार', 'पाँव तले की दूब', 'जंगल जहाँ शुरू होता है', 'सूत्रधार', 'आकाश चम्पा', 'रह गईं दिशाएँ इसी पार', 'फाँस', 'रानी की सराय' आदि उपन्यास। नवीनतम कृतियाँ हैं छत्रपति शाहू जी पर केन्द्रित उपन्यास 'प्रत्यंचा', पुरबी के अनन्य गायक महेन्द्र मिश्र पर केन्द्रित उपन्यास 'पुरबी बयार' और 'प्रतिनिधि कहानियाँ'। कुछ कृतियों पर फिल्में बनी हैं, कुछ की उन्होंने पटकथाएँ लिखी हैं।

उन्हें 'कथाक्रम सम्मान', 'इन्दु शर्मा अन्तरराष्ट्रीय कथा सम्मान', 'पहल कथा सम्मान', 'सुधा कथा सम्मान', 'श्रीलाल शुक्ल स्मृति इफको साहित्य सम्मान' समेत अनेक सम्मान प्रदान किए जा चुके हैं।

सम्प्रति : स्वतंत्र लेखन।

सम्पर्क : writersanjiv@gmail.com

आकाश चम्पा

संजीव

रेमाधव पेपरबैक्स

रेमाधव पेपरबैक्स में
पहला संस्करण : 2008
तीसरा संस्करण : 2025

रेमाधव पेपरबैक्स : उत्कृष्ट साहित्य के जनसुलभ संस्करण

रेमाधव पब्लिकेशन्स प्राइवेट लिमिटेड
जी-17, जगतपुरी, दिल्ली-110 051
द्वारा प्रकाशित

शाखाएँ : अशोक राजपथ, साइंस कॉलेज के सामने, पटना-800 006
पहली मंजिल, दरबारी बिल्डिंग, महात्मा गांधी मार्ग, प्रयागराज-211 001
1, अनमोल सोराबजी संतुक लेन, धोबी तलाव, मरीन लाइंस, मुम्बई-400 002
वेबसाइट : www.remadhav.com
ई-मेल : contact@remadhav.com

बी.के. ऑफसेट
नवीन शाहदरा, दिल्ली-110 032
द्वारा मुद्रित

मूल्य : ₹350

AKASH CHAMPA
Novel by Sanjeev

ISBN : 978-81-89914-78-3

सखि हे, की पूछसि अनुभव मोर!

मस्टराइन को तब उतनी तमीज कहाँ थी कि मीन-मेख निकालतीं, गो, मास्टर मोतीलाल जी ने अपने तईं अपनी नई-नवेली दुल्हन को पहला पाठ पढ़ाने में कोई कोताही नहीं बरती थी...

"यह देखो, परेड का मैदान है, काफी बड़ा है। है न! पुलिस के सिपाही कवायद करते हैं यहाँ...और उस तरफ कलक्टरी, कचहरी है—यहाँ मुकदमों के फैसले होते हैं...वो रहा एस.पी. साहब का बँगला और वो कलक्टर साहब का। ये सब गुजरे जमाने की बातें हैं और आनेवाले नए जमाने की भी। पूछो क्यों? तो वह इसलिए कि पहले हमारा देश गुलाम था, मालिक और हाकिम अँग्रेज थे, पिछले साल हम आजाद हो गए, अब अपने मालिक और हाकिम होंगे फिर सारे दुख-दलिद्दर खत्म। ये महलों जैसे मकान हाकिमों के नहीं, सेठों के हैं...हाँ, यह स्कूल भी उन्हीं का बनवाया हुआ है। मैं इसी में पढ़ाता हूँ। ठीक से देख लो। कोई पूछेगा, तुम्हारे पति किस स्कूल में पढ़ाते हैं, तो कहोगी अग्रवाल एच.ई. स्कूल, कितनी तनख्वाह—बीस रुपये...किस चीज के मास्टर...इतिहास के। वो अग्रवाल सेठ हैं ना, उन्होंने ही अपने पिता जी की याद में बनवाया था स्कूल, हालाँकि उनके बच्चे एक अँग्रेजी स्कूल सेंट जैवियर्स में पढ़ते हैं। सेंट जैवियर्स को देखोगी तो देखती ही रह जाओगी, ये तो उसके सामने वैसा ही है जैसे अँग्रेज हाकिम के सामने गरीब चपरासी।"

"ये यहाँ का सबसे बड़ा बाजार है, छोटे-छोटे सामान तो हम वहीं खरीद लेंगे लेकिन बड़े सामान के लिए हमें यहीं आना होगा। बाजार के इस ओर बड़े लोगों का शहर है और उस पार हम जैसों का। यह देखो शुरू हो गया हमारा पुराना यानी असली शहर।" स्वर में इतराहट का पुट आ गया—"हाँ, सड़क जरूर थोड़ी खस्ता है, सरकार की मेहरबानी! इक्के के बाजू को कस कर पकड़े रहो नहीं तो गिर जाओगी, चोट लगेगी और हँसी होगी सो अलग। अरे बकसे को छोड़ो, मैं सँभाले हुए हूँ ना उसे...बस ये नाला पार हुआ और वो रही अपनी रामकुटी!"

यह सब इतना कृत्रिम, इतना शुष्क था कि न बतानेवाले को कोई रस मिल रहा था, न सुननेवाले को जैसे सत्यनारायण की कथा हो जिसे यान्त्रिक भाव से अपने

सुर में कोई पंडित पढ़ रहा हो, कोई भक्त ऊँघता हुआ सुन रहा हो।

इक्के के रुकते ही पहले उतरकर बकसा-वकसा लेकर दूर जा खड़े हुए मोतीलाल, दुलहन को अपने बूते उतरते हुए देखते रहे...न सिर्फ देखभर रहे थे सो कहना गलत होगा, चेता भी रहे थे—'तनी सँभल के...हड़बड़ाइएगा नहीं...।'

जैसे वे किसी दूसरे की पत्नी हों, छुवा जाएँगी।

जनेऊ की गाँठ से बँधी चाबी से ताला खोलते हुए फिर शुरू हो गए— "तीन रुपये के किराये में यह बुरा है क्या? ये डेढ़ कमरे का खपड़ैल, छोटा-सा आँगन... और हमें चाहिए भी क्या...?" स्वर धीमा होते-होते सहसा भारी हो उठा—"कमरा तो कुछ खास नहीं, असल चीज, जिसके चलते मैंने यह कमरा लिया, उसे पहले जान लो...वो देख रही हो न...वो नीम का पेड़—बस उसी के चलते...। सन् सत्तावन में उसकी उस डाल से पाँच स्वाधीनता सेनानियों—यानी तब के सुराजियों को लटका कर फाँसी दी गई थी...कितनी पवित्र जगह है यह, है न? ध्यान से देखोगी तो झूलती लाशें अब भी दिखेंगी..."

मस्टराइन का घूँघट धीरे-धीरे उठता है जैसे मंच से कोई यवनिका उठती है धीरे-धीरे। घूँघट के मेहराब के अन्दर खड़ा है एक पेड़—नीम का पेड़। कहाँ, उन्हें तो कोई लाश नहीं दिखती झूलती हुई! ऐसा क्या है खास पेड़ में ? मोटा, भद्दा, जगह-जगह गुठलियाया तना। ऊपर दो भागों में बँटा। कुल मिलाकर एक पुराना पेड़ जिसकी दो डालें बाहों की तरह दोनों ओर फैली हुई हैं। जड़ को घेरता टूटा-फूटा एक बड़ा-सा गोल चबूतरा। चबूतरे पर बैठे हुए कुछ बहेतू किस्म के लोग।

मुँह फेर कर देखा तो उन्होंने पाया कि पति की आँख अभी भी टँगी हुई है नीम के पेड़ पर, जैसे दुनिया की सबसे अमूल्य सम्पदा अँटी पड़ी हो वहाँ। मोतीलाल जी की नजर नीम से हौले-हौले उतरी, ऐसे कि नीम में कोई जुम्बिश न हो। सास न ननद, जेठानी न बुआ, होती तो सबसे पहले अपनी इस टटके फूल-सी सुन्दर दुलहिन का परछन करतीं, नजर उतारतीं, फिर देहरी के अन्दर पाँव रखने देतीं लेकिन इस निहंग के पास क्या था! उन्होंने खद्दर का कुर्ता उतारा। मस्टराइन चुपचाप देखती रहीं उनकी इस हरकत को। कुर्ते के बाद खद्दर की बेडौल गंजी भी। मगर उसके बाद...? अरे-अरे यह क्या कर रहे हैं अब? जनेऊ भी उतार दिया! अन्दर कुछ चटका, कुछ टूट गया बेआवाज! मोतीलाल ने पलटकर देखा अपनी प्यारी दुल्हन को—"तुम साक्षी हो, आज से मैंने इस बन्धन का परित्याग किया।" धीरे-धीरे उन्होंने जनेऊ की गाँठ में बँधी चाबी खोली, पत्नी की हथेली पर रख दी और कहा, "अब तुम्हें मुझे भी सँभालना है और घर को भी और यह जनेऊ? यह जाएगा वहाँ।" इशारा नीम की ओर था। उन्होंने खाली बाल्टी उठा ली—"मैं जरा पानी ले आऊँ, थक गई होगी!"

आगे उन्हें 'मेरी रानी' कहना था, मगर इतने किफायती कि कहने से रोक लिया खुद को। सहसा उन्हें कुछ याद आया—"अरे हाँ, तुम्हारी पालकी को भी अभी विदा करना है।" हँस पड़े—"वो अपना इक्केवाला।" उन्होंने कुरते की जेब से पैसे निकाले और बाहर निकल गए। यह शायद इस गौने की पहली रसभरी हँसी थी! पहला विनोद!

घोड़े के घुँघरू बजते-बजते दूर चले गए, इक्के की लय और घुँघरुओं की आवाज में घुलते पति के स्वर को मस्टराइन कुछ सुन पाईं, कुछ नहीं। घूँघट और घुँघरू से छन-छन की सुरभीले खुश्क कालखंडों की याद से बहुत बाद तक जेहन में घंटियाँ बजती रहीं।

पति के घर में एक खाट थी। खाट पर बिछी थी दरी। सिरहाने तकिये। पायताने रजाई। सब नए-नकोर गौने की विदाई में मिले थे। माई ने पूरियाँ, मठरियाँ बाँध दी थीं सो आज चूल्हा नहीं जलाना था। नहा-धोकर दीये जलाकर बैठ गईं आँगन में। हवा में ठंडक बढ़ने लगी थी। खाट पर लेटा पति जाग रहा है या सो गया, कुछ पता नहीं। नए-नए जोड़े थे, लाज के बन्धन थे। न वे बोल रही थीं, न ये लेकिन कब तक कोई नहीं बोलेगा! यह शान्ति तो जल्द ही टूटनी है। और जब टूटेगी तब...? हाय राम! उनका कलेजा धड़क उठा। उन्हें डर भी लग रहा था, लाज भी। गाँव की सखियों और मामी ने पहली रात का जो रसीला चित्र खींचा था, उससे कुछ भिन्न था यह यथार्थ। उस चित्र में जेठानी या बुआ पति को अन्दर ठेलकर बाहर से किवाड़ बन्द कर जाती। दिये के नीम के उजास में पति कुछ दूर तक यूँ ही सकुचाया, भकुआया खड़ा रहता था। फिर साहस हुआ तो बढ़ता था पलंग की ओर। इस बिन्दु पर दो हिदायतें थीं—एक, उठकर पति का पाँव छूने का या फिर दूसरा, खुद में सिमटकर गठरी बन जाने का। अगर पाँव छुए तो पति उठाकर कलेजे से लगा लेगा, या धैर्यवान हुआ तो घूँघट उठाएगा। अगर देह गठरी बनी रही तो इस गठरी को भी पति ही खोलेगा। खुद से हड़बड़ी नहीं करनी चाहिए।

यह प्रशिक्षण कई स्तरों पर कई-कई दिनों तक चलता रहा और प्रशिक्षक भी कई-कई! सबसे बड़ी प्रशिक्षक थीं मामी। सदा खिलखिलाकर हँसती पर अन्दर से खील-खील बिखरती हुई मामी! मामी बोलतीं और सखियाँ मुँह में आँचल ठूँस कर 'ठीं-ठीं' करतीं।

'और अगर पति बसहा बैल की तरह वहीं खड़ा रह गया तो?" मुँहफट चमेली का मुँह कौन रोकता!

"हाँ!", ठुड्डी पर उँगली रख लेतीं मामी—"यह एक सवाल है।" फिर वे उसके कान के पास मुँह ले जाकर साँय-साँय करती आवाज में जोरों से

फुसफुसातीं—"तब तो लुगा-झूला खोलकर खुद ही टूट पड़ना चाहिए उस नामुराद पर। जो न दे, उससे अपने हक छीन लेना चाहिए।" उन्होंने मुक्का दिखाया। यह अदा उन्हें अपना कमनीस (कमनिस्ट) पति से मिली थी जिसने खुद जनेऊ तोड़ा था और सजा स्वरूपआज भी परित्यक्त की जिन्दगी भोग रहा है। सिर्फ सालभर संग रहा पति का।

मस्टराइन ने सोचा, अब इतनी देर तक साथ-साथ रहने के बाद पाँव छूने की नौटंकी उनसे तो न होगी, उन्हें गठरी बने रहना ही मंजूर है।

"कुछ भी करो पति की अँकवार में समाना तो हई है। कुछ चूड़ियाँ तड़केंगी, कुछ नसें। लाज के मारे दोनों हाथ स्तनों को बचाने के लिए उन्हें ढक लेंगे। लाख जतन करो, कुछ भी नहीं बचेगा, कुछ भी नहीं। लाज ढँकनेवाली साड़ी भी खुलकर केंचुल-सी दूर जा गिरेगी और लाज का पर्दा झुलवा भी...।" मामी पीछा छोड़नेवाली नहीं थीं।

अरे बाप! उनकी तो जान ही निकल जाएगी। मुसीबत ये कि यह सब, कुछ ही पलों में घटित होनेवाला था। उन्होंने खुद को धमकाया, 'क्या सोचने लगी गन्दी-गन्दी बातें! छीं: तुझे शर्म नहीं आती गौरा छौंड़ी! अरे जब होगा तब देखा जाएगा। अभी तो शान्ति से बैठकर कुछ दूसरी बातें सोच। क्या कर रही होंगी माई, कहाँ गप लड़ा रहे होंगे बाबू जी? कबरी गइया को मच्छर काट रहे होंगे। तुम नहीं हो तो कौन धुँई सुलगाएगा?... और तुम्हारा प्यारा बछड़ा, कितना प्यार करती थी तुम! तुम्हारे साथ-साथ चलता, चलते-चलते तुम रुक जाती तो वह भी रुक जाता।

नीम के पेड़ पर कोई कोयल बोली, 'कुहू! कुहू!!' माने कहाँ खो गई? कहाँ? तब उन्हें याद आया कि इस तरह बैठे-बैठे काफी देर हो गई है। इस बौड़म पति को क्या हो गया? सर्द-मुर्द पड़ा है। सनकी तो नहीं है? हे बाबा भोलेनाथ मेरी जिन्दगी अब तुम्हारे हाथ है। सनकने का पहला सबूत तो उसने जनेऊ तोड़कर दे ही दिया है। फिर मन को ढाढ़स बँधाया, 'नहीं, मामा ने भी तो जनेऊ तोड़ा था। गाँव होता तो इन्हें भी जाति से निकाल देते। गनीमत है, यह शहर है जहाँ इन्हें कोई जानता नहीं। जनेऊ तोड़ने तक ही सीमित रह जाए। इसके आगे नहीं जाए।' उन्होंने मन-ही-मन सभी देवी-देवताओं का स्मरण किया फिर कनखियों से देखा पति को, जैसे होश ही न हो। मामी की वाणी याद आई—'जो न दे, उससे अपना हक छीन लेना चाहिए।'

और उधर मोतीलाल!...

घंटेभर से अपने आप में ही खोये पड़े थे मोतीलाल...। कितनी जल्दी-जल्दी बीत जाते हैं दिन।

गंगा के उत्तरी छोर पर कभी गाँव हुआ करता था खंजापुर। मोतीलाल के पूर्वज

खंजापुर से कब आकर बंशीपुर में बसे, किसी को याद नहीं। बाढ़ आती तो खेत डूब जाते, बाढ़ खत्म होती तो खेत कभी निकलते, कभी नहीं। गंगा के मिजाज का कोई ठीक नहीं। क्रुद्ध हुईं तो खेत उनके पेट में और खुश हुई तो कुछ और जमीन भी उलीच दीं। इस बात को लेकर जमीन पर दावे, प्रतिदावे वर्षों-वर्षों चलते रहते, लड़ाइयाँ होती रहतीं। इसी भूमि-संघर्ष में मारे गए पिता पं. बुद्धिनाथ मिश्र। मरने के पहले माँ का सिर्फ एक बोझ हल्का कर पाए थे-बचपन में ही नौगछिया के बेलारी गाँव के नामी जीवछ झा घराने में बेटे का ब्याह करके। बंशीपुर में खेती न बाड़ी, बस एक पुश्तैनी घर। गहने बेच-बेच कर माँ पढ़ा रही थीं बेटे को भागलपुर में, बेटा, जो अब सत्रह साल का किशोर हो चुका था। स्वाधीनता आन्दोलन में तपता हुआ देश! आजादी की एक लहर आती, एक जाती। लहरों से कब तक असम्पृक्त रह सकता था भला कोई! एक लहर आई और बहा ले गई मोतीलाल को। एम.ए. ज्वाइन ही किया था कि निषेधाज्ञा तोड़कर सभा करने चल दिए। पकड़े गए। जेल हुई। छूटे वो साल भर बाद, आजादी मिलने पर ही। जेल में तरह-तरह के लोगों का सान्निध्य मिला। क्रान्तिकारी और प्रगतिशील विचार और राष्ट्रीयता की मिली-जुली आँच में पककर तैयार हुआ उनका व्यक्तित्व। जेल में ही हृदयविदारक सूचना मिली कि साँप के काटने से माँ गुजर गईं। कच्चा पुराना घर और गंगा की कछार। बचपन में उन्होंने खुद देखा था, चूल्हे में केंचुल छोड़ते नाग को। वह दृश्य अभी भी रोंगटे खड़े कर देता है। अकेली माँ कैसे बचती आई थीं इतने दिन! सूचना देर से मिली थी सो अन्तिम दर्शन और मुखाग्नि देने भी नहीं जा पाए। अकेले बैठकर रोते रहे। साथियों ने किसी तरह सँभाला था उन्हें। आजादी के बाद छूटे तो सीधे बंशीपुर। सूना घर, सूने आँगन, जहाँ-तहाँ ढही भीत पर नीम, पाकड़ और पीपल के छोटे-छोटे पौधे। पैसे एक न थे। माँग-जाँचकर जैसे-तैसे माँ का श्राद्ध और शुद्धि सलटाई। ससुरालवालों को भी न्योता गया था। आए तो गौने के लिए जोर देने लगे। खोयी-खोयी आँखों से उन्होंने गंगा की कछार को देखा, सबकुछ निगलकर कहीं दूर चला गया था पानी। बोले, "कहाँ रखूँगा उन्हें? पहले कुछ ठौर-ठिकाना तो हो।"

"क्यों, यहाँ क्या बुरा है, आपकी पाँच बीघे जमीन तो है न?"

"काका से पूछा तो बोले, गंगा जी के पेट में चली गई।"

"गंगा जी के या काका के? ये गोतिया-दयाद किसी के नहीं होते। आप चाहें तो हम कोशिश करें।"

मोतीलाल किसी पचड़े में नहीं पड़ना चाहते थे। सीधे 'ना' कह दिया।

"जब तक कोई और व्यवस्था नहीं होती, आप हमारे यहाँ चलकर रहिए। आखिर आपकी ससुराल है।"

"नहीं, मुझे कुछ मोहलत और दीजिए। उम्मीद है, कोई-न-कोई उपाय ढूँढ़ लूँगा।"

ज्यादा भटकना नहीं पड़ा। उन दिनों ग्रेजुएट कम थे। कुछ डिग्री काम आई और कुछ बभनाई (ब्राह्मणत्व)। अग्रवाल साहब अपने पिता की स्मृति में शहर के पिछवाड़े कोई स्कूल खोल रहे थे। सिल्क का कारोबार था उनका। दान समझकर दे दी नौकरी। बन गए अध्यापक। दो महीने भी नहीं पढ़ा पाए थे कि आ लगा अगहन और लीजिए, आज गौना कराकर लौट भी आए अपने कासिमपुर के भाड़े के घर में। इस शहीदी नीम के पेड़ का पता भी जेल में ही लगा था। यह सब जैसे कल की बातें हों। कितनी जल्दी-जल्दी बीत जाते हैं दिन!

'कुहू! कुहू!'

अरे! कोयल बोल रही है। कोयल और पपीहा ऐसे पंछी हैं जो रात को भी बोलते हैं। उन्हें माखनलाल चतुर्वेदी की कविता 'कैदी और कोकिला' याद आई—'इस शान्त समय में अन्धकार को भेद रही क्यों हो, कोकिल बोलो तो?' कमाल की कविता है। जेल में साथियों के बीच जाने कैसे एक हस्तलिखित प्रति पहुँच गई थी। जेलर को पता चला तो छीन ले गया। तब तक कविता उन्हें कंठस्थ हो चुकी थी। बन्दी छात्रों के बीच एक क्रान्तिकारी बन्दी ने एक दिन पूछा, "देश के लिए तुम लोग क्या न्यौछावर करने जा रहे हो?"

मोतीलाल ने वहीं घोषणा की थी, "मैं अपनी श्रेष्ठता के इस सूत्र को...।" और सबके सामने, जनेऊ तोड़कर फेंक दिया था। क्या जूनून था वह! गौने के समय ससुरालवालों ने फिर पहना दिया सो आज निकालकर फेंक दिया।

'कुहू-कुहू!' फिर कोकिल बोला।

'क्या गाती हो, क्यों रह-रह जाती हो, कोकिल बोलो तो?
क्या लाती हो, सन्देशा किसका है, कोकिल बोलो तो?'

'कैदी और कोकिला' की आवृत्ति करते हुए मोतीलाल सीधे नींद में उतर गए...अन्दर कविता बज रही थी, बाहर उनकी नाक।

सूखी हवा, थी सूखी ठंडक! सूखी रात थी और सूखा मरद!

पहल तो पति को ही करनी चाहिए थी पर वह तो खाट पर नाक बजा रहा है। ले-देकर एक ही रजाई है, वह भी ओढ़ रखी है उसने। ऐसे में क्या करे गौरा? उसे इस खुदगर्ज मर्द पर बेशुमार कुढ़न हुई। 'और अगर पति बसहा बैल की तरह वहीं खड़ा रह गया तो?' उन्होंने 'चमेली' बनकर पूछा और मामी का वही जवाब आया— 'जो न दे, उससे अपना हक छीन लेना चाहिए।'

गौरा चुपचाप उठी और पति के बगल जा लेटी। काफी देर तक लेटी रही। पति अभी भी रजाई ताने पड़ा था। ठंडक से फिर भी निजात न मिली तो उसने रजाई खींचकर ओढ़ ली। रजाई के सरकने के साथ मोतीलाल को आधी नींद, आधे जागरण, आधे चेतन, आधे अवचेतन में एक नई अनुभूति हुई, रजाई से भी नरम,

रजाई से भी गरम, रजाई से भी गुदाज एक नए अहसास का....और मोतीलाल ने रजाई की जगह गौरा देवी को खींचकर ओढ़ लिया।

फिर तो धरे रह गए पूड़ी-पकवान। धरी रह गईं हिदायतें। फिर थक कर दोनों ऐसे सोये कि सुबह फिर कोयल के जगाने पर ही जागे —'कुहू-कुहू!'

कुछ भी सिखाया-पढ़ाया काम नहीं आता। सब अपने आप ही हो जाता है। झिझक धीरे-धीरे टूटती है, धीरे-धीरे खुलती हैं गाँठें, कंठ अपने आप खुलने लगते हैं धीरे-धीरे।

और कंठ खुले तो गौरा देवी ने पहला ताना मारा—"आप कैसे मरद हैं जी, आपको उस रात पता भी नैं चला कि बगल में जो लेटा है ऊ के है—ईंट कि पाथर, कि कुत्ता, कि बिलाय, कि आदमी, कि...?"

मोतीलाल लजाकर रह गए।

वे खुद ही बोलती रहीं—"हम उस रात एक दम्मे से जड़ा न गए होते तो कब्भी न आते...। केतना खुदगरज और सुआरथी होता है आदमी, समसे रजाई सरपेट के सो गए, ई भी नैं सोचा कि और भी कोई है।"

"उसके आगे...?" मोतीलाल पूछते।

"धत्त! कैसे बेशरम मरद हैं आप!" गौरा देवी खुद के उठाए गए विमर्श पर खुद ही परदा गिरा देतीं।

उन्हीं दिनों एक दूसरा सवाल भी पूछा था पति से—"ए जी! आप तान्तरिक हैं कि कमनीस?"

"माने?" मोतीलाल अचकचाये।

"माने बराहमन होके भी जनेऊ तोड़ना...? हमरे मौसा जी तान्तरिक थे, जनेऊ नैं पहनते थे। मामा कमनीस थे, तोड़के फेंक दिए थे। मामा को जात से निकाल दिया गया; मौसा को नहीं।"

हँस पड़े मोतीलाल—"समझ लो, एक तरह का तान्तरिक ही हूँ।"

गौरा देवी को इस बात से फौरी तौर पर राहत मिली कि चलो जात से नहीं निकाला जाएगा मगर कोई फाँस थी कि निकली नहीं गले से, अटकी ही रह गई ताउम्र।

"ई कैसे तान्तरिक है, कभी पूजा करते भी नहीं देखा।"

मामी की चिट्ठी पति ने बाँचकर सुनाई...

'सोस्ती सिरी सरबो उपमा जोग चिट्ठी लिखी, मामी का पाहुन और हमरी भगिनी-सखी गौरा देवी को लाखों लाख आशीरवाद! आगे हाल ई है कि अपने बेदरदी

मामा जी की तरह आप दोनों ने भी हमें एकदम्मे भुला दिया। हम आप लोगों का हाल जानने को ब्याकुल हैं। और भगिनी-सखी, कैसा रहा पाहुन के साथ तुम्हारा संग-साथ? कुछ बातें कान में कहने और आँख में देखने की होती हैं—पूछें...? कैसा रहा उस फल का स्वाद जिसे लोग खाने से मना करते हैं और खाए बिना रहा नहीं जाता...?'

जै जै भैरवि असुर भयावनि...

छी! वो सब बातें कहीं चिट्ठी में लिखी जाती हैं! गौरा देवी ने पति के हाथ से मामी की चिट्ठी छीन ली। पति चिढ़ा रहा था।

लगा, गंगा के उस पार से मामी की वही सुरीली टेर झौवा की झाड़ियों में झौंराती, लहरों पर तैरती इस पार आ रही है।

मामी की यह भगिनी-सखी गौरा देवी क्या अनुभव बताए, कैसे बताए?

उन्होंने मोतीलाल से चिट्ठी का जवाब लिख देने को कहा। मोतीलाल एक ही कठकरेज! बोले, "हम क्यों लिखें? तुम्हारी चिट्ठी, तुम जानो।"

"हमको लिखना आता तो सिफारिस करते?"

"तो सीख लो न महारानी। मास्टर की बीवी हो। मामी को चिट्ठी भी लिख लोगी और कुछ अकल-ज्ञान भी आ जाएगा।"

'ठीक ही तो कह रहे थे मास्टर साहब!' गौरी देवी ने मन-ही-मन सोचा लेकिन उनसे पढ़ना-लिखना न हो पाया तो नहीं ही हो पाया। रस-रंग में ही डूब-डूब कर घुल गए वे दिन।

चिट्ठी लिखें, न लिखें; मामी, भौंगिनी (भगिनी) एक-दूसरे के हिया भेद जानती हैं।

एक दिन गौरा देवी ने पति से कहा, "ए जी, आप तो लड़कों को समसे देस-दुनिया का हाल बताते हैं, तनिक हमरे मामा जी को ढूँढ़ दीजिए न, बड़ा उपकार होगा।"

मोतीलाल ने अपनी सलोनी पत्नी की भरी-भरी आँखों में झाँका—"कैसे दिखते थे तुम्हारे मामा?"

"करीब-करीब आपके जैसे, बस थोड़े नाटे और आँखें जरा चढ़ी-चढ़ी...।"

"कोई फोटो-वोटो नहीं है?"

मामी को चिट्ठी लिखी गई तो जवाब आया—'बाहर तो उनका कोई फोटो नहीं है भगिनी-सखी। जो है, अन्दर है—हमरा करेज में, हमरी आँख में...। कहो तो निकालकर दे दें।...तुम तो खुद भी देखी हो, तुमरे मामा थे। शकल-सूरत अपने पाहुन जैसी है।'

अगली चिट्ठी में उन्होंने एक और भेद खोला—'सुनते हैं, उन्हीं की शकल-सूरत का एक जोगी आया है। उधर दिखलाई पड़े तो बताना।...

'सारंगी बजाते हुए राजा भरथरी के भजन गाता है। हम लोग कहते हैं कि अगर ऊ वही हुए तो सिद्धि के पहले हमरे पास जरूर आवेंगे और हमको 'माई' कहके हमसे 'भिच्छा' और 'गुदड़ी' ले जावेंगे। एक बार भेंटा जाते, सिरिफ एक बार तो उनसे कहते, 'हमको भी लिवा चलिए, आपके साथ नरक में भी चल सकते हैं। लेकिन उस गाँव में नहीं रहेंगे जिसने आपको 'जाति निकाला' और 'गाँव निकाला' दिया। जिस दिन मन सहका, लूगा-लत्ता उठाकर चल पड़ेंगे...' आगे एक फिल्मी गीत लिखा हुआ था—

नगरी-नगरी द्वारे-द्वारे ढूँढूँ रे साँवरिया,
पिया-पिया रटके मैं तो हो गई रे बावरिया।...

पहली बार गौरा देवी के पाँव भारी हुए तो प्रसव के लिए मायके गईं। मामी उस बार भी बेलारी आई थीं। टिटनस हो गया था, बच्ची बची नहीं। दूसरी बार पाँव भारी हुए तो मामी कासिमपुर आ गईं 'सौरि' सँभालने।

वे दिन जिन्दगी के सबसे मस्ती भरे दिन थे दोनों सखियों के लिए।

अकसर सुबह या शाम को मामी विद्यापति को उठा लेतीं—

मुहल्ले में समा बँध जाती। लोग कहते—"असल जोगन है, मस्टराइन की मामी।"

"मेरी एक साध है, इस नीम पर एक झूला डाल दें। एक ओर हम बैठें, दूसरे ओर हमरी सखी और आप झूला झुलाओ पाहुन। कभी हम आकाश में खो जावें, कभी हमारी सखी।" कभी-कभी वे मोतीलाल को छेड़तीं।

"तब तो पूरी हो चुकी मामी जी आपकी साध। नीम को तो हम छूने नहीं देंगे।" मोतीलाल हँसते, "और रहा झूला झुलाना, सो मुझे आता नहीं। लेकिन घबराइए नहीं, कहीं और डाल देंगे झूला, झुलाने के लिए ढूँढ़ लाएँगे मामा जी को, अता-पता तो कम्युनिस्ट पार्टी के दफ्तरों में ढूँढ़ा ही जा रहा है, लगता है नाम बदलकर अंडरग्राउंड हो गए हैं। आप जरा उनका हुलिया बता देतीं तो...?'

"मैंने हजार बार बताया है।"

"कैसे हैं?"

"आपके जैसे।"

"धत्त!"

"धत्त? ऐ पाहुन एक पल के लिए बन न जाओ आप ही गौरा के मामा।"

फिस्स-फिस्स हँसती मस्टराइन।

"हम?" पूछते मास्टर साहब।

"हाँ जी आप! जनेऊ तो आप तोड़ ही चुके हैं। हमरी सखी मान जाए बस नाटा बनाने में कित्ती देर लगती है!"

भोली-भाली मस्टराइन। कलेजा धड़क उठता उनका, जैसे सचमुच मामी छीन लेंगी उनके पति को। उदासी छलक आती चेहरे पर। खिलखिला पड़तीं मामी—"तू तो सचमुच घबरा गई मेरी गौरा, सँभाल अपने गुड्डे को, हम नहीं छीनने जा रहे उसे। हमारे पास तो हमारा गुड्डा है ही। पकड़ लाते हैं अभी साले को! एक ही बार मामी-भानजे में प्रेम हुआ था—सिर्फ एक बार—राधा और कृष्ण का। न तो अभी हम राधा बनने जा रहे, न पाहुन का करेजा कृष्ण बनने का ठहरा! ई तो पाथर हैं पाथर, पाथर के शिव और मोम की गौरी, हम नहीं आनेवाले बीच में..."

गौरा देवी खिलखिलाकर हँस देतीं, सारी मैल धुल जाती। लेकिन दूसरे दिन फिर वही—"आज भर के लिए अपना सैंया उधार दे दो गौरा, एहसान मानेंगे।" और गौरा देवी फिर हाँफने लगतीं।

और उस दिन, जिस दिन अपनी रूठी हुई भगिनी-सखी गौरा को मनाने के लिए मामी चम्पा देवी ने गौरी वन्दना की —

'जै-जै भैरवि असुर भयावनि
पशुपति भामिनि माया
सहज सुमति वर दियहुँ गोसावनि
अनुगति गति तोहें पा-आ-आ-या-आ!...'

पूरा मुहल्ला अस-अस कर रहा था। प्रसन्न होकर गौरा ने उनको नई संज्ञा दी—भैरवी...

नादानी-नादानी में कौन-सा वरदान दे दिया तुमने गौरा?

प्रसव के महीने-भर बाद तक ठहरी थीं मामी। वे दिन जिन्दगी के सबसे सुखी दिन थे।

ये गौरा के परिपक्व होने के दिन थे, ये उनके बालिका-वधू से 'मस्टराइन' में ढलने के दिन थे।

शहर सिखावे कोतवाल

मस्टराइन!

यह नाम मामी का नहीं, किसी और का दिया हुआ है। उनकी गृह-मालकिन महाराजिन का!

"मस्टराइन बाहर चलोगी?" महाराजिन ने ही पड़ोसी का धर्म निबाहते हुए नई-नवेली दुलहिन से पूछा था पहली बार और फिर यह मस्टराइन चस्पाँ रह गया, गौरा देवी से जिन्दगी-भर।

'मस्टराइन चीनी होगी थोड़ी?' 'मस्टराइन लकड़ीवाला आया है, लकड़ी लोगी?' 'मस्टराइन पानी भर लो, कुएँ पर कोई नहीं है।' 'मस्टराइन ये।' 'मस्टराइन वो...।' फिर तो मुहल्ले में भी मशहूर हो गया यह नाम। कद ऊँचा होता गया। घूँघट सरकता गया।

घूँघट जैसे-जैसे सरका, धीरे-धीरे सब जान गईं मस्टराइन! मसलन महाराजिन और एक-दो पड़ोसियों को छोड़कर यहाँ सब 'नीच जाति' के हैं। अब सर्वोजात एक ही कुएँ पर पानी भरें तो पानी पवित्तर कैसे रहे सो फेंकू सिंह ने एक नलका लगवा दिया है महाराजिन के लिए। अब वहीं से पानी लेना ठीक रहेगा। फेंकू सिंह और महाराजिन के बीच कुछ है जरूर, नहीं तो विधवा बराहमनी के घर जब देखो तब क्यों पड़े रहते हैं? नलके के लगते ही मुहल्लेवालियाँ मक्खियों की तरह यहाँ भी जमा होने लगीं। मुहल्लेवालियाँ खुश रहीं तो 'मस्टराइन', छनक गईं तो 'मस्टराइनियाँ! 'मस्टराइनिया' भी कहाँ, 'महटरनियाँ!' और जिस मास्टर जी के चलते उन्हें यह खिताब हासिल हुआ है, वे...?

यह सही है कि मास्टर जी की पगार तब बीस रुपये थी मगर हाथ में मिलते थे दस ही, अब बढ़कर चालीस हो जाएगी तो बीस मिलने लगेंगे हाथ में, जिसमें बढ़े हुए किराये में पाँच रुपये निकल जाएँगे और पन्द्रह रुपयों में ही महीने भर की गृहस्थी चलानी है; कि जिसे वे शहर का पुराना और असली भाग बताते नहीं अघाते, वह दरअसल एक से बढ़कर एक खूसट और खबीसों से भरा पड़ा है—कच्ची सड़कें, कच्ची नालियाँ, घिसे लखोरी ईंटों के झरते नोनछे और कच्चे-पक्के बेतरतीब घर, बीच में गन्दे पानी का एक डबरा जिसके गिर्द औरत-मर्द शर्म-ओ-हया छोड़कर निबटान करने बैठते हैं, भले ही मास्टर साहब के लिए वह 'पोखरा' हो! याद करके रोएँ गनगना उठते हैं, पाखानों के ढेर के बीच 'घों-घों' करता हुआ सफाई के लिए हर घड़ी मुस्तैद सूअरों का दल...। पहले अकसर उलटियाँ होती थीं और ये समझ लेते कि महीना चढ़ा है...और पानी का नलका! चौदहों भुवन, तीनों तिरलोक में वैसा नलका

दीया लेकर ढूँढ़े न मिले। बाल्टियों, तसलों, मटकों की पाँत कभी शेष भी होती है, उन्हें शक है। आए दिन सर फुटौव्वल! क्या-क्या नहीं जान गई हैं इस मुहल्ले का...।

गरज कि मास्टर साहब अपने ढंग से इतिहास का शोध कर रहे थे और मस्टराइन अपने ढंग से। मास्टर साहब को यह चिन्ता थी कि जिन्हें फाँसी पर लटकाया गया, वे कौन थे—उनका परिवार अब किस अवस्था में है, अगर विपन्न है तो उनकी सहायता कैसे की जाए। मस्टराइन को यह चिन्ता थी कि ये जो शिवशंकर साहू और जियालाल की अम्मा महारानी बनकर झुमका-झब्बा झनकाते हुए, पान भकोसते हुए अपने खानदानी रुतबे का बाइस्कोप लिए चलती हैं या महाराजिन जो पालकी पर चढ़कर मेले में जाती हैं, उनमें किस-किसने किन-किन कुकर्मों से इज्जत पर कलई चढ़ाई है, किसने किस रिश्तेदार को जहर दिया, किसने क्या हड़पा, किसका पेट कितनी बार गिरवाया गया आदि-आदि...डाकिनी हैं, डाकिनी!

मोहल्ले का पहला खंडयुद्ध उन्हें इन्हीं डाकिनियों से लड़ना पड़ा था।

पानी के नलके पर जियालाल की अम्मा ने पहला गोला दागा था—"इ कौन से बराहमन हैं जी—दूबे कि तीबे, कि सुकुल, कि पाँड़े?" शुकर था उन्हें उस वक्त ब्राह्मणों की इतनी ही उपाधियाँ याद आईं।

"का जाने सब तो खाली मोतीलाल-मोतीलाल बोलाता है।" सहुआइन ने कहा।

"ना बुआ, पंडित जी भी बोलते सुना है।" दुलारी ने कहा।

"उ तो स्कूल के महटर है न, तो अपने आप पंडित जी का पूँछ लग जाता होगा।"

"जनेऊ भी तो नैं पहनते देखा, कहीं पूजा करते नैं देखा, ई बराहमन होने से रहा, होगा भी तो जात-धरम में जरूर कोई दाग होगा।"

ये सब बातें उन्हें उकसाने के लिए सुनाई जातीं और वे कुछ न बोल पातीं। खिसियाई और भरी-भरी आँखों से वे नीम के पेड़ से झूल रहे यज्ञोपवीत के धागे को देखतीं और मन मसोस कर रह जातीं। सच, उनके पति ने कहीं मुँह दिखाने लायक भी नहीं छोड़ा। जिस पहचान को प्रदर्शित कर लोग-बाग इज्जत बटोरते हैं, वही उसने सनक में छोड़ दिया। अब वे किन-किन से लड़ती फिरें? कैसे प्रमाणित करें कि वे न सिर्फ ब्राह्मण हैं बल्कि ब्राह्मणों में भी ऊँचे। मुहल्लेवालियाँ जब भी उन्हें इस गलाजत से नहलाने लगतीं, अपने खब्ती पति को जी भर कोसतीं। पति से उन्होंने कई बार जिक्र भी किया मगर मोतीलाल कोई मोम के पुतले न थे कि गल जाते सो यह युद्ध उन्हें अकेले ही लड़ना पड़ा था। अकसर वे ऐसे मौके पर नलके पर आतीं, जब भीड़ न होती। फिर भी ये मरकही गायें उन्हें सूँघ ही लेतीं और फुनकारने लगतीं।

और उस दिन तो हद हो गई। सूर्यग्रहण का दिन था। ग्रहण के बाद पानी के

नलके पर जबरदस्त भीड़ थी और वे चक्रव्यूह में घिर गईं। फिर वही कुबोल—ब्राह्मणत्व की पहचान, कुलगोत्र और जनेऊ!

चर्चा की शुरुआत इस बार भी जियालाल की अम्मा ने ही की। उन्होंने सहुआइन से पूछा, "ऐ जी आप लोग रोनियार हैं कि बनिहार।"

"कुछ भी हों, 'गुप्ता' नहीं लगाते। गुप्ता तो तेली और भड़भुजवा सब भी लगा लेता है।"

"सब कुछ छुपाना चाहिए लेकिन जात नहीं। हमरा गाँव में तो आदमी खड़ा नहीं हुआ कि पहले उससे जात पूछा जाएगा। फिर जथा जोग खातिर-पानी।"

"एकदम ठीक बात, अब किसी नीच जात को लोटा दे दिया तो फिर वो लोटा घर में कैसे जाएगा?"

"अरे बहिन, हमरे ससुर जी तो एक बार खाट पर बैठे हुए आदमी को खदेड़ ही दिए। पहले के आदमी में बहुत नियम-धरम था, अब तो पता नहीं चलता कि किसने कितनी जीती माछी निगली है और किसके चूतड़ में कितना दाग है।"

"अब गरहन के दान का ही मामला है। समझ में नहीं आता किस बराहमन को दिया जाए।"

"हिंया तो एके ठो बराहमन है बहिन—महाराजिन!"

"और अपने मास्टर साहब?"

"ऊहो बराहमन हैं?"

बोलनेवाली ने धीरे से फुसफुसाकर कहा, "यहीं तो खड़ी हैं! पूछ लीजिए न।"

आँखों-आँखों में ही इशारे हुए फिर जियालाल की अम्मा ने उस सेना की कमान सँभालते हुए पूछा, "ऐ जी, एक ठो बात पूछें, खराब तो नहीं लगेगा? आप लोग भी बराहमन हैं?"

"हाँ! काहें?" मस्टराइन ने तेवर भाँपते हुए पूछा।

"कौन बराहमन, सुकुल, कि मिसिर, कि पाँड़े, कि दूबे-तिबे?"

"काहें?"

"ऐसे ही, दान देना था गरहन का। बराहमन को दिया जाता है न, सो पूछ लिया, खराब नहीं लगा न बहिन?"

"नहीं खराब क्यों लगेगा? लेकिन किसी गरीब बराहमन को दे दो, हम लोग भीख नहीं लेते।"

"देखो! देखो हम कहते थे न।" जियालाल की अम्मा ने आँख नचाई। दुलारी की माँ ने स्वघोषित मध्यस्थ की भूमिका का आसन ग्रहण करते हुए कहा, "देखिए, बराहमन हैं कि डोम, हमसे कोई मतलब नहीं लेकिन जो भी हों, पता तो लगना चाहिए न? अभी क्या कि जनेऊ तक तो पहनते नहीं, न बूझ पाएँ तो उसमें हमारा का कसूर?"

मस्टराइन ने भी तुर्की-ब-तुर्की जवाब दिया—"जबसे जनेऊ को छोटी जातिवाले भी पहनने लगे और बराहमनों का टाइटिल लगाने लगे तो उन्होंने कहा, 'अब का रह गया जनेऊ और टाइटिल में। हम तो जनम से बराहमन हैं और रहेंगे। हमको साइनबोड टाँगने का का जरूरत।"

जियालाल के बाप ने दस दिन पहले ही जनेऊ पहना था। कटकर रह गई जियालाल की अम्मा। मास्टराइन ने अगला वार किया—"हम तो ऊ दान देते और लेते हैं जो सबसे बड़ा दान है।"

"को चीज का दान, जरा हम भी तो सुनें।"

"बिद्दा (विद्या) का दान!"

महाराजिन ग्रहण के बाद गंगा-स्नान से लौटीं तो सबने नमक-मिर्च लगाकर उन्हें सुनाया—"लो, अब आप दान नहीं, भीख लेती हैं, उलटे वे 'बिद्दा' का दान करती हैं।"

"ऐसे बोल रही थी?"

"हाँ बहिन, अब हम लोग का कहें?"

"सुपवा बोले तो बोले, चलनिया बोले जिसके बहत्तर छेद!" महाराजिन ने कहा, "कल-कल की छौड़ीं, कहीं ठिकाना नैं मिल रहा था तो हम रहने का ठिकाना दिए, बाहर-भीतर हम ले जाते, कोई लूर-सहूर नैं था, सब हम सिखलाए और ई दलिद्दर का देखो। काल्हे बनिया आजै सेठ! जिस पत्तल में खाई, उसी में छेद किया।"

"ऊ तो बाबू साहब के बारे में भी का-का तो बोल रही थीं!"

मस्टराइन किवाड़ की झिर्री से सब सुन रही थीं। 'बाबू साहब' वाली बात सुनी तो हैरान रह गईं, यह काला किस्सा तो उन्हीं मुहल्लेवालियों ने उन्हें सुनाया था। 'अब आओ चीनी माँगने तो तुम्हें देते हैं।'

खैर बात आई-गई हो गई। फिर-फिर इधर की उधर लगाई गई, फिर-फिर मुँह-फलौव्वल हुई, और फिर-फिर समझौते हुए। मगर मुहल्ले का इतिहास गवाह है कि वे न सिर्फ बहादुरी से लड़ीं बल्कि जीतीं भी।

और मास्टर साहब...?

एकदम-से भोले बाबा!

इति का हास और हास की इति

मास्टर साहब परेशान थे कि इस ऐतिहासिक नीम के पेड़ के सम्बन्ध में अधिकारियों को लिख-लिख कर हार गए मगर किसी ने नोटिस तक नहीं ली, और-तो-और ये मुहल्लेवाले भी कितने नमकहराम निकले। बताइए, इनके मुहल्ले में पाँच-पाँच आजादी के दीवानों को फाँसी दी गई और इन्हें उनमें से एक का भी नाम-ठिकाना याद नहीं।

"आप चाहो तो हम आपको एक के बारे में बता सकते हैं।" मस्टराइन ने एक दिन हल्दी लगे हाथ लूगे में पोंछते हुए, चटखारे लेकर कहा।

"बड़े-बड़े बह गए, गदहा कहे कितना पानी?" मास्टर साहब कुढ़ते हुए बोले।

"अरे जाओ भी...।" मस्टराइन ने इतराते हुए कहा, "बतला देते हैं, एहसान मानिएगा। उसका नाम गंगा था, बाप का नाम पता नहीं, मैया है और हिंयइ रहती है।"

"कौन?"

"वो अपनी मकानवाली महाराजिन!"

मास्टर जी के पाँव के तले जैसे बिच्छू आ गया हो, बगल के घर में रोज की तरह अभी भी प्रौढ़ा महाराजिन आँगन में खाट बिछाकर फेंकू सिंह के साथ कहकहे मार रही थीं।

"ये...?"

"हाँ जी येई न!"

"मगर वो तो स्वतन्त्रता..."

"अब शवतन्तरता की थी या और किसी की, सो आप जानो, हमने तो जितना सुना था, बता दिया। नहीं बताती तो आप क्या जान पाते कि पाँच ही नहीं, छठी लाश भी झूली थी नीम से?" मस्टराइन के स्वर में शेखी थी, उन्होंने आगे बताया—"यहाँ भी मुहल्लेवालों में दो तरह की बातें हैं, मोदियाइन और जियालाल की अम्मा का कहना है कि..."

मास्टर साहब को लगा, वे इतिहास के क्लास में बैठे लेक्चर सुन रहे हैं—'डॉ. भंडारकर और डॉ. स्मिथ के अनुसार गंगा देवी को गर्भ रह गया था, लोकलाज से बचने के लिए एक रात नीम के पेड़ से गले में फन्दा लगाकर झूल गईं जबकि डॉ. गौरीशंकर हीराचन्द ओझा और डॉ. आर.सी. मजुमदार के अनुसार उन्हें मार कर नीम की डाल से झुलाया गया था...?'

'पाँच स्वतन्त्रता सेनानियों की लाश के साथ यह छठी नारी लाश भी? हे भगवान!' मास्टर साहब को लगा कि इतिहास के जिस शिलालेख की लिपि पढ़ने

की कोशिश वे अर्से से करते रहे थे, वह परत-दर-परत नए-नए उत्कीर्णों से और भी गड्ड-मड्ड हो गई। मस्टराइन उस दिन बड़ी देर तक अपने मास्टर को पढ़ाती रहीं...

"एकदम्मे मनहूस है वह नीम का चौरा, किसी को सहता नहीं है। कभी एक लोहार दुकान लगाता था चबूतरे पर, वह निर्वंश ही हो गया। सब्जी, मटका, मोदीखाना—एक भी दुकान चल नहीं पाई चबूतरे पर जिसको कहीं जगह नहीं मिलती वही आता है यहाँ। अभी कासिम वहाँ बकरे का धड़ लटकाता है पर बिकता नहीं। कहते हैं, बकरे के नाम पर बकरी काट कर बेचता है मुआ। मरियल कलेश्शर साहु ताकत और मर्दानगी की दवा बेचता है और वशीकरण का टोटका भी...। और परसों उसी की मेहरारू भाग गई उसके बगल बैठनेवाले बजाज के साथ। ठाकुर का ठाठ सबसे बड़ा है—चाय-पानी, बीड़ी, उसना (उबला) शक्करकन्द से लेकर लेमनचूस और आँवला तक, मगर दुकान चलती है सिर्फ गाँजा, भाँग के चलते। दो दिन से उसका भी पता नहीं। शायद पुलिस को पैसे नहीं पहुँचाए होंगे। रफा-दफा हो जाएगा तो फिर बैठेगा। इधर मरते-बिलाते जाने कहाँ से आ गए हैं ज्योतिषी धनराज पंडित, सुग्गे से सगुन विचराते हैं। बहुत जानकार हैं! चोर भी उनसे सगुन विचार कर ही चोरी पर निकलते हैं। उस पेड़ के लिए लिख-लिखकर हार गए न आप मगर हाय! नीम के लिए सरकार से कोई झाँकने तक नहीं आया।"

इस बात पर अकसर मीठी-कड़वी चुटकियाँ लेती रहती हैं मस्टराइन। सबके सब उनके पति की तरह कैसे सनकी हो सकते हैं भला! यही लीजिए, सबको पढ़ाते-पढ़ाते उन्हें भी पढ़ाने बैठ जाते हैं, कहते हैं— 'पढ़-लिख लो ताकि मामी को चिट्ठी लिख सको, दुनिया के बारे में 'गियान' हो जाए, कि बच्चे 'विदवान' पैदा हों।' 'गियान' और 'विदवान' को बोलते हुए वे इन शब्दों की ऐसी गति बनाती हैं कि शब्द छड़ी बोल जाते। 'छी! ऐसी उघरी बात कहते हुए शरम नहीं आती!' वह तो कहिए कि इसकी काट जानती हैं वे, मास्टर साहब ने डाँटा नहीं कि लगीं सिसकने, फिर तो...! बताइए, भला, बच्चे जनने से पढ़ाई-लिखाई का क्या सम्बन्ध? इत्ते सारे लोग क्या पोथी-पत्रा देख-देखकर जिन्दगी चलाते हैं? उन्होंने तो बिना पढ़े-लिखे ही तीन-तीन बच्चे जने, दो को तो भगवान ने उठा लिया लेकिन साबित्तरी तो जिन्दा है। कोई कानी-खोंतर है उनकी बिटिया? दवा-दारू हुई होती तो बाकी बच्चे भी जिन्दा रहते लेकिन...चलो भगवान की मर्जी!

उनकी ही मानकर चलतीं, तब तो चला लेतीं गृहस्थी! अब लड़के पढ़ने घर पर आते हैं, फीस-वीस तो लेते नहीं ये, धरम भरस्ट हो जाएगा। उनके घर से कुछ माँग लिया या उनसे बाजार से कुछ मँगवा लिया, कभी-कभार गेहूँ पिसवा लिया या दो बाल्टी पानी रखवा लिया तो कौन-सा पहाड़ टूट पड़ा? बिना गुरु-दक्षिणा के कोई

पढ़ाई कभी सुफल हुई है—मास्टर हैं, इतना भी नहीं जानते! ट्यूशन से दू पैसा जोड़े होते तो बिना दवाई के मर जातीं पहली दो बेटियाँ? कौन समझाए इस सनकी को?

तब एक फायदा है, बिना पढ़े-लिखे ही 'मस्टराइन जी' बन गईं हैं वे हालाँकि इस अकड़ को बनाए रखने में हाँफ-हाँफ जाती हैं बेचारी।

मस्टराइन जी ठीक कहती हैं—एक तरह से सनकी ही हैं मास्टर मोतीलाल। जिन्दगी अगर जुनून न होती तो जीना कितना दुश्वार हो जाता। जुनून ही तो था कि बूढ़ी माँ की उम्मीदों के घेरे को तोड़कर पढ़ाई बीच में ही छोड़ दी और स्वाधीनता आन्दोलन में कूद पड़े। देश आजाद हुआ तो जेल से छूटे और राष्ट्र निर्माण के सम्मोहन में इस अदने स्कूल में इतिहास के अध्यापक की जिन्दगी चुन ली उन्होंने जहाँ तनख्वाह भी कायदे की नसीब नहीं होती। पढ़ाते-पढ़ाते ही इतिहास से एम.ए. किया। और इतिहास ही क्यों? इसलिए कि 'इतिहास ही तो मनुष्य और महाकाल की द्वन्द्वात्मकता का दिक्सूचक यन्त्र है, बाकी सब अनुषंगिक मात्र...', और अध्यापक ही क्यों? इसलिए कि 'अध्यापक ही तो मनुष्य को मनुष्य बनाता है। देश का जो आत्मगौरव क्षय हो चुका है, उसका पुनरुद्धार आखिर एक अध्यापक नहीं करेगा तो करेगा कौन? कैच देम अर्ली, स्टार्ट फ्रॉम द वेरी स्टार्टिंग प्वाइंट!'

स्वभावत: कुछ नए राष्ट्रवादी और कुछ पुराने भारतीय गुरु-शिष्य परम्परा के मूल्यों के बीच खिंची आदर्श की डोर पर शिक्षा के दंड का सन्तुलन बनाते नटों-सा चलना पड़ता मास्टर मोतीलाल को। मामूली खद्दर की धोती, खद्दर का कुरता, चमरौंधा हाफ शू, जाड़े के दिनों में चित्तरंजन दास मार्का चादर, ज्यादातर पैदल चलना और हर पल इतिहास के अध्यापक। सादा जीवन, उच्च विचार!

हस्ताक्षर करके नोट गिनते समय गले में हर बार कुछ फँसता पर 'त्याग' की महानता के आगे बकार न फूटती। 'मास्टरी छोड़कर कोई और काम क्यों नहीं ढूँढ़ लेते'—परिवार, मित्र और उनकी अन्तरात्मा जब-जब इन न्यूनताओं का हवाला देकर उनमें वैराग्य या विद्रोह के लिए उठ खड़ी होती, वे या तो गांधी जी की उक्तियों का हवाला देने लगते या फिर गुरुवन्दना के इस श्लोक का—

अखंड मंडलाकारम् व्याप्तम् येन चरचरै:
तदपदम् दर्शितम् येन, तस्मै श्री गुरुवे नम:
अज्ञान तिमिरान्धस्य, ज्ञानांजनम् शलाकया
चक्षुरुन्मीलितम् येन, तस्मै श्री गुरुवे नम:

इन्हें बाकायदा फ्रेम में मढ़कर उन्होंने दीवारों पर सजा रखा था। भला इतना बड़ा नैतिक दायित्व जिसके कन्धों पर हो, वह क्षुद्र स्वार्थों के लिए अपने कर्तव्य से विमुख हो जाए? असम्भव! द्रोण ने राज्याश्रय लिया, क्या मिला? पक्षपात के कलंक से कलंकित जीवन और भ्रमजात मृत्यु! वशिष्ठ ने राज्याश्रय लिया, क्या

मिला? जिन्दगी-भर विश्वामित्र से झगड़ते रहे, अपना ज्ञान तक शुद्ध नहीं रख सके। अब बताइए, उन्होंने तो राम और सीता के विवाह के लिए सर्वोत्तम लग्न ही शोधा था—ग्रह तिथि लगन जोग वर वारू...और इस विवाह का परिणाम? विवाह के बाद वनवास, पितृशोक, स्त्रीहरण, युद्ध। एक से बढ़कर एक कष्ट, कौन-सी तकलीफ थी जो न भोगी! आखिरकार स्त्री-परित्याग, बाप-बेटे में युद्ध और पत्नी, भाइयों तथा खुद की आत्महत्या।

इसके विपरीत चाणक्य ने राज्याश्रय स्वीकार नहीं किया, पर इतिहास के स्रष्टा बने।

मास्टर मोतीलाल, न सिर्फ इतिहास पढ़ाते बल्कि सोते-जागते, उठते-बैठते, बोलते-बतियाते हर पल उन पर यह सात्विक अहसास तारी रहता कि वे न सिर्फ इतिहास शिक्षक हैं बल्कि इतिहास के नियामक भी। घर पर भी बच्चे उनसे सहयोग माँगने आया करते और वे हर सम्भव सहायता किया करते। वे उन्हें महापुरुषों के संस्मरण सुनाते—एकलव्य, आरुणि, बोपदेव, पं. ईश्वरचन्द्र विद्यासागर और राजेन्द्र प्रसाद तक के। उन दिनों 'ट्यूशन' शब्द ऐसे मास्टर के शब्दकोश में नहीं था। फलत: समाज में भी एक कठोर पर योग्य शिक्षक के रूप में उनकी खासी कद्र थी।

दाल-भात-भुरता या मामूली रोटी-सब्जी का भोजन करके अपने मामूली कपड़ों में भी वे निकलते तो भव्य ललाट, गोरा मुखमंडल, चेहरे में जड़ी चमकती बड़ी-बड़ी आँखें, दीपंकर अतिश-सी गम्भीरता, चाणक्य-सा चौकन्नापन और विवेकानन्द-सा विवेकदिप्त व्यक्तित्व, गरज कि हर पल इतिहास का आलोक मानो 'अखंड मंडलाकारं' के ज्योतिर्मय वृत्त से ही सीधे निकले चले आ रहे हों वे।

रास्ते-भर छात्र, अभिभावक या सेठ उन्हें श्रद्धापूर्वक प्रणाम करते। कहीं-कहीं किसी का हाल-चाल पूछने को वे रुकते, असमय खेल रहे बच्चों को पढ़ने और महान बनने के उपदेश से नवाजते स्कूल पहुँचते। मजाल थी कि कोई उनकी निगहबानी से छूट जाता।

स्कूल पहुँचकर रजिस्टर पर हस्ताक्षर करते, रुटीन देखते, मित्र-शिक्षकों का हाल पूछते और घंटी बजते ही एटेंडेंस रजिस्टर और चॉक लेकर कक्षा में चल देते।

इतिहास पढ़ाते-पढ़ाते वे उसमें इस कदर डूब जाते कि उससे अलग उनका अस्तित्व ही न रह जाता। तब वे इतिहास पढ़ा नहीं रहे होते, अपनी ऐन आँखों के सामने उसे गुजरते हुए देख रहे होते। उनकी आँखों के ठीक आगे मोहनजोदड़ो का टीला अंडे-सा फटता और अपराह्न की धूप में सिन्धु घाटी की ताम्रवर्णी सभ्यता गोचर हो उठती। सिकन्दर और पुरु की सेनाएँ उनकी नाक की सीध में दाएँ-बाएँ खड़ी होतीं, बीच में बह रही होती झेलम। सेनाएँ महीनों खड़ी रह सकती थीं मगर युद्ध तभी होता जब वे 'हाँ' कर देते। उनके इशारे पर ही सिद्धार्थ, यशोधरा के शयनकक्ष

से बाहर निकलते, और चंडाशोक की केंचुल फाड़कर अशोक का आविर्भाव होता। पानीपत के तीनों युद्ध हों, खानवा, हल्दी घाटी, बक्सर हो या पलासी—सब पर उनके सूत्रधार की सख्त निगहबानी रहती। षड्यन्त्र कर रहा मीरजाफर उन्हें घूरता हुआ पाकर, सहम कर आँखें नीची कर लेता। रानी लक्ष्मीबाई उन्हें साक्षी बनाए बिना स्वर्ण रेखा नाले पर प्राण नहीं त्याग सकती थीं। शाख-शाख से बागियों की लाशें झूल उठतीं। उन्ही के इशारे पर गाँव-गाँव से आजादी का अलख जगाते दीवाने निकल पड़ते, यूनियन जैक को वे अपने हाथों उतारते, अपने हाथों तिरंगे को लहराते। इस प्रक्रिया में वे एक-एक कर फिरंगियों और उनके 'देसी' दलालों को पिस्सुओं-सा निकाल कर फेंकते और देशभक्त नौजवानों को ललकारते—आगे आओ। पर सब-के-सब मोतीलाल न थे सो एक कदम आगे, दो कदम पीछे होने या अगल-बगल खिसकने लगते। तब झल्लाकर उन्हें बलपूर्वक घसीटने लगते वे।

मौसम एक-एक कर करवटें बदलते रहे, वक्त की ईंट-ईंट चिन कर ऊँची होती रहीं उम्र की पायदानें, पर हाय रे नसीब! न देश का बदला, न उनका। हाँ, एक तबदीली जरूर आई, अटवारे-बँटवारे, मरनी-जीनी को छोड़ दें तो पन्द्रह साल बाद देश की जनसंख्या चौंतीस से बढ़कर हुई पचास करोड़ और उनकी तीन से चार...। चीन-भारत युद्ध के अगले साल मस्टराइन को एक बेटा पैदा हुआ था जो धनराज पंडित और उनके 'अगम गियानी' सुग्गे के अनुसार उनके भविष्य का नियामक, परम तेजस्वी, चक्रवर्ती लक्षणोंवाला था। ज्ञानपिपासु पिता ने प्रसन्न होकर उसका नाम रखा ज्ञानवर्धन। मस्टराइन के मुँह में पड़ते ही 'ज्ञान' दुलार से पिचककर 'गेयान' बन गया।

लेकिन उसके पहले मामी।

गौरा की सौरी सँभालने आई थीं मामी और तीन महीने रह गईं। तरह-तरह से सबका मन बहलाए रखती थीं मामी। वैसे भी जब वे दोनों साथ होतीं तो मामी-भगिनी नहीं बल्कि अल्हड़ सखियों में तब्दील हो जातीं। गीत और गवनई की उस्ताद मामी उधर कई दिनों से 'जानुँ जानुँ रे छुपके कौन आया तोरे अँगना...' का युगल गीत सिखा रही थीं गौरा को।

प्रसव के महीने-भर बाद बाजार से लौटकर आईं कि औंधे मुँह बिस्तर पर जा गिरीं। गौरा ने पूछा, सावित्री ने पूछा, मोतीलाल ने पूछा पर 'यूँ ही तबीयत जरा भारी लग रही है।' के अलावा कुछ न बताया। गौरा देर तक खड़ी रही फिर बच्चा रोने लगा तो चली गई।

रात-भर अपने बिस्तर पर अकेले-अकेले फफकती रहीं मामी।

गौरा देवी को गुमान था कि वे मामी के हिया का हर भेद जानती हैं। झूठ! सात दिन अकेले-अकेले बिछावन पर रोती रहीं मामी। कुछ भी तो न जान पाईं गौरा। सिर्फ इत्ता भर पूछा, "मामा का कोई खोज-खबर मिला?"

उदास भाव से इनकार में मूड़ी हिला दिया मामी ने।

"ई भी तो कै जगह लिखे, कुच्छो पता नैं चला। अच्छा ऊ जोगीवाली बतिया...?" पहले की तरह इनकार में मूड़ी हिला दिया मामी ने।

"फिर का बात है, कोई कुछ बोला है?"

फिर वही इनकार!

गौरा ने सोचा— 'याद आ रही होगी।' ज्यादा छेड़ना उचित नहीं लगा। उन्हें जाते हुए देखा मामी ने, 'अच्छा ही है, किसी को नहीं पता।' खुद ही में सुलगकर बुता गई मामी। देखनेवालों ने बस धुआँ देखा है, आग नहीं। जरूरी नहीं है कि फोन की खबर सच हो। जैसी कि उनकी आदत थी, वे खुद ही भरम का भूत पाल लेतीं और उसी में भरमती रहतीं।

दस-पन्द्रह दिन बाद मामी फिर जस की तस और इसका प्रमाण था उनका पहले की तरह गृहस्थी में जुट जाना।

बर्तन अपनी जगह, झाड़ू अपनी जगह, कपड़े अपनी जगह, मोतीलाल के नहाने के पहले ही पानी भरी बाल्टी, लोटा, गमछा, साबुन, तेल, अंडर-वियर, धोती अपनी जगह, इस्तरी करके तह जमाए कपड़े अपनी जगह।

गौरा खुद आकर देखतीं और बनावटी गुस्से में डाँटतीं—"ई हमरा तिल का तेल कौन ला के रखा, ई तो सरसों का तेल लगाते हैं।" जैसे उन्हें कुछ नहीं पता।

मामी पीठ फेरकर जीभ काट लेतीं।

बिछावन तक ठीक कर देतीं मामी। सरसों का तेल भी रख देतीं।

"ई काहें को?" पूछती गौरा।

"मैसेगी नैं (मालिश नहीं करेगी)?"

"नैं। हमको के मैस देता है?"

मामी अपनी मदिरिल तिरछी नजरों से ताकतीं—"हैं न?" गौरा भी एक-ही सयानी। जानकर अनजान बनकर और भी मटकती हुई चाल से चल पड़तीं। मामी नाक को सिकोड़कर हल्की-सी जुम्बिश देतीं, 'हुँह!' और वह जुम्बिश जा चिपकती गौरा की पीठ पर। मोतीलाल चुपके-चुपके देखा करते मामी की इस अदा को और मन-ही-मन बखानते—"ए कम्प्लीट वोमैन! जबसे देख रहे हैं वैसी ही हो मामी—न गोरी, न काली, न नाटी, न लम्बी, न मोटी, न दुबली... न एक तिल बढ़ी, न एक तिल घटी और जिस दिन लाल ब्लाउज पर पीयर साड़ी, माँग में लाल सिन्दूर... आँख उलटी करके ताकती हो, तृप्त कर देती हो।"

ऐसी सुन्दर नारी कैसा अभिशाप ढो रही है? खुद भी काफी जगह लिखा लेकिन कहीं पता न चला ममिया ससुर जी का। ससुराल भी तज दी, मायका भी तज दिया। बेलारी में पड़ी हैं, कहती हैं, जिन लोगों ने हमरे हीरा जैसे निर्दोष मरद को

जात से निकाला, गाँव से निकाला, उनसे क्या नाता? उनको छोड़कर सबने पहन तो रखा है, 'जग्गोपवीत', अब काहें पाप होता है?"

तीन महीने मनसायन कर बेलारी लौट गईं मामी।

जनसंख्या भले तीन से चार हुई पर आमदनी वही ढाक के तीन पात।

तनख्वाह की इस तंग माँद में खर्च की सींग तो समाने से रही, पर मोतीलाल मोतीलाल थे, न सिन्हा जी की तरह महँगाई और नसीब का रोना रो सकते थे, न युसूफ साहब, सिंह जी की तरह ट्यूशनें शुरू कर सकते थे, झा जी, लाहिड़ी साहब, प्रसाद जी और जैक्सन साहब की तरह प्रबन्धन के नाक का बाल बनना भी उन्हें गँवारा न था, उनके निर्विकार चेहरे पर सतत एक-सा भाव छाया रहता—न दैन्यम्, न पलायनम्।

टीचर्स रूम में इन दिनों महँगाई, कम वेतन आदि की चर्चा उठने लगी थी। स्वभाव से अक्खड़ ओझा जी के पास तो पूरी फेहरिस्त होती कि कहाँ-कहाँ के वेतनमान क्या-क्या हैं, "वहाँ ग्रेड का रिवीजन हो रहा है और हमें फर्स्ट रिवीजन भी कायदे से नहीं।"

"बेंगाल में होता तो फाटा-फाटी हो जाता।" लाहिड़ी साहब फट पड़ते।

"पूरे पर साइन कर आधा वेतन भी यों देते हैं मानो दया कर रहे हैं।" मुस्तफा जी बोल उठते, "हमें शिक्षक संघ को लिखना चाहिए।"

"सिर्फ शिक्षक संघ को लिखने से क्या होगा? वो अपने ग्रेजुएट विधायक आखिर किस मर्ज की दवा हैं?"

"वो लखचन्दावालों ने दोनों जगह 'एप्रोच' करके देख लिया", ओझा जी बुरा-सा मुँह बनाते—"शिक्षक संघ सिर्फ कागजी बाघ है 'सनातक विधायक'! वहाँ कॉलेजों के प्रोफेसरों को छोड़ कर आज का कोई मास्टर विधायक ही पहले बनकर दिखा दें, माँगें मनवाना तो 'बड़ा' दूर का बात है।"

"आप अपनी हिन्दी ठीक कीजिए ओझा जी।" मोतीलाल कुढ़कर टोकते।

"उतने पैसों में इससे अच्छा हिन्दी नहीं बोलाएगा।" ओझा जी हठ पकड़ लेते।

कन्धा दबाकर मुस्तफा साहब अपना इन दिनों का प्रिय शेर पेश करते—"ये तो हल्का-सा अँधेरा है गनीमत जानो, दिन अभी और, अभी और भी काले होंगे।" वह एक मर्सिया होता जिसमें सारे शिक्षक रोम के अभिशप्त गुलामों-सा सिर झुका लेते।

आखिर 'शिक्षक संघ' और 'स्नातक विधायक' के पास फरियाद के बावजूद जब कोई वांछित परिणाम सामने नहीं आया तो ओझा जी आत्मश्लाघा में भभाकर हँस पड़े—"हम तो पहिले ही कहि रहे थे।" इन दिनों यूनियन बनवाने और वाजिब

तनख्वाह तथा महँगाई भत्ते की लड़ाई के सेनापति बने शिक्षक शिक्षक स्कूल-स्कूल घूमने लगे थे वे।

अग्रवाल एच.ई. स्कूल के शिक्षक यों ऊपरी तौर पर 'हाँ-हूँ' तो कर रहे थे। पर छद्म मास्टरी आभिजात्य उनके आड़े आ रहा था। सबसे बड़ा धर्मसंकट तो था मास्टर मोतीलाल जी के सामने—'हाय ईश्वर, कभी सोचा भी न था कि आन्दोलन का जो हथियार कभी विदेशियों के खिलाफ इस्तेमाल किया गया था, उसे अब अपने लोगों के खिलाफ़ इस्तेमाल करने की नौबत आ जाएगी। ये स्कूल कमेटी के अग्रवाल साहब, गुटगुटिया जी, सिंह जी तो बड़ी सज्जनता से पेश आते थे उनसे, इनके खिलाफ लड़ने की कल्पना भी अजीब धृष्टता-सी लगती। पर माँगें भी तो जायज थीं। फिर...क्या करें? किधर जाएँ?' मोतीलाल के दीप्त ललाट पर चिन्ता की लहरें जल के तल पर चितकबरी परछाइयों-सी मचल उठतीं।

ई गंगवा हमको जीने नहीं देगी

मस्टराइन कई दिनों से उनका चेहरा पढ़ रही थीं। 'कुछ है, जरूर जो हमसे छुपा रहे हैं ये।'

आज सुबह-सुबह ही नलके से पानी ले आते समय बिल्ली रास्ता काट गई। मस्टराइन का जी धक-सा रह गया। यों तो महाराजिन के आगे बढ़ जाने पर ही उन्होंने कदम बढ़ाए, मगर शंका गई नहीं। खैर, राम-राम करके दिन बीता। एक-एक कर सावित्री और ज्ञान स्कूल से लौटे। सकुशल थे। अब मास्टर साहब भी सकुशल लौट आएँ तो जी को करार मिले। जैसे-जैसे दिन डूब रहा था, मन कुहरीला होता जा रहा था। छिन घर में, छिन बाहर। इत्ती देर तो नहीं लगाते थे मास्टर साहब।

काश, वे ज्योतिषी धनराज पंडित के सुग्गे-सी 'अगम गियानी' होतीं तो जानतीं कि उनके 'वे' न सिर्फ आ रहे हैं, बल्कि अपने साथ-साथ कोई बला भी ला रहे हैं। अकेले नहीं, साथ में प्रसाद जी भी हैं जो उन्हें समझाते आ रहे हैं—"ओझवा और मुस्तफवा को पर निकल रहा है मास्साब। आप इनके बहकावे में न आएँ। अरे पैसे की कमी है तो बोलिए किसी सेठ के यहाँ ट्यूशन दिलवा दें मगर यूनियन और वह भी आप जैसे सम्मानित मास्टर—ना।"

मगर मास्टर मोतीलाल क्या यह सब सुन पा रहे थे? कान जरूर वहाँ थे, पर आँख...? आँख चबूतरे के नीचे मुहल्ले के गन्दे लड़कों के बीच खड़े ज्ञान पर थी।

लड़कों ने शायद पोखर से मछली मारी थी और उसे भून कर नोच-नोच कर खा रहे थे। ज्ञान उनकी ओर ललचाई नजरों से ताक रहा था। वर्तमान को देखते-देखते सहसा वर्क उलट गया और अतीत का वह क्षण सामने टँग गया जब उनके दरवाजे मछलीवाली टेर रही थी और महाराजिन ने उससे कहा था, "क्यों मुँह पिरवा रही हो?" फिर धीरे से कहा, "वे बेचारे कैसे ले सकते हैं?"

वर्तमान और अतीत को देख लेने के बाद भविष्य का काला वर्क खुद-ब-खुद झाँकने लगा।

"गधा कहीं का।" प्रसाद जी की उपस्थिति में ज्ञान को मार सकते नहीं थे पर उनके हाथ पकड़ कर खींचने में बौखलाहट स्पष्ट थी।

"जाने दीजिए, बच्चा है।" प्रसाद जी ने हँस कर कहा; फिर ज्ञान का गाल थपथपा कर बोले, "तुम चलो बेटा हमारे घर, रोज मछली बनती है वहाँ।"

प्रसाद जी चले गए। चले क्या गए, गाल पर तमाचा जड़ कर गए। उफ ये गलीज फिकरे! ये दया की पोंक! ये घिनौनी नसीहतें! अब इन्हीं की सुननी रह गई है! जो सिर्फ हस्ताक्षर कर चल देता है, वह कर्तव्य बघार रहा है। धम-धम पाँव पटकते हुए, ज्ञान को घसीटते हुए घर में दाखिल हुए तो चूल्हा सुलगाती हुई मस्टराइन ने मुड़कर ताका—"आज बड़ी देर लगा दी?"

"पहले यह बताओ, आपका लाड़ला कर क्या रहा था?"

"अरे! हम तो समझे, पढ़ रहा होगा घर के अन्दर। कहाँ था रे तूँ?" मस्टराइन ज्ञान के सहमे चेहरे में उत्तर ढूँढ़ने लगीं।

"ऐसी माँ होने पर ऐसी ही पढ़ाई होगी। माँ को पहले एक अच्छी माँ बन कर दिखाना होता है। मालूम है, नेपोलियन की माँ क्या थी, क्या थीं गांधी जी और ईश्वरचन्द्र विद्यासागर की माताएँ?...साहबजादे कहाँ थे मालूम? वे गन्दे लड़के पोखर की मछलियाँ भूनकर खा रहे थे और जनाब खड़े-खड़े लार टपका रहे थे वहाँ।"

"तेरे चलते जो न सुनना पड़े मुन्ना, छी: वहाँ मरने गया था तू? लाख समझाया हमारे होगी तो खाएँगे, नहीं तो पानी पीकर रह लेंगे लेकिन तू...।"

पत्नी की इस बात ने उनके खरोंच खाये आत्मविश्वास को धीरे से सहलाया, मन कुछ शान्त हुआ। हाथ मुँह धोते-धोते उन्होंने देखा, आसमान काला पड़ता जा रहा था। उस कालिमा पर उनके चूल्हे से निकला भूरा धुआँ किसी साँवली स्त्री के बदन पर सफेद दुपट्टा-सा छहर रहा था।

इतिहास में कौन-सा प्रसंग है ऐसा...? वो...द्रौपदी के चीर हरण का? हुँह हराम की मछली खानेवाले प्रसाद जी और छिनालपन की कमाई खानेवाली महाराजिन को क्या खाक सूझेगी यह बात! यह विद्या ही तो एक ऐसी चीज है जिसे हरामखोर और लम्पट खरीद नहीं सकते। अपनी इस परितुष्टि का अभी वे ठीक से

आनन्द भी नहीं ले पाए थे कि आँधी-पानी का तांडव शुरू हो गया। आकाश का सीना रह-रह कर, वज्र की चाबुक की सटकार से दरक रहा था और इक्की-दुक्की बूँदें खपड़ैल पर बजने लगीं थीं। ढिबरी ले कर ज्ञान और सावित्री को पढ़ाने बैठ गए।

"ढिबरी इधर कर दी जाए?" मानिनी पत्नी ने दीवार को सम्बोधित किया।

"इस ढिबरी से पढ़ाई हो रही है, लालटेन जला ली जाए।" पति ने 'दीवार' को बताया।

"लालटेन में तेल नहीं है, ढिबरी न मिली तो बन चुका खाना।" दीवार बोली।

"खाना तो अँधेरे में भी बन सकता है, मगर पढ़ाई अँधेरे में नहीं हो सकती।" उन्होंने दीवार को साफ-साफ बता दिया।

मगर 'दीवार' का भी अपना तर्क था—

"पढ़ाई के बिना भी जिया जा सकता है मगर खाने के बिना नहीं।"

यह वजनी तर्क बजा तो सुलह के लिए बाध्य हुए, ढिबरी बीच में रख दी गई जहाँ से थोड़ा-थोड़ा उजाला दोनों ओर पहुँच सके। इस मनहूसियत में पढ़ाई क्या खाक होती! खपड़ैल पर बूँदों की टपटपाहट ने भी गति पकड़ ली थी। प्रकृति अपनी गति पर थी और जिद्दी मास्टर अपनी गति पर। एक जरा-सी भूल पर सारा सन्तुलन जाता रहा, लगे पीटने ज्ञान को—"सारा दिमाग तो खेलने में खर्च हो जाता है, पढ़ने के लिए बचे कहाँ से? लो और खेलो, और...और...और...! मछली ला दूँ, भूनकर खाओगे? लो...! पढ़-लिख लोगे तो उनकी लादी कौन ढोएगा?" ज्ञान की पिटाई से आतंकित हो सावित्री बिल्ली की तरह चुपके से खिसकने लगी तो उसे भी दो धौल लग गए। पत्नी चूल्हे पर तवा रख कर जहाँ-तहाँ चू रहे खपड़ैल के नीचे कटोरी, ग्लास, तसले रख रही थी कि बच्चों की दर्दनाक रुलाई पर वत्सला सिंहनी-सी दौड़ पड़ी और उसने ज्ञान को उठाकर कलेजे से लगाते हुए कहा, "साँय के लहर सौंतन पर! वाह रे बहादुर मरद। एक टुकड़ा मछरी तो खरीदने-भर की कुव्वत नैं है और बच्चों को कसाई-सा पीट रहे हो। इज्जतदार, गियानी, विद्दमान हो न! इस गियान को बिछाएँ, कि ओढ़ें, कि पेट में डाले? देखो, रोज-रोज का कट-कट ठीक नहीं, ले आओ रस्सी, लटका दो हम तीनों माई-पूतों को भी उस नीम से, देखते रहो जी भर के उसे।"

आवाज सप्तम पर थी और पानी की बौछारों को भेद कर उड़ रही थी। पड़ोसी अपने-अपने घरों से फटा छाता, बोरा, सूप और चंगेरी ओढ़कर दरवाजे पर प्रेत की मानिन्द आ प्रकट हुए और फिर एक से बढ़कर एक नसीहतें...

"छी-छी, लड़ाई-झगड़ा नीचों का काम हैं, हम इज्जतदार लोग हैं।" फेंकू सिंह ने कहा।

जिस चीज से मास्टर साहब इतना बचना चाह रहे थे, वह दरवाजे को घेर कर

खड़ी थी। खुद को इज्जतदार घोषित करनेवाले ये वही लोग थे जो मुहल्ले में आए दिन कोहराम मचाते फिरते थे।

उस दिन खाना नहीं बना तो नहीं ही बना। तवा रखा रह गया चूल्हे पर। काफी देर तक कोने में बच्चों को लेकर सिसकती रहीं मस्टराइन, दूसरे कोने में हतबुद्ध-से अपनी बड़ी-बड़ी आँखें फाड़े अँधेरे में घूरते मास्टर साहब। बिजली चमकती रही। बादल गरजते रहे। पानी बरसता रहा। खपड़ैल टपकता रहा ग्लास में डब्ब...कटोरी में डब्ब...तसले में डब्ब...तवे पर छन्न! जलतरंग और सितार की जुगलबन्दी की करुण साज पर सिसकती रहीं पत्नी। सुसुकते रहे बच्चे।

उनके ठीक बगल में एक अलग ही नजारा था। झंझा की झकोर! हवा ऐसी तेज थी कि दुलारी के घर का फूस का छप्पर जादुई चटाई की तरह उड़ा और नीम की डाल पर आ बैठा और दुलारी के परिवार में कोहराम मच गया। उधर महाराजिन ने जल्दी-जल्दी सामान समेट कर नीचे का दरवाजा बन्द किया। अब दोतल्ले के घर की खिड़कियों को बन्द करने की बारी थी और यहीं उनकी हिम्मत जवाब दे गई। दरवाजे पर ही खड़ी रह गईं वे। वहीं से उन्होंने चमकती बिजली, कड़कते बादलों और हहराती हवा के आतंकप्रद शोर मे जो नजारा देखा कि एक कदम भी आगे न बढ़ा सकीं। नीम की वह डाल जो उनकी खिड़की तक खिंच आई थी, पूरी-की-पूरी खिड़की के अन्दर समाकर तांडव कर रही थी। रह-रह कर शैतान की आँख-सी आकाश की बिजली आँख बिजबिजाती। नीम अँधेरे में नीम की डाल पर उन्होंने अद्‌भुत प्रेत-लीला देखी। एकदम-से छोटे-छोटे इनसान नीम की डाल पर सवार थे और नन्हे बन्दरों की तरह घर में उतर रहे थे। न कभी देखा, न सुना। आगे-आगे गंगवा थी, पीछे-पीछे छह-सात जन और। यह शायद सुराजियों की फौज थी। उन्हें याद आया कि मास्टर साहब बता रहे थे, इसी डाल पर पाँच सुराजियों को फाँसी दी गई थी और इन्हें खुद वह मनहूस दिन याद है जब उनकी बेटी को फेंकू सिंह की सहायता से डाल पर लटकाया गया था। बहुतेरे तरीके थे उसे रास्ते से हटाने के मगर करमजली ने उन्हें फेंकू सिंह के साथ लटपटाई हालत में देख जो लिया था। क्या करतीं? दिमाग ठीक-ठीक काम नहीं करता न! अब लो भुगतो। इस बार गंगवा अकेली नहीं आई, मुँहझौंसी सुराजियों की पलटन लेकर आई है।

जोरों से बिजली चमकी और दृश्य जलकर खाक हो गया। पलभर की चमक में महाराजिन ने देखा, पानी खिड़की के रास्ते अन्दर रेंग रहा था। दूसरे पल उससे भी गहरा अँधेरा और वह दृश्य फिर से साकार हो गया। बादल इतने जोर से गरजे कि उन्हें लगा, आसमान सीधे उनपर ही टूट पड़ेगा।

"माई रेऽऽऽ।" चीख कर भागी थी महाराजिन कि अपने ही लूगे में फँसकर सीढ़ियों पर जा लुढ़कीं और ढनमनाती हुई आकर गिरीं अपने आँगन में। मास्टर

साहब चौंके—"ये क्या है?" पर दरवाजा खोला तो उन्हें लगभग धकियाते हुए एक छाया भागती हुई अन्दर आ गई। ढिबरी की रोशनी में लथपथ साड़ी, बिथुर वालों में महाराजिन का आतंकित चेहरा काँप रहा था।

"क्या हुआ? आप इतनी डरी हुई क्यों हैं?" मास्टर साहब ने पूछा।

"ई गंगवा हमको जीने नहीं देगी।"

"आप नाहक डर गई हैं। गंगवा कबकी मर चुकी है।"

"वही तो। मर कर परेत न हो गई कलमुँही आप नहीं जानते इन परेतों को, अकेली नहीं है। इस बार उनके साथ आपके सुराजियों की फौज भी है।"

"क्या बोलती हैं? चलिए चलकर आपका भरम दूर किए देते हैं।" मोतीलाल ने कहा।

मस्टराइन ने साधिकार हाथ आगे कर रोक दिया पति को फिर महाराजिन से बोलीं, "आइए यहाँ, मेरे पूजा घर में बैठिए, देख लीजिए टपक तो वहाँ भी रहा है। आपसे कै बेर बोले छवा दीजिए। हर साल भाड़ा बढ़ाती हैं लेकिन छवाने के नाम पर वही कंजूसी। देख रही हैं घर की हालत!" उन्हें इस बहाने महाराजिन को डाँटने का अवसर सुलभ हो गया था। फिर उन्होंने उनका हाथ खींचा—"आइए, हनुमान चालीसा जानती हैं न?"

"न।"

"कैसी बराहमन हैं? सिर्फ फेंकू सिंह के साथ कोक शास्त्तर-ए बाँचती हैं।" उन्होंने इससे ज्यादा अप्रिय कहते-कहते खुद को रोक लिया—"कोई बात नहीं, इसको हाथ में लेकर बैठ जाइए। हम जाप करते हैं आपके लिए—सिरि गुरु चरन सरोज रज, निज मन मुकुर सुधार..."

पूजा के बाद महाराजिन ने मोतीलाल जी के साथ ऊपर जाकर अपना घर देखा। शुकर था, महाराजिन की लालटेन अभी भी सुराजियों की चपेट से बाहर थी। लालटेन की रोशनी में मोतीलाल ने नीम की टहनी को हाथ से हटाकर बाहर निकाला और खिड़की बन्द कर दी—"अब आप बिना डर के सो सकती हैं। कहिए तो ज्ञान की माँ को आपके साथ सोने के लिए भेज दूँ।"

ज्ञान की माँ का जिक्र आते ही महाराजिन का मुँह कसैला हो आया—"नहीं, रहने दीजिए।"

"तो मैं जाऊँ?"

"जाइए।"

"रात-बिरात कोई जरूरत लगे तो आप पुकारेंगी, मैं हाजिर हो जाऊँगा।"

"जी!"

रात-भर परेशान रहीं महाराजिन। रात-भर उनकी बन्द खिड़की पर दस्तक देती

रही उनकी मृत बेटी। रात-भर तबाह करती रही सुराजियों की फौज। सुबह होते ही उन्होंने ताला बन्द किया और मोतीलाल को चाबी थमाते हुए कहा, "मैं कहीं तीरथ करने को निकल जाऊँगी। ये चाबी सँभालिए, कोई कायदे का किरायेदार मिले तो रख लीजिएगा।"

"पर आप जाएँगी कहाँ, कुछ पता ठिकाना भी तो देती जाइए?" मस्टराइन ने पूछा, "एक बार बाबू फेंकू सिंह से तो पूछ लेतीं।" जले पर नमक छिड़कना नहीं भूलतीं मस्टराइन।

"अब तो भूत बैठवा कर ही आएँगे बहिन। किसी से पूछना क्या?" चली गईं महाराजिन। उनके जाने के बाद पति-पत्नी को अपने भूतों की सुधि आई। दोनों निकल पड़े—मस्टराइन धनराज पंडित के सुग्गे के पास; मास्टर साहब ओझा जी सर के घर।

"मेरा भी नाम लिख लीजिए अपनी कमेटी में।" मोतीलाल ने ओझा जी से कहा।

हाँ तो मैं क्या पढ़ा रहा था?

बागियों में नाम तो लिखवा लिया उन्होंने पर अभी उनका एक पाँव गांधी जी ने पकड़ रखा था, दूसरा गुरु वन्दना के श्लोक ने।

प्रबन्धन समिति ने उनकी माँगें सुनकर जल्द ही एक मीटिंग बुलाने का आश्वासन दिया। पर सेठों-ठेकेदारों को इतनी फुरसत कहाँ कि अदने मास्टरों के लिए वक्त निकाल सकें। तब तय हुआ कि समिति के अलग-अलग सदस्य को पकड़ा जाए। गुटगुटिया जी, सिंह जी और शुक्ला जी से मिलने में ही उनका धैर्य जवाब दे गया। यह एक अच्छी-खासी चूहा-दौड़ थी। पहले तो कई-कई अपमानजनक चक्करों के बाद भी वे मिले नहीं, फिर मिले तो बात करने की फुरसत न थी किसी के पास।

एक फुटपाथी चाय की दुकान में, चाय की चुस्कियों में दीनता सुड़कते हुए गमगीन खड़े थे वे।

"अब तो इस तरह गोल बाँधकर चलने में भी 'लज्जा' लगता है।" लाहिड़ी ने कहा।

"हूँ।" चौबे जी हुँकारी भरकर चुप हो गए।

"इस तरह भिखारियों की तरह दर-दर भटकने से तो अच्छा है सीधे अग्रवाल

साहब के पास ही धरना दें, आखिर उनके बाप के नाम पर स्कूल है। क्यों मोतीलाल जी?" सिंह जी ने छाते की नोक से सड़क पर धीरे-धीरे प्रहार कर रहे ध्यानमग्न मोतीलाल जी से पूछा।

"मैं इस पहेली का हल नहीं निकाल पा रहा हूँ कि वही सेठ जो हमें रास्ता चलते प्रणाम करते थे, पैसे माँगने के सवाल पर इतने बेमुरौवत क्यों हो गए?" मोतीलाल ने जैसे खुद से सवाल किया हो।

"अरे पैसे के चलते ये अपने माँ-बाप, बेटे-बेटी को बेच दें, आप किस गली के हो!" ओझा जी ने कहा।

"इसी को कहते हैं क्लास कैरेक्टर?" मुस्तफा जी ने कहा और अपमान की आखिरी ठेस बर्दाश्त करने के लिए कलेजा पुख्ता करता हुआ शिक्षकों का दल अग्रवाल साहब की हवेली के सामने जा खड़ा हुआ। संयोग से सेठ गोशाले की मीटिंग के लिए बाहर निकल रहे थे कि दरवाजे पर उन्हें देखकर उनका मन घृणा से भर गया—"क्या बात है मास्टर जी, जब कहला दिया कि जल्द ही मीटिंग बुलाएँगे तो भी आप लोग घर-घर फेरा लगा रहे हैं? यह तो इज्जतदार मास्टरों का बात नहीं हुआ..."

"सेठ जी, आप स्कूल के फाउंडर हैं, प्रेसिडेंट भी..." सिंह जी की बात को बीच में ही काटते हुए बोल पड़े अग्रवाल साहब—"देखिए इस नाते अगर हमसे परसनली कुछ माँगने आएँ हों तो बोलिए, होली-दिवाली पर 'सौ-पचास' कोई बड़ा बात नहीं है।"

"लेकिन सर, हम कोई भिखारी तो हैं नहीं...हम तो एक सम्मानजनक सिस्टम..." ओझा जी बोल उठे।

"आप चुप रहिए, आपको बात करने का तमीज नहीं।" सेठ ने उन्हें डाँट दिया और मोतीलाल जी की ओर इशारा करते हुए कहा, "आप बोलिए मास्टर जी, हमने धीरज ही रखने को तो कहा, कुछ खराब कहा?"

सेठ के 'क्लास कैरेक्टर' के भौंकते ही मोतीलाल जी का अपना 'क्लास कैरेक्टर' भड़क उठा—"देखिए अग्रवाल साहब, धैर्य की भी एक सीमा है। हमसे इतना धैर्य न करवाया जाए कि प्राण ही त्याग देने पड़ें। गोशाला की मीटिंग के लिए आपके पास समय है मगर हमारे लिए नहीं। क्या हम गायों से भी गये बीते हैं?" ओझा जी ने उन्हें जबरन खींच लिया वरना लड़ बैठते। उस दिन तो शिक्षकों का दल अपमानित होकर लौट आया, था पर इस बार की तनख्वाह पर दो सौ पर हस्ताक्षर करके डेढ़ सौ लेने से उन्होंने इनकार कर दिया। प्रबन्धन की ओर से धमकी मिली तो हड़ताल कर दी।

हड़ताल में समय ही समय था मोतीलाल जी के पास। टहलते हुए चले आते नीम के चौरे पर। शहीदों की झूलती लाशों की कल्पना करते तो मन अपने आप चंग

पर चढ़ जाता—सेठों की गुलामी से अच्छा है कि चबूतरे पर छोटे बच्चों का एक स्कूल ही खोल दिया जाए।

जहाँ चाह, वहाँ राह! उन्हीं दिनों नौकरी की चाह में भटकता हुआ एक चचेरा भाई श्रीप्रकाश आया तो जैसे युक्ति को रास्ता मिल गया। श्रीप्रकाश को उन्होंने नौकरी की हीनता और शिक्षक की गरिमा पर खासा प्रवचन दे डाला—"किस-किसकी गुलामी बजाते फिरोगे? इससे तो बेहतर है नीम के चौरे पर स्कूल ही खोल लो। विद्यादान का विद्यादान और कमाई की कमाई! रामकाज कछु मोर निहोरा!"

चबूतरे के आधे भाग पर स्कूल खुल गया। मोतीलाल घर-घर जाते और पढ़ाई की जरूरत बता कर बच्चों को ले आते, दिन को बच्चे पढ़ते और शाम को व्यस्क स्त्री-पुरुषों की पाठशाला चलती। पत्नी ने हँसकर कहा, "चोर चोरी से जाए, हेरा-फेरी से न जाए।"

पाँच ही दिनों में इस मुक्तांगन साक्षरता अभियान में उन्हें वो सफलता मिली कि उनका आत्मविश्वास लौट आया। पर एक सुबह उन्होंने जो दृश्य देखा कि सहम गए। 'घों-घों' करते सूअर चढ़े आ रहे थे। चबूतरे पर कुछ लोगों ने पाखाना कर दिया था। छी! सुबह-सुबह जो दिन खराब हुआ तो खराब ही होता चला गया। श्रीप्रकाश ने बताया कि कुछ शोहदे किस्म के लोग हैं जो चबूतरे का इस्तेमाल अपने गलत कामों के लिए रात में करते हैं, यह उन्हीं की करतूत है।

"तुम्हें कैसे मालूम?"

"उन्होंने मुझे धमकी दी थी कि स्कूल दूसरी जगह लगाओ, यहाँ वे जूआ खेलेंगे।"

स्कूल से स्ट्राइक टूट जाने की सूचना आई थी और बिना कोई निर्णय लिए वे स्कूल के लिए निकल पड़े। 'यह स्ट्राइक एकाएक टूट क्यों गई? क्या माँगें हासिल हो गईं?', रास्ते भर वे सोचते रहे।

टीचर्स रूम में मास्टरों के चेहरे पर मातम था। मालूम हुआ कि संघ के केन्द्रीय अध्यक्ष द्विवेदी जी ने समझौता करा दिया है जिसके अनुसार अब सिर्फ नए शिक्षकों की फीस से ही कटौती होगी। द्विवेदी जी प्रान्तव्यापी अभियान चलाने की सोच रहे हैं ताकि शिक्षकों का पगार सीधे सरकार से मिला करे।

"वह तो जब होगा, तब होगा; होगा भी या नहीं क्योंकि हमें तो माफी माँगकर लिखना है कि अब से स्ट्राइक नहीं करेंगे।" मुस्तफा जी ने कहा और खिड़की के बाहर आसमान ताकते हुए बर्रा उठे—"ये तो हल्का-सा अँधेरा है, गनीमत जानो।" मास्टर मोतीलाल पर इस खबर की क्या प्रतिक्रिया हुई, उन्हें खुद भी नहीं मालूम लेकिन आज क्लास में पानीपत के तीसरे युद्ध को पढ़ाते समय अचानक उन्हें प्रतीत

हुआ—पानीपत के मैदान में एक ओर मराठों, राजपूतों, जाटों की सेना खड़ी है, दूसरी ओर अहमदशाह अब्दाली की और बीच-बीच में घों-घों करते सूअरों का दल घुस आया है।

"हट-हट।" घोंसले से चिड़ियाँ की तरह फुर्र से निकल गए शब्द और लज्जित होकर क्लास से निकल आए वे। बगल की कक्षा में मंडन मिश्र जी उर्फ मनु महाराज क्लास ले रहे थे संस्कृत का। आवाज दरवाजे तक उड़ रही थी—"एव मुक्तो हृषीकेशो गुडाकेशेन भारत...' धर्मक्षेत्र-कुरुक्षेत्र में कौरव-पांडव दोनों पक्षों के महारथी अपनी-अपनी सेनाओं के साथ खड़े हैं। युद्ध शुरू करने के पूर्व अर्जुन कृष्ण से कपिध्वज रथ को दोनों सेनाओं के बीच में ले चलने का अनुरोध करते हैं...' और मास्टर मोतीलाल मन-ही-मन कुरुक्षेत्र पहुँच गए। इस तरफ पांडव, उस तरफ कौरव, बीच में घोड़ों को हाँकते रथ लिए चले आ रहे हैं कृष्ण। अचानक सामने से 'घों-घों' करता सूअरों का दल जाने कहाँ से घुस आता है। घोड़े भड़क उठते हैं, कृष्ण परेशान हैं, अर्जुन के चेहरे पर हवाइयाँ उड़ रही हैं। लाचार हो 'हट्ट-हट्ट' करते हुए चाबुक से एक धृष्ट सूअर के पुट्ठे में खोदते हैं।

सूअर बिलबिलाकर भागता है।

मनु महाराज ने बाद में सुना तो 'थू-थू' कर बैठे—"ऐसी गन्दी बात आपके दिमाग में आई कैसे?" मनु महाराज जो भी कहते रहें, तब से मास्टर साहब के इतिहास में वक्त-बेवक्त सूअर घुस आया करते। क्या मोहनजोदाड़ो, क्या गुप्तकाल, क्या शिवाजी, मुगल और मराठे, क्या अँग्रेज, फ्रेंच और पुर्तगाल और क्या स्वाधीनता आन्दोलन और स्वाधीनता प्राप्ति के बाद का इतिहास, सर्वत्र सूअर विचर रहे थे। यहाँ तक कि विश्व इतिहास तक में उन्हें इस एहसास से निजात न मिली। भला अपना ही सही वेतन पाने के लिए सेठों, ठेकेदारों और अफसरों के सामने घिघियाना, बगावत करना और अनुग्रह की अपमान-भरी जूठन पर सन्तोष कर लेना! हट्ट! हट्ट!!

अन्धी खाई की ओर दौड़ते इस समाज में अगर कोई सबसे अनावश्यक चीज है तो वह है शिक्षा। स्कूल के नए शिक्षकों को अभी भी साइन करना पड़ेगा डेढ़ सौ पर, मिलेंगे सौ। यहाँ श्रीप्रकाश मुहल्ले के बदमाशों से आए दिन घुड़कियाँ सुनेगा—'बन्द करो ये पाठशाला। यहाँ हम जूआ खेलेंगे या ऐयासी करेंगे।' मोतीलाल ने माफीनामा लिखकर नहीं दिया। अलबत्ता शिक्षकों द्वारा एप्रोच करने पर प्रबन्धन ने उन्हें वार्निंग देकर छोड़ दिया। उनका मन विरक्ति से भर गया।

वैराग्य सिर्फ उन्हीं में आ रहा था, ऐसी बात न थी, ओझा जी के मुख से गाहे-ब-गाहे अशालीन गालियाँ झरने लगतीं, मुस्तफा जी की शायरी में इश्क और देशोत्थान की जगह भ्रष्टाचार और नैराश्य टपकता। आधे से ज्यादा मास्टर सेठों के यहाँ ट्यूशन करने लगे थे। मनु महाराज तो सेठों के घर पूजा-पाठ करने में ही लगे

रहते। कुछ मास्टर दिनोदिन कछुआ बनते जा रहे थे, तो कुछ कुत्ते। सिन्हा अब सिर्फ साइन भर करते, प्रसाद जी और लाहिड़ी पॉलिटिक्स करते, झा जी खुलकर स्कूल के इक्विप्मेंट्स और किताबें खरीदने के नाम पर यात्रा-भत्ता और कमीशन बटोरते। न इन्हें बच्चों के भविष्य की चिन्ता थी, न नौकरी पर आँच आने का डर।

स्कूल में पढ़ाने का वक्त कम पड़ता गया तो मोतीलाल जी के घर पर छात्रों की भीड़ जमा होने लगी। श्रीप्रकाश ने अपनी भाभी के उलाहनों से आजिज आकर चबूतरे के बगल एक मड़ैया डाल ली थी सो घर 'फ्री' था। लेकिन यह स्थान भी निरापद नहीं रहा। एक दिन प्रान्त के कई अन्य शिक्षकों के साथ ओझा जी, मुस्तफा साहब और सिंह जी आ धमके—"वाह साहब, घर में भी स्कूल, चबूतरे पर भी स्कूल!"

"और दोनों स्कूलों के साथ जिन्दगी की गाड़ी यहाँ भी, वहाँ भी।" यूसुफ साहब ने कहा।

पर स्कूल की स्तुति करने तो वे आए नहीं थे सो जल्द ही अपने असली मकसद पर उतर आए।

"आपको तो नहीं पहचानते होंगे?" ओझा जी ने नए आगन्तुक की ओर इशारा किया, "आप है बाबू आर.पी. सिंह, शिक्षक संघ में नवजागरण का बीड़ा उठानेवाले।"

मोतीलाल ने उन्हें नमस्कार करते हुए गौर से देखा, चौड़ा पिचका साँवला मुँह, लम्बी काठी, पैंतालीस के आसपास की उम्र।

"दरअसल हम लोग आए थे 'शान्ती' से कुछ बात करने लेकिन आप तो पर्हा रहे हैं।" सिन्हा जी ने कहा।

"क्यों पढ़ाना पाप है क्या?" मोतीलाल जी ने सिन्हा जी की कामचोरी पर कटाक्ष किया।

"नहीं, पर सिर्फ पर्हाना और बाहर क्या हो रहा है, उससे अनजान बने रहना, यह भी तो एक तरह का पाप ही है।" सिन्हा जी ने हँसकर कहा।

"क्या हो रहा है बाहर?"

"पूछिए, क्या नहीं हो रहा है। अरे अन्धेर मची है साहब, अन्धेर।" सिंह जी ने कहा, "इस्पात, कोइला, तेल यानी कि सब नेशनलाइज होने का बात हो रहा है लेकिन जो असल चीज है शिक्षा, उ रहेगा ई सेठों का हाथ में, सबका पगार बढ़े लेकिन टीचर पैसा माँगे तो देश कंगाल हो जाएगा।"

अन्दर-ही-अन्दर कुरमुराकर रह गए मोतीलाल, नाहक ओझा जी को दोष दे रहे थे, यहाँ तो सभी अशुद्ध बोलते हैं। छी! मास्टर हैं ये!

"पैसा तो पैसा, टीचर पढ़ाएगा का? अब दस-पाँच किताब मिलाके हर साल नया किताब छाप देंगे, प्रकाशक मालोमाल, लेखक मालोमाल, मंत्री और अधिकारी

की टेंट गरम, मरे बेचारा गार्जियन और मास्टर।" ओझा जी ने कहा।

"मास्टर अगर कमीशन न खाए तो वैसी किताबें कोर्स में लगाएँ ही क्यों? पढ़ाई तो सेलेबस से ही होती है ना।" मोतीलाल ने कहा।

"और लैंगुवेज ग्रुप की?" ओझा जी ने बात को अपनी ओर मोड़ा—"ई ठो देखिए, एकरा में प्रेमचन्द, गुलेरी, अज्ञेय, जैनेन्द्र, रेणु के बाद कौन है, तनि देखिए तो—इतवारीलाल, चन्द्रेश त्रिपाठी, विद्याधर राय... इनका नाम कभी सुना है आपने?"

"ओह ओझा जी, मैं साहित्य का आदमी नहीं हूँ।" मोतीलाल जैसे हाँफ-से गए।

"कोई बात नहीं, हम लोग तो हैं, हमें भी तो इनके नाम मालूम नहीं है। हाँ, ई मालूम है कि इतवारी लाल, मंत्री जी के साढ़ू हैं, त्रिपाठी और राय बीस-बीस हजार घूस देकर आए हैं—अब बताइए, आगे से सब लोग कोर्स से निकाल दिए जाएँगे, सिर्फ मंत्री और अधिकारी का महान साहित्य ही पढ़ाया जाएगा।"

"ठीक कहते हैं," मोतीलाल ने स्वीकार किया, "पर इसमें हमारा भी कम कसूर नहीं है। हमने कब प्रतिवाद किया?"

"अरे, जिनकी रीढ़ होगी, वही न प्रतिवाद करेंगे। रीढ़ होगी कहाँ से? अब देखिए...", ओझा जी का स्वर तनिक राज-भरे अन्दाज में धीमा हो गया—"अपने परसदवा को देख रहे हैं। साला साइन करके चल देता है अग्रवाल साहब की बिटिया को इम्तहान में नकल कराने।"

"झौवा को देख ही रहे हैं, स्कूल की सारी खरीदारी उसके जिम्मे, साइन भी बैक डेट पर करेगा, भागा रहेगा पटना, पूछिए काहें तो जितने झा हैं, सबको अपना रिश्तेदार बाता है, हेडमास्टर की चुरकी उसके हाथ में है। फाल्स डिग्री बेचता है, नम्बर बढ़वाता है। कम कमाई है!"

"अरे ऊ सबकी डिग्रियाँ भी फाल्स ए है।" सिन्हा जी ने कहा और बाहर लघुशंका के लिए निकल पड़े।

उनके जाते ही सिंह जी ने हिकारत से कहा, "अरे ई-हो कम कहाँ हैं, खुद जातिवाद चलाते हैं, पढ़ाने के नाम पर शुभान अल्लाह! और दूसरे पर तोहमत डालते हैं।" सिन्हा के आने तक उनकी निन्दा होती रही पर जैसे ही वह आए, स्वर बदल गया।

"तो भैया मोतीलाल जी, कब तक कोई दस्तखत की चिड़िया उड़ा-उड़ाकर पैसा कमाएगा और आप और हम ईमानदारी का पट्टा आँख पे बाँधे, कोल्हू के बैल बनके खट-खटके मरेंगे? हमारा वश चले तो सब चिरिया उराना भुलवा दें। इन्हें मुर्गा बना कर 'कुकरु-कूँ' न बोलवा दिया तो हमारा नाम..."

सिन्हा आते ही बहादुरी की डींग हाँकने लगे। मुर्गी के 'कूकरु-कूँ' बुलवाने वाली बात पर मोतीलाल के शिष्यों में वो भिलभिलाहट मची कि शिक्षकों का दल

चौंककर सँभल गया। चाय आ गई थी, चाय खत्मकर ओझा जी ने कहा,

"तो चलते हैं मास्टरसाब, आप पढ़ाइए। ई 'रमैन' गाने का उद्देश्य यह है कि हेडमास्टर मिश्रा जी और अग्रवाल साहब का जुलुम का ही सवाल नहीं है, सवाल हमारे शिष्यों की जिन्दगी और भविष्य का है। अब शिक्षक संघ में द्विवेदी जी के इस नरम रुख से कुछ होने-हवाने का नहीं है, हम सबको अपने बाबू साहब आर.पी. सिंह के नेतृत्व में डायरेक्ट एक्शन पर उतरना ही होगा। प्रान्त के आधे से ज्यादा योग्य शिक्षक इनके साथ हैं- हम लोग भी आपसे यही निवेदन करने आए हैं।" ओझा जी ने उपसंहार किया।

'हाँ-हूँ' करते हुए शिक्षकों के दल को बाहर तक विदा करके लौटे तो पत्नी ने आड़े हाथों लिया—"हम कुछ बोलते हैं तो बोलते हैं कि चुप रहो, पढ़ाई में 'डिस्टरब' होगा और यहाँ आपके मामा लोग घंटे-भर तक एक-दूसरे का सुथन्ना खींचते रहे, वो चकचक कि मुहल्ले की झगड़ालू किसनू की माँ और जियालाल की चाची भी मात खा जाएँ, वो भी बच्चों के सामने। अब तो 'डिस्टरब' नहीं हुआ न?"

मास्टर साहब ने फिलवक्त उनकी जहर-भरी टिप्पणी को दरकिनार करते हुए लड़कों पर निगाह डाली तो वे हँस रहे थे, भूल गए वे कि क्या पढ़ा रहे थे।

आपका अभागा भाई श्रीप्रकाश

संघ के अन्दर-ही-अन्दर दो धड़े हो गए, दोनों दो राजनीतिक पार्टियों की दुम से जा बँधे, दोनों अपनी-अपनी पत्रिकाओं में एक-दूजे पर स्पष्ट आरोप-प्रत्यारोप की बौछार करने लगे। अग्रवाल उच्च विद्यालय का पहले ही बुरा हाल था। कुछ तो आए दिन बाहरी हड़तालों के चलते और कुछ शिक्षकों और छात्रों की उदासीनता के चलते, पढ़ाई नाममात्र की ही हो पाती थी। अब अतिरिक्त कार्यों का बोझ भी उनपर बढ़ने लगा। स्कूल कभी बन्द हो जाता, फिर खुलता तो पूरे घंटे शायद ही पढ़ाई हो पाती। इधर एक घटना और हुई जिससे मोतीलाल जी का मन भन्नाकर रह गया।

अग्रवाल साहब के चाचा का श्राद्धकर्म था। व्यवस्था का भार शिक्षकों पर था। एक से बढ़कर एक लकदक कपड़े और कहकहे के साथ बैठा सम्भ्रान्तों का दल और सामने खुले में बैठे मोटिया मजदूर-किरानियों और दूसरे लोगों के बीच सिर झुकाकर टूँगते शिक्षक। डी.एम. आए तो सब उठकर खड़े हो गए। बैठे रहे

तो मोतीलाल और ओझा जी। अग्रवाल साहब के छोटे भाई ने आँखें सिकोड़कर कहा, "मास्टर होकर इतना भी एटीकेट नहीं जानते? क्या खाक पढ़ाते होंगे आप लड़कों को?"

फिर उसने परोस रहे सिन्हा से धीरे से पूछा, "इन्हें किसने बिठा दिया इस पंगत में?" अपराधबोध से हड़बड़ाकर उठ पड़े दोनों। फिर तो कौर जहर हो गया। परोसनेवालों में एक आँख मिचमिचाता, नाटा-सा आदमी उनके पास आया— "अरे मास्साब, आप लोग रुक क्यों गए? कोई कमी हो तो बोलिए बिलाहिचक।" फिर वह बिना जवाब की प्रतीक्षा किए दूसरी ओर चला गया।

"यह तो हमारे स्कूल के शिक्षक नहीं लगते?" मोतीलाल की आँखें उसी का पीछा कर रही थीं।

"नहीं लगते तो लगने लगेंगे, इनका नाम है चन्द्रमा प्रसाद, आपके स्कूल के नए भूगोल के शिक्षक। लखचन्दा हाईस्कूल से आपका दो दिन पूर्व ही शुभ आगमन हुआ है।"

"उज्जवल भविष्य है।"

"हाँ, द्विवेदी गुट का मोहरा है, उज्जवल तो होगा ही।"

चन्द्रमा प्रसाद। साँवला, नाटा शरीर, छोटी-छोटी मिचमिचाती आँखें, मुख पर हमेशा विरक्ति और दैन्य के भाव, गरज कि भूगोल के शिक्षक के चेहरे का भूगोल हमेशा बिगड़ा हुआ। लगता था, ठीक सेठ की गद्दी से निकलकर कोई चला आया है। अपनी अयोग्यता को ढकने के लिए वे शिक्षक तो शिक्षक, छात्रों तक से विनयशील बने रहते। द्विवेदी गुट के हेडमास्टर मिश्रा जी ने उन्हें शिक्षक संघ की पत्रिका 'शिक्षक बन्धु' के सम्पादन का भार भी दे डाला था।

'शिक्षक बन्धु' में सिंह धड़े के खिलाफ लेख तो दूसरे लिखते, क्रोध की गाज झेलनी पड़ती अकेले चन्द्रमा बाबू को। चुस्त-दुरुस्त मोतीलाल भला ऐसे गए-बीते मास्टर को कैसे सह पाते! फलत: वे अकसर उनका उपहास उड़ाया करते। ओझा जी तो लड़कों को ही उकसाकर उनका मखौल उड़ाते फिरते। चन्द्रमा बाबू कोई प्रतिवाद न करते, बस, मिचमिचाती आँखें उठाकर एक बार कातर निगाहों से उन्हें देखभर लेते, फिर सिर झुका लेते। रोल कॉल के बाद अधिसंख्य लड़के खिसक लेते पर वे किसी को टोकने का साहस न कर पाते।

चन्द्रमा प्रसाद जी, सिंह गुट के शिक्षकों के मनोरंजन के साधन बनते गए। कोई पूछता—"जिस लखचन्दा स्कूल में जाने के लिए मजनू मार्का तमाम छात्रों और मास्टरों का जी तरसता रहता है— जनम-जनम मुनि जतन कराहीं, अन्त राम कहि आवत नाहीं—उस बगिया के आप जैसे भौंरे इस पठार में कैसे?"

कोई कहता, "हमने तो सुना है, आपकी आँख झपकाने की कला से शिक्षिकाएँ और छात्राएँ भड़क गई थीं कि मुआ आँख मारता है—आगे की डिटेल्स तो आप ही जानें...कहीं इसीलिए तो नहीं...?"

कोई कहता, "मास्साहब, सुना है, आपको खुद ही रोज खिचड़ी पकानी पड़ती है। मेमसाहब ने तलाक दे दिया है?"

कोई कहता, "अरे तो दूसरी ले आते, लखचन्दा में 'चन्दा' की कमी थी?"

कोई कहता, "अब अपनी शादी क्या करेंगे, बेटे की ही कर डालें पर हाँ, गलती से आँख झपक गई तो...?"

फिर तो वो ठहाके दगते कि हेडमास्टर मिश्रा जी तक कनमना उठते मगर चन्द्रमा बाबू सिर्फ एक बार कातर नजरों से खुले जबड़ों को देखते और सिर झुका लेते।

अगर मास्टर मोतीलाल 'न दैन्यम्, न पलायनम्' के सिद्धान्तकार थे तो चन्द्रमा बाबू के पास सिर्फ 'दैन्य' ही 'दैन्य' और 'पलायन' ही 'पलायन' था। इसलिए जब थोड़े ही दिनों बाद चन्द्रमा बाबू अपने लड़के को लिवाकर उनके दरवाजे पर आए तो मोतीलाल असहज हो उठे—"आप...?" उनकी बड़ी-बड़ी आँखें सिकुड़ गई थीं।

"जी, दरअसल, ये मेरा बेटा है पंकज..." उन्होंने अटकते हुए वाक्य को घसीटा, पंकज ने आगे बढ़कर मोतीलाल के पाँव छुए।

"किस विद्यालय में हो?"

"जी लखचन्दा..."

"ओ...!" मोतीलाल का मुँह हिकारत-भरी मुस्कराहट में गोल हो गया। चन्द्रमा बाबू की आँख जोर-जोर से झपकने लगीं मानो वह आँख नहीं, दिल हो। झाड़ियों में उलझते हुए-से कुछ बुदबुदाए, फिर सामने बेटे को पाकर असंयत हो उठे—नजर कहीं और थी, ध्यान कहीं और, जबान कहीं और..."तो मैं चलूँ, देर हो रही है।"

"जी।" पंकज ने धीरे से कहा।

उस खिंचे हुए माहौल में इतना ही संवाद हो पाया पिता-पुत्र के बीच।

मोतीलाल जी के लिए यह एक भारी अनुभव था, उन्होंने मन-ही-मन कसम खाई कि अब खुद को ओझा जी के स्तर पर उतरने नहीं देंगे। पंकज को ज्यादा कुछ पूछना भी न था सिवाय इसके कि प्रश्नों के उत्तर कैसे सटीक और सम्पूर्ण बनाए जा सकते हैं।

दूसरे दिन उनकी दबी हुई घृणा यह देखकर फिर सतह पर उतर आई कि वह अपने साथ अजय को भी ले आया। अजय पहले भी जब-तब आया करता था पर

जबसे उसने अग्रवाल स्कूल छोड़कर लड़कियों के चक्कर में लखचन्दा में नाम लिखवा लिया था, उसने स्वयं आना छोड़ दिया था। वह पहले दर्जे का गुंडा बनता जा रहा था। प्रकटत: तो मास्टर साहब मौन रहे पर उनके जाते ही नजरें उनका पीछा करने लगीं।

वे दोनों सीधे चबूतरे पर गए। श्रीप्रकाश ने दोनों का जिस ढंग से स्वागत किया, लगा, उनमें पहले से अन्तरंगता है। अजय ने बच्चों के सामने ही गुरु को एक धौल जमाई और फिर नलके पर पानी भर रही युवतियों को घूरने लगा।

"क्या देख रहे हैं?" मस्टराइन ने खिड़की से झाँक रहे पति को देखा, "यह तो रोज-रोज की लीला है।"

"लेकिन यह लड़का तो बदचलन है, फेंकू सिंह की जरा भी लगाम नहीं इस पर।"

"यह तो आपके 'सिरी परकाश' का गुरु बना हुआ है आजकल। पता नहीं, किस-किस चोर-उचक्के को पढ़ाने बुला लेंगे। घर में जवान बेटी है। कुछ हो-हवा गया तो जनम भर रोवेंगे मूँड़ पर हाथ रखकर।"

गिरगिट की तरह मूड़ी हिलाने लगे मास्टर मोतीलाल।

"हम तो अब भी कहते हैं, यह मुहल्ला ही बदल दीजिए— इधर महाराजिन हैं, खटिया पर आकर उनके भतार बैठ जाएँगे और उधर भतार का पूत अजय... पानी भरना भी मुहाल! चबूतरे पर रात को रोज कीर्तन। किस-किस से बचें?"

मोतीलाल की अदालत में भाई की पेशी हुई।

"श्रीप्रकाश, यह अजय क्यों आने लगा फिर से? तुमने तो नहीं कहा था?"

"जी, जी भला मैं क्यों कहने लगा?"

"इधर तुम्हारी और अजय और वो क्या नाम... चन्द्रमा बाबू के लड़के में गाढ़ी छन रही है।"

श्रीप्रकाश ने सर झुका लिया।

"तुम्हारे खिलाफ हमें ढेरों शिकायतें मिली हैं कि तुम गुंडई करते हो, झगड़ा करते हो..."

"यह झूठ है भैया। मुझे मालूम है, मैं आपका भाई हूँ।"

"फिर सच क्या है?"

"वे लोग मानते नहीं।"

"कौन लोग?"

"वही राजा, इफ्तिखार, नूरे वगैरह...। कहते हैं, स्कूल हटाओ, यह हमारी पुरानी जगह है, हम यहाँ ताश खेलेंगे।"

"चलो, वह भी माना। फिर...?"

"कुछ कहने पर भाभी मुझे ही डाँटती हैं..."

"देखो," तिड़क उठी मस्टराइन—"मेरा मुँह न खुलवाओ, चम्पवा की बहन दुलरिया से पानी माँगकर कौन पीता है? घर में क्या पानी नहीं हैं? सारा मुहल्ला जानता है, रजवा से फँसी है दुलरिया। रजवा तुमको छोड़ देगा...?"

"आपने महाराजिन की बात को तो सच मान लिया और मेरी बात को झूठ।"

"ओह चुप करो तो तुम दोनों...।" झल्ला पड़े मास्टर मोतीलाल—"कहाँ इस बात पर चर्चा होती कि बच्चे कैसे पढ़ रहे हैं, कहाँ खोलकर बैठ गए इतिहास।"

"पर भैया, विश्वास कीजिए जो मैंने कोई भी ऐसा काम किया हो।" श्रीप्रकाश का चेहरा तमतमा आया।

"चलो ठीक है, तुम पाक-साफ हो और बाकी झूठ लेकिन अजय, पंकज और तुम्हारे बीच की पकती खिचड़ी को मैंने खुद अपनी आँखों देखा है। यह भी झूठ है?" मोतीलाल ने पूछा।

"वो ऐसा है... कि..." श्रीप्रकाश अटकने लगा।

"बोलो-बोलो, रुक क्यों गए?"

"स्कूल में आए दिन गुंडागर्दी का सामना करना पड़ता है पर न आप दखल देते हैं, न भाभी, न मुहल्लेवाले। आपकी यह भी इच्छा थी कि स्कूल चलता रहे। सो थक-हारकर किसी ऐसे दबंग आदमी का सहारा लेना जरूरी हो गया जिससे उन्हें काबू में रखा जा सके।"

"और अजय को छोड़कर तुम्हें ऐसा कोई दबंग मिला नहीं?"

श्रीप्रकाश चुप हो गया।

"तो अजय ने सबको पीटकर दुरुस्त कर दिया?"

"उसके डर से कम-से-कम अब कोई बोलता नहीं है।"

"ओ...!"

"मैं अजय को बदले में क्या दे सकता था—सिर्फ पढ़ाई। इसीलिए जब पंकज आने लगा तो मैंने अजय को भी..."

"हूँ..." एक लम्बी हुँकारी भरकर चुप हो गए मास्टर मोतीलाल, फिर थोड़ी देर बाद अपना फैसला सुनाते हुए-से बोले, "साध्य ही पवित्र होना जरूरी नहीं श्रीप्रकाश, साधन भी पवित्र होना चाहिए। किसका स्टेटमेंट है?"

"जी, गांधी जी का।" श्रीप्रकाश ने मरी आवाज में स्वीकारा।

उस दिन से न अजय आया, न पंकज—श्रीप्रकाश सात दिन बाद फिर आया, बिना बुलाए ही। वह काफी उदास था।

"क्या बात है श्रीप्रकाश, स्कूल ठीक-ठाक चल तो रहा है?" मोतीलाल ने पूछा?

"मैं पूछने यह आया हूँ कि क्या स्कूल बन्द कर दूँ?" श्रीप्रकाश ने कहा।

"क्यों, डरकर?"

"स्कूल सबकी आँख का काँटा है, मुहल्ले के शोहदों, चबूतरे के कासिम,

पंडित, साहू और यहाँ तक भौजी के लिए भी...।" वह एक-एककर चबूतरे का गलीज इतिहास उलटता रहा। मोतीलाल ने पूछा, "फिर क्या करोगे?"

"जो आप कहें।"

"न दैन्यम, न पलायनम! शिक्षा से बढ़कर कोई दान नहीं, जीवन संघर्ष का ही दूसरा नाम है, मेरे पास पीठ दिखाकर मत आना श्रीप्रकाश।"

पता नहीं, मोतीलाल जी की बातों का कैसा असर था कि श्रीप्रकाश उन्हें फटी-फटी नज़रों से घूरता हुआ अचानक ही रो पड़ा। उसने उठकर उनके पाँव पकड़ लिए—"ऐसा ही होगा भैया!" उसने भाभी के भी पाँव छुए और मंत्र-कीलित-सा चला गया। पति-पत्नी दोनों सन्न! ज्ञान और सावित्री टुकुर-टुकुर ताकते रह गए।

द्विवेदी गुट का उपहास उड़ाने की सजा मिली अगले आम चुनाव में। मोतीलाल, मुस्तफा और ओझा जी को चुनावी कार्यकर्त्ताओं के प्रशिक्षण के लिए तुरन्त रिपोर्ट करना था। मोतीलाल उन दिनों इतिहास के प्रश्न-पत्र जाँच रहे थे, अस्वस्थ भी थे। चुनावों में इधर जिस ढंग से गुंडागर्दी बढ़ती जा रही थी, उससे स्वयं को अलग-थलग रखने में ही भलाई समझते थे लेकिन प्रशासन को इससे क्या। मन में धिक्कार भर आया तो जा पहुँचे एस.डी.ओ. के दफ्तर। सुबह से शाम हो गई तब जाकर मिलने की बारी आई, पर जब उन्होंने देखा कि एस.डी.ओ. के रूप में उनका अपना पढ़ाया छात्र अफजल है तो आश्वस्ति हुई। उन्होंने क्रम-क्रम से अपनी सारी परेशानियों का हवाला दिया पर अफसर-छात्र ब्लॉटिंग पेपर बना रहा और अन्त में वह उन्हीं को पढ़ाने लगा—"कॉपी जाँचना, बीमार होना, भ्रष्टाचार से नफरत करना सामान्य बातें हैं सर! परसों तक इनसे निजात पाइए, आखिर चुनाव भी तो आपके राष्ट्रीय कर्तव्य में शुमार होता है।"

मास्टर साहब अपना-सा मुँह लेकर लौट आए। पत्नी ने पूछा, "क्या हुआ?" कुछ बोले नहीं, कॉपियाँ लेकर बैठ गए। आक्रोश तब और घना हुआ जब उत्तर-पुस्तिका में ज्यादातर ऊटपटांग लिखा हुआ मिला। एक ने तो यह भी लिखा था—

'मास्टर साहब,
प्रणाम!
बीमार हो गए थे। तैयारी न हुई। दस रुपये खाते में रख दिए हैं। पास कर दें तो गरीब का उपकार होगा।'

पत्नी को बुलाया—"सुनती हो? आओ, देखो, खुदा जब देता है तो छप्पर फाड़कर देता है।"

पत्नी चहक उठी—"दस रुपए!" और नोट को सहलाने लगी, मोतीलाल ने धीरे से उसका हाथ हटाया—"बिच्छू है बिच्छू!" और प्रतिवेदन लगाकर बंडल बाँध डाला। मिजाज तौलकर पत्नी ने कहा, "आप चुनाव पर जा रहे हैं, यहाँ चबूतरे पर

कौन-सा महाभारत मचा है, मालूम?"

"श्रीप्रकाश से तो तुम बोलती नहीं। अरे भाग्यवान, जरा कसम तोड़कर उसे समझाओ कि धैर्य और सूझ-बूझ से काम ले। मैं तो कुरूक्षेत्र में चला। लौटकर आऊँगा तो देखूँगा।"

मास्टर मोतीलाल जब अपने एस.डी.ओ छात्र का प्रशिक्षण प्राप्त कर, ट्रक पर 'अकसा-बकसा' लदवाकर बूथ पहुँचे तो वहाँ क्लास लेने को उनका दूसरा छात्र अजय सिंह तैयार बैठा था अपने साथियों और सामानों साथ, "प्रेम और युद्ध में सब कुछ जायज है न सर?" अजय ने प्रणाम करते हुए कहा तो उसके लठैत हँस पड़े।

मास्टर मोतीलाल इस चुनावी धाँधली में कुछ भी न कर सके। उनके पास दो लठैत खड़े कर, हरिजनों का सारा वोट अजय के साथी दे आए। एस.डी.ओ. से उन्होंने 'कम्प्लेंट' की मगर जवाब में उनकी चुप्पी मिली और अजय सिंह की धमकियाँ। उनकी तो, खैर, इतने से ही छुट्टी हो गई पर ओझा जी और मुस्तफा साहब को अस्पताल के बेड पर भी हथकड़ी डालकर रखा गया हुक्म-उदूली के लिए।

जिस दिन वे घर आए, उसी दिन सुबह एक ऐसा अघटन घट गया जिसकी उन्होंने कल्पना तक न की थी।

नीम की ठीक उसी डाल के नीचे की अपनी झोपड़ी में, श्रीप्रकाश का शरीर पड़ा हुआ था। मुँह से गाज निकल रही थी। कासिमपुर में शोर मच गया। झोपड़ी के बाहर भीड़ जमा होती गई। पुलिस आई, उसने शव की कमीज की जेब से खत निकालकर पढ़ा और मास्साब को दिया। मास्टर साहब हर्फ-दर-हर्फ अंगारों पर चलते रहे और आँखें बरसती रहीं—

'पूजनीय भैया,

एक आदर्श शिक्षक के रूप में आपको पाकर गौरवान्वित हुआ और आपके बताए रास्ते पर, प्राण-पण चलने की कोशिश भी की पर मैंने देखा कि आप जो भी कहते हों, सच यह है कि समाज में अगर कोई सबसे फालतू चीज है तो वह है शिक्षा। जिसे कोई काम नहीं मिलता, वह शिक्षक हो जाता है और शिक्षक अगर ईमानदार है तो अकेला होता है, बाकी सब—समाज, परिवार और छात्र तक उसके शत्रु। अभिमन्यु की तरह आपकी सिखाई विद्या उसमें प्रवेश का मंत्र तो दे सकती है, निकलने का नहीं। इस चबूतरे पर जबसे मैंने स्कूल खोला है, एक भी दिन कायदे से नहीं गुजरा। मुझे महसूस हुआ कि मेरी जिन्दगी एक फालतू-सी चीज बनकर रह गई है। सो

इससे निजात पा लेना चाहिए। भूल-चूक के लिए क्षमा। इच्छा तो यही हो रही थी कि नीम की डाल से ही झूल जाऊँ लेकिन उन पाँच सुराजियों की बराबरी में खुद को हीन पाया, सो उनके कदमों के नीचे ही...!

आपका अभागा भाई
श्रीप्रकाश,

श्रीप्रकाश के साथ ही मास्टर साहब के धैर्य ने भी खुदकुशी कर ली। घर पर पढ़ाना छूट-सा गया, चुपचाप देखा करते खिड़की से चबूतरे के बगल की श्रीप्रकाश की सूनी झोपड़ी को।

नीम की एक डाल इस बार फिर आँधी में टूट गई है। उन्हें लगा, जैसे यह डाल नहीं, भाई श्रीप्रकाश हो। एक डाल, अलबत्ते फुनगी उठाए, महाराजिन के घर की ओर अभी भी बढ़ी आ रही है। महाराजिन धीरे-धीरे टुकड़े-टुकड़े में उनसे हजार तीन-एक रुपये ले चुकी हैं। अकसर आकर पुराना रोना ले बैठती हैं—"इस गंगा के मारे इस 'देश' में नहीं रह पावेंगे। जाप कराया; गया जाकर बैठवाया, मगर देखो इसको, सबको छोड़कर मुझी पे टूटी चली आवे है। तुम भैया ये घर-जमीन सब ले लो, मुझे हजार-दो हजार और दे दो, मैं तीरथ-वरत को निकल जाऊँगी।"

सोसायटी के बैक बेंचर्स

चबूतरे पर कोई दुकानदार नजर नहीं आता। वह अपशकुनी भुतहा चबूतरा हो गया है। क्या यही हाल उनका भी नहीं है? कोई कायदे से बात तक नहीं करता। जिस पेशे को उन्होंने आजादी के बाद सबसे पवित्र और अहम मानकर चुना था, वह दरअसल रहा नहीं। श्रीप्रकाश ठीक ही कहता था, समाज में शिक्षकों की कोई इज्जत नहीं, अगर कुछ है तो सिर्फ उनकी जो जैसे-तैसे पैसा बना चुके हैं। पहले उनका इरादा था कि ज्ञान को भी शिक्षक ही बनाएँगे पर अब तक की घटी घटनाओं की रील खुलते ही उनका इरादा विचलित होने लगता। क्या कर सकते हैं शिक्षक, सिवा ढकोसले में कंगालीपन को घसीटने या खुदकुशी करने के? बाप के लिए बेटे का पेशा चुनना, लड़की के बाप का लड़की के लिए लड़का चुनने जैसे होता है, वह उसे वही घर-वर देना चाहता है जहाँ उसकी सन्तान की

जिन्दगी सुख-शान्ति से कट जाए। फिर कौन-सा पेशा होगा? अफसर...? हाँ, अफसर ही। सेठ और ठेकेदार तक कद्र करते हैं उनकी। उन्होंने तय किया कि ज्ञान को मास्टर नहीं, अफसर ही बनाएँगे—छोटा-मोटा अफसर नहीं, आई.ए.एस. या आई.पी.एस।

इस निर्माण प्रक्रिया में वे अपने स्वभाव के चलते जितने हठीले हुए, ज्ञान उतना ही कुंठित होता गया—न सिर्फ ज्ञान बल्कि इस कुंठा की छाया पूरे परिवार पर तिरने लगी। बी.ए. में पढ़ रही सावित्री जवान हो चली थी पर बिलकुल ही दबी-दबी और दयनीयता की गुड़िया-सी गुमसुम बनी रहती। सदा की लड़ाकू पत्नी बीमार रहने लगी थी। सबसे छोटी बेटी आरती तक का बचपन सूख गया था। घर-घर नहीं रह गया था। परिवार, परिवार नहीं रह गया था और जिन्दगी, जिन्दगी नहीं रह गई थी। एक सपाट अन्तहीन मरु के मौन यात्री बने चले जा रहे थे मानो सबके सब।

डॉक्टर ने तीसरी बार उन्हें समझाया—"देखिए, आपकी मिसेज का मासिक बन्द हो रहा है। आप उन्हें और अपने बच्चों को दूध, फल व अंडे दें। और हाँ, बीच-बीच में कहीं घुमा-वुमा लाएँ तो शायद..."

जब तीसरी बार भी उनके चेहरे पर न समझने का तटस्थ भाव बना रहा तो बोलते-बोलते रुक गया डॉक्टर, उसने इस बार उन्हें गौर से देखा—"बाइ द वे, आप करते क्या हैं?"

"स्कूल टीचर हूँ।"

"ओ...! टयूशन तो होंगी?"

"जी नहीं।"

"एनी अदर सोर्स ऑफ इनकम?"

"नो सर!"

"ओ! देन यू कांट एफोर्ड..."

उन्हें लगा, डॉक्टर का चेहरा ओझल हो गया है, वहाँ आ गई है महाराजिन—'ये बेचारे मछली कैसे खरीद सकते हैं?'

तो क्या एक ईमानदार शिक्षक अपनी पत्नी का ढंग से इलाज भी नहीं करा सकता? वह अपना निजी मकान नहीं बनवा सकता? वह अपने बच्चों को ढंग का आदमी नहीं बना सकता? उसकी पत्नी चालीस साल में ही बूढ़ी हो जाएगी? उसके बच्चे उसके सामने ही आवारा हो जाएँगे?

'पैसा! पैसा! पैसा!' डॉक्टर के चैम्बर से इक्के पर घर लौटते हुए चारों ओर की बदलती दुनिया को झुलसती आँखों से देख रहे थे मोतीलाल और सोच रहे थे—'यह वही रास्ता है जिसपर इक्के पर कभी पत्नी को लिवाकर आए थे।

देखते-देखते दुनिया कितनी बदल गई! खाली जगहें एक से बढ़कर एक भव्य मकानों और कॉलोनियों से भर गईं। सड़कों पर स्कूटर, मोटरसाइकिलों, कारों, बसों, ट्रकों का ताँता लग गया है। बाजार वेश्याओं-से सजते चले गए हैं। उनका उपेक्षित मुहल्ला तक आबाद होता चला गया है। अग्रवाल साहब, सिंह साहब, गुटगुटिया जी का कारोबार कहाँ-से-कहाँ जा पहुँचा! पैसों की कमी सिर्फ उन्हीं जैसों के लिए है, बाकी इन लोगों को कहाँ है कोई कमी?' वही राह थी, वही इक्का, वही पत्नी पर उस दिन आते हुए घंटियों में एक लय थी, आज सबकुछ बेसुरा और छिन्न-भिन्न।

खीज बढ़ती ही जा रही थी। अब वे बात-बात पर उखड़ जाते पर उनका यह क्रोध किस पर था—पतनशील मूल्यों के पुरोधा भ्रष्ट नेताओं, ठेकेदारों, सेठों, जमींदारों, डॉक्टरों, वकीलों, अध्यापकों पर या बोदे ज्ञान पर? सोलह की उम्र में ताड़ हो आई सावित्री पर? बीमार पत्नी और छोटी बेटी पर या खुद अपने पर? उन्हें नहीं मालूम। क्रोध जिसपर हो, पिटता था ज्ञान ही।

"एक ही तो बेटा है, मार डालिए उसे भी।" पत्नी की खाट चरमराती।

"क्या करूँ, बन जाने दूँ इसे भी मास्टर?"

दीवार की ओट से छिपकलियों की तरह सटी दोनों बेटियाँ सहमी हुई देखतीं। घर में उदासी का धुआँ और गहरा जाता।

आखिरकार ज्ञान ने मैट्रिक में सेकेंड डिवीजन पाई तो पस्त हो उठे। क्या नियति सचमुच ही हर तरफ से उन्हें दीन बनाए रखने पर तुली हुई हैं?

"लड़के को लेकर ही पड़े रहिएगा छौ महीने झींकते हुए?" एक दिन मस्टराइन ने टोका तो वे चौंके, "छह महीने बीत गए?"

"पास तो हो गया! अरे न सही फस्ट, सेकेंड तो आया न। अब लड़की को भी पास कराने की सोचिए।"

मोतीलाल व्यंजना बूझ न पाए तो ओझा जी ने समझाया—"ठीक ही कहती हैं भौजी, शादियाँ भी फर्स्ट, सेकेंड और थर्ड डिवीजन की होती हैं और इसमें पास-फेल लड़के-लड़की ही नहीं, गार्जियन भी होते हैं।"

वर्ष की सारी छुट्टियाँ सर्फ हो गई एक अदद लड़का तलाशने में बल्कि इस काम के लिए मित्र, रिश्तेदार, पड़ोसी सबको जोत रखा था मोतीलाल जी ने। पर लड़के...? न सूरत, न सीरत, फिर भी कीमत दस हजार से नीचे नहीं।

"फर्स्ट डिवीजन की शादी हम मास्टरों के बूते की बात नहीं मास्साब।" मुस्तफा जी ने समझाया—"सोसायटी में हम तो बैंक बैंचर्स ही हैं।"

सावित्री के विवाह के निमित्त बैजनाथ धाम को काँवर माना था मस्टराइन ने। तय

हुआ था कि मामी भी कासिमपुर आ जाएँगी और दोनों सखियाँ काँवर लेकर साथ जाएँगी। मगर ऐन वक्त पर सावन के लगते ही उन्हें जो वायरल फीवर हुआ कि पन्द्रह दिन खिंच गए। स्वस्थ होने के बाद भी बेहद कमजोरी। एक ही टेर—"बाबा को जबान दी है।"

मोतीलाल जी ने फब्ती कसी—"तुम्हारी दो आँखें हैं, बाबा की तीन। वे तुमसे ज्यादा अच्छी तरह देख सकते हैं कि तुम्हारी हालत उतनी दूर काँवर लेकर चलने की नहीं है।"

"सब बाबा ए न पार लगाएँगे।" वे चलने के पहले ही जैसे हाँफने लगी थीं।

"बाबा ने ही वायरल फीवर देकर तुम्हें जाने से मना किया है।" सावित्री का तर्क!

"और बाबा ने अच्छा भी तो कर दिया कि लो अब जाओ।" प्रतितर्क मस्टराइन का। पूरा परिवार मना करता रहा पर उन्हें जाने से रोक न सका। उनके लिए झूलर-झब्बे, घुँघरू, साँप, शिवलिंग, डमरू, त्रिशूल वाली 'ऊँ नमः शिवाय' अंकित बहँगी आई। बहँगी से झूल रहे थे खिलौनेनुमा प्लास्टिक के दो छोटे-छोटे लोटे। कल तक जिन मुहल्लेवालियों से महाभारत होता आया था, उनसे सन्धि कर उनके साथ निकल पड़ी काँवर लेकर गौरा देवी। पूरे इलाके में उत्सव जैसा माहौल था। काँवरियों की लम्बी कतारें। सुल्तानगंज से लेकर देवघर तक भगवा रंग की लकीर खिंच गई थी या कोई स्वर्ग की राह थी जो यहाँ से वहाँ तक जल रही थी भगवे की लपटों में! जाने कहाँ से भक्तों के संरक्षक भी आ जुटे थे। जगह-जगह पड़ाव बनाए गए थे जहाँ काँवर को बिना जमीन पर उतारे टिकाने की व्यवस्था थी और भक्तों के खान-पान और विश्राम की भी। फिल्मी धुन पर बाबा के तरह-तरह के भजन कर्कश शोर बन रहे थे। मासूमगंज, असरगंज, तारापुर तक तो किसी तरह आ गईं गौरा देवी लेकिन कुँवरसार में उन्हें एक दिन रुकना पड़ा। सर बुरी तरह चकरा रहा था। तीन दिन रह गए थे सावन पूरे होने में, चल पड़ीं। जिलेबिया मोड़ में सर फिर चकराया। रुककर फिर चलीं—"का भोलेबाबा, बीच में ही डुबाओगे का?" सुइया पहाड़ पर चला नहीं जा रहा है। घिसे हुए पहाड़ की घिसी हुई सुइयाँ—कुछ पाँव में चुभ रही है, कुछ मन में... डगमग पाँव, कन्धे पर काँवर, एक पलड़ी में आँसू, दूसरे में फरियादें! सहसा पाँव थर्राए, सिर चकराया और सुइया पहाड़ पर ढनमना गईं गौरा देवी। वहाँ से उठाकर लाना पड़ा था बाप-बेटे को उन्हें देवघर तक।

मोतीलाल ने पत्नी की दिलासा के लिए वहाँ बिक रहे गंगोत्री, हरिद्वार, काशी और कहाँ-कहाँ का जल लेकर नई काँवर देकर फिर से पाँत में खड़ा किया। गौरा देवी ने जैसे-तैसे जल चढ़ाया; चढ़ाया क्या, शिवजी के नाम पर पता नहीं कहाँ

गिरा! हाथ जोड़कर मनौती पूरी करने की रस्म निभाई मगर मन कसकता रह गया—'विघ्न तो पड़ ही गया।'

आखिर दूर की पुरानी रिश्तेदारी के एक गरीब घर के इंटर पास लड़के से शादी तय की गई और यह भी तय हुआ कि उसे आगे पढ़ाने का खर्च दिया जाएगा तो मास्टर मोतीलाल की साँस में साँस आई।

पर मस्टराइन की साँसत हो गई। जियालाल की अम्मा, दुलारी और शिवशंकर साहू की माई, महाराजिन, चम्पावती और फेंकू सिंह की बहू—सभी की नाक थाह लगाने में लगी रहती कि मस्टराइन कितने पानी में हैं। मस्टराइन भी ठहरी एक ही सधी खिलाड़िन, बुड़की मार-मारकर उतराती रहीं पर थाह न लगने दी—"लड़के तो एक से एक एम.ए., बी.ए., सी.ए. अफसर, डागदर, दारोगा, वकील मिले लेकिन हमने कहा, नैं, हमको खानदान चाहिए, ऐसा खानदान जिसमें दाग न हो।" स्पष्टत: यह मुहल्लेवालियों की नाक पर प्रहार था—"और भगवान की दया से ऊँचे खानदान का लड़का हमें मिल गया। पुराना जमींदार घराना है। पूरे दस हजार लगे तो क्या, पैसा तो हाथ का मैल है।" और वे धन्ना सेठ की तरह हाथ मलकर झाड़ देतीं। मुहल्लेवालियों का चेहरा बुझ गया था। अभी 'दस हजार' और 'जमींदार' तक किसी की पहुँच न थी। शिवशंकर साहु श्वसुर की बदौलत पुलिस में आ गया था वहाँ एक चांस था। मगर दहेज के नाम पर जो मिला, वह था नौकरी के अलावा सिर्फ सवा रुपया...। और बहू खुद दारोगा, 'हमरा बाप नौकरी लगवाया है।' फेंकू सिंह ने अजय की बोली अलबत्ता दस हजार रखी थी लेकिन तीन-चार से कोई आगे बढ़ा ही नहीं।

सावित्री के बियाह में बंशीपुर का कोई गोतिया-दयाद नहीं आया अलबत्ता बेलारी की ससुराल, मामी समेत हाजिर थी। मामी के आ जाने से घर फिर मनसायन हो गया था। और तो सब लगभग ठीक-ठीक बीत गया, गड़बड़ी सिर्फ एक हुई। एक मोटरसाइकिल के लिए अड़ गया लड़का। दुर्गाबाबू मनाते रह गए पर वह नहीं माना। मोतीलाल तो बात को बिगाड़ ही देते। यह तो फेंकू सिंह थे कि जिन्होंने सँभाल लिया—"वह भी देंगे लेकिन अभी नहीं, साल भर बाद।" हील-हुज्जत के बाद बड़ी मुश्किल से माने थे लड़केवाले।

"यह तो ऐसा हुआ कि पहले पता चले, सेकेंड डिवीजन है, फिर बाद में भूल-स्वीकृति आए कि सेकेंड नहीं, थर्ड...!" मड़वा के बिहान पर ओझा जी ने कहा।

"थर्ड भी कहाँ... सप्लीमेंटरी।" मोतीलाल खिड़की के बाहर ताकने लगे थे।

मोटरसाइकिल माने मोटर भी, साइकिल भी?

"**मोटरसाइकिल** माने...? माने मोटर भी, साइकिल भी?" घराती-बराती सबके विदा हो जाने के बाद मा स्टराइन ने धीरे-से मोतीलाल के सामने अपनी घबराहट पेश की। मोतीलाल ने पत्नी के चेहरे को देखा, वहाँ जोंक-सा चिपका हुआ था कुछ। क्या था वह? डर! उन्हें पत्नी पर दया आई—"अरे वो नहीं, झा जी जिस पर चढ़कर आए थे, उसी को मोटरसाइकिल कहते हैं।"

"तो फटफटिया कहिए न!" उनका डर कुछ हल्का हुआ लेकिन पूरी तरह गया नहीं,

"लेकिन उसकी कीमत दस-बारह हजार तो होगी ही।"

"शायद उससे भी ज्यादा, मुझे ठीक-ठीक पता नहीं।"

"इतना पैसा आएगा कहाँ से?"

मास्टर साहब ने कोई जवाब नहीं दिया। उन्हें परीक्षा के लिए प्रश्न-पत्र तैयार करने थे। उन्होंने डॉ. ईश्वरी प्रसाद की किताब उठा ली—

'इंडस वैली सिविलाइजेशन', 'चन्द्रगुप्त—द ग्रेट वॉरियर', 'गुप्ता पीरियड : गोल्डेन पीरियड...', कनिष्क......!

"सावित्री के गवने तक फटफटिया खरीदने-भर के पैसे कहाँ से जुगाड़ कर पाएँगे?" मस्टराइन ने टोका। सर्वनाश! फटफटिया की 'फट-फट' ने एकाग्रता भंग कर दी—"पता नहीं।"

"पता नहीं!" छनछना उठीं मस्टराइन। उन्होंने किताब उनके हाथ से छीनकर परे रख दी, "आपको स्कूल, किताब और इस मनहूस नीम के पेड़ के अलावा, दुनिया में और भी किसी चीज का पता है? आप भी एक मास्टर हो और झा जी भी एक मास्टर ही हैं, उनके पास फटफटिया है और आपके पास होने को कौन कहे, दाम तक का पता नहीं। बेकारे बेटी-बेटा पैदा किए न!"

मोतीलाल जी ने बिना कोई जवाब दिए, 'ईश्वरी प्रसाद' को फिर से उठा लिया। मस्टराइन के जी की बेचैनी थमने को नहीं आ रही थी। मुश्किल थी, पड़ोसियों से भी वे इस बात की चर्चा नहीं कर सकती थीं। एक से बढ़कर एक भेदिया उनकी जान के पीछे पड़े हैं यहाँ—महाराजिन, शिवशंकर की माँ, जियालाल की अम्मा, और भी कई। जरा-सी भनक मिली कि कोई मरहम लगाने की कौन कहे, उनकी इज्जत की खाल उतारकर उसमें नमक-मिर्च भरने से बाज नहीं आएगा।... और एक मास्टर साहब हैं, कै दिन बीत गए शादी के लेकिन न राय, न बात। थूथन उठा के पहले की तरह स्कूल चले जाएँगे, जैसे पैसों का जुगाड़ इन्हें नहीं किसी

और को करना है। इनसे तो भली बिरजू की माई है, कल ही कह रही थी, "एक-एक पैसा जोड़कर अभी से जुगाड़ करो वरना कहीं बिटिया को वापस पहुँचा दिए तो क्या पत रह जाएगी!"

हालाँकि उन्होंने अपने चलताऊ अन्दाज में कह भी दिया—"मोटरसाइकिल ही तो लेंगे बहिन!" जैसे मोटरसाइकिल कहीं बकसे में तहियाकर रखी हुई हो, निकाला और दे दिया पर कोई अदेखी मोटरसाइकिल उनके कलेजे पर फट-फट दगती रही और सीना तार-तार होता रहा।

फिर ऐसा कौन है जिससे अपनी तकलीफ बाँटी जा सकती है? झा जी! हाँ, झा जी अकेले ऐसे आदमी हैं। एक तो उनका घर जरा दूर है, कोई जान नहीं पाएगा, दूजे, वे किसी और से कहेंगे नहीं, और सबसे बढ़कर यह कि उनके पास खुद की फटफटिया है।

बहुत आगे-पीछे का सोचा। आखिर एक दिन सँझलौके में जा पहुँची झा जी के घर। झा जी उन्हें देखते ही अचरज में पड़ गए—"भौजी आऽऽऽप?"

"मुसीबत की मारी थी। चारों तरफ अन्हार। कुछ नहीं सूझा सो चली आई।" मस्टराइन ने बैठकखाने की कुरसी त्यागकर सीधे जमीन पर बैठते हुए कहा।

"अरे-अरे पीढ़ा लाओ।" झा जी व्यस्त हो उठे।

"नहीं, रहने दीजिए।"

"का बात है?"

"वही फटफटिया माने मोटरसाइकिल वाली समिस्सा।" और अपनी सारी दुविधाएँ उन्होंने एक-एक कर रख दीं। झा जी की पत्नी और तीनों बेटियाँ एक-एक कर देख गईं। मस्टराइन यहाँ के लिए अनजानी हैं सो डर नहीं था। फिर भी शर्म से गड़ी जा रही थीं बेचारी।

झा जी ने अपनी चन्दन-चर्चित त्रिकुटी पर कई बार दस्तक दी। दीवारों को कई बार घूरा। मस्टराइन ने इधर-उधर देखकर साथ लाई पोटली खोल दी—"यही मेरी कुल जमा-पूँजी है, एक चाँदी की हँसुली, दो झाँझ, एक कमरबन्द, एक हैकल, विक्टोरिया के कुछ सिक्के...।"

खन-खन बज रही थी चाँदी। चिन्न-चिन्न चिटक रहा था समय। रूँधी हुई थी हवा। कमरे में सन्नाटा और भी गहराता जा रहा था। एक गहरी साँस छोड़ते हुए उन्होंने कहा, "मोटरसाइकिल का कीमत इनसे का अदा होगा, ये समझ लें, अपना इज्जत गिरवी रखने आए हैं। आप हमरा आने का भेद नहीं खोलेंगे, इतनी-सी विनती है।"

"क्या कहती हैं भौजी, जैसी हमारी इज्जत वैसी आपकी। हाँ, सावित्री बिटिया का पता-ठिकाना, वही न है रसूलपुरवाला...।" झा जी ने पूछा।

"हाँ।"

"और 'पाहुन' का नाम उदयशंकर पाठक...?" झा जी ने कागज पर नोट करते हुए पूछा।

"हाँ।"

"ठीक है। अब आप निफिकर होकर घर जाइए। हमसे जो भी बन पड़ेगा, उठा नहीं रखेंगे। आगे बाबा बैजनाथ की इच्छा। शम्भो! शम्भो!"

मस्टराइन ने भी हाथ जोड़कर बाबा बैजनाथ को प्रणाम किया और मन-ही-मन फिर मन्नत मान बैठीं।

मन्नत पूरी करने ही इस साल फिर तैयार हुई थी काँवर लेकर। चौक पड़े मोतीलाल—'फिर बैतालवा डाल पर?'

मस्टराइन ने स्पष्ट किया—"पहले ब्याह के लिए मनौती माने थे और अब पाहुन की नौकरी के लिए।"

"लेकिन नौकरी अभी हुई कहाँ?"

"धनराज पंडित ने कहा है कि पहले सेवा फिर मेवा।"

"माने कि एडवान्स, ओह तुम तो पागल बना दोगी। सुइया पहाड़ की चोट भूल गई क्या?"

"देखिए हमरी पूजा में विघन न डालिए, मनौती माने हैं तो जाना पड़ेगा ही। हम तो कहते हैं कि आप भी चलिए, सारे दु:ख-दलिद्दर दूर हो जाएँगे।"

"लुटेरों, पंडों की उस नगरी में उस घिसी हुई पिंडी पर जल ढालने से कहीं बेहतर है नीम के पेड़ में जल ढालना।"

'ओह, वही नीम का पेड़, वही नीम का पेड़।' पति-पत्नी के बीच फिर आ गया नीम का पेड़। मुँह फुलाकर बोली, "मुझसे बात मत करना।"

"तुमसे बात करने को कौन मरा जाता है!"

"हुँह!"

"हुँह!"

मोतीलाल ने समझा कि बला टली। लेकिन नहीं, बला जब घर की अबला हो तो भला कहाँ टलने वाली थी! राज हठ, बाल हठ और त्रिया हठ! दो दिन बाद मूड कुछ नरम हुआ तो सोचा कि औरतें होती ही हैं ऐसी। ममता की अक्षय स्रोतस्विनियाँ। अपने लिए कुछ नहीं, सारे व्रत, उपवास, सारी तपस्या परिवार के लिए। जिउतिया में तो पानी भी नहीं पीतीं। एक बार डिहाइड्रेशन हुआ और मरते-मरते बची हैं। उनके भोले विश्वास के लिए उन्हें अकेले दोष कैसे दें? स्कूल से आते ही खुशी-खुशी पुकारा—"ए जी सुनती हो! देखो, जा रही हो तो जाओ। लेकिन खुशी-खुशी जाओ। पति से झगड़कर गई गौरी को दक्ष पिता के घर भी

जलना पड़ा था।"

मानिनी पत्नी नहीं बोलेगी तो नहीं ही बोलेगी।

"किस दिन जाओगी?"

"..."

"अकेली जा रही हो?"

"..."

"महाराजिन के साथ मत जाना।"

"महराजिन के साथ कौन जा रहा है?" कहकर जीभ काट ली। हाय, उन्होंने तो न बोलने की कसम खाई थी। मोतीलाल ने पत्नी के मान का मान रखा।

"मौन का मतलब पति से न बोलना नहीं होता। जाओ, खुशी-खुशी जाओ। तुम्हारे पुण्य से जी लेगा यह पापी।"

"और आपके पाप से हमरा पुन्न खराब हो जाए तो?"

"तब तो मेरा पाप ही तुम्हारे पुण्य से बड़ा हुआ न?"

"ए... ए!" मस्टराइन ने जीभ निकालकर बिराया। नाक की कील का जुगनू दमका।

"इसी अदा पर तो मैं फिदा हूँ।" मोतीलाल ने जुगनू को आँखों में कैद कर लिया। आँखें दिप-दिप करने लगीं।

ज्ञान और आरती पढ़ने का बहाना कर किताब में मुड़ी गाड़े हुए थे कि 'पक्क' की आवाज हुई। मुँह की गागर फूटी और हँसी पूरे घर में बिखर गई।

इस बार कोई अनहोनी नहीं हुई। सावन के प्रारम्भ में ही गई थीं सो भीड़ में पिसने से बच गईं और पंडे को पचास रुपैया देने से जलाभिषेक भी कायदे से सम्पन्न हो गया।

बिहार सरकार ने शिक्षण संस्थानों को अपने नियन्त्रण में ले लिया था सो लक्खीकान्त लाहिड़ी ने इस खुशी में अपने घर एक भोज का आयोजन कर रखा था। जैसे ही मोतीलाल भोज में शामिल होने के लिए बाहर निकले; बाबाधाम का प्रसाद लेकर मस्टराइन भी निकल पड़ीं, झा जी के घर। प्रसाद तो एक बहाना था, असल उद्देश्य यह पता करना था कि उनकी मोटरसाइकिल की दौड़ कहाँ तक पहुँची। झा जी घर पर नहीं थे सो मन मसोसकर उनकी पत्नी और बच्चियों को पेड़े, रामदाना, रक्षा-सूत्र और सिन्दूर देकर लौट पड़ीं।

"आवेंगे तो का कहेंगे?" झा जी की पत्नी ने पीछे से टोका।

"कह देंगी कि हम आए थे। आते ही हमसे मिल लेंगे—सिर्फ हमरा से..., मास्टर साहब से नैं।"

"जी।"

मस्टराइन अँधेरे में बिल्ली की तरह लौटी थीं उस दिन पिछवाड़े से सीधे घर में। आरती से पूछा, "गेयान और बाबू जी कहाँ हैं?"

"बोले बाहर जा रहे हैं।"

"पूछ रहे थे?"

"हाँ, हम बोले, माँ बाहर गई हैं।"

"ठीक!"

पूरे तीन महीने बाद एक दिन दोपहर को लौटे झा जी। दोपहर को इसलिए कि दोपहर में मोतीलाल से सामना होने का कोई खतरा न था।

"परनाम भौजी!"

"खूब खुश रहो बबुआ!" हड़बड़ी में क्या-क्या बोल गईं—"और कुशल मंगल...?"

"सब कुशल ए कुशल है। मिठाई-विठाई मँगवाइए तब न कुशल बतावें...।"

"आप बैठिए तो सही...," पुलक उठीं, मस्टराइन!

"बैठने का समय नहीं है, हम तो यह बताने आए थे कि आपका मोटरसाइकिल का पराबलम हल हो गया।"

"हल हो गया...? भगवान आपको दिन दूनी, रात चौगुनी तरक्की दें। जय हो बाबा बैजनाथ!" मस्टराइन के मुँह से आशीर्वाद की झड़ी लग गई।

"हाँ, कैसे-कैसे क्या-क्या हुआ?"

"अभी ज्यादा टैम नहीं है, संक्षेप में सुनिए, हम पाहुन से पूछे कि बेटा, मोटरसाइकिल चाहते हो कि नौकरी। सोच लो, घर का जो हालत है, पेटरौल-भर का भी पैसा नँय है। लड़का होशियार है, बोला, 'बाबू जी नौकरिये ठो दिलवा दीजिए।' बस दिलवा दिया।"

"कहाँ?"

"सुखौती प्राइमरी स्कूल में मास्टरी। पूरे पाँच हजार घूस-पाती में गल गए। ले दे के हमरा पास दुइये हजार तो रहबे किया। एक हजार का आपका गहनवाँ और एक हजार का हमरा, बाकी बचे तीन हजार तो तनखा में से देते रहेंगे।" झा जी कहते हुए उठ पड़े।

"अरे रुकिए तो, तनिक खोल के बताइए न!"

"स्कूल में कै दिन से नागा चल रहा है भौजी। हम फिर आवेंगे।" फिर धीरे से सचेत करते स्वर में बोले, "मास्टर साहब को इन बातों का पता नहीं चलना चाहिए।"

धोती लहराते हुए चले गए झा जी। मुड़कर देखा भी नहीं कि मस्टराइन पर उनकी इस अनुकम्पा का क्या असर हुआ। देखते तो जान पाते कि मस्टराइन

का चेहरा इस खबर से राख हुआ जा रहा था। उन्हें लगा कि जैसे झा जी ने मोटरसाइकिल के गरिमामंडित आसन से उतारकर उनके रुतबे को जमीन पर ला खड़ा किया। जीवन-भर के आधार गहने भी गए, फटफटिया देने का रुतबा भी धूल में मिल गया। प्राइमरी स्कूल का मास्टर। यह कौन-सी नौकरी हुई! लोग आगे जाते हैं और हम पीछे ठेल दिए गए! मुहल्लेवालियाँ पूछेंगी तो वे क्या बताएँगी कि उनका दामाद प्राइमरी...! ओह बड़ी भूल हुई। 'गेयान' के बाबू जी से सलाह ले लेनी चाहिए थी। इसी से गेयानी-गुनी कह गए है कि औरत को बुद्धि नहीं होती। यह तो धन भी गया, धरम भी गया।

मोतीलाल ने गौर किया कि पत्नी कई दिनों से खोयी-खोयी-सी है। पूछने पर उन्हें स्पष्ट जवाब नहीं मिला तो सोचा, बेटी की याद आई होगी। यह तो स्वाभाविक ही है। लेकिन उन्हें ज्यादा इन्तजार नहीं करना पड़ा। एक रात ज्ञान की माँ ने उनसे एक अटपटा-सा प्रश्न कर दिया—"पाहुनजी को अगर नौकरी मिल जाती तो...।"

"नौकरी कहीं रखी हुई है? अरे इंटर ही तो पास हैं, बहुत हुआ तो प्राइमरी टीचर ही बन पाएँगे न!"

मस्टराइन चुप हो गईं, मोतीलाल ने समझा सो गईं लेकिन करवट बदलकर देखा, उनकी पलकें खुली हुई थीं—"क्या बात है?"

"हमे सोच रहे थे तनखाह के बारे में।"

"डेढ़ दू सौ!... और अगर वो भी न मिले तो राम ही रखवारे हैं।"

"अच्छा ई सुखौती प्राइमरी स्कूल कहाँ है?"

"नहीं मालूम! लेकिन तुम यह सब पूछ क्यों रही हो?"

उन्होंने जबरन मस्टराइन का चेहरा अपनी ओर किया। चेहरा डरा-डरा था, आँखें फटी-फटी-सी। छोटे बच्चे की तरह उनके सीने में सिर गड़ा कर फूट-फूट कर रो पड़ीं मस्टराइन। रो-रोकर अपना सारा किया-धरा बताती रहीं, मोतीलाल चुपचाप सारा कुछ सुनते रहे। अन्त में ढाढ़स बँधाते हुए बोले, "अब जो हुआ, सो हुआ। गलती सिर्फ एक ही हुई, झा जी को बीच में ले आई। वह आदमी स्कूल में भी दो नम्बरी करता रहता है। ऊपर तक खबर हो गई है। खैर, तुम घबराओ नहीं, सच्चाई का पता मैं लगा लूँगा।"

देर तक सोचते रहे, 'क्या इतिहास ऐसे झा लोगों की बदौलत ही चलता है? सब संयोग है। तो क्या संयोग ही सर्वोपरि है, बाकी सब बेकार? हमारा जन्म, हमारी मृत्यु और बीच के सारे महत्त्वपूर्ण कर्म—विवाह, बच्चे, माहौल, नौकरी, मित्र सबको संयोग ही निर्धारित और नियन्त्रित करते हैं। हम नहीं? बाबर की फरगना की लड़ाइयों में हार न हुई होती तो वह भारत आता ही क्यों, और मुगल सल्तनत की नींव पड़ती ही क्यों? हेमू की आँख में तीर न लगता और पुरु के हाथी सबसे आगे

न रहते तो इतिहास दूसरा होता। औरंगजेब की जगह दारा को राज मिला होता तो आज का भारत अलग होता। इतिहास बहादुरी से नहीं, कौशल से नहीं, संयोग से बनता है। हम अपना जन्म चाहकर भी बेहतर जगह, बेहतर समय, बेहतर माँ-बाप, बेहतर अवस्था में नहीं ला सकते थे, हमें बिना हमारी मर्जी के ठेल दिया जाता है। राग-रसोई, पागड़ी ही नहीं, जिन्दगी भी बनाने से नहीं बनती। बननी हो तो खुद-ब-खुद बन जाएगी वरना लाख सर पटक डालो, नहीं बननी है तो नहीं बनेगी। जिन्दगी जुआ है। गीता ही सच है। कर्म पर ही तुम्हारा अधिकार है, फल पर नहीं। कर्म तो किया ही। कहाँ चूक रह गई?'

कुछ भी हो सच्चाई का पता तो लगाना ही पड़ेगा। पाहुन तो अभी बच्चे ही ठहरे। पता नहीं, झा जी ने कौन-कौन से प्रपंच बुने हैं। कहीं उनसे कोई भयंकर भूल न हो जाए। नियति को स्वीकार कर सबसे पहले सुखौती प्राइमरी स्कूल को ढूँढ़ा जाए।"

सुखौती! पता करते-करते ही जाड़े का मौसम बीत गया। उन्हें अफसोस हुआ वे इतिहास के बदले भूगोल के शिक्षक क्यों न हुए। एक बार तो मन में आया कि सावित्री की ससुराल ही चले चलें। शायद वहाँ से कोई सुराग मिले पर उनका शंकित मन दूसरे पल ही पीछे हट गया। नहीं, डिप्टी साहब के सरप्राइज विजिट की तरह यह काम चुपके-चुपके ही करना उचित रहेगा।

इति रेवा खंडे जम्बू द्वीपे

दफ्तरों की खाक छानने के बाद सुखौती की जो शिनाख्त मिली, वह पस्त कर देने वाली थी। पता चला, हजारीबाग-गया-नवादा के बीच तीन नदी, चार पहाड़ और चारों ओर घने जंगलों से घिरा एक बीहड़ पहाड़ी गाँव है सुखौती। अकसर तो तीनों नदियाँ सूखी रहती हैं पर बारिश हो जाए तो इन्हें पार करना जोखिम का काम है। पानी उतरने तक इन्तजार करना पड़ता है। नाव भी नहीं चलती। तीन दिन का अवकाश लेकर मास्टर मोतीलाल चल पड़े अपने दामाद के 'विद्यापीठ' का पता करने।

बस ने पटना-राँची रोड के जिस पड़ाव पर उतारा, वहाँ वन विभाग के कुछ लोग कैम्प लगाए हुए थे। सामने एक सूखी नदी थी। उन्हीं से राह पूछ कर नदी पार की। अब आगे तीनों ओर जंगल और बगल में छोटे-बड़े पहाड़ों की श्रृंखला शुरू हो गई। कहीं-कहीं पानी के पटवन से थोड़ी-बहुत खेती भी हो रही थी। कहीं गेहूँ के

मरियल पौधे सूख रहे थे। जंगल पलाश के फूलों से दहक रहा था। आगे महुए के पेड़ थे। पीले मोती-से बेशुमार महुए के फूल झरे पड़े थे। चुननेवाला कोई नहीं था। महुए की महमहाती भारी गन्ध से हवा बोझिल हो रही थी। दुनिया में इतनी खूबसूरत और इतनी बीहड़ जगहें भी हैं—उन्हें इस भयानक सौन्दर्य का पहली बार उत्कट एहसास हुआ। गाँव-गिराँव दूर-दूर तक दिख नहीं रहे थे, कहाँ है सुखौती? पगडंडी की एकमात्र लीक पकड़कर आगे बढ़े तो कुछ दूर पर गाय-भैंस चरती दिखीं। मन में थोड़ी-सी आस जगी, गाय-भैंस हैं तो आदमी भी होंगे ही मगर कहाँ किस ओर? आँखें भटक-भटक कर परेशान हैं। नरम धूप अब मिर्ची-सी काटने लगी थी। वे एक पेड़ के नीचे बैठकर सुस्ताने लगे। छाँव अच्छी लगी, आँख लग गई। थोड़ी देर के बाद जंगल से लकड़ी काटने की आवाज से नींद टूटी। वे हड़बड़ाकर उठ बैठे। परोक्ष रूप से मनुष्य होने का यह पहला आभास था। साहस करके उठे, पत्थर-पत्थर राह बनाते हुए नजदीक आए तो देखा, चौदह-पन्द्रह साल की लड़की है। हुलिया भिखारिन-सा, उन्हें देखते ही लड़की के सशंकित हाथ थम गए।

"बेटी, मैं राहगीर हूँ। मुझे सुखौती जाना है, रास्ता भूल गया हूँ।" मोतीलाल ने कहा।

"आप नीचे चलके बैठो। काठ काट के जाने लगेगा तो पहुँचा देगा।" लड़की ने आधी हिन्दी और आधी मगही में कहा।

मोतीलाल की जान में जान आई। हालाँकि उन्हें जोरों की प्यास लगी थी मगर पानी का कहीं नामोनिशान न था। घंटे भर बाद लड़की ने काटी गई सूखी लकड़ियों को नीचे उतारा। पोटली उठाई, शायद रोटी या महुआ होगा। गट्ठर बाँधकर तैयार हुई तो उन्होंने पूछा, "बेटी, पानी मिलेगा?"

"आओ हमरा साथ।"

वह उन्हें एक पहाड़ी सोते के पास ले गई जहाँ नीचे एक गड्ढे में पानी झलक रहा था। पलाश के पत्तों का दोना बनाकर उसने मोतीलाल जी की हथेलियों पर डाला। ओह! कितना मीठा पानी था! फिर उसने स्वयं पानी पिया।

"मुझे कब से प्यास लगी हुई थी। तुम न मिलती तो प्यास से ही जान निकल गई होती।"

वह शेखी में बताने लगी कि इस जंगल में पानी ढूँढ़ते रह जाओगे, नहीं मिलेगा। यह तो हम चरवाहों, लकड़हारों ने सोते के नीचे छोटा-सा कुआँ खोद रखा है। लड़की ने चीखकर अपने साथियों को सचेत किया—"हम जा हियो, टीसन पर मिलबो।" कोई आवाज नहीं। उसकी अपनी आवाज ही प्रतिध्वनि बनकर लौट रही थी, उसके साथी शायद जा चुके थे। लड़की थोड़ी मायूस हुई—"अबेर हो गया।" फिर मोतीलाल की सहायता से गट्ठर अपने सिर पर उठा कर कहा, "चलो"।

"तुम सुखौती की हो?" मोतीलाल ने लड़की के भागते कदमों के पीछे लगभग दौड़ते हुए पूछा।

"नैं, पत्थरघट्टा के। बगले में है।"

"पढ़ती हो?"

"नैं।"

"काहैं?"

"कौन पढ़ावेगा? कहाँ पढ़ावेगा?"

"क्यों, सुखौती में तो पढ़ सकती हो?"

लड़की ने शायद सुना नहीं। वह जिस रास्ते से जा रही थी वह पहाड़ से हटकर बीहड़ जंगल में गुजर रहा था। नीचे कहीं चकमक करती रेत, कहीं पत्थर, कहीं-कहीं खेत। दो पहाड़ पार हुए तो उसने पीछे मुड़कर देखा, "पानी?"

"हाँ, अगर मिल जाए तो।"

लड़की ने बोझ को पेड़ के सहारे खड़ा किया—"हियँइ मिलेगा। आगे कोस भर तक पानी नैं है।"

फिर वही प्रक्रिया। एक दूसरा सोता। सोते के नीचे खोदा गया गढ्ढा। गढ्ढे में पानी।

मोतीलाल की हिम्मत अब जवाब देने लगी थी। पाँव बुरी तरह टीस रहे थे। पूछा—"सुखौती और कितनी दूर है?"

"बस! सामने ही तो है।"

"कोस-भर?"

"न, कोस कहाँ? बस सामने लौको (दिखाई पड़ता) है।"

जान में जान आई—"तुम्हारा नाम क्या है बेटी?"

"कंशी।"

"कंशी? ये कैसा नाम हुआ?"

"तोर नाम का है?"

"मोतीलाल।"

"हमरो गाँव में एक गो मोतिया है।" उसने भोलेपन से कहा।

"सुखौती जाने का कोई दूसरा रास्ता नहीं है?" उन्होंने हँसते हुए बात बदल दी।

"है; टरेन से टीसन उतरे के, डेढ़ कोस पड़ता है।" मोतीलाल ने हिसाब लगाया कि दो कोस तो लगभग वो चल चुकी, कम से कम और उसे डेढ़ कोस चलना होगा। यानी कुल सफर कितने का ठहरा, साढ़े तीन कोस। तो क्या साढ़े तीन कोस चलकर यहाँ के लोगों को अपनी रोजी-रोटी का इन्तजाम करना पड़ता है?

नहीं, सम्भव हो, समझने में भूल हो रही हो।

"स्टेशन पर तुम्हारी लकड़ी बिक जाती है?"

"नैं, हुआँ से गया चाहे कोडरमा जाए पड़ो है।"

"ट्रेन में लकड़ी चढ़ाने देते हैं?"

"ट्रेन में नैं। दू गो डब्बा होवो है न, ओकरा बीच में रखके ले जाते हैं।"

"यह तो बहुत ही कष्टकारी है। खतरा भी। इससे ज्यादा तो महुआ बीन कर कमा सकती हो?"

"सब जंगली है जी। मीठा कोई-कोई ही है। फिर हमेशा कहाँ मिलता है?"

मोतीलाल ने अनुमान लगाया कि उदय ट्रेन के रास्ते ही आता-जाता होगा। वह रास्ता इतना उजाड़ व कष्टप्रद नहीं होगा। इस कल्पना से उन्हें राहत मिली।

सामने एक छिछली नदी थी, उसके चारों ओर बड़े-बड़े पत्थर पड़े थे। एक पत्थर पर लकड़ी का गठ्ठर रख दिया कंशी ने।

"हम तो हियाँ से टीसन जइबो।" लड़की ने सर से गठरी को उतारते हुए कहा, "सुखौती के रास्ता ई है।"

"ई...?" मोतीलाल ने उसकी अँगुली की नख पर आँख रख दी। दो पहाड़ों के बीच सामने एक पहाड़ नजर आ रहा था। उनके चेहरे पर हवाई उड़ने लगी, "तुमने कहा था, सामने ही है।"

"सामने नैं है?"

कंशी ने उनके डर को समझा—"डर के कोई बात नैं है, दू-एक ठो हुँड़ार (भेड़िया) छोड़ के कोई जानवर नैं है, वोहो रात, चाहे साँझे के निकलता है। रास्ता बनल है।"

बोझ उठवाकर चली गई कंशी। वे दूर तक उसका जाना देखते रहे, न मिली होती तो क्या हाल होता? थोड़ा सुस्ताने के बाद मोतीलाल ने अकेले ही राह पकड़ी। शाल के छोटे-बड़े पेड़ थे, पत्ता भी खड़कता तो लगता हुँड़ार उनपर घात लगा रहा है। सूरज एक कटी पतंग-सा दूर के पहाड़ पर उतरने जा रहा था। थकान और पसीने से देह लथ-पथ थी। घंटे भर बाद वे एक नदी तक पहुँचे। यह आखिरी नदी हो शायद। नदी के उस पार पहाड़ की तलहटी में कुछ घरौंदे और गेहूँ की पकी फसल के खेत आँखों को सुकून दे रहे थे। नदी शायद बाँधी गई थी जिससे उसमें पानी नजर आ रहा था। पता नहीं, कितना पानी है। बाँध से चलें या आगे चल कर कोई और राह मिलेगी? क्या थोड़ी देर बैठ लें? कोई न कोई तो गुजरेगा ही इस राह से। हो सकता है उदय बाबू ही हों। स्कूल तो इसी गाँव में या आसपास ही होना चाहिए।

लेकिन यह मात्र एक दिलासा ही था—दिलासा उस डर को ताली पीटकर भगाने का; डर, जो उनके कदमों को थकान से ज्यादा जकड़ रहा था—अगर उदय

न मिला तो...? और कहीं स्कूल ही न हुआ तो...?

उन्हें देखकर कुछ औरतें जिज्ञासावश हुलकने लगीं। पीपल के पेड़ के ऐन चबूतरे पर जब वे खड़े हुए तो बिजूके थे।

"कैकरा हियाँ आयल थीं साहेब?" एक बूढ़ी औरत ने पूछा।

"किसी के यहाँ नहीं।" फिर प्रतिप्रश्न किया—"यहाँ सखौती में कोई प्राइमरी पाठशाला है?"

"का कहें?"

"प्राइमरी स्कूल।"

एक ने दूसरी की ओर देखा, दूसरी ने तीसरी की ओर... "यह नाम तो पहली बार सुन रहे हैं।"

"आप कौन हैं?"

मोतीलाल ने अपना परिचय दिया। फिर यथासम्भव उनकी भाषा में समझाने की कोशिश की, कहा, "सरकारी कागजों में यहाँ एक प्राइमरी स्कूल है जहाँ सुखौती और आसपास के गाँवों के बच्चे पढ़ते हैं।"

"हियाँ न कोई स्कूल, न कोई चेंगा-चेंगी कहीं पढ़ने जाता है।" इस जवाब पर मास्टर साहब भहरा-से गए।

थोड़ी देर बाद सुखौती के रजपूत टोला के तिरलोकी सिंह और बभन टोला के परियाग मिसिर हाजिर हुए। तिरलोकी सिंह ने हाथ जोड़कर परनाम किया—"महाराज हमसे कौनो चूक हो गई कि महतो लोगन का टोला में पड़ाव डाल दिए?" मास्टर साहब अवाक। मिसिर जी ने ठिठोली की—"गान्ही बाबा के चेला लगते हैं।"

"आप लोगों ने नाहक कष्ट किए। मैं तो सिर्फ...।" मोतीलाल ने सफाई देनी चाही।

"कष्ट तो आपने किया है महाराज! लौटने समय हम कष्ट नहीं होने देंगे। डोली-खटोली से भेजेंगे आपको। कहिए, कैसे आना हुआ?"

फिर वही यक्ष प्रश्न—"क्या सुखौती में कोई प्राइमरी स्कूल भी नहीं है?"

फिर वही उत्तर—"नैं।"

"कहीं कोई दूसरा सुखौती तो नहीं है?"

जवाब फिर वही—"आसपास में तो नैं है।"

मोतीलाल का कलेजा धक-सा रह गया। बड़ी मुश्किल से उन्होंने खुद को सँभाला।

खाट आई, मोतीलाल बैठे। गुड़-पानी आया, मोतीलाल ने पिया। बच्चे आए, मोतीलाल मास्टर बन गए—"क्या नाम है? ... क्या करते हो?"

लड़का भकुआया-सा खड़ा रहा।

"यहाँ के मुख्यमंत्री का नाम जानते हो?" लड़का चुप।

"प्रधानमंत्री का नाम?"

"..."

"राष्ट्रपति का नाम?" लड़का साँसत में पड़ गया।

"अच्छा, देश का नाम बताओ...।"

"..."

"तुम कहाँ रहते हो, ये तुम्हें नहीं पता...?"

"अरे पंडित जी, ई सब इसको क्या, इसके बाप को भी नैं पता होगा। जिनको पता है, ऊ सब टीसन गए हैं।"

"अभी किसी को पता हो तो बता दें?"

"जो रे, बढ़न ठाकुर को पकड़ ला।" तिरलोकी सिंह ने एक लड़के को दौड़ाया।

बढ़न ठाकुर सामने आए। मय कलकत्ता घूमे हुए हैं ठाकुर। उन्होंने सिर्फ एक नाम सुना है—'जवाहिर लाल'। इसे बताकर जैसे खासा अनुग्रह किया और कहा, "अभी इसी से काम चलाइए, बाकी का जुगाड़ करते हैं, आद ए नैं न पड़ रहा है।" दिमाग के तहखाने से दो-एक नाम उछले—"महतमा गान्ही...? न-न ऊ तो..., राजेन्दर बाबू...? नैं। ऊ भी नैं। कहा न आद-ए नैं पड़ रहा है।"

तो ऐसे सखौती गाँव—जहाँ कागजात में एक प्राइमरी स्कूल था और उस प्राइमरी स्कूल में उनके अपने दामाद टीचर थे—बैठा हुआ उनका अपना वजूद भी टिम्बकटू हो गया। जैसे-तैसे रात काटी और लौट गए पटना डिप्टी साहब के दरबार में।

डिप्टी साहब दो घंटे इन्तजार कराने के बाद सिर्फ आधे घंटे के लिए आए तो उनकी पेशी हुई।

"सर हम सुखौती प्राइमरी स्कूल...।" मोतीलाल ने अरज किया।

"हाँ, हाँ कहिए!" साहब ने अरज सुन ली।

"सर ई ठो कौन चीज है?"

"आप ही न बता रहे हैं, प्राइमरी स्कूल है।"

"सर ई ठो कहाँ हैं?"

"आप क्लर्क के पास जाइए, वो आपका समझा देगा।"

क्लर्क को पाँच रुपये की दक्षिणा देनी पड़ी। तब उसने रजिस्टर और नक्शा निकाला।

"सर ई ठो पहाड़ है?" मोतीलाल ने विनीत स्वर में पूछा।

"का मालूम, होगा!" क्लर्क ने कान की मैल निकालते हुए दिव्य आनन्द की अनुभूति की। प्रश्न से ज्यादा रुचि इस समय उसके अपने कान के खूँट में थी।

"और ई ठो नदी?"

"हाँ भाई।"

"और ई स्कूल?"

"हाँ। और कुछ पूछना है, देंगे पाँच रुपल्ली और चाहेंगे कि हम पूरा जनरल नोलिज ही आपके सामने उलट दें!"

"सिर्फ एक बात और...।"

"पूछिए।"

"कहीं कोई दूसरा सुखौती तो नहीं है जहाँ प्राइमरी स्कूल हो।"

"जी न, यही है।" और क्लर्क ने रजिस्टर और नक्शे को बन्द कर दिया।

लौटकर बुद्धू घर को आए।

मस्टराइन ने पूछा, "बिन बताए कहाँ चल देते हैं?"

"पाहुन जी के यहाँ गए थे।"

"मगर पाहुन तो हियाँई आए हैं। ये लीजिए आ गए।"

उदय ने आते ही पाँव छूकर प्रणाम किया।

"खुश रहिए, खुश रहिए... और स्कूल कैसा चल रहा है दामाद जी?" मोतीलाल ने उन्हें जैसे कठघरे में खड़ा किया हो।

"जी बहुत अच्छा।"

"लेकिन पाहुन ई सुखौती है कहाँ?"

"वहीं, नवादा-गया के बीच...।" मस्टराइन ने जवाब दिया।

"मेरा सवाल अपने आदरणीय दामाद जी से है।" व्यंग्य की डंक पर उदय ने तिलमिलाकर चुप्पी साध ली। मन सशंकित हो उठा।

"बता दीजिए न!" मस्टराइन ने कहा।

"..." चुप्पी बिछलती रही।

"मैं बताऊँ...?" मास्टर साहब ने श्लोकवत पाठ करना शुरू किया—"तीन नदी, चार पहाड़ पार करने पर इस जम्मू द्वीप के रेवा खंड में कोई गम्भीर अरण्य है, जहाँ इतिहास के कुछ छूटे हुए लोग रहते हैं, जिन्हें न यह पता है कि उनका

मुख्यमंत्री कौन है, प्रधानमंत्री कौन है, राष्ट्रपति कौन हैं, न यह कि वे किस देश में रहते हैं। वहीं है सखौती...। जहाँ गाँव है, स्कूल नहीं; नदियाँ हैं, पुल नहीं; जिसके बारे में न इन्हें पता है, न बजट पास करने वालों को क्योंकि कोई गया ही नहीं वहाँ। मैं गया हूँ, सो बता रहा हूँ।"

अब दामाद की नजर झुकी हुई थी, श्वसुर की चढ़ी हुई—"यह सरासर गलत है आप मानते हैं कि नहीं...? जान लीजिए एक बार एनक्वायरी हुई नहीं कि जिन्दगी-भर के लिए जेल चले जाओगे पाहुन।" पाहुन पर घड़ों पानी पड़ गया।

"मैं आपको लजवाना नहीं चाहता, मुझे मालूम है यह सारा प्रपंच झा जी का बुना हुआ है मगर अफसोस यह कि आप भी उस प्रपंच में बराबर के हिस्सेदार हैं।"

"हाँ। बाबू जी जैसा कि आप बता रहे थे, स्कूल तो होना ही चाहिए।" उदय को जैसे फाँस से मुक्ति मिली हो।

"देखो बरखुर्दार, इतिहास में भूलें होती रहती हैं।"

"जी"

"और इतिहास-पुरुष उन भूलों का संशोधन भी करते चलते हैं।"

"जी।" चिहुँक गया उदय।

"तो यह 'जी-जी' करना छोड़कर सुखौती जाइए और वहाँ स्कूल बनवाइए न! इसी बहाने कुछ लोगों का कल्याण हो जाएगा।"

"जी।"

"स्कूल बनवाइए, बच्चे ढूँढ़िए, स्कूल चालू कीजिए, इतिहास की एक भूल को शुद्ध करने के लिए अगर छोटी-सी कुर्बानी भी देनी पड़े तो पीछे मत हटिए।"

"लेकिन बाबू जी...।"

"अभी 'लेकिन' लगा ही हुआ है? तो कफन बाँध कर तैयार रहिए, कभी भी एनक्वायरी हो सकती है।"

मस्टराइन सारा कुछ सुनकर अवाक रह गईं। धीरे-धीरे किसी कोने से कलकल ध्वनि-सी उनकी रुलाई फूट निकली। पहले अस्फुट, फिर तेज होते-होते विलाप! विलाप में उन्होंने झा जी की सात पुश्तों का उद्धार कर डाला फिर उदय से पूछा, "पाहुन आपने यह सब तो हमें कभी नहीं बताया?" पाहुन क्या बोलते!

मस्टराइन को लगा, झा जी से बात करनी चाहिए। जहर ही जहर का काट है। चबूतरे पर बहुत दिनों के बाद जा रही हैं, सुग्गेवाले धनराज पंडित कहाँ गए, पता नहीं। वहाँ एक औघड़ ने अपना डेरा जमा लिया है। यह श्मशान-भूमि है। यहाँ कोई पंडित नहीं, औघड़ ही रह सकता है। सामने से ज्ञान आता हुआ दिखा—"बेटा, जरा झा जी को बुला लाओ तो।"

"वो आ रहे हैं झा जी।" ज्ञान ने बताया। लौट पड़ीं घर की ओर। सहमते-

सहमते उन्होंने पीछे मुड़कर ताका तो देखा, झा जी इत्मीनान से चूना चाटते हुए खरामाँ-खरामाँ चले आ रहे थे। पान की प्यारी पीक कहीं कपड़े को सुशोभित न कर बैठे सो मुँह ऊपर करते हुए ऊँट-सा गलगलाए—"परनाम भौजी!"

मस्टराइन ने उन्हें खा जानेवाली नजरों से घूरा और कपाल ठोकते हुए, अपने भाग्य को कोसा। कुछ कहना चाहा पर न कह पाईं। सामने मोतीलाल खड़े थे।

झा जी ने पहलेवाले अन्दाज में ही मोतीलाल का प्रणाम सलटाया, पान थूका, चूना चाटा, फिर कहा, "बहुत करोध है सर! मनु महराज रमैन का एक ठो चौपाई बोलते हैं—

जो लरिका कछु अचगर करहीं गुरु पितु मातु मोद मन हरहीं।

पहले हमर बतवा-ठो सुन लीजिए, फिर जो दंड देंगे, सो कबूल।"

वे उनका हाथ पकड़कर अन्दर ले गए जहाँ उदय मुँह लटकाए बैठा था और सावित्री मुँह घुमाकर सिसक रही थी।

"तो का हुआ, कौन-सा महाभारत अशुद्ध हो गया।" झा जी ने हैरानी जताई।

उदय बुदबुदाए—"एनक्वायरी, ससपेन्शन?"

"दुर महाराज! आपका भी कलेजा भैया की तरह चिरई जैसा है।" उन्होंने तर्जनी और अँगूठे से चिरई का कद बनाया—"अरे हम पूछते हैं कि अकेले सुखौती ही नहीं है न, न ही पाहुन अकेले टीचर हैं। सैकड़ों स्कूल हैं जहाँ टीचर नहीं है... अस्पताल हैं जहाँ डाक्टर नहीं, दफ्तर हैं जहाँ प्यून तक नहीं। पचासों पुल हैं जो सिर्फ कागजों पर हैं।"

"अरे बाप!" मोतीलाल को लगा, वे गश खाकर गिर जाएँगे—"लेकिन भवन भी नहीं होगा?"

"जरूरी नहीं।"

मोतीलाल की बोलती बन्द! झा जी ने कहा, "मगर वे तो अशरीरी, अदृश्य, अलौकिक नहीं हैं। हंड्रेड परसेंट सत्य हैं, जैसे अपने पाहुन जी।"

"हाँकने को जितना चाहे हाँक लीजिए, सस्पेंड हुए तो पता चलेगा।" मोतीलाल ने कहा।

"कौन साला ससपेंड करेगा? बड़े-बड़ों के गले फँसे हैं। कोई ससपेंड नहीं होगा, पाहुन अकेले हो जाएँगे?" यहाँ उन्होंने एक और क्षेपक कथा जोड़ी कि गाँव के लड़कों ने खेल-खेल में एक गदहा मार डाला था। प्रायश्चित्त के लिए वे पंडित जी के पास गए। पंडित जी ने शुद्धि के लिए हजारों रुपये के विधि-विधान बताए। तब लड़कों में से एक ने कहा, 'आपका सन्तोष भी गदहा मारने में हमारे साथ शामिल था।, इस पर पंडित जी ठठाकर हँसे, 'दस-पाँच लइका एक सन्तोष, गदहा मारलो पे कौनो न दोष।' अरे हमरा एक साला राँची में है—ई.ओ., एक पटना में है मंत्री

का पी.ए., एक भाई दिल्ली में है..."

"माने कि सारे झा लोगों की आपस में रिश्तेदारी होती है सिर्फ हमीं जैसे दो-चार अपवाद हैं।" मोतीलाल का चेहरा 'झा-झा' करने लगा और मस्टराइन ने सन्तोष की साँस ली—"ई तो नाहक कब से फूल-पचक रहे थे। साचो, चिरई जैसा करेज है।" एक स्वर से मोतीलाल जी पर लानत-मलानत बरसने लगे और झा जी विजेता की तरह उठ खड़े हुए।

झा जी, तुमरी महिमा अपरम्पार!

"**नहीं** नहीं, प्रायश्चित तो करना ही पड़ेगा।" मोतीलाल अभी भी अपनी बात पर अडिग थे—"झा जी से पल्ला झाड़ लेने में ही भलाई है।"

अब मामला पेश हुआ ओझा जी के दरबार में।

"हमरा बस चले तो सारे स्कूल तोड़ दें।" ओझा जी का अपना ही षटराग था।

"मास्टर होकर आप ऐसी बात कह रहे हैं?"

"आप तो सिर्फ सुखौती गए हैं मास्टर साहब, दुनिया में स्कूल के नाम पे क्या-क्या हो रहा है, आपको पता है? एक तरह से देखिए तो ज्ञान की गंगोत्री ही कलुषित है। उदाहरण के लिए यू.पी. में कोई स्कूल है, पब्लिक स्कूल जहाँ बड़े-बड़ों के लड़के ही पढ़ते हैं। एक अरबपति सेठ का लड़का वहीं पढ़ता था। उसका दावा है कि उसने चार टीचर्स को भोगा है।"

"भोगा है, माने...? हाय बाप, उ क्या रंडी-वंडी हैं?" मोतीलाल का मुँह खुला रह गया।

"रंडी-उंडी क्या चीज है। उससे भी गई-बीती और गए-बीते। एक तरह से देखा जाए तो ठीक ए है। विदेश में सेक्स एजुकेशन पर हल्ला है। देर-सबेर यहाँ भी सुनाई पड़ेगा। 'एडभान्स' स्कूल न है...।"

मास्टर साहब को फेंकू सिंह और महाराजिन के अतिरिक्त ऐसे दूसरे प्रकरण की प्रत्यक्ष जानकारी न थी। बाकी राजा-रानी और दूसरे प्रेम-प्रसंगों की बात उन्होंने किताबों में पढ़ी थी। भन्नाकर बोले, "नाहक ही मैंने अपनी जिन्दगी इतिहास निर्माताओं के अध्ययन में जाया की।"

"इतिहास तो वही बन रहे हैं भैया! उस स्कूल के प्रोडक्ट एडमिनिस्ट्रेटर, फौजी अफसर, एम.एल.ए., एम.पी. होते हैं। इतिहास सच पूछिए तो किसने बनाया,

सेठों ने, गुंडों ने, चाहे वो राजकीय पोशाक में हो, चाहे हूणों की शक्ल में। जिसके पास भी चार ठो आदमी जुटाने का बेंवत था, उनको मोबिलाइज करने का ब्रेन था, उसी ने चार कुत्ते पोस कर जिस-तिस पर हुलकार दिए। आप तो इतिहास पढ़ाते हैं, जरा बताइए तो ये चंगेज खाँ, तैमूर लंग, नादिर शाह या दूसरे जो भी राजा या सरदार हुए हैं उनके पास लाख-लाख की सेनाएँ कहाँ से जुटती थीं। आप पाँच आदमी का परिवार नहीं चला पाते और वहाँ लाख-लाख...।"

"सारे-के-सारे लुटेरे नहीं थे। इनमें से कइयों की अपनी रसद-व्यवस्था थी जो टैक्स आदि के जरिये वसूली पर निर्भर करती थी।" मोतीलाल ने कहा।

"मैं आपका छात्र नहीं हूँ मान्यवर मास्टर साहब कि आप मुझे पट्टी पढ़ा देंगे। क्या यह सच नहीं ये सेनाएँ इसीलिए जुटती रहीं कि इन्हें लूटने का पूरी छूट थी? लूटो और उसका एक अंश सरदार को दो। सीधा-सादा आदमी भी तभी तक भेड़, बकरी या चूहा बना बैठा है, जबतक उसके पास स्कोप नहीं है। मौका मिला नहीं कि दोनों हाथों से बटोरेगा, भैंस की तरह आँख, कान, नाक तक डूबो देगा नाद में।" मोतीलाल को लगा, ओझा जी की बातों में दम था।

"तो आप क्या चाहते हैं कि सुखौती में स्कूल न खोला जाए?"

ओझा जी कुछ शान्त हुए—"मामला पैसे का है। स्कूल का भवन बनाने के लिए पैसे चाहिए। ये पैसा सुखौती के गरीब-गुरबा लोग दें, सरकार दे या कोई धर्मदाता सेठ। चलिए किसी सेठ को टटोल कर देखा जाए।"

यह करीब-करीब भिक्षाटन जैसा भटकाव था। सेठ पूरनमल से थोड़ी उम्मीद इसीलिए थी कि वे अपनी रखैल के नाम पर कोई ट्रस्ट चलाना चाह रहे थे। उन्होंने सुखौती का पूरा हाल सुना और गम्भीर हो गए—"देखिए मास्टर जी, पैसा तो है हमरा पास। खर्च भी करना चाहते हैं पर कहाँ,...? वहाँ जहाँ दो-चार जन देखें। सुखौती में कौन जाएगा देखने?"

"आपकी 'वो'... उनकी आत्मा को तो शान्ति मिलेगी।"

"वो किसने देखा है? आपके आरा में धरमन चौक और करमन टोला है कि नहीं?"

"हमें ठीक-ठीक पता नहीं।"

"कौन चीज के मास्टर है आप लोग, इतना भी नहीं पता कि हर राजा, बादशाह और बड़ा आदमी रखनी रखता था, बड़े-बड़े हरम होते थे?" सेठ ने महान लोगों की परम्परा से खुद को जोड़ते हुए उन्हें लताड़ा।

"जी।" मोतीलाल ने थूक घोंटा।

"आपको नहीं मालूम है तो जान लीजिए कि ये दोनों बाबू कुँवर सिंह की रखैल थीं—केप्ट! आज न कुँवर सिंह हैं, न धरमन, न करमन लेकिन उनका नाम अमर है।"

"जी। मैं समझ गया।" ओझा जी उठकर खड़े हो गए।

"आए हैं तो बराहमन को खाली हाथ नहीं जाने देना चाहिए।"

सेठ ने दस की एक गड्डी चूतड़ के नीचे से निकालकर फेंक दी।

"आपके नाम का संगमरमर का प्लेट लगवा दें? क्या नाम हुआ आपकी प्रेमिका जी का?" मोतीलाल ने श्रद्धा से विगलित होते हुए कागज-कलम निकाल लिए। पूरनमल ने हाथ से उन्हें ऐसे हड़काया जैसे मक्खियाँ हों। शिक्षक द्वय वहाँ से ऐसे निकले मानो प्रेत की गुफा से निकल रहे हों। चौक पर आकर दोनों ने एक-दूसरे के चेहरे की राख को झाड़ा।

"मेरे चलते आपकी इतनी हतक हुई है न?" मोतीलाल जी ने अनुतप्त स्वर में कहा।

"उसकी फिकर मत कीजिए। प्रेमचन्द ने कहा है न, गन्दा पानी भी गन्दगी को साफ करता है। सो पैसे लीजिए और अपना काम कीजिए।"

"अगर आपको सुखौती लिवा चलें तो...?"

"अब मुझे क्यों खामखा घसीटने लगे? हम दोनों ही स्कूल से एक साथ चले जाएँगे तो कल को कुत्तों को मनमानी करने और हमारे बीच षड्यन्त्र रचने की छूट मिल जाएगी।" ओझा जी ने प्रणाम किया और विदा ली।

जेब में हजार रुपये साँप की केंचुल की तरह खसखसा रहे थे। अपनी जरा भी औकात रहती तो हजार रुपये उसके मुँह पर मारकर आ गए होते। समाज की जोंकें! इन हजार रुपयों की एवज में इतने उपदेश पोंके गए—"सुनिए मास्टर जी। ईमानदारी का कदर आगर कहीं रह गया है तो इसी चोरी के धन्धे में ही। यहाँ सबकुछ विश्वास पर चलता है। आप गरीब है और आपके पास कुछ देने को है, चाहे वो रूप हो, चाहे वो विद्या और हम अमीर है तो हम सौदा कर सकते हैं।"

माने उस गरीब रखैल के पास रूप था और हमारे पास विद्या तो सेठ पूरनमल उसे खरीद सकता है। और कहाँ तक हतक सहोगे मोतीलाल?

सुखौती की दूसरी यात्रा पर मोतीलाल जी ने साथ में शौकत मियाँ को रख लिया था जो चना-चबैना और पानी लेकर चल रहा था।

तीन नदी, चार पहाड़ और दोनों ओर फैले जंगल को पार कर जब वे दोबारा सुखौती पहुँचे तो बिजूके नहीं थे। शाम को बाकायदा रजपूत टोला, बभन टोला और दूसरे टोलों से लोग आए और एक स्कूल की योजना बनाई गई। दूसरे दिन गाँव की

सबसे बुजुर्ग महिला दुखनी देवी ने स्कूल भवन का शिलान्यास किया। फौरी तौर पर थूमी, बाँस, फूस के छप्पर से स्कूल की एक कुटिया तैयार की गई। मास्टर साहब ने अपने हाथों में एक नाम पट्टिका लिखी—'सुखौती प्राथमिक पाठशाला' और दूसरी पट्टिका पर गाँव के दाताओं की सूची और दान की राशि का ब्योरा था। वह सब तो हुआ पर ज्यादातर गाँववालों की समझ में यही नहीं आ रहा था कि पढ़-लिखकर आखिर होगा क्या! बच्चों को मिठाई का प्रलोभन देकर उन्हें स्कूल में बुलाया गया। स्कूल का श्रीगणेश सम्पन्न हुआ। दूसरे दिन से पढ़ाई विधिवत शुरू हो गई। श्रम-दान से ईंटें पथवाई गईं। जंगल काटकर जलावन तैयार हुआ। ईंटें जैसी पकनी चाहिए थीं, वैसी नहीं पकीं मगर काम लायक कुछ ईंटें निकल ही आईं। राजमिस्त्री बुलाए गए। कच्चे गारे से कच्ची ईंटें जोड़ी गईं। तीन कमरे। सामने मैदान। आधा ही बना था कि बारिश शुरू हो गई। बाकी काम गाँव की कमीटी के हवाले करके लौट आए मोतीलाल। तय हुआ कि गर्मियों की छुट्टियों के बाद स्कूल विधिवत चल निकलेगा।

उदय ने कितने दिन पढ़ाया, कितने दिन नहीं, सो वही जाने पर मस्टराइन को लगा, मोतीलाल जी की जिद ने उनके बेटी-दामाद को भीषण असुरक्षा में धकेल दिया है। बरसात में तीन-तीन नदियों को पार कर पाना ही मुश्किल है। पार कर भी गए तो उस झोपड़े के स्कूल में साँप-बिच्छू, जंगली जानवर ऊपर से...। हाय, इस सनकी की सनक ने उन्हें कहीं का न रखा! चुपके से एक दिन फिर जा पहुँची झा जी के पास। नहाकर अपनी त्रिकुटी पर चन्दन-रोली सजा रहे थे झा जी—"का करें भौजी, आपका दु:ख हम समझते हैं। पर ई जो आपके 'पती महोदय' सत्यवादी हरिश्चन्दर के अवतार हैं न, यही चाल रही तो एक दिन सबको बेच देंगे अपनी जिद में।"

"आप ही कोई उपाय करो बबुआ। जिन्दगी भर एहसान मानेंगे।"

"इस बार क्या गिरवी रखने आईं हैं भौजी?" झा जी ने दूसरा पैंतरा लिया।

असहाय भाव से आँचल पसार दिया मस्टराइन ने—"अपने पास क्या है बबुआ? मैं तो खुद भिखारिन बनकर आपके दरवज्जे पर हाजिर हुई हूँ।"

"है, भौजी, है! आपसे बढ़कर दाता भला कौन है?"

मस्टराइन के चेहरे पर मूढ़ता के भाव थे।

"का कह रहे हैं बबुआ, मेरे पास कुछ हो और आपको न देवें।"

"पहले आप 'हाँ' तो कहें।"

"पहले आप बताओ तो सही।"

"ज्ञान को हमरी झोली में डाल दें। आप जो भी दहेज चाहेंगी, हम देने से पीछे नहीं हटेंगे।"

"क्या कहा गेयान, माने कि...?"

"हाँ भौजी, आपका बेटा। आप तो देख ही रही हैं, तीन-तीन बेटियों का मुझे

बियाह करना है। बस एक का उद्धार आप कर दीजिए।"

"पर बबुआ, गेयान तो अभी बच्चा है।"

"उतना बच्चा भी नहीं। हम उसके बड़े होने तक इन्तजार कर लेंगे।"

"इतने दिन का उधार...?" सोच में पड़ गई मस्टराइन—"हमें मास्टर साहब से पूछना पड़ेगा।"

"पहले आप तो 'हाँ' कर दीजिए फिर देखिए हमारा कमाल। आप का समिस्सा हमरा समिस्सा हुआ।"

"ई बात है तो जाओ, हमरा 'हाँ' रहा।"

"बस भौजी, बस!" झा जी उनके कदमों पर गिर पड़े। बारी-बारी से उनकी पत्नी और बेटियाँ भी आ-आकर पाँव छूने लगीं। मस्टराइन का दिमाग ठीक-ठीक काम नहीं कर रहा था, पता नहीं, झा जी ने किस बेटी के लिए 'गेयान' का हाथ माँगा है। तीनों लड़कियों को उन्होंने देखा, बुरी नहीं है तो अच्छी भी कहाँ है? 'क्या झा जी से पूछें...? न, यह भद्दा लगेगा। दोहाई हो बाबा बैजनाथ की, मुँह से 'हाँ' तो निकल गया है, अब तुमहीं सम्भालना।'

"बबुआ जी!"

"जी?"

"हमको अउर एक ठो बात का डर है," मस्टराइन ने इधर देखा, फिर उधर, फिर फुसफुसा उठीं—"हुआँ सुखौती में, सुना है, एक दू ठो छौंड़ी बड़ी छिनार है। हमेशा ताक-झाँक करती है। अब पाहुन ठहरे जवान आदमी। जंगल-पहाड़ का बात, कहीं वशीकरण मन्तर न मार दे कोई।"

"आप निफिकर होकर जाइए भौजी। आपने 'हाँ' कर दिया तो आपका समिस्सा हमरा समिस्सा हो गया। मन्तर का काट भी मन्तर ही है। ऐसा मन्तर मारेंगे कि न रहेगा बाँस और न बजेगी बाँसुरी।"

और वाकई हुआ भी कुछ वैसा ही।

वह मार्च की सुहानी शाम थी। जब उदय और सावित्री ने आकर माँ-बाप के पाँव छुए।

"अरे तुमलोग, इस वक्त? सब खैरियत तो है।" मोतीलाल जी ने अप्रस्तुत से हो उठे।

"जी, सब आपका आशीर्वाद है।"

"और बताइए पाहुन जी, आपका स्कूल कैसा चल रहा है? बहुत तकलीफ उठानी पड़ती होगी उस विजन वन में! बहादुरी से डटे रहिए।"

"बाबू जी मैंने स्कूल से रिजाइन कर दिया।"

"आँय!"

"हाँ, और कोडरमा के पास नवाबगंज कॉलेज में लेक्चरार हो गया हूँ।"

"चरार... क्या कहा?"

"लेक्चरार, व्याख्याता हिन्दी का।"

मोतीलाल का मुँह खुला-का-खुला रह गया—"लेकिन पाहुन आपने तो सिर्फ इंटर ही पास किया था न और लेक्चरार के लिए कम-से-कम एम.ए. होना चाहिए। पी-एच.डी. हो तो और भी अच्छा।"

"आपको पहले बताए नहीं। सोचा, एक बार ही बताकर चौंका देंगे।"

"लेकिन रिजल्ट कब निकला?"

"पिछले साल"

"और बी.ए.?"

"ऊ तो पहले ही।"

"इहो सब झा जी की माया है? हे पाहुन, हाथ-जोड़ते हैं, सच-सच बताइए। ये सब क्या है?"

"वही जो आप सुन रहे हैं। बाबू जी मैं झूठ नहीं बोल रहा। हमारे पास एम.ए. की डिग्री है।"

"अच्छा ई तो बताइए कि, क्या तो...", उन्हें सहसा हिन्दी का कोई माकूल प्रश्न नहीं सूझा, जो सामने दिखा, वही पूछ डाला—"हाँ, ई बताइए कबीरदास ने कौन सी पुस्तक लिखी।"

"बीजक, रमैनी। उ तो दूसरे से लिखवाते थे। खुद कोई पुस्तक नहीं लिखी है।"

"अरे! तो आपने पढ़ा भी है? चमत्कार! झा जी तुम्हारी महिमा अपरम्पार।"

और ठीक चमत्कार की तरह प्रकट हो गए झा जी भी। बहुत व्यस्त थे सो जल्दी-जल्दी बताने लगे—"कौलेज अभी प्राइवेट है। बाद में एप्रूभल आ जाएगा। तनखाह भी पक्की होगी। अभी सिर्फ दू सौ रुपया मिलेगा। प्राइमरी में तो ई हो नैं भेटाना था। सो लौस नैं है।" मस्टराइन ने बाकायदा आरती उतारी झा जी समेत बेटी-दामाद की और मुहल्ले भर में लड्डू बँटवाया।

"लौस, लौस तो है ही।" मोतीलाल जी खुश नहीं हैं—"दामाद प्राइमरी स्कूल की लीचड़ अध्यापकी से कॉलेज का लेक्चरार बन जाए, यह तो सबसे अच्छी खबर होती पर क्या यह डबल प्रोमोशन उसके कैरियर के लिए ठीक होगा? थोड़ी देर के लिए मान भी लें कि यह चमत्कार हो चुका है फिर भी एक समस्या तो खड़ी ही हो गई—सुखौती के उस खंडहर का क्या होगा!"

"उस खंडहर में आपकी आत्मा वास करेगी। कुछ दिन नीम के पेड़ पर बादुर की तरह लटकल (लटकी) रहेगी और कुछ दिन सुखौती के खंडहर में परेत की

तरह मँडराया करेगी।"

मस्टराइन ने इस बार मास्टर साहब के लद्धड़पन को कसकर आड़े हाथों लिया—"आप कैसे बाप हो जी, जिस खबर से एक बाप का सीना गज भर चौड़ा हो जाता है, उसी खबर से आप दु:खी हो गए। हम बहुत आदमी देखे लेकिन आपके जैसा एक भी नहीं।"

तुम हेडमास्टर हो या काठ के उल्लू?

ध्रुवीकरण! अन्तरराष्ट्रीय स्तर पर सीटो और नाटो के अलग-अलग ध्रुवीकरण चल रहे थे, देश में दक्षिणपंथी और वामपंथी पार्टियों के अलग-अलग, खुद काँग्रेस में इंडिकेट, सिंडिकेट और प्रान्त में जातीय शक्तियों के अलग-अलग और अग्रवाल स्कूल में द्विवेदी गुट और सिंह गुट के अलग-अलग ध्रुवीकरण! पर इन सबसे अलग मास्टर साहब छात्रों को प्रथम और द्वितीय विश्वयुद्ध के राष्ट्रों के ध्रुवीकरण समझाने में मशगूल थे और मस्टराइन मुहल्लेवालियों के ध्रुवीकरण में। डाकिनियाँ थाह लगा चुकी थीं कि शत्रु कमजोर है सो अब महाराजिन, जियालाल की अम्मा, शिवशंकर की अम्मा, चम्पावती और दुलरिया फिर से चढ़ाई करने को एकजुट हो रही थीं। दूसरी ओर मुहल्ले की कुछ दूसरी औरतों, फेंकू सिंह की उपेक्षित पत्नी और शिवशंकर की बहू को मिलाकर मस्टराइन ने अलग मोर्चा खोल रखा था। रोज ही गोले दागे जा रहे थे पर किले थे कि टूट नहीं रहे थे। अन्त में नीम पर धावा बोला गया।

महाराजिन कोई अनुष्ठान कर रही थी ताकि नीम को छेड़ने पर 'गंगवा' फिर कोई उपद्रव न कर बैठे। तांत्रिक ने गंगवा की आत्मा को मुर्गे में कैद कर दिया था। छुरी चली कि खेल खत्म। 'कों-कों' की आवाज हुई और इस आवाज के साथ ही नीम पर राजा की कुल्हाड़ी बज पड़ी—'ठहाक! ठहाक!'

"अरे-अरे यह क्या किया?" लुंगी खोंसते हुए घर से दौड़ पड़े मास्टर साहब—"उतरो।"

"काहें उतरेगा जी? हम चढ़ाया, हमसे बात करो।" शिवशंकर की अम्मा ने निहायत ठंडे रईसी अन्दाज में कहा।

"इस पेड़ को आप नहीं काट सकतीं।"

"काहें? सब दखलिया लोगे? इ नीम महाराजिन जी का है, तुमरा नहीं।"

शिवशंकर की अम्मा बोलती जा रही थीं और मित्र पक्ष तथा शत्रु-पक्ष की टोह भी लेती जा रही थीं। यह दरअसल हाँका था। आखिर दुश्मन माँद से बाहर आया, मस्टराइन ने घर के दरवाजे से पुकारा—"भोरे-भोरे आपको भी औरों की तरह कोई काम नहीं है, चल दिए लड़ने जाहिलों के साथ नीम के लिए।"

"एं, हम जाहिल हैं और तुम एम.ए., बी.ए., सी.ए...।" न जाने कितने 'ए-ए' जोड़ते रहे वे मस्टराइन की डिग्री के साथ।

"राम-राम के बेला में का हो रहा है?" मित्र पक्ष की दूसरी घटक जियालाल की अम्मा ने समय देखकर हस्तक्षेप किया।

"अरे होगा का, नीम का दावा दिखाती हैं। पैसे की इतनी गरमी है तो खरीद लो नीम, डाल दो घेरा।" शिवशंकर की अम्मा ने कहा।

"अरे गरमी काहें नहीं होगा बहिनी, जमीनदार के घर तुम भी बेटी बियाह सकती हो?" जियालाल की अम्मा ने डंक मारी।

दोनों पक्षों ने दोनों के खानदान और जाति की खाल उतारी और उसमें नमक-मिर्च भरी, फिर सहुआइन ने कहा, "हमहूँ का देवर खाए हैं?"

देवर यानी सिरी परकास! छनछना उठीं मस्टराइन—"देवर हो तो, तब तो खाती, भतार था उसे खाई न!... बहू वैसे ही रोज परछन नहीं करती।"

"चोऽऽऽप!" मास्टर साहब ने इतने जोर से डपटा कि सब सन्न हो गए। फिर इस सन्नाटे से रिस पड़ी सहुआइन और मस्टराइन की रुलाई। यह प्रतियुग्म विलाप पूरे मुहल्ले में उड़ रहा था।

छी: यह क्या हो गया! मास्टर साहब जैसे भारहीनता की स्थिति में खुद को तौल नहीं पा रहे थे। यह किसकी रुलाई है? कौन रो रहा है? किसके लिए? दूर-दूर से घेर रही थी लाचारगी की कोई टेर, पृथ्वी के दोनों चपटे ध्रुव जैसे ऐन आँखों के सामने टँगे पड़े हों—एक पर वो रो रहे हैं, एक पर पत्नी और पड़ोसन, और पृथ्वी इस करुणा के सागर में गोते लगाते हुए घूम रही हो। दैनिक और वार्षिक गति का एक-सा अभिक्रम।

पृथ्वी सचमुच ही घूम रही थी बल्कि घूम गई थी। छुट्टियों के बाद स्कूल खुले तो सभी की एक ही माँग थी—"मिठाई खिलाइए!"

"किस बात की भाई?" मोतीलाल जी ने हैरानी प्रकट की।

"पृथ्वी पर रहते हैं?"

"नहीं उसके सिरे पर..." होठों ही होठों में शब्द बुदबुदाए पर रोक लिया उन्होंने।

मुस्तफा जी ने अखबार उठाकर तुरुप के पत्ते की तरह फेंकते हुए आदतन अपनी बात शेर से शुरू की, तनिक मिसफिट-सा शेर, फिर भी शेर तो शेर...

बहारे दिन तो हैं चन्द रोजाँ, न चल यहाँ सर उठा-उठाकर।
कजा ने ऐसी हजारों सूरतें, बिगाड़ डाली बना-बनाकर।

"मतलब?"

"मतलब, सरकार बदल गई। केदार बाबू शिक्षा-मंत्री हो गए, मतलब द्विवेदी युग का पतन और सिंहासन पर अपने सिंह जी, मतलब स्कूलों का सरकार द्वारा अधिग्रहण! मगर इन सारे 'मतलबों' से ऊपर अपना एक 'मतलब' है, वो ये कि प्रसाद जी का पत्ता कटा और हुजूर-ए आला बन गए असिस्टेंट हेडमास्टर? फिर चार महीने बाद मिसरा जी के रिटायर्ड होते ही हेडमास्टर!"

"ऐं!" चौंक पड़े मास्टर मोतीलाल।

"ऐं-वैं छोड़िए, सिंह जी के अभिनन्दन के लिए आज ही पटना चलना है।"

आनेवाले छह महीनों में ही यह सब हो जाएगा, मोतीलाल जी को अपनी नियति पर सपने में भी यकीन न था। उनके दिमाग में अभी भी वो दृश्य बाढ़ के उमड़ते गन्दे पानी-से घूमते हैं, 'किसान रैली' के रैले में 'विदाउट टिकट' जाना, सिंह जी के घर पर बारात-सी भीड़, ओझा जी का सिंह जी के कानों में फुसफुसाना, सिंह जी द्वारा उनकी पीठ का ठोंका जाना। सप्ताहान्त में प्रसाद जी पर फॉल्स सर्टिफिकेट के लिए एन्क्वायरी बैठना और उनका असिस्टेंट हेडमास्टर बनना... फिर मिश्रा जी के अवकाश प्राप्त करते ही हेडमास्टर।"

नियति को कैसे दोष दे सकते हैं मोतीलाल? नियति ने तो उन्हें उनकी सामर्थ्य से कुछ ज्यादा ही दिया। पर इन सफलताओं से वे खुश क्यों नहीं हैं? कैसी तो एक नामालूम-सी विषण्णता का बुरादा झरता रहता है आठों पहर।

जो भी हुआ, उसमें उनकी अपनी कोशिश और पसन्द का सवाल ही कहाँ था? वह तो जैसे भीड़ का कोई रेला था जिसने उन्हें ठेलकर उस किनारे से इस किनारे पर लगा दिया था। खबर बेलारी पहुँची तो नजर उतारने दल-बल समेत मामी आ धमकीं और घर खिल हो गया।

"अरे दो घड़ी बैठिए तो पाहुन, नजर तो उतार लेने दीजिए।" मामी ने कहा।

"एक मिनट की भी फुरसत नहीं हैं मामी।"

"आज मैं आप दोनों के लिए फूलों की सेज सजाऊँगी।"

"पर काँटे मुझे छोड़ें तब न!"

और मामी ने सचमुच उस दिन रजनीगन्धा के फूल मँगवाकर फूलों की सेज बिछा दी। उस पर लेटकर परख भी लिया। मगर मोतीलाल तो मोतीलाल! मस्टराइन पड़े-पड़े सो गईं तब जाकर उन्हें समय मिला। फूलों की सेज कुँआरी ही रह गई।

हेडमास्टरी तो मिली मगर किस तरह मिली? बेटी को घर-वर तो मिला मगर वह कैसा घर-वर था? ज्ञान और आरती पढ़ तो रहे थे पर कैसे पढ़ रहे थे?

"और स्कूल...? सरकारीकरण के बावजूद ये कबूतरों के झुंड-के-झुंड-से लड़कों का कबूतरखाना, ये शिक्षकों का दल और उनके बीच हेडमास्टर की काठ की कुरसी पर, काठ के उल्लू-सा बैठा मैं! क्या यही होता है स्कूल?" वे जैसे खुद को और खुद के चारों ओर के माहौल को तनिक दूर से तटस्थ भाव से देखा करते, जैसे वह वे नहीं, कोई और ही जीव हैं जिससे वे बेसाख्ता घृणा करते हों।

"बड़ी डींग हाँका करते थे न? अब सर पर पड़ी है तो चारों खाने चित्त!" मोतीलाल; कुर्सीधारी मोतीलाल पर ताने कसते।

"मैंने अपने स्तर पर डिसप्लिन और टीचिंग स्टैंडर्ड को दुरुस्त करने में कुछ उठा तो नहीं रखा।" वे एक-एक कर सुधारों की सूची पेश करने लगते।

"तुम सन्तुष्ट हो...?"

"..." हेडमास्टर मोतीलाल को कोई जवाब न सूझता।

"खैर छोड़ो, तुमने खुद पिछले चार महीनों में कितने क्लास लीं?"

"वो दरअसल... अशैक्षिक कार्यभार से ही फुरसत नहीं मिली।" अब वे अशैक्षिक कार्यभारों की सूची पेश करने लगते—'वोटर लिस्ट में संशोधन, मीटिंग, पटना की भागदौड़...!'

"बहाने...?"

मोतीलाल कसमसाकर रह जाते। उन्हें लग रहा था, इस बार बोर्ड के रिजल्ट का बंटाढार होकर रहेगा। लेकिन रिजल्ट देखकर उनकी बड़ी-बड़ी आँखें बाहर निकल आईं—सेवेंटी परसेंट। मोतीलाल ने कुर्सीधारी हेडमास्टर मोतीलाल को फिर कटघरे में खड़ा किया।

"बधाई हो! न राय जी ने क्लास लिया, न झा जी ने, उधर माझी साहब बीमार होकर सारी फरवरी अँग्रेजी का 'स्योर सक्सेस' लिखते रहे, और आपको ऑफिशियल कामों से ही फुरसत न थी कि क्लास लेते। गरज कि स्कूल रामभरोसे चलता रहा और रिजल्ट... सेवेंटी परसेंट।"

"आखिर मैं क्या करूँ...? अकेले स्कूल से लेकर ऊपर तक के भ्रष्टाचार से कैसे लड़ूँ?"

"तुम तो इतिहास पढ़ाते आए हो। लुटेरे महमूद गजनवी के राज्य में बदअमनी फैलने पर जो सवाल गजनवी की एक बुढ़िया ने किया था, वही करूँ? जब स्कूल तुमसे सँभाले नहीं सँभलता तो छोड़ क्यों नहीं देते? क्यों नहीं लगा लेते नीम के चौरे पर एक छोटा-सा स्कूल?"

मोतीलाल परेशान-परेशान हो जाते।

देश में आपातकाल लग गया था। सरकारी फरमान के अनुसार प्रत्येक शिक्षक को परिवार नियोजन के पाँच-पाँच केस देने थे। अपने कक्ष में बुलाकर मोतीलाल जी ने

यह फरमान सभी शिक्षकों को मशीनवत सुना दिया।

"फैमिली प्लानिंग का पढ़ाई से क्या सम्बन्ध? तनख्वाह तो हमें ड्यूटी आवर्स में पढ़ाने की ही मिलती है।" मुस्तफा साहब ने प्रतिवाद किया।

"आखिर हम कहाँ से ले आएँ केस?" ओझा जी कुरमुराए—"कहिए तो अपना कटवा लें।"

"तब उस फरमान के मुताबिक आपके इन्क्रीमेंट रोक दिए जाएँगे। इमर्जेन्सी है।" शिक्षकों को साँप सूँघ गया। जब वे एक-एक कर कमरे से निकल गए तो मोतीलाल को फिर से जिरह झेलनी पड़ी—"तुम हेडमास्टर हो या काठ के उल्लू?" उन्हें लगा उनकी नजर धुँधला गई है। उन्होंने चश्मा निकालकर साफ किया और सामने पड़े कागजों को देखने लगे।

क्राइम कंट्रोल के लिए क्राइम

नक्सलबाड़ी, भूदान, विनोबा भावे, जे.पी., इमर्जेन्सी, जनता दल... लहर पर लहर आ-जा रही थी और मोतीलाल सागर-तट की शिला की तरह अविचल, और असम्पृक्त बने रहे! इमर्जेन्सी की ज्यादतियों का सिला इंका को मिला। न सिर्फ इन्दिरा गांधी चुनाव हार गईं बल्कि उनकी पार्टी भी बुरी तरह फ्लॉप! प्रान्त और केन्द्र में जनता दल का शासन आ गया। नई-नई सरकार थी, नए-नए हौसले। सफलता के जोश में लोग भूल गए कि विधि-व्यवस्था और अनुशासन भी कोई चीज होती है। 'अनुशासन ही देश को महान बनाता है।' जैसे नारों की सरेआम खिल्लियाँ उड़ाई जातीं। शासन, अनुशासन और आत्मानुशासन का अन्तर्सम्बन्ध तय न कर पाने का अंजाम यह हुआ कि अपराधी भी बेलगाम हो गए, पुलिस प्रशासन भी। भागलपुर में ऐसे ही बेलगाम अपराधियों को बेलगाम पुलिस ने पकड़ा और खुद ही उनकी आँखों में तेजाब डालकर 'क्राइम कंट्रोल' कर लिया। छात्रों और बुद्धिजीवियों ने फिर कमान सँभाल ली, जिस सरकार को सत्तासीन कराने में उन्होंने अपना खून-पसीना बहाया था, एक बार फिर उसी के खिलाफ सड़कों पर उतर आए।

सड़क, गली, नुक्कड़, चौराहों से होते हुए यह खबर घर में पहुँच चुकी थी और मस्टराइन इसकी डिटेल्स जानकर मुहल्ले-भर को बता चुकी थीं, मोतीलाल के लिए यह जैसे अखबार में पढ़ी हुई कोई सामान्य-सी घटना थी। वे घर पर ही स्कूल के सारे रेकॉर्ड्स ले आते और चेक करते रहते। वह तो जब स्कूल भी इस चर्चा में

ऊब-चूब होने लगा तो कामकाज रोककर सुनने को बाध्य हो गए।

मुस्तफा जी मुँह पर हाथ रखकर 'फुफू-फुफू' हँसते हुए कमरे में दाखिल हुए—"डाला तेजाब और कहता है 'गंगाजल'।"

"टिट फॉर टैट!" पीछे-पीछे आ रहे मनु महाराज ने पहली बार 'शठे शाठ्यम् समाचरेत' न कहकर अँग्रेजी का प्रयोग किया।

"अरे!" चटर्जी साहब ने उन्हें हैरान होकर देखा—"अब तो हमारा नौकरी पड़ा खतरा में। मनु बाबा 'सैंस्कृट' का साथ-साथ इंगलिश को भी देख लेगा।"

देखते-देखते हेडमास्टर का कमरा शिक्षकों से भर गया। लक्खीकान्त लाहिड़ी ने बात को बहकने से रोका—"सर, वी वांट ए वाइज कॅमेंट ऑन दिस इशू व्हिच इज अनप्रेसेडेंटेड, अनवारंटेड... ऐंड प्रोवोकेटिव!"

"मेरी राय आपको शायद ही पसन्द आए।" मोतीलाल कुनमुनाए।

"फिर भी...।"

"देखिए यह तो मध्ययुगीन या उसके पहले की सोच है। कोड़े मारना, दागना, हाथ-पाँव, नाक-कान काट लेना, हाथी के पाँव तले कुचल देना... एक की गलती के चलते गाँव के गाँव जला देना वगैरा-वगैरा! नक्सलवादियों को ठिकाने लगाने के दौरान पुलिस बल को जो छूट और प्रशिक्षण मिला, वह भी इसकी वजह हो सकती है और अपराधियों को रोकने में नाकाम हो रही पुलिस की बौखलाहट भी... और भी कारण हो सकते हैं पर उन्हें पकड़कर कोर्ट में भी तो प्रोड्यूश किया जा सकता था।"

"आपने गौतम बुद्ध के आप्त वचन सुने?" ओझा जी ने बुरा-सा मुँह बनाया— "अरे महाराज वे कोर्ट से भी छूट जाते या उन पर तीन-तीन जनम तक मुकदमा चलता और फैसला न होता।"

प्रसाद जी ने कोर्ट में झूलने की बात को अपने ऊपर लिया। बी.एड. के जाली सर्टीफिकेट का मामला साक्ष्यों के अभाव में सिद्ध नहीं हो पाया था सो कोर्ट ने मामला सिद्ध होने तक उन्हें अपने पद पर बने रहने का आदेश जारी किया था।

"मैं अभी भी कहता हूँ, डायरेक्ट ऐक्शन!" ओझा जी दहाड़ रहे थे।

"लेकिन।" मोतीलाल ने उन्हें रोकना चाहा।

"लेकिन-वेकिन कुछ नहीं सर, आप इन गुंडों को नहीं जानते।"

"उन गुंडों को जान भी लें तो उन गुंडों को एकदम्मे नहीं जान पावेंगे जो दूसरी वर्दी में हैं।" स्पष्ट था, प्रसाद जी का इशारा किधर था?

बातचीत ऐसे अन्धे मोड़ पर आ गई कि सबने वहाँ से खिसकने में ही भलाई समझी।

प्रसाद जी ने बाद में सरेआम कहना शुरू किया, 'क्राइम करने पर कुछ लोगों की आँखें फोड़ी गईं मगर मेरे जैसे निर्दोषों की बिना किसी कसूर के फोड़ी जाती

रहीं, उसका विचार कौन करेगा? मैंने तो सीनियरिटी भी गँवाई, बदनामी भी झेली। पाँच साल से हेडमास्टर की जिस कुरसी पर मोतीलाल मिश्रा बैठे हैं, उस पर मेरा हक है। दिला दे कोई मुझे मेरा हक? मोतीलाल में जरा भी विवेक है तो छोड़ दें कुरसी मेरे लिए।'

"प्रसाद जी!" एक दिन मोतीलाल ने अपने कक्ष से प्रसाद जी को आवाज दी।

"कहिए।" प्रसाद जी तनकर खड़े हो गए।

"लीजिए, कुर्सी मैंने छोड़ दी है। औरतों की तरह पीठ पीछे कनफुसुकिया करने से बाज आइए और आकर इस पर बैठिए।"

न तो प्रसाद जी कुर्सी पर बैठे, न ही उन्होंने फुसुकना छोड़ा। भुस की आग की तरह सुलगता रहा स्कूल।

बाहर-ही-बाहर सर खपाने का नतीजा यह हुआ कि ज्ञान बी.एस-सी. में फेल हो गया। घर में मातम और मनहूसियत का आलम था। शाम की चाय रखकर गौरा देवी खड़ी हो गई थीं,

"कहीं बोले-वोले नैं थे?"

"क्या बोलता?"

"लो, हम तो समझे थे कि...। हियाँ सब का बाप-भाई दौड़ता रहा, कहाँ कौपी गया है। बोल-बाल के, घूस दे-दिवा के सब नम्बर बढ़वा लिया।"

मोतीलाल चुपचाप सुनते रहे।

"सिंह जी और कुमार साहब के बेटवन से गया-बीता नैं था अपना बेटा। एक गो फस्ट गया। एक गो सेकेंड और अपना बेटा फेल!" मस्टराइन ने जोड़ा।

"बेटे-बेटियाँ अपने बूते पास हों, यह अच्छा है कि...?" मोतीलाल ने कहा।

"माने आप कोसिस नैं करेंगे बेटा के लिए?"

"मुझसे यह गलत काम नहीं होगा।"

"नैं?"

"ना।" बिदककर भाग खड़े हुए।

किवाड़ की ओट से लगा ज्ञान यह सब सुन रहा था। विक्रम के बेताल की तरह गौरा देवी ने जिद न छोड़ी, पति को घेरने और उनके कर्त्तव्य-बोध को हर कोण से उकसाने की कोशिश करती रहीं लेकिन नतीजा वही ढाक के तीन पात। ज्ञान अब कम ही बोलता। धीरे-धीरे उसकी चुप्पी उसके अन्तर्मुखी चरित्र का अंग बनती गई। अब वह किसी से कुछ भी नहीं बोलता, माँ से भी नहीं। 'तबीयत तो ठीक है? सर दबा दें? खाना परोस दें? या चाह बना दें?, जैसे सवालों पर भी नहीं। मस्टराइन

तड़पकर रह जातीं। इसी घुटन में बीत गया साल।

दूसरी बार ज्ञान पास तो हुआ पर कुल अंक मात्र सैंतालीस परसेंट।

"मार्क्स तो बहुत ही कम है।" पिता ने पुत्र को सम्बोधित किया, पुत्र ने हमेशा की तरह सिर झुका लिया।

"अब क्या इरादा है?"

पुत्र ने कुछ न कहा।

"एम.एससी. में दो साल गँवाने से मेरा खयाल है, कमीशन फेस करना ही ज्यादा अच्छा रहेगा। कोचिंग ज्वाइन करो और डट कर मेहनत करो, सारी कमियों की भरपाई हो जाएगी।"

बाहर-बाहर शोर हो गया, ज्ञान आई.ए.एस. कर रहा है। ओझा जी और झा जी इस खबर को ऐसे फैला रहे थे मानो आई.ए.एस. तो हो ही गया, बस पोस्टिंग भर की देर है। तीन साल तक इस गुब्बारे पर सवार रहे लोग और जब ज्ञान का तीसरा एटेम्प्ट भी नाकाम रहा तो मोतीलाल सर पर हाथ धरकर बैठ गए। इससे तो अच्छा होता कि एम.एससी. ही कर लेता या दूसरे कम्पिटीशन्स के लिए ही कोशिश करता। तब इतनी निराशा तो न हाथ लगती। कल तक जो आई.ए.एस. के नाम पर लम्बी-चौड़ी हाँका करते थे, वही ओझा जी अब मीन-मेख निकालने लगे थे। ज्ञान बुरी तरह टूटता जा रहा था। महत्त्वाकांक्षा की यह आग भी उन्हीं की लगाई हुई थी, यह सोचकर वे और भी पस्त हो उठते। मस्टराइन का स्वर एक बार फिर चाँड़ हो गया था—"उस बेचारे की सिर्फ एक ही गलती है कि आप उसके बाप हैं। आपको उसके लिए कुछ करना-कराना तो था नहीं, पैदा कर दिए बस। मरो या बचो तुम्हारा भाग। हम तो काँवर चढ़ाने को भी 'भाख' चुके थे लेकिन भोले बाबा को यही मंजूर है तो यही सही। जो भी हो, हमरा खातिर तो वही सोना है। अगर उसको कुछ भी बोले तो ठीक नैं होगा। कहीं भाग-वाग गया तो हम भी परान तज देंगे, हाँ।"

अन्तिम वाक्य लगभग इसी अन्दाज में टूटता और आँखों से आँसू बरसने लगते। आँसू नहीं, कलेजा कट-कट कर गिरने लगता जैसे। मोतीलाल उस चेहरे को देखते और उदास हो जाते, क्या यही वह चेहरा है जिस पर कभी लट्टू रहा करते थे वे!

उस दिन खुद ही मुजरिम की तरह खड़े हो गए कठघरे में—"मैंने ऐसा क्या कर दिया है कि आरती तक मुझसे बात नहीं करती अब?"

"आप खुद ही सोचो, हम क्या कहें?" मस्टराइन ने कहा, फिर तनिक रुककर जोड़ा—"जो किए, सो किए, हो सके तो एक काम और कर डालिए, बेटे का

बियाह कर दीजिए, हमसे अकेले अब नहीं सँभलता।"

पत्नी की बातें स्कूल तक पीछा करती रहीं, 'बेटा जिस डिप्रेशन में जी रहा है, क्या उसका एकमात्र इलाज शादी है?'

"मे आइ कम इन सर?" की आवाज पर चौंककर देखा तो 20-25 वर्ष का साँवला युवक ऑफिस के बाहर खड़ा है।

"यस, कम इन।" उन्होंने कहा। युवक ने आकर उनके पाँव छुए तो पहचानने की कोशिश करने लगे। नौजवान ने बताया कि उसका नाम पंकज है और वह सहायक शिक्षक के लिए आवेदन करने आया है। पीछे-पीछे आ धमके चन्द्रमा बाबू भी। अनुतप्त भरे स्वर में कहने लगे— "सर, आपने पहचाना नहीं अपने छात्र को? आपने सहायता न की होती तो आज यह इस मुकाम पर कैसे पहुँच पाता? आपको गुरु मानता है।"

"ओ. लखचन्दा प्रोडेक्ट?"

"जी, जी, सर यह अब बी.एससी. आनर्स, बी.एड. है, फिजिक्स में फर्स्ट क्लास आनर्स है सर। मुझे देख ही रहे हैं, बीमार रहता हूँ, अगर पंकज को आपके चरणों में जगह मिल जाती सर तो मेरा बुढ़ापा भी किसी तरह पार-घाट लग जाता।" चन्द्रमा बाबू का स्वर कातर था, आँखें नम और पलकें जुगनू-सी झपकती हुईं।

पंकज की क्वालीफिकेशन सुनकर मोतीलाल की बड़ी-बड़ी आँखें गोलियों-सी निकल आईं। क्षण-भर पहले 'लखचन्दा प्रोडक्ट' कहकर उपहास करने की बात ओछी लगी। अप्रस्तुत-से उन्होंने दरख्वास्त ली, कृत्रिम आश्वासन देकर विदा किया और पंकज से ज्ञान की तुलना करते ही बेचैन हो उठे।

आखिर उनकी शिक्षा-दीक्षा इस मूजी चन्द्रमा प्रसाद से किस मायने में कम रही कि ज्ञान पंकज की बराबरी में नहीं उतर पाया? अचानक एक खयाल कौंधा, ज्ञान तो और कुछ करने से रहा, वे भी रिटायरमेंट की कगार पर हैं और पत्नी के उसकी शादी के अनुरोध को भी अब और टाला नहीं जा सकता। क्यों न ज्ञान के लिए ही कोशिश करें। पंकज जैसी क्वालीफिकेशन वाले जब शिक्षक के लिए आना चाहते हैं, तो ज्ञान के लिए ही यह नौकरी क्या बुरी है? एक खटका है कि योग्यता में क्रम में, टेस्ट में ज्ञान पंकज से कम नम्बर पाएगा और पैनेल में पहला स्थान नहीं प्राप्त कर सकेगा। कहीं हो भी गया तो द्विवेदी गुट को उन्हें बदनाम करने का मौका मिल जाएगा। लेकिन सर्विस सीनियरिटी भी कुछ काउंट करती है कि नहीं?

'पंकज का क्या होगा?' उनके अन्दर कोई धिक्कार फूट रहा था। पर मोतीलाल बहरे होते जा रहे थे।

इस प्रकार ज्ञानवर्धन सहायक शिक्षक (विज्ञान) होकर आ गया। मोतीलाल उस दिन न चन्द्रमा बाबू की मिचमिचाती आँखों का सामना कर सके, न अपने ओझा जी, सिन्हा जी, यूसुफ, मुस्तफा और झा जैसे साथियों का। उन्हें लगा, सारा स्टाफ, सारा कस्बा, सारी दुनिया उन्हें अपराधी की तरह घूर रही है। मन को उन्होंने बहुत दिलासा दिया कि आखिर नियमत: उन्होंने कहाँ अपराध किया? कहीं-नहीं! फिर भी कम्बख्त नजर है कि झुकी ही जाती है। आखिर क्यों?

घर आए तो पाँच सालों का मौसम बदल चुका था। पत्नी ने बाप-बेटे के लिए मिठाई की प्लेट और पानी रखते हुए व्यस्त भाव से कहा, "उफ। थक गए। पूरे पाँच किलो लड्डू लगे पूरे मुहल्ले में बँटवाने में।"

मगर मास्टर साहब का ध्यान कहीं और था—"अच्छा, तुम्हें याद है, कभी दो फोटो फ्रेम हुआ करते थे...।"

"कौन से?" पत्नी ने पूछा,

"अरे उसमें फोटो नहीं थे, कुछ लिखा हुआ था।"

"बरसात में बौछारें रोकने के लिए हमने रौशनदान में कुछ रखा तो था।" फिर उन्होंने ज्ञान से कहा, "बेटा तनी उतारकर देखो तो कहीं वो तो नहीं है।"

ज्ञान ने रौशनदान से फ्रेम उतारे तो मोतीलाल स्तब्ध रह गए, फ्रेम तो वही थे, पर न उनमें गुरु-वन्दना के श्लोक का कोई अक्षर साबुत रह गया था, न गांधी जी की सूक्तियाँ। घर में चहल-पहल और उल्लास का आलम था और उन धुँधली इबारतों के पीछे धुँधले हो गए अक्स को पकड़ने की कोशिश में वे निपट अकेले थे।

"मैं कौन हूँ? कौन हूँ मैं?" उन्होंने फ्रेम के काँच में अपने क्षरित बिम्ब से पूछा और उन्हें कोई जवाब न मिला।

आई.ए.ऐस!

पहचान विद्रूप बनकर जैसे दूसरे दिन स्वयं उपस्थित थी—स्वतन्त्रता सेनानी का सम्मान प्राप्त करने का लिए आमंत्रण। 'भारत सरकार सेवार्थ' का लिफाफा उन्होंने जेब के हवाले किया और तीस वर्ष पीछे के स्वाधीनता आन्दोलन के थिराये जल में रात-भर गोते लगाते रहे। उन्हें वे दिन याद आए जो परम सात्विक ओज में जल रहे थे, वे काली रातें याद आईं जो संकल्पनाओं के आत्मप्रकाश में 'कैदी और कोकिला' का सस्वर पाठ करने में बीतती थीं। कहाँ गया वह ओज? कहाँ गईं वे संकल्पनाएँ—

क्या इसलिए तकदीर ने चुनवाए थे तिनके
बन जाए नशेमन तो कोई आग लगा दे?

न, 'कोई' पर इलजाम न दो मोतीलाल, तुम भी उन 'कोई' में शामिल हो। हाँ तुम! तुम!

गांधी जी से कोई चूक होती तो क्या करते? उपवास! वे भी आज खाना नहीं खाएँगे। पत्नी और बेटे ने समझा, तबीयत खराब होगी।

सुबह कपड़े साफ करने के लिए पत्नी ने जेब तलाशी तो कागज निकल आया। ज्ञान से पूछा, "देखो तो यह कैसा कागज है?"

जवाब पाते ही मस्टराइन की आँखें चमक उठीं, उसी मुद्रा में बोलते हुए चल पड़ीं—"अजी सुनते हो...? इतना बड़ा खबर और हमें बताया नैं।" फूट-सी खिल उठीं थीं गौरा देवी।

फीका पड़ता हुआ पति उनकी नजरों में यकायक फिर से चटक हो उठा था। गुजरी हुई घाटियों से जैसे इक्के की घंटियों की भूली हुई आवाजों का स्वर फिर सुनाई पड़ने लगा था उन्हें।

"क्या करोगी इस मँगतई को लेकर... तुम्हें कमी किस बात की है?" मोतीलाल ने विरक्त भाव से कहा।

"अरे कोई समझाओ इन्हें..." मस्टराइन जैसे छूटती गाड़ी को पकड़ने की कोशिश कर रही थीं। कुछ दिनों तक लपट-झपट की हर कला को प्रौढ़ा नायिका ने आजमाया जिन्हें वे कबकी भूल चुकी थीं पर मास्टर साहब न समझे तो नहीं ही समझे। पस्त हो गईं।

मुहल्लेवालियों ने घेर लिया—"का हुआ मास्टर जी को?"

"होता क्या।" मस्टराइन ने ठसके से जवाब दिया, "शवतन्तरता सेनानी का दच्छिना का है? चोर-उचक्कों को भी तो मिल रहा है। हम कोई पाने के लिए तो लड़े नैं थे लड़ाई। कर दिया सो कर दिया।"

मुहल्ले में तो अपनी महानता स्थापित कर दी उन्होंने पर मोतीलाल को कभी माफ नहीं किया इस गधेपन के लिए—"हमरा तो करम फूट गए थे जो तुमसे बाँध दिया माँ-बाप ने।"

ज्ञान ने जिस दिन स्कूल में बतौर शिक्षक पहला कदम रखा, सिंह गुट के ओझा जी ने आई.ए.एस. की व्यंजना करते हुए ताने कसे—'आइ.ए.ऐस।'

ज्ञान एक क्षण को हैरान हुआ पर पिता को आता देखकर सँभल गया। सिंह गुट के सभी पुराने साथियों की जुबान मोतीलाल और उनके बेटे के लिए व्यंग्य से जहरीली हो गई।

एक दिन बीता। दो दिन बीता। जब ओझा जी के 'आइए ऐस' के फिकरे ने

तीसरे दिन भी ज्ञान का पीछा नहीं छोड़ा तो ज्ञान ने स्कूल में सरेआम ओझा जी को उठाकर दे मारा। 'हाँ-हाँ' करते धोतियों, पाजामों में उलझते हुए सारे मास्टर दौड़ पड़े। छात्र अपनी-अपनी कक्षाओं से निकल आए। मोतीलाल ने ज्ञान को गलियाते हुए परे धकेला और ओझा जी को उठाया।

"आय सस्पेंड ज्ञान फ्राम दिस मोमेंट।" मोतीलाल की दहाड़ गूँजी और 'धम्म-धम्म' पाँव पटकते हुए सस्पेन्शन की औपचारिकता पूरी करने चले गए।

बाप-बेटे में घर में भी तन गई, पर माँ ने बेटे का ही पक्ष लिया—

"ओझा जी बुढ़ा गए लेकिन इतना अकल नैं आया कि कैसे बात किया जाता है। एक जवान लड़का आखिर कब तक गारी सहता?"

"वह मुझसे कम्प्लेन कर सकता था।"

"कम्पलेन न कम्पलान!"

"तुम समझोगी नहीं, स्कूल का एक माहौल होता है।"

"आप और आपके साथियों ने माहौल बनाया ही होता तो आज यह नौबत न आता।" निरुत्तर कर दिया अनपढ़ पत्नी ने। ठीक ही तो कह रही थीं वह, स्कूल का माहौल एक दिन में तो बिगड़ा नहीं लेकिन इस कमख्त ज्ञान को भी क्या सूझी कि ओझा जी की बेइज्जती पर ही तुल गया। कुछ भी हो, एक अच्छे मास्टर तो थे ही और अपने इतने दिनों के सुख-दु:ख के साथी भी। ओझा जी से जितनी बार बात करनी चाही, हर बार वे कन्नी काट गए। एन्क्वायरी हुई। मोतीलाल की निष्ठा ने फिर पाँव पकड़ा, 'बेटा है तो क्या, सच का साथ देंगे।'

क्या, सच? नहीं। अन्दर-ही-अन्दर एक बाप डर भी रहा था कि कहीं उसका बेटा डिस्चार्ज न कर दिया जाए। मन-ही-मन मनाते रहे कि ज्ञान को 'वार्निंग' या छोटी-मोटी सजा देकर छोड़ दिया जाए।

आश्चर्य! एन्क्वायरी की रिपोर्ट में ज्ञान को निर्दोष पाया गया। सस्पेन्शन के बाद उसने फिर से ड्यूटी ज्वाइन कर ली। उन्होंने अपने तईं उसे बचाने की कोई कोशिश तो नहीं की थी। फिर यह चमत्कार हुआ कैसे? अजय सिंह...? उनकी मूड़ी गिरगिट की तरह हिलने लगी। इन दिनों बहुत गाढ़ी छन रही है अजय से। उन्हें उससे बात करनी चाहिए पर वह मौका दे तब न।

ओझा जी के ऊपर एक मुसीबत कम थी क्या, जो यह दूसरी आ टपकी! पता नहीं कहाँ से किसने इमर्जेन्सी के दौरान परिवार नियोजन के गड़े मुर्दे को उखाड़कर यह दिखाया था कि ओझा जी की सूची में दो नाम फर्जी थे। ओझा जी से स्पष्टीकरण माँगा गया तो उन्होंने दो टूक लहजे में कहा कि उनके ही नहीं, पूरे प्रान्त या देश की सूचियाँ निकालकर देखी जाएँ तो कितने नाम फर्जी निकलेंगे। इस खुलासे से शिक्षक संघ में हड़कम्प मच गया। उनके अपने स्कूल के उनके मित्र भी उनके विरुद्ध हो

गए। ओझा जी का इन्क्रीमेंट रोक दिया गया। अपमान सह न सके। अपना त्यागपत्र मोतीलाल की टेबुल पर रखकर घर चले आए।

क्लास लेकर मोतीलाल अपनी चेयर पर वापस आए तो 'त्यागपत्र' देखकर जी धक-सा रह गया।

"नो, नो, नोऽऽऽ!"

वे इतने जोर से चीखे कि लोग चौंक गए।

रास्ते-भर मन बाढ़ के पानी-सा उमड़ता रहा। ओझा जी के घर तक तो आ गए मगर दरवाजा खटखटाने की हिम्मत न जोड़ सके। बाहर सीढ़ियों पर बैठ गए। अनुताप संघनित हुआ तो बरबस ही आँखें बरसने लगीं, 'तुम एक खुद्दार मित्र थे। झुकना तुम्हारे संस्कार में नहीं था पर मेरी खातिर तुम झुके भी, अपमान भी झेले, एक बार नहीं कितनी-कितनी बार...सिर्फ मेरी सनक पूरी करने के लिए... और मेरे ही बेटे ने तुम्हें बुरी तरह बेइज्जत... और एन्क्वायरी में भी तुम्हें ही दोषी पाया गया। वाह रे गवाह! वाह रे एन्क्वायरी! वाह रे शिक्षक लोग! और यह पाँच साल पहले का परिवार नियोजन का जिन्न? शिक्षक की किस ड्यूटी में शुमार होता है यह? सच ही तो कहा था तुमने अपनी सफाई में कि सूचियों की तफ्तीश की जाए तो कितने नाम फर्जी निकलेंगे। गलत-सलत, जोर-जबरदस्ती, दूसरों को बेवकूफ बनाकर खानापूर्ति की गई है, खुद मेरी सूची भी शायद ऐसी ही निकले। ज्ञान ने कहाँ-कहाँ से मेरे लिए केस जुगाड़ किए थे! तुम्हें छोड़कर किसमें हिम्मत थी कि सच को स्वीकारता!'

कब्ल इसके कि मोतीलाल उठकर कुछ कह पाते, दरवाजा बन्द हो गया। दोबारा बैठ गए। इस पार मोतीलाल रो रहे थे, उस पार ओझा जी, बीच में खुद्दारी का कपाट। अब यह दरवाजा कभी नहीं खुलेगा, कभी नहीं... चाहे जिन्दगी-भर दस्तकें देते रहो।

ओझा जी वाली घटना जिस दिन हुई, ज्ञान का रौब गालिब हो गया। ताने कसने वालों की जीभ तालू से जा चिपकी। अब हर कोई ज्ञान से नम्रता और स्नेह से पेश आता। मास्टर मोतीलाल, नहीं-नहीं, हेडमास्टर मोतीलाल का इतिहास-ज्ञान बिलकुल गड़बड़ा गया—'ज्ञान' के लिए कहीं भी प्रकट घृणा न थी, ओझा जी के प्रति कहीं भी प्रकट सहानुभूति नहीं। अगर कुछ था तो वह था 'ज्ञान' की शक्ति और पहुँच का आतंक तथा ओझा जी के मुँहफटेपन और बेवकूफी के प्रति हिकारत। लोग तो यहाँ तक कहते कि ओझा जी इसी लायक थे। 'गधा' कहा था न! जिन्दगी भर 'डाइरेक्ट ऐक्शन' का नारा देते रहे और जब उनपर 'डाइरेक्ट ऐक्शन' की दुलत्ती पड़ी तो चारों खाने चित्त! आखिर मुँह दूबर चन्द्रमा प्रसाद जैसा आदमी भी औरों

की तरह विधवा, विधुर, प्रौढ़ाओं और प्रौढ़ों को तथा फर्जी केस देकर कोटा पूरा कर गया और पकड़ा न गया तो एक ओझा जी के लिए कहाँ का पहाड़ खड़ा हो गया? मास्टर मोतीलाल यह सब सुनते और सोच में पड़ जाते। कहीं-न-कहीं कुछ गलत हो रहा है पर क्या—यह शिनाख्त मुट्ठियों में बालू की तरह धसकती जाती।

ज्ञान ने आते ही मोतीलाल के इतिहास-चक्र को उलटा घुमाना शुरू कर दिया था।

मोतीलाल अन्य शिक्षकों से उसकी बाबत पूछते तो जवाब मिलता—'वह फिजिक्स पढ़ा रहा है सर—हर क्रिया की बराबर और विपक्षी प्रतिक्रिया होती ही है।' दरअसल वह क्लास में पढ़ाता कम और राजनीति में ज्यादा दिलचस्पी लेता। उसने छात्रों को उकसाकर टूर पर दिल्ली भिजवाया और छात्रों ने साथ जाने के लिए उसे ही चुना था। दिल्ली में, पता नहीं, क्या-क्या करता रहा वह। टूर पर गए लड़के लौटे तो छात्र-राजनीति की शिक्षक-राजनीति से दुरभिसन्धि हुई और दोनों सरकार विरोधी आन्दोलनों से जुड़ गए। घर पर बाप-बेटे में कम ही बात होती, जो होती भी, वह ज्ञान की माँ के माध्यम से।

"उसे समझाओ, वह लड़कों को भड़काकर आग से खेल रहा है।" पिता का संवाद।

"उनसे कह दो, लड़के अपना भला-बुरा आप समझ सकते हैं।" पुत्र का संवाद।

"मैं उनका भविष्य नष्ट नहीं होने दूँगा।" पिता का संवाद।

"उनका भविष्य है ही क्या?" पुत्र का संवाद।

"उन्हें सबसे पहले पढ़ाई पर ध्यान देना चाहिए।" पिता का संवाद।

"मात्र पढ़ने-लिखने से ही भविष्य सजता तो शिक्षित बेकारों की इतनी बड़ी फौज क्यों खड़ी होती?" पुत्र का संवाद।

पत्नी की नजर में उनका पुत्र सही था और पति बुढ़भस का शिकार। अब तो बात-बात पर पैसे के लिए पति पर आश्रित भी नहीं थीं। उन्होंने बेटे की तनख्वाह के पैसे से बगलवाले कमरे भी खरीद लिए थे और उन्हें तुड़वाकर नए ढंग से बनवा रही थी ताकि बहू के आने पर कोई दिक्कत न हो। इतवार का दिन जो मोतीलाल के सुकून का दिन होता, कनपटी पर ठहाक-ठहाक बजने लगा। मास्टर साहब किसी किताब की धूल झाड़ते और लेकर जा बैठते चबूतरे पर मगर आँखें किताब के पृष्ठों के पार भटक जातीं पैसे नहीं थे तो जैसा भी था घर अपना था, परिवार अपना, पत्नी अपनी; आज चार पैसे क्या आए, सब उनकी पहुँच से दूर होते चले जा रहे हैं, शायद इसीलिए अनुभवी पुरखों ने 'वानप्रस्थ' और 'संन्यास' का प्रावधान रख छोड़ा था।

पितृहन्ता

चुनाव की घोषणा होते ही स्कूल की पढ़ाई का रहा-सहा माहौल भी नष्ट हो गया। जाने कैसे इस बार प्रिसाइडिंग अफसर के रूप में चन्द्रमा बाबू का नाम आ गया। मोतीलाल ने उनके गिरते स्वास्थ्य का हवाला देकर ऐतराज किया मगर चन्द्रमा बाबू जब स्वयं ही जान देने पर आमादा हों तो कोई क्या कर सकता था।

चुनाव के समय अग्रवाल स्कूल स्वयं भी मतदान केन्द्र था सो स्कूल बन्द था। उन्होंने शाम को सुना कि चन्द्रमा बाबू अपने बूथ पर किसी बूथ कैप्चरर का विरोध करते हुए बम-ब्लास्ट में मारे गए। उन्हें विश्वास ही नहीं हुआ कि चन्द्रमा बाबू अब नहीं रहे। बार-बार उनका नाटा, साँवला, आँखें मिचमिचाता दैन्य और विरक्ति-भरा दमे से हाँफता चेहरा याद आता रहा।

उन्होंने कभी भी किसी की शिकायत नहीं की जब कि 'लखचन्दा' नाम से उनका बराबर उपहास किया जाता रहा। मोतीलाल अनुतप्त और स्तब्ध थे—"यह सबसे पीछे रहनेवाला आदमी, यकायक सबसे आगे कैसे हो गया?"

ज्ञान की शादी के लिए इक्का-दुक्का रिश्ते पहले भी आते रहे जिसे मास्टर साहब टालते रहे, पत्नी को पुराने आचरण वाली आज्ञाकारिणी बहू चाहिए थी और मास्टर साहब को अपने पोतों की स्नेहशील बुद्धिमती माँ। फिर अभी सवाल झा जी की बेटियों का भी था। अम्बा, अम्बे, अम्बालिका—पता नहीं, झा जी की किस बेटी को अपनी बहू बनाने को गौरा देवी वागदत्त हुई थीं। पर 'मैं अभी विवाह नहीं करूँगा' कहकर ज्ञान ने सारी अटकलों पर विराम लगा दिया था। उसके अड़ियल रुख को देखते हुए यह बात फिलवक्त वहीं छोड़कर आरती के विवाह पर सोचा जाने लगा। गौरा देवी का विचार था कि रिटायरमेंट के पहले यह काम भी निबटा लिया जाए मगर ज्ञान ने स्पष्ट रूप से मना कर दिया था—"जैसे-तैसे किसी चपरासी, किरानी या बोदे मास्टर के गले में डाली कि लुढ़ककर फिर हमारे आँगन में आ गिरेगी।"

"वह हमारा दायित्व है।" मास्टर साहब प्रतिवाद करते।

"आपकी कुशलता तो सावित्री दीदी की शादी में ही देख ली।"

बेटा अब बाप की हर बात बिना शील-संकोच के काट देता। पत्नी को कभी-कभी पति का चेहरा देखकर माया लगती पर बेटे को वह रोक न पातीं। अब तो वे इस बात पर भी डरी रहतीं कि बाप-बेटे कहीं लड़ न बैठें और

मुहल्लेवालियों को हँसने का मौका न मिल जाए।

रात पुलिस ने झा जी के घर और किताब की दुकान पर छापा मारा और बोर्ड से लेकर परास्नातक तक की ढेरों मार्क-शीट्स और सनदें बरामद कीं। झा जी को हवालात में बन्द कर दिया गया। शहर का सूचना-तंत्र इतना मजबूत था कि सुबह जिसे देखो उसी की जुबान पर चर्चा बिछल रही थी। प्रबन्धन समिति ने इस मुद्दे पर आपातकालीन मीटिंग बुलाई थी। मोतीलाल घर से निकले तो कई निगाहें उन पर उठ गईं।

"मास्टरवा सब भी अब गू खाने लगा है।" एक डंक।

"आज से? हमेशा से खाता रहा है कि...?" दूसरा डंक।

गुमटीवाले, रिक्शा चालक, राह चलते लोग कोई भी उन्हें डंक मारने से नहीं चूक रहा था जैसे वह कुकृत्य उन्हीं ने किया हो। प्रबन्धन समिति में भी स्कूल के प्रेसिडेंट अग्रवाल साहब की एक-सी टिप्पणी, "छी: छी:! हमको बोलने में भी शरम आता है। आप क्या देख रहे थे स्कूल में? कितना बदनामी हुआ?" सेक्रेटरी यादव जी जो जनता दल के लीडर भी थे, प्रेसीडेंट से एक हाथ आगे थे—"कहीं आप भी तो इस स्कैंडल में शामिल न थे?"

कड़वा घूँट पीकर रह गए मोतीलाल—"हेडमास्टर होते ही मैंने झा जी से 'परचेज' छीन लिया था। वैसे भी आपको मालूम है, यह एक अलग मुद्दा है। अगर मेरा किसी भी तरह का इंवाल्वमेंट सिद्ध हो जाए तो मैं रिजाइन कर दूँगा।" इसके बाद किसी सदस्य ने कुछ नहीं कहा लेकिन लगा, उनकी नजर में सन्दिग्ध हो उठे हैं वे। झा जी को सस्पेंड किया ही जाना था, मीटिंग तो एक औपचारिकता भर थी। मीटिंग के बाद घर खाना खाने भी नहीं गए सीधे स्कूल का रुख किया और स्कूल में कदम रखते ही मन क्षोभ से भर गया।

शिक्षक अलग-अलग गुटों में जाड़े की धूप का आनन्द ले रहे थे और छात्र अपनी-अपनी कक्षा में ऊधम मचा रहे थे। मोतीलाल के आते ही सब कनमनाकर खड़े हो गए।

"झा जी का क्या हुआ सर?" एक सामूहिक जिज्ञासा का कोरस!

"फिलहाल तो सस्पेन्सन! बाकी जितना मैं जानता हूँ उतना आप भी जानते हैं।"

"सर क्वेश्चन-लीक में भी झा जी का हाथ था न?"

"अपने-अपने क्लासों में जाइए। ऐंड नो मोर झा जी सिन्स नाऊ!" वे तनिक कड़े पड़े।

कुछ लोग अभी भी असमंजस में थे तो उन्हें दुहराना पड़ा—"सुना नहीं आपने? जो भी चर्चा करनी होगी, स्कूल आवर्स के बाद...। ऐंड नो मोर टिफिन

आवर्स टुडे!"

सबके जाने के बाद अकेले हुए और अकेले होते ही अग्रवाल साहब का जिन्न आकर खड़ा हो गया—"छी:-छी: हमको बोलने में भी शरम लगता...।"

अग्रवाल साहब गलत नहीं कर रहे थे। समय रहते लगाम कसी गई होती तो इस हादसे को रोका जा सकता था। पचास कोठों में भटकता है मन...। 'पर मैंने तो कई बार उन्हें चेताया था।' बचने की नाकाम कोशिश!

"तीन-तीन बेटियों के लिए दहेज कहाँ से लाते?"

"तो क्या ऐसे सभी लोगों को उनका रास्ता अख्तियार कर लेना चाहिए?" झा जी नहीं थे पर झा जी सर्वत्र थे, रुटीन में आठवीं कक्षा सेक्शन-बी के चौथे पीरियड में भी...कक्षा खाली होगी, यह खयाल आते ही चल पड़े।

पढ़ने-पढ़ाने को माहौल न था। जल्द ही छुट्टी करवा दी। छुट्टी के बाद सभी शिक्षकों की मीटिंग बुलाई। यह देखकर आश्चर्य हुआ कि किसी की भी नजर में झा जी के प्रति सहानुभूति न थी।

"अकेले न खाने चले थे।" लाहिड़ी ने कहा।

"उनका तो जो होना है सो होगा पर ये सोचिए कि जिन बेटियों के दहेज के लिए उन्होंने यह सब किया, उन बेटियों का क्या होगा? कैसे चलाएँगे परिवार?" मोतीलाल ने कहा।

"वही होगा जो कालनेमि, रावण और राहु का हुआ था, भेद खुल जाने पर—

उघरे अन्त न होहि निबाहू कालनेमि जिमि रावण राहू।"

मनु महाराज ने कहा।

मीटिंग एक तरह से धिक्कार-सभा में तब्दील हो गई।

अकेले-अकेले भन्नाये-से चले जा रहे थे कि पीछे से विज्ञान के शिक्षक चटर्जी बाबू ने टोका— "सर!"

"जी।"

चटर्जी बाबू ने चोरों की तरह इधर-उधर देखा फिर धीमे से फुसफुसयाए, "सॉब झा एक माफिक होता है सर। कहा गया है कि अगर 'झा' और साँप एक साथ दिखाई पड़े तो..."

"साँप तो अभी दिख नहीं रहा लेकिन झा आपके सामने है।"

मोतीलाल ने उनके लम्बोतरे चेहरे को घूरा, "मैं भी मैथिल ही हूँ।"

चौंक गए चटर्जी—"सॉरी सर! एक्सट्रीमली सॉरी। खॉमा! आमी जानताम ना!" चटर्जी भीगी बिल्ली बन गए—"सर आपका बाड़ी तो उधर है।"

"झा जी के यहाँ जा रहा हूँ।"

"ओ", उन्होंने कुछ सोचा, "हमको भी जाना चाहिए। आफ्टर आल ही वाज आवर कुलिग।"

वह एक श्मशानी परिवेश था। झा जी की सिसकती बेटियों—सुमन, शान्ति और श्रद्धा, और पत्नी को क्या तसल्ली दें, कुछ समझ न पाए। चटर्जी भी चुप-चुप रहे।

"उस केस में तो हम कुछ भी कर पाने में असमर्थ हैं लेकिन बाकी आपको किसी चीज की जरूरत हो तो...?"

जवाब में वे सिर्फ रोती रहीं।

वहाँ रुकना असह्य था। मुड़े और चल पड़े। दूर-दूर से लोग घूर रहे थे उन्हें। चटर्जी ने बीच रास्ते में ही विदा ली। कितना अकेला हो गया था झा-परिवार!

घर में दाखिल होने के पहले ही खबरें दाखिल हो चुकी थीं घर में। मस्टराइन का चेहरा सूजा हुआ था। चाय रखकर अचानक ही सुसुक पड़ीं।

"क्या हुआ? झा जी के लिए रो रही हो?"

"हमको बड़ा डर लग रहा है।"

"किस बात का डर?"

"कहीं ई झौवा पाहुन को भी जाली साटीफिकेट (सर्टीफिकेट) न गछ दिया हो।"

चाय कड़वी हो गई।

मृतकों के आश्रितों के कोटे में पंकज की बहाली हुई। जिस दिन मास्टर मोतीलाल रिटायर्ड हुए, उसी दिन उसने स्कूल ज्वाइन किया। पिता के श्राद्ध के मुंडित सिर में अभी बाल भी पूरी तरह भरे नहीं थे। उसने आते ही मोतीलाल के पाँव छुए तो अनायास ही अपराधबोध की ग्लानि से भर गए वे। अपने विदाई समारोह में भरे गले से उन्होंने रुक-रुककर कहा, "यह मेरे सेवाकाल के सफर का आखिरी पड़ाव था। इस सफर में अपने कितने ही प्रियजनों का विछोह सहना पड़ा, ओझा जी, चन्द्रमा बाबू... श्रीप्रकाश...! मुझसे जो बन पड़ा मुहल्ले, स्कूल, बच्चों और शिक्षकों के लिए मैंने किया। कोई मुगालता नहीं, प्रत्यंचा पर चढ़ा तो स्खलित भी हुआ। सहयोग के लिए मैं आप सबका आभारी हूँ। अपनी पाली हम खेल चुके। अब बारी है पंकज जैसे होनहार नौजवान शिक्षकों की जिन्होंने यह पद अपनी योग्यता से हासिल किया है और नई उम्मीदें जगाई हैं।"

पंकज ने अपनी बारी में कहा, "कभी-कभी बच्चों का मन रखने के लिए

भी गुरुजनों को झूठ बोलना पड़ता है। सच तो यह है कि यह नौकरी मैंने अपनी योग्यता के बूते नहीं बल्कि पिता की मौत के बूते पाई है। पिता की एक ही बात बार-बार याद आती है, वह यह कि हर पीढ़ी पितृहन्ता होती है। मैं उस सत्य का भोंडा विद्रूप हूँ। शायद इसके सिवा उनके पास कोई चारा रह भी नहीं गया था कि..." बात अधूरी रह गई, गला भर आया। चारों ओर मौत का सन्नाटा भर गया था। इस सन्नाटे को हिलकोरते हुए पंकज ने अपनी बात फिर शुरू की तो लगा वह किसी वीराने द्वीप से बोल रहा है, "मेरा दुर्भाग्य! जिस व्यक्ति की निष्ठा की मैं सबसे ज्यादा कद्र करता था और काफी कुछ सीखने की तमन्ना रखता था, आज जब मैं यहाँ प्रवेश कर रहा हूँ, वह प्रस्थान कर रहा है। मेरे लिए यह विचित्र कशमकश की घड़ी है। संयोग और वियोग की दहलीज पर खड़ा मैं देख रहा हूँ कि मैंने भौतिक रूप से अपने जन्मदाता पिता को ही नहीं खोया बल्कि ज्ञानदाता हेडमास्टर साहब को भी। वक्त के थपेड़ों से इन दोनों की जद्दोजहद मैंने देखी है। मेरे दोनों कन्धे दो-दो ऋणों के भार से झुके जा रहे हैं। अश्रुपूरित कृतज्ञ आँखों से पिता और गुरु को अलविदा कहते हुए यही दुआ माँग रहा हूँ कि मैं इस पितृ-ऋण और गुरु-ऋण से उऋण हो सकूँ...।"

मास्टर साहब पंकज के शब्द-शब्द को अनिर्वचनीय तृप्ति के साथ पी रहे थे। उन्हें कयास भी न था कि विदा के शेष मुहूर्त में कोई ऐसा सुखद इत्तेफाक भी हो सकता है कि अनास्था और पराजय के पहाड़ पंख लगाकर उड़ जाएँगे और अकारथ-सी जिन्दगी को अर्थ मिल जाएँगे। लोग रिटायरमेंट के बाद और भी बूढ़े होकर लौटते हैं मगर मास्टर साहब जवान होकर लौटे थे।

उन्होंने आते ही घर-परिवार के ढीले कील-काँटे दुरुस्त करने की ठान ली। मान लो, पंकज कभी आ धमका और उसने यह सब देख लिया तो क्या पत रह जाएगी।

बेटी आरती को सुबह-सुबह घंटे-भर बौद्धिक कवायद करा चुकते तो जुट जाते ज्ञान के टयूशन के छात्रों पर। और नहीं तो ट्रान्सलेशन, ग्रामर और मैथ ही पूछने-समझाने लग जाते... और इतिहास...? उस पर तो वे साँप की तरह कुंडली मारे फन फुलाए बराबर 'फोंस-फाँस' करते ही रहते—'बताओ तो 'म्यूटिनी' और 'रिवोल्ट' में क्या अन्तर है?'

बेटियाँ नाश्ता ले आतीं तो लड़कों को छोड़कर बेटियों के मगज को धार देने लगते। बेटियों की रक्षा के लिए कभी दूध उबल जाता, कभी पत्नी, ऐसे समय वे पत्नी की हो समझाने लग जाते—'होश में रहो। पूरे घर में बरतन और कपड़े क्यों छितराए पड़े हैं?" वह गमला वहाँ से उतरवा क्यों दिया तुमने? और यह क्या

महरिन जैसी सूरत लिए डोल रही हो, कोई देखेगा तो क्या कहेगा? मैं तो कहता हूँ, अब भी थोड़ा पढ़ लो।' ज्ञान को तो हर पल टोकते रहते—'यह क्या बिना जमीन बनाए तुम आगे बढ़ गए! बिना ट्रान्सलेशन-ग्रामर के क्या जमीन बनेगी! अरे डाइग्राम बनाओ डाइग्राम! ऐरो के मार्क दो ताकि पता चले किरण किधर को जा रही हैं... ओह, फिर नोट्स, फिर गेस पेपर्स।' प्रोनाउन्सिएशन पर ध्यान नहीं है? 'भेक्टर' क्वांटिटी नहीं 'वेक्टर' बाबा; 'ब' नहीं, 'व'!"

गरज कि हर कोई उनके इस उत्साह से त्रस्त रहता। ज्ञान की माँ तो पीठ पीछे भनभनाती ही रहतीं—"इससे तो अच्छा होता, ये स्कूल में ही रहे होते।"

कई दिनों तक गुपचुप मंत्रणा चली और उसका परिणाम ज्ञान ने उनके सामने रख दिया—"बाबू जी आपके लिए एक किताब की दुकान खोल दी जाए, कैसा रहेगा?"

सन्न रह गए मोतीलाल। यह औरंगजेब द्वारा शाहजहाँ को लालकिले में कैद करने की घोषणा थी। औरंगजेब में कम-से-कम इतनी ईमानदारी तो थी कि दो टूक बोल सकता था, अबके बेटों में तो वह भी भी नहीं।

मोतीलाल ने बच्चों को पढ़ाते हुए अपनी उम्र गुजारी थी, बेटे और पत्नी समेत सबको धराशाई करने को उनके पास पर्याप्त तर्क थे मगर उन्होंने किसी से कुछ भी न कहा। चुपचाप चले आए नीम के चबूतरे पर। चबूतरे पर कुछ लावारिस गायें, कुत्ते और घोड़े खड़े और बैठे थे, कुछ बहेतू किस्म के लोग भी।

नया ज्योतिषी आ गया था, एक नाई किसी की दाढ़ी में साबुन घिस रहा था—ढेर सारा झाग। इस बेतुके दृश्य को ऐसे देखे जा रहे थे, जैसे आज पहली बार देख रहे हों।

"बाबू जी दाढ़ी बना दें?" पूछ रहा था नाई।

"क्या?"

"दाढ़ी।"

"मेरी नहीं ओझा जी की...।"

"क्या?" घबराकर पीछे हट गया नाई।

बूढ़ा कासिम बकरे का नया धड़ लटका रहा था। मोतीलाल ने एक पल को खुद से खुद को अलग करके देखा—'किसका धड़ है?'

गोभी के खेत में कंकालों की फसल

बदन टूट रहा था, बुखार ऊपर से। घबरा गए मोतीलाल! फ्लू का अटैक होगा। फिर उन्होंने खुद को तसल्ली दी—'कैसा भी फ्लू हो, डॉक्टर इकबाल की बारह पुड़िया से ढाई दिन में साफ।' लेकिन आठ बज गए और आज डॉक्टर साहब का होमियोपैथिक क्लीनिक खुला नहीं। क्या बात है? लड्डू लाल की दुकान पर पता करते हैं। अरे यहाँ इतनी भीड़ क्यों है? भीड़ के पास जाकर खड़े होते हैं। यह क्या सुन रहे हैं—'एक ट्रक लाश।'

उत्तेजित जियालाल हाथ हिला-हिलाकर लोगों को कुछ बता रहा है। भीड़ में जगह बनाते हुए जियालाल तक पहुँचते हैं—"क्या बात है जियालाल?"

"ई कटुआ लोगों का मन बहुत बढ़ गया है सर। युनिवरसीटी के बगल में हिन्दू लड़का लोग रहता है। आज रात एक ट्रक मुसलमान आए। घर में घुस-घुस करके काटा और ट्रक में भरकर ले गए लाश।"

"तुमने देखा?"

जियालाल को बुरा लगा—"इनका सुन लीजिए, गोटा भागलपुर जानता है और ई कह रहे है कि...। सुन लीजिए, मास्टर साहब! हिन्दू लोग भी बदला लेके रहेंगे। कटुआ देखो और काट डालो।"

'एकदम्म से, छोड़ना नहीं है किसी को भी इस बार।' भीड़ ने हुँकारा।

हुँकारती भीड़! अश्रव्य गालियाँ। वे खड़े ही थे कि दुकानें फटाफट बन्द होने लगीं। गली में लोग दौड़ने लगे। डॉ. इकबाल अब क्या आएँगे! मोतीलाल लौट गए घर।

इधर दंगा बढ़ता जा रहा था, उधर बुखार। न कोई दवा की दुकान खुली थी, न कोई डॉक्टर आने को तैयार हो रहा था। माथे पर पट्टियाँ रख-रखकर बुखार को नियन्त्रित करती रहीं मस्टराइन। पर जैसे ही बुखार चढ़ने लगता, बर्राने लगते मोतीलाल—"ई रवीन्द्र भवन के आगे है उर्दू बाजार चौक, यहीं हैं मुस्तफा और यूसुफ साहब! निकालो, निकालो उन्हें... अरे बच्चों ने तुम्हारा क्या बिगाड़ा था? अरे-अरे तोरो माय-बहिन हैं भाय।" तीसरे दिन किसी तरह डॉक्टर मिल पाए। डॉक्टर मिले तो दवा नहीं। दोनों मिले भी तो आराम नहीं। ब्लड टेस्ट से पता चला टायफायड हो गया है। ज्वर कभी कम हो जाता है, कभी बढ़ जाता। बीस दिन खिंच गए। उन्हें अभी भी यकीन था कि अगर सही वक्त पर डॉ. इकबाल की दवा मिल गई होती तो ढाई दिन में ही चंगे हो गए होते। पर अब ढाई दिनों में ही चंगा करनेवाला वह डॉक्टर कभी नहीं आएगा। दंगे के शिकार

बाकी लोगों की तरह उसकी क्या गति बनी, कोई नहीं जानता। क्लीनिक बन्द है तो बन्द ही है।

युनिवर्सिटी खुली तो हॉस्टल के सभी हिन्दू छात्र सही-सलामत वापस लौट आए। फिर एक ट्रक लाश की बात...? क्या मुर्दे जिन्दा हो गए? हाँ, जिन्दों को मुर्दा बनाने के बाद। कहाँ गए धर्म के झंडाबरदार? उनके मन में आया कि जाकर जियालाल को मारें दो थप्पड़...लेकिन यह उनका स्कूल नहीं, समाज था।

दो महीने बाद अपनी पेन्शन की खोज-खबर लेने स्कूल आए। हेडमास्टर की चेयर पर यूसुफ साहब को देखकर सुखद आश्चर्य हुआ—"शुकर है आपको सही-सलामत देख रहा हूँ।"

"अल्लाह की मेहर है वरना मुस्तफा साहब की तरह...।"

"क्या हुआ मुस्तफा साहब को?"

"वही जो शैतान को मंजूर था।"

सन्न रह गए मोतीलाल। याद आया उनका सदाबहार शेर—

ये तो हल्का-सा अँधेरा है, गनीमत जानो,
दिन अभी और अभी और भी काले होंगे।

धीमे-धीमे बोलते हैं यूसुफ साहब—"आपको जानकर तआज्जुब होगा कि हिन्दू ही हमारी जान के पीछे पड़े थे और हिन्दुओं ने ही हमें बचाया। हमें भी, मौलवी साहब को भी।"

"समझा नहीं।"

"ये अजय सिंह के लोग हमें काट ही डालते मगर छात्र युवा संघर्ष वाहिनी और नक्सली नौजवानों ने हमें बचा लिया। मुस्तफा जी के यहाँ नहीं पहुँच पाए थे ऐसे लोग।" फिर चुपके से बोले, "अपना पंकज भी बचानेवाले दल में था।"

"ऐं। पार्टी-पूर्टी भी करता है?"

जितनी देर स्कूल में रहे, मोतीलाल ने गौर किया कि यूसुफ साहब बुरी तरह से डीमोरलाइज्ड हो चुके हैं, अब वे धीमे-धीमे बोलते हैं, नरमी से पेश आते हैं। बगल में शोर करते बच्चे भी उनसे नहीं डरते।

पेन्शन अभी आई न थी। बुझे मन से लौट आए मोतीलाल।

गोभी के खेत से कंकाल निकल रहे हैं। यह खबर पाकर रिक्शे को मोड़ देने को कहा, पुलिस की घेराबन्दी थी। दूर से देखा, कंकाल बाहर ला-लाकर सजाए जा रहे थे। इनमें से कुछ मुंडविहीन थे, कुछ धड़विहीन। वीभत्स है सबकुछ। आपस में कानाफूसी चल रही है—"कितना तो काट-काट के गंगा जी में बहा दिया, इसको भी बहा देते, सो नैं, लो मजा।" कितना नृशंस होता है आदमी! मोतीलाल हर

कंकाल के करीब से गुजरते हुए पहेली-सी बूझते रहे—इनमें कौन-सा डॉ. इकबाल का कंकाल होगा, कौन-सा मुस्तफा का? शायद वो-वो या फिर ये और वो या...?

वक्त काटे नहीं कटता। कभी नीम के चबूतरे तक हो आते हैं, कभी लड्डूलाल की मिठाई की दुकान तक, तो कभी तिलका माझी की प्रतिमा तक। एक-आध बार पुराने सहकर्मियों के घर भी हो आए मगर एक अजीब-सा खालीपन है कि भरता नहीं। घूम-फिरकर स्कूल घेरने लगता है उन्हें। जबतक स्कूल में रहे, मनाते रहे कि कब मुक्ति मिलेगी और अब जब मुक्ति मिल गई है तो उस खूसट स्कूल से बढ़कर कुछ भी आत्मीय नहीं लगता। उन्हें क्या पता था कि उनकी मनोकामना जल्द ही पूरी होने की पृष्ठभूमि बन रही है। यह पृष्ठभूमि बनी उनके स्थानापन्न नए इतिहास शिक्षक के.के. के आगमन से।

मंडल-कमंडल

यूसुफ साहब ने सीनियर छात्रों को के.के. के आगमन की सूचना दी—"कल से तुम लोगों के नए हिस्ट्री टीचर आ रहे हैं, जनाब के.के.!"

छात्रों से एक स्वर से उच्चारा—'के.के.!'

'के.के.' यानी कौन-कौन? इस तरह के.के. के आने के पहले ही के.के. का अनुप्रास गूँज उठा। अनुप्रास के मायने में अग्रवाल स्कूल की खुद भी एक गौरवशाली परम्परा रही है।

यहाँ सी.सी. थे चिरंजीव चटर्जी, एल.एल. थे लक्खीकान्त लाहिड़ी, फिर एम.एम. थे मंडन मिश्र या मनु महाराज जिन्हें शैतान लड़के बिगाड़कर अश्लील ढंग से पेश करते हैं। इस आनुप्रासिक परम्परा की नवीनतम कड़ी थे के.के.। लेकिन बाकियों का फुलफॉर्म जहाँ सबको मालूम था, के.के. अभी भी एक पहेली थे—के.के. माने क्या?

पहेली बूझने का दायित्व आन पड़ा मनु महाराज के कन्धों पर। जैसा कि होता आया था, मनु महाराज इस विक्रमशिला विश्वविद्यालय के द्वार-पंडित हैं। पहले आगन्तुक का इतिहास-भूगोल जाँच लेंगे, फिर बताएँगे।

काला ताम्बई बदन, उजले दाँत, चीमड़ लम्बी काठी, पिट-पिट करती आँखें, ब्राउन पैंट, नीली शर्ट के सूट में के.के. ने हेडमास्टर के ऑफिस में कदम रखा तो छात्रों और शिक्षकों की आँखें एक साथ उठ गईं। मनु महाराज कुश-कलश लेकर

तैयार थे। हेडमास्टर के कक्ष से निकलकर जैसे ही के.के. ने टीचर्स रूम में झुककर 'गुड मॉर्निंग टू एवरीबडी!' कहा, पंडित जी ने मौलवी साहब के कान में कहा, 'अँगरेज चोदा है सार।' फिर प्रकट में स्वागत करने की मुद्रा में पूछा, "आइए, आइए श्रीमान जी, कहाँ से हो रहा है आपका शुभागमन?"

"राँची से।" के.के. ने कहा।

"डायरेक्ट राँची से?"

चारों ओर भिलभिलाहट मच गई। राँची माने पागलखाना! इस व्यंजना को पूरा बंगाल-बिहार बूझता था सो के.के. कैसे न बूझता! अभी तक उन्हें कॉलेजों की रैगिंग के बारे में ही पता था, स्कूलों में भी रैगिंग होती है, वह भी शिक्षकों की, यह उन्होंने पहली बार जाना। जाना और सतर्क हो गए।

"श्रीमान जी आपका परिचय?" के.के. ने प्रतिप्रश्न किया।

"आप के.के. हैं तो मैं एम.एम., मंडन मिश्र। आपसे दो स्टेप आगे।"

"वैसे लोग इन्हें मनु महाराज के नाम से जानते हैं।" मौलवी साहब ने परिचय को विस्तार दिया।

"के.के. माने?"

"नियुक्ति पत्र मैंने हेडमास्टर साहब को दे दिया है।"

"अहा रुष्ट क्यों होते हैं श्रीमान, नाम के रहस्य को प्रकट करने में कोई कष्ट है? खैर आश्रम (जाति) क्या हुआ श्रीमान?"

"कहार!"

"कहीं, कालू कहार तो नहीं?"

"जो समझिए।" के.के. बुरी तरह चिढ़ गए थे।

मनु महाराज ने मूँड़ी हिलाई, "हूँऽऽऽ! माने कि कालू जो है सो तो हो गया विशेषण और कहार विशेष्य। विशेष्य विशेषण संयोग अर्थात कर्मधारय!"

"जी?"

"कोई बात नहीं भाई, सभी तो उसी अविनाशी ईश्वर के अंश हैं न, कोउ बड़ छोट कहत अपराधू!"

"तुलसी की चौपाइयों के नए-नए अर्थ निकालने में आपका सानी नहीं।" पंकज ने हँसते हुए कहा।

मनु महाराज ने पंकज की ओर मुँह फेरा—"तो सवाल है, कर्म को धारण करने का! ए भाई हम तनी भूल रहे हैं, बताइए तो कहार लोग कौन-सा कर्म धारण करते हैं।"

पंकज विरक्त होकर वहाँ से चला गया। मनु महाराज स्वगत भाव से बोले चले जा रहे थे—"मनु स्मृति में कहा गया है कि नाम ऐसे रखे जाने चाहिए जिनसे

पता चल जाए कि कौन किस जाति का है—

मांगल्यम् ब्राह्मणस्य स्यात्क्षत्रिस्य बलान्वितम्।
वैश्वस्य धनसंयुक्तम् शूद्रस्य तु जुगुप्सितम्।

माने कि ब्राह्मण का नाम मंगल से जपना चाहिए, क्षत्रिय का बल, पराक्रम सूचक, वैश्य का धन-सूचक और शूद्र का नाम जुगुप्सापूर्ण रखना चाहिए। धन्य हैं वे माता-पिता जिन्होंने शास्त्र-सम्मत आचरण किया, नहीं तो इस कलियुग में सब कुछ उलटा ही उलटा हो रहा है। अब एक हैं राजपूत, नाम है फेंकू सिंह, पूछे, 'ऐसा क्यों जजमान', तो बोले, 'जिन्दा रहने के लिए ऐसा घिनौना नाम रख दिया माँ-बाप ने। ऐसे जीने से क्या फायदा—अँय?'"

के.के. यानी कृष्ण कुमार—यह खुलासा किया हेडमास्टर यूसुफ साहब ने। मगर यह खुलासा उस समय किया गया जब मनु महाराज क्लास ले रहे थे सो उनके लिए के.के. का माने कालू कहार ही बना रहा।

पहला दिन था। जहर का घूँट पीकर रह गए के.के.। लेकिन उनकी निगाह हर पल शत्रु की व्यूह रचना पर रहने लगी। पंडित जी मुँह के सामने तो उन्हें 'के. के.' कहते बल्कि कभी-कभार 'के.के.' के साथ 'जी' भी जोड़ दिया करते लेकिन पीछे-पीछे 'कहरा'। यह कोई नई बात न थी। मोतीलाल के जाते ही वे बेलगाम हो गए थे। दबे-छुपे जब भी उनकी घृणा उनके ब्रह्मांड में कुलबुलाने लगती, उनकी खोपड़ी चटखने लगती, ऐसे में छात्र या शिक्षक के नाम गुम हो जाते। रह जाती सिर्फ उनकी जातिगत पहचान जिन्हें वे घृणा के आवर्त में लपेटकर पेश करते, 'ए बभना, ठकुरवा' वगैरह-वगैरह। असवर्ण जातियों पर वे कुछ ज्यादा ही जहर उगलते। जिस महान मुगल साम्राज्य की स्थापना सिंह जी, मिश्रा जी, आदि ने की थी और मोतीलाल के जमाने में जो साम्राज्य उन्नति के तुंग पर जा पहुँचा था, उस साम्राज्य के नए हेडमास्टर यूसुफ साहब बहादुर शाह जफर थे। वैसे भी आरक्षण की बात उठते ही बड़े-बड़े योगी, यती, तपसी और सिद्ध के आसन डोलने लगते थे, फिर अग्रवाल स्कूल की क्या बिसात!

अपने नए स्थानापन्न के.के. के बारे में मोतीलाल को जो पहली सूचना मिली, उसने उन्हें बिदका दिया। जिस दिन के.के. ने बतौर इतिहास शिक्षक नवीं कक्षा में पहली बार कदम रखा, ब्लैक-बोर्ड पर उनका जातिगत इतिहास स्वयं उनका स्वागत कर रहा था। बोर्ड के एक कोने में पालकी ढोते दो कहारों का चित्र अंकित था, दूसरे कोने में बहँगी ढोते दो कहारों का।

के.के. की आँखें पिट-पिट जलने लगीं—"किसने आँका है?"

पूरा क्लास चुप। जाकर बुला लाए यूसुफ साहब को। "किसने आँका है?" वही सवाल यूसुफ साहब ने किया और पूरा क्लास फिर चुप! उन्होंने अपने बेजान रूल को न्यायदंड की तरह टेबुल पर ठोंका—"बहोऽऽऽत बुरी बात है। शर्म आनी

चाहिए।" खुद डस्टर से चित्रों को पोंछते हुए उन्होंने धमकाया—

"इस बार तो छोड़े देता हूँ लेकिन आइन्दे से ऐसा हुआ तो... तो... द होल क्लास वुड बी पेनलाइज्ड!"

यूसुफ साहब चले गए तो के.के. ने बुझे मन से चॉक उठाई और ब्लैक-बोर्ड पर लिखा—'द सोर्सेज ऑफ एन्सिएंट इंडियन हिस्ट्री!' फिर बोले, "बच्चो! हमारे अतीत को जानने का कोई विश्वसनीय सूत्र हमारे पास नहीं है। पुराने टीलों की खुदाई करते समय पाए गए कुछ सिक्के, कुछ मिट्टी के बरतन या दूसरी चीजें, तब के प्राप्त शिलालेख, विदेशी यात्रियों के यात्रा-विवरण, प्राचीन ग्रन्थ और ऐसी ही कुछ चीजों से हम अटकलें लगाते हुए उस सत्य तक पहुँचने की कोशिश करते हैं। अटकलें कभी सही होती हैं, कभी गलत।"

पता नहीं, वे इतिहास के अतीत की बातें कर रहे थे या अपने अतीत की। आगे एक-एक मुद्दे पर विचार करते हुए उन्होंने सारे स्रोतों को सन्दिग्ध और पक्षपातपूर्ण सिद्ध कर डाला। रुक-रुककर चलता रहा यह क्रम। जहरीले होते गए के.के. और मायावती और कांशीराम की गोद में जा बैठे। मनु महाराज अपनी स्वभावगत दुर्बलता के चलते छेड़ने से बाज न आते।

महीने गुजर गए तो एक दिन उन्होंने के.के. से प्यार से पूछा, "वो सब जो हुआ, सो हुआ, हँसी-मजाक तो चलता ही रहता है आपस में; ये तो बताइए के.के. जी आपने अपना नाम एफीडेविट कर बदलवा क्यों नहीं लिया?"

के.के. ने आश्चर्य से उन्हें देखा, क्या इन्हें अब भी नहीं मालूम? उसने मजे लेते हुए कहा, "जान बूझकर नहीं बदलवाया। यह नाम मुझे याद दिलाता रहेगा कि मैं कौन हूँ और क्यों हूँ।"

"सुनते हैं, कहाँ तो एकठो कविता भी लिखे हो।"

के.के. हँसकर टाल गया।

वह कविता तीसरे दिन पढ़ी गई टिफिन आवर्स में—

'तुम्हारे हवन-कुंड से निकलकर आ रहा हूँ,
कुछ आग, कुछ राख, कुछ धुआँ, कुछ जला हुआ, कुछ साबुत
मुझे पहचानो, मैं एक जिन्दा प्रेत हूँ
वही जिसने तुम्हारे यज्ञ की समिधा बनने से इनकार कर दिया
इस तरह नहीं जलूँगा मैं
जलना ही पड़ा तो तुम्हारी चिता बनकर जलूँगा कभी
मैं भी जलूँगा,
तुम भी जलोगे
मुझे पहचानो—एक जिन्दा प्रेत हूँ मैं।'

यूसुफ साहब ने के.के. के कन्धे दबाए—"ऐसी आग किस काम की जो औरों को बाद में जलाए, खुद को पहले।"

मौलवी साहब ने आग में घी डालते हुए कहा, "अपने मनु महाराज ने भी एक नज़्म, वो क्या कहते हैं, कविता लिखी थी?" फिर तो चारों ओर से इसरार होने लगा— 'सुनाइए, सुनाइए सर!'

"अब क्या सुनाएँ।" मनु महाराज कुरमुराए।

"तो हम यह समझ लें कि आपने हार मान ली?" प्रमोद सिंह ने उकसाया।

"हार तो, जे-है-से, नहिंये मानेंगे।" पंडित जी ने खुद को तैयार किया, "लीजिए सुनिए..."

"अरे जरा गाकर।" किसी ने इसरार किया।

मनु महाराज सस्वर गा उठे—"मैं मनु हूँ, मैं हूँ आदि पुरुष, मैं मनु हूँ, मैं हूँ मन्वन्तर..."

"सट्टों की लाइन लग जाएगी।" प्रमोद ने तंज कसा।

कविता अभी शुरू ही हुई थी कि के.के. को एक दुष्टता सूझी, बीच में उठ खड़ा हुआ—"रुकिए, रुकिए सर, आप ही मनु महाराज हैं? आपके चरण कहाँ हैं? इधर लाइए, चरण रज तो ले लें। कहाँ-कहाँ नहीं ढूँढा आपको—इतिहास में, पुराणों में, मिथों में। मिले कहाँ तो यहाँ, इस अग्रवाल स्कूल में।"

के.के. ने मनु महाराज के पाँव पर इतने जोरों से अपना सर पटका कि वे 'अरे बाप' कहकर चीख उठे।

महीनों लँगड़ाते रहे मनु महाराज।

सच! जहरीले होते जा रहे थे के.के.।

उन्होंने बाकायदा एक दलित, एक आदिवासी समेत पाँच पिछड़ों का गुट भी बना लिया और कांशीराम के ही अन्दाज में लेक्चर भी देने लगे—

"तीन परसेंट ब्राह्मण जाति, सत्तानवे परसेंट आबादी पर शासन कर रही है।..."

"बहोत नाइन्साफी है।" प्रमोद सिंह ने 'शोले' की व्यंजना से उनपर तंज कसा।

यादव जी ने पलटकर जवाब दिया—"आपलोग भी पाँच ए परसेंट हैं।" "और आपलोग...?"

यादवजी उत्तर देते, उसके पहले ही के.के. बोल पड़े—"वे नहीं, हम सब छप्पन परसेंट।"

"बाकी गए भैंस के पीछे? अभी मुसलमान हैं, ईसाई हैं, अनुसूचित जातियाँ हैं, अनुसूचित जनजातियाँ हैं।"

"ऊ अलग कोटा है।"

"अनुसूचित का क्या मतलब हुआ—दलित!"

"ए भाई, ऊ सब छोड़ो, तुमलोग एक हो, इस बात को बोलो नहीं; करके दिखाओ तो जाने। ज्यादा दूर जाने की जरूरत नहीं। 'जादव जी' आप 'कृष्णौत' हैं कि 'ढँड़ोर'?" सिन्हा जी ने कहा।

"कृष्णौत!"

"तनी ढँड़ोर या दूसरे गोत्र में बियाह तो करके दिखाइए।"

इस पर जो 'झाँव-झाँव' मची कि के.के. को लगा, असली मुद्दा ही गुम हो जाएगा सो उन्होंने एक दूसरा पैंतरा लिया, "यह आग भी ब्राह्मणवाद की ही लगाई हुई है, आपलोगों को दलित और आदिवासी की बहुत चिन्ता साल रही है न, हम पूछते हैं, उनका रिजर्वेशन तो पहले से लागू है लेकिन दूसरी जगहों की कौन कहे, आपके स्कूल में ही कितने दलित और कितने आदिवासी हैं? बाईस स्टाफ में ले-देकर एक बेचारे स्टीफेन माझी इंगलिश टीचर, बाकी एक झाड़ूदार, एक मेहतर, एक क्लर्क मोहन दास यही न?"

"अपने झा जी चार अंगुल के कपार पर कटोराभर चन्दन पोतते। फिर उसपर रोली का बड़ा-सा लाल टीका और मय (समूचे) स्कूल को लूटकर खंखड़ बना गए। ब्राह्मण थे सो मनु महाराज को उनमें कोई दोष काहें नजर आवेगा?"

"अच्छा अपने सिन्हा साहब तो ब्राह्मण हैं?" सदा के चुप रहनेवाले जितेन्द्र महतो भी लुत्ती लगाने में पीछे न रहे।

"का जानें भाई, फैजाबाद कोर्ट, सुनते हैं, बहुत दिनों तक यही समझ नहीं पाया कि इनको ब्राह्मण मानें कि क्षत्रिय। अन्त में कन्फ्यूज होकर कहा क्षत्रिय!"

सिन्हा हँसने लगे—"हम दोनों के बीच मन्दराचल की तरह खड़े हैं।"

"माने कि बाभन ऊँचा हो तो बाभन और राजपूत ऊँचा हो तो राजपूत?"

गणेश चौधरी को लगा कि बात फिर बहक रही है, माझीवाले मुद्दे को फिलवक्त हाथ से जाने नहीं देना चाहिए—"ई अपना मझिया,.." 'मझिया' पर के.के. ने आँख तरेरकर 'फाउल' की नोटिस भी दी लेकिन चौधरी अपने संस्कारवश बोलते ही गए—"ऊ तो कहिये कि क्रिश्चियन मिशीनरी की बदौलत पढ़-लिख गया, आप लोग तो पढ़ने भी नहीं देते।"

"पढ़ने क्या, छूने भी नहीं देते! का, तो परछाई से ही छुवा जाएगा!" कब्ल इसके कि माझी की फिसलन चुगली खा जाए, के.के. ने झट-से बात आगे बढ़ा दी।

"अरे हम क्या बोले?" माझी ने कहा, "गाय मैला खाये, वो पवित्र, पूजनीय! उसका छुआ पवित्र, उसका पेशाब-पाखाना भी पवित्र लेकिन आदमी—नह!"

"आदमी अछूत लेकिन उसका धन, उसकी लड़की, सब पर लार टपकती रहेगी।" यादव जी ने कहा, "नाहक ही सब मुसलमान और क्रिस्तान नहीं हो गए।"

"सबको छाँटते-छाँटते कहाँ पहुँचेंगे आप, उसी तीन परसेंट पर।" काफी

चक्कर काटकर के.के. अपने नुक्ते पर फिर आ गए थे, फिर आपस में ही सर फुटौवल करने लगेंगे, मैं कान्यकुब्ज, मैं बड़ा; मैं सरयूपारीण, मैं बड़ा; मैं मैथिल, मैं बड़ा। कृष्णौत और ढँड़ोर की बात सिन्हा जी ने की लेकिन इस अन्तर्विरोध की बात नहीं की, परतदार वर्गीकरण इससे भी जटिल और घृणित है। यह तो समाज बनाया है आपने, नरक का कुम्भीपाक! तुर्रा यह कि भगवान का ठप्पा भी मार रखा है—चतुर्वर्णम् मया स्रष्टम्! और आप अब भी जी-जान से जुटे हुए हैं कि आपकी यह व्यवस्था युग-युगान्तर तक कायम रहे।"

"आप तो 'भी.पी. सिंह' की भाषा बोलने लगे।" मनु बाबा ने तिलमिलाकर कहा, "का, तो पिछड़ी जातियों का भी नया रिजरभेशन लानेवाले हैं—सत्ताईस परसेंट।"

"ऐ मनु बाबा, आपको काहें चूँटी काट रहा है?" महतो ने चुटकी ली, "आपने तो शुरूए से रिजरभेशन कर रखा है। जीनी-मरनी, बियाह पूजा—सब पर कब्जा है। खाली पैदा करने में जो भी कष्ट हो, बाकी इन्तजाम पीढ़ी-दर-पीढ़ी का आप कर ही चुके हैं।"

मनु महाराज तिलमिलाकर रह जाते। परस्पर घृणा की जो लहर उत्तर भारत में बह रही थी, उससे न छात्र अछूते रह गए थे, न शिक्षक। बातचीत का स्तर घटिया से घटिया होता जाता। के.के. के पालकी और बहँगी प्रसंग के बाद दूसरा विस्फोट तब हुआ, जब आरक्षण के विरोध में दिल्ली के पास किसी छात्र ने आत्मदाह करने की कोशिश की। शुरू-शुरू में ऐडवेन्चर के स्तर पर शुरू हुए इस खेल ने बाद में कई छात्रों की जानें ले लीं। उसी के प्रतिवाद में शहर के स्कूल-कॉलेज बन्द किए गए थे। अग्रवाल स्कूल भी बन्द था। पूरा देश अगड़ों और पिछड़ों में ध्रुवीकृत हो गया था। पहली बार पता लगा कि अमुक इस जाति का है, अमुक उस जाति का। वी.पी. सिंह पिछड़ों के मसीहा बने हुए थे तो उधर हल्ला था कि उनके अपने परिवार में उनकी पत्नी, मांडा की रानी, ने उन्हें पागल करार दिया था। कांशीराम और मायावती के अकाट्य तर्कों के सामने बूढ़ा ब्राह्मणवाद डगमगा रहा था। हनुमान जी और माँ काली की प्रतिमाओं की तरह डॉ. अम्बेडकर की प्रतिमाएँ जहाँ-तहाँ खड़ी होने लगी थीं।

स्कूल फिर खुला तो प्रणाम-पाती के बावजूद सबके अन्दर गुबार-सा था। धीरे-धीरे जड़ता टूटी। पर, अब लोग सहम-सहमकर, नाप-तौलकर बोलते थे। बोलने से पहले देख लेते थे कि कोई दूसरी जातिवाला कहीं सुन तो नहीं रहा है। एक दिन मनु महाराज की एक जरा-सी चूक हुई और जिन्न फिर सामने आ गया। माहौल फिर तनाव में बदल गया।

रिटायर्ड हो गए तो क्या, मोतीलाल अपने पुराने स्कूल को इस तरह बर्बाद होते नहीं देख सकते थे। मस्टराइन से बिना कुछ कहे एक दिन घर से निकले और धड़धड़ाकर जा पहुँचे स्कूल। हेडमास्टर यूसुफ साहब ने चश्मे के ऊपर से देखा और

चिहुँककर उठ खड़े हुए—"आइए सर, आइए! परनाम! वो क्या शेर है कि, वो आए घर में मेरी जान खुदा की कुदरत, कभी हम उनको कभी अपने घर को देखते हैं।"

"अपने घर को देख ही रहे होते तो मुझे ये तकलीफ नहीं उठानी पड़ती। मैं इकत्तालीस साल तक रहा इस स्कूल में। दस साल हेडमास्टर भी। कभी मन में यह खयाल ही नहीं आया कि कौन किस जाति का है। किसी ने यह हिमाकत भी नहीं की कि किसी को जाति के नाम से बुलाए। मगर आपके शासनकाल में सबको खुली छूट है। कोई भी किसी के भी मुँह पर थूक सकता है।"

यूसुफ साहब की नजर झुक गई—"मुझे मालूम है सर, के.के. और मनु महाराज मेरी नौकरी खाकर ही दम लेंगे।"

"बुलाइए दोनों को जरा देखें तो।"

यूसुफ साहब ने प्यून को आवाज दी—"ऐ मिरजा, जरा पंडित मनु महाराज और के.के. जी को बुला लाओ तो।"

"रूकिए। अभी क्लास चल रहा है। कहिए सीधे क्लास खत्म होने पर यहाँ आ जाएँ।" मोतीलाल जी को अभी भी अपना अनुशासन याद था।

"जी।"

मोतीलाल ने बैठे-बैठे ऑफिस पर उड़ती नजर डाली। यह कभी उनका कमरा हुआ करता था। वह आलमारी बाईं ओर हुआ करती थी। अब दाईं ओर आ गई है। पहले एक थी अब दो-दो हो गई हैं। एक पर चार्ट्स रोल करके रखे हुए हैं। टेबुल पर ग्लोब यथावत है पर दीवार पर भारत और बिहार के नए मानचित्र टँग गए हैं। सामने कुर्सियाँ बदल गई हैं, रंग-रोगन नया है, बिजली का पंखा भी। सहसा उन्हें किसी कीड़े ने जैसे काटा—"वो साइन्स की लैब है न?"

"जी।"

"उसपर ताला क्यों झूल रहा है?" यूसुफ साहब जैसे रंगे हाथों पकड़े गए। "कोई जैबे नहीं करता है सर, सब तो अभी अपना डी.एन.ए. और जीन्स खोज रहा है।"

"लड़के तो वैसे भी नहीं पढ़ना चाहते हैं। उनमें इंटरेस्ट पैदा करना पड़ता है। मुझको लगता है, लैब में वही सामान आज भी है जो मेरे समय में झा जी ले आए थे।" बहुत देर तक बड़बड़ाते रहे मोतीलाल। घंटा बजा और तब जाकर इस बड़बड़ाहट पर विराम लगा।

खिड़की से लगे देखने। मनु महाराज, के.के. और दूसरे लोग कक्षाओं से निकलकर आ रहे थे। ज्ञान भी आया, पंकज भी। सभी आँखें फाड़-फाड़कर देख रहे थे कि मोतीलाल स्कूल में क्यों आए हैं? चारों तरफ प्रणाम-पाती, कुशल-क्षेम बरसने लगे। यूसुफ साहब ने कहा, "अपने मनु महाराज और के.के. जी को

छोड़कर बाकी लोग अपने-अपने क्लासों में चले जाएँ।" पचास-एक लड़के भी आ चुके थे जिज्ञासा में और वे खिड़की-दरवाजों से हुलक रहे थे। यूसुफ साहब की बात का कोई असर नहीं हुआ तो मोतीलाल ने कड़कदार आवाज में कहा, "सुना नहीं आपलोगों ने, यहाँ सिर्फ मनु महाराज और के.के. जी ही रहेंगे। बाकी शिक्षक और छात्र अपनी-अपनी कक्षाओं में चले जाएँ। जाइए, जाइए।" वे यह भूल गए कि उनका यह रुतबा उनसे वर्षों पहले छिन चुका है। भीड़ धीरे-धीरे खिसक गई। यूसुफ साहब ने कहा, "मेरे अजीज और अजीम हेडमास्टर साहब आपसे कुछ फरमाना चाहते हैं। कुबूल फरमाइए।"

मनु महाराज ने अत्यन्त आदर भाव से कहा, "आज्ञा पंडित जी।"

"इस 'पंडित जी' को मैं बार-बार उस नीम के पेड़ पर फाँसी देता आया हूँ मालूम...? जाइए और इसे वहीं लटका आइए। कोई-न-कोई जनेऊ का फन्दा वहाँ झूल रहा होगा।" मोतीलाल कुढ़ गए।

मनु महाराज का मुँह कड़वाहट से भर गया, किसी तरह जज्ब करते हुए बोले, "क्षमा करें।"

"मैं यहाँ एक नागरिक की हैसियत से कम्प्लेन करने आया हूँ, मुझे पता चला है कि आप दोनों अपना दिमाग पढ़ाने में कम, जात-पात का जहर फैलाने में ज्यादा जाया कर रहे हैं जिससे छात्रों पर बहुत गलत प्रभाव पड़ रहा है।"

दोनों चुप।

"बताइए, चुप क्यों हो गए? आपलोगों को पहले भी वारनिंग दी गई थी कि नहीं?" यूसुफ साहब ने पूछा।

"मुझे यह मालूम हुआ है कि दो गुट बन गए हैं—अगड़ा-पिछड़ा। दो ध्रुवीकरण। घृणा की लहर एक ध्रुव से उठती है, दूसरी तक पहुँचती है, दूसरे से उठती है, पहले तक पहुँचती है। बाकी जो मिसाइल दागे जाते हैं, सो अलग। सब कुछ जल रहा है—प्रेम, भाईचारा, सौजन्य, इनसानियत—सब कुछ! ये सब रोकना आपकी जिम्मेवारी थी और आप ही प्रचारक, प्रसारक और प्रवक्ता बन बैठे?" दोनों अभी भी चुप।

"क्यों हेडमास्टर साहब?"

"सर, मैं सब जानता हूँ। सोचा, हिन्दुओं के धर्म का आपसी मामला है, क्या कर सकता हूँ।" दंगे ने उनकी सारी तेजस्विता सोख ली थी।

"तो क्या यूँ ही जलने देंगे रोम को, और आप वंशी बजाएँगे और शिक्षक और छात्र वंशी की धुन पर तांडव नाचेंगे!" कोई कुछ नहीं बोल रहा था। आखिरकार, यूसुफ साहब को ही आगे आना पड़ा—"सर, मुझे लगता है, दोनों अपनी-अपनी गलती महसूस कर रहे हैं और आपको दोबारा शिकायत का मौका नहीं मिलेगा।"

"धन्यवाद! मैंने आप सबको कुछ कटु कहा हो तो मुझे क्षमा करेंगे।" मोतीलाल जी उठकर खड़े हो गए। के.के. की बकार अब फूटी। उसने भन्न से यूसुफ साहब के कानों में कुछ कहा और यूसुफ साहब के चेहरे का तनाव मसक गया। विनम्र भाव से बोले, "एक मिनट सर!"

"बोलिए।"

"सर, आप स्कूल के ही नहीं, पूरे बोर्ड के एक बहुत ही रेस्पेक्टेबुल टीचर रहे हैं। के.के. का कहना है कि आपके ज्ञान का कुछ बेनिफिट स्कूल को भी मिलना चाहिए। फुरसत निकालकर अगर नाइन्थ-टैन्थ के कुछ एक्स्ट्रा क्लासेस ले लेते तो मेहरबानी होती।"

"सोचेंगे।"

जाते-जाते उन्होंने सोचा—"अच्छा ही है, बैठे से बेगार भली।"

नवीं-दसवीं के एक्स्ट्रा क्लासेस शुरू हो गए। पढ़ाते-पढ़ाते वे अकसर समय-सीमा का अतिक्रमण कर जाते। उधर वे दो मोहरे जो उनके सामने उस दिन गुम्मी मारे बैठे थे, धीरे-धीरे खुलने लगे। जो मोतीलाल उनके लिए आदरणीय हुआ करते थे, वही सस्ते हो गए। बमुश्किल सालभर ही खिंच पाए थे कि एक दिन सहसा पटाक्षेप हो गया। मंडल कमीशन ही उन्हें खींचकर ले आया था स्कूल में दोबारा और मंडल कमीशन ने ही अपमानित कर बाहर निकाल दिया। आधार बना वही के.के. और मनु महाराज का झगड़ा। उस दिन झगड़ा पंचम पर था।

"इस रिजरभेशन के जिन्न को बोतल से निकाला किसने?" मनु महाराज तिक्त हो उठे थे उस दिन और यह अकारण नहीं था। संस्कृत टीचर के पद से उन्हें इसी साल रिटायर होना था; जैसी कि सभी पिताओं की इच्छा होती है, उनकी भी इच्छा थी कि वे अपना तख्त-ओ-ताज अपने पुत्र को देते जाएँगे। लेकिन वह इच्छा पूरी न हो सकी। वह नौकरी मिली किसी रामजनम पंडित को। पहले तो उन्हें भ्रम हुआ कि यह भी कोई ब्राह्मण है। मगर नौकरी मिली थी नए सत्ताईस परसेंट के रिजर्वेशन कोटे से और यह पंडित कोई ब्राह्मण नहीं 'कुम्हार' था—शूद्र—ओ. बी.सी.। उन्होंने खुद को लाख-लाख धिक्कार भेजा कि रिजर्वेशन के पहले क्यों नहीं लड़के को नौकरी दिलवा दी। कलयुग है। शूद्र ही राज करेंगे, यह तो वह भूल ही गए थे। कहार, कुम्हार, लोहार, कुर्मी, भेड़िहार, कोइरी आदि भी लाइन में आ गए हैं। सो उधर 'राम की जन्मभूमि' के चलते देशभर में नया विवाद उठ खड़ा हुआ था और इधर इस 'रामजनम' के चलते यहाँ...। आज पिछड़े दल का एक सदस्य बढ़ा था, सो के.के. कुछ ज्यादा ही विजेता के मूड में थे। मनु बाबा ने बहुत उदास भाव

से जैसे आकाश से सवाल किया—"इस बेटीचोद आरक्षण को चालू किसने किया? माने सबसे पहले किसकी खोपड़ी में यह कीड़ा बिलबिलाया था?"

नए टीचर अनिल शर्मा ने कहा, "पंडित जी भी.पी. सिंह है न।"

"दुत! कुछो नहीं जानते हैं।" सिन्हा जी ने टोका, "भी.पी. सिंह का मजाल था। बी.पी. मंडल मधेपुरा का बड़का जमींदार था। वही न कमीशन की रिपोर्ट दिया कि इतनी जातियाँ पिछड़ी हैं सो इनके लिए आरक्षण की व्यवस्था होनी चाहिए। इन्दिरा जी ने उस जिन्न को मंडल से लिया और और बोतल में बन्द कर कुएँ में फेंक दिया। पूछो काहे तो? इससे बहुत भारी उत्पात मच जाता।"

"क्या उत्पात मच जाता?"

"अभी जो देख रहे हो, ई कम है क्या?"

"अब ई मंडलवा, महात्मा गांधी, सुभाषचन्द्र बोस, जवाहरलाल नेहरू से भी बड़ा देशभक्त हो गया? इन्दिरा जी बहुत बहादुर महिला थीं, दुर्गा की अवतार।" मनु महाराज ने कहा।

"तबे (तभी) न एक पारसी से बियाह किया।" चौधरी ने कहा। अभिधा व्यंजना बन गई। तिलमिला उठे मनु महाराज। यह तो सरासर जाति-कलंक था। के.के. को अब हस्तक्षेप करने का मौका मिला—"आपलोगों का इतिहास चाणक्य और पुष्यमित्र शुंग से शुरू होता है और उसको मनु, शंकराचार्य और तुलसीदास हाँकते चलते हैं।"

"अरे तू ही न बड़का विद्वान है, बताओ न कि बेटीचोद रिजरभेशन का आदि पुरुष कौन है, मैं उसके नाम पर सौ बार पेशाब करूँगा और तभी जल पीऊँगा।"

"तब तो आदरणीय मनु बाबा, आप पंचत्व को प्राप्त हो जाएँगे। मरने से पहले उसका नाम तो जान लीजिए। उसका नाम है छत्रपति साहुजी महाराज।"

"ई को है? छत्रपति शिवाजी की तो बात नहीं कर रहे हो? खुद ही पीछे हटने लगे, न-न ऊ तो छत्रपति शिवाजी थे और उनका लड़का हुआ शम्भा जी।" बिदक कर छोड़ दिया। तरह-तरह की गालियों से अभिषेक करते रहे—"साहुजी कौन है? छत्रपति भी, महाराज भी! शिवाजी के अतिरिक्त ऐसी उपाधि हम किसी की नहीं पाते।"

"ये कोल्हापुर के थे।"

"कोल्हापुर! इ कहाँ है बेटीचो...?"

"महाराष्ट्र में। महाराष्ट्र में उन्होंने ही इतिहास में पहले-पहल पिछड़ों के लिए पचास परसेंट रिजर्वेशन की व्यवस्था की थी।"

"बेवकूफ बनाने के लिए हमीं मिले थे!"

"नहीं पंडित जी, एकदम सच।"

"तो वत्स के.के., इसकी सप्रसंग व्याख्या कर डालो।"

"सन 1902 के मई महीने में इंग्लैंड के राजा एडवर्ड सप्तम के राज्याभिषेक का इनविटेशन पाकर वे इंग्लैंड गए। जैसी कि प्रथा थी, जिन ब्राह्मणों ने उन्हें शूद्र राजा कहकर बराबर अपमानित किया था, वही उन्हें आशीर्वाद देने आए। यही वह परम्परा थी जिसका उनके पूर्वज निर्वाह करते आए थे। महाराज ने कहा, 'आपके मंत्रों और आशीर्वाद में इतनी ही शक्ति थी तो हमारा कोई पूर्वज लौटकर आया क्यों नहीं? मुझे आपके आशीर्वाद नहीं चाहिए। बरंच मैं आपके अभिशापों के साथ इंग्लैंड जाना पसन्द करूँगा।' 26 जुलाई, 1902 को उन्होंने विलायत से ही वह फरमान जारी किया जिसके तहत उनके राज्य की नौकरियों के पचास परसेंट पद पिछड़ी जातियों के लिए आरक्षित माने जाएँगे। उन्होंने भास्करराव जाधव को स्टेट कौन्सिल में जगह दी।"

मनु बाबा ने शर्मा जी से पूछा, "का हो? इ कौन-सा इतिहास है, हमें तो पढ़ाया नहीं गया।"

सिंह जी ने जोड़ा—"मोहनजोदड़ो की खुदाई से बहुत सारी चीजें निकली थीं जिन्हें हम नहीं जानते। तनी सुना जाए, अपने नए राखालदास बनर्जी के.के. क्या कहते हैं।"

के.के. ने कहा, "महाराज के इस आरक्षण फरमान का पूरे महाराष्ट्र में विरोध हुआ। बम्बई के सबसे बड़े वकील आए उन्हें समझाने, बोले, 'महाराज यह क्या कर रहे हैं? अरे पढ़ने-लिखने और विकास करने की समान सुविधाएँ दीजिए, जो योग्य होगा वह तो अपनी जगह पा ही लेगा। लेकिन ये पचास परसेंट आरक्षण अनैतिक और अव्यावहारिक है। इससे प्रतिभाओं को सम्मान नहीं मिलेगा, न गरीबों को न्याय।'

"महाराज ने कोई प्रतिवाद नहीं किया, सिर्फ इतना भर कहा, वकील साहब, जरा मेरे साथ आने का कष्ट करेंगे? आगे-आगे महाराज, पीछे-पीछे वकील साहब। ले आए अपने घुड़साल, कहा, 'आप चुपचाप देखिए और फैसला मैं आपके हाथ छोड़ता हूँ।' अश्वशाला में चना और घास जैसी खाने-पीने की चीजें रख दी गईं। महाराज ने कहा, सारे घोड़ों को एक साथ छोड़ दिया जाए। सारे घोड़े एक साथ छोड़ दिए गए— दबे-कुचले, रोगी, मरियल भी और स्वस्थ-सुपुष्ट घोड़े भी। देखते-देखते सारी भोज्य सामग्री चट कर गए तगड़े घोड़े। मरियल, रोगी और कमजोर घोड़े तो भोजन के पास भी न फटक सके। महाराज ने वकील साहब की ओर ताका—'अब बोलिए।'

"वकील साहब ने हार मानते हुए कहा, 'बस महाराज, बस।'"

के.के. ने देखा कि शत्रु पक्ष निरुत्तर हो गया है तो उत्साह में आ गए—"सुनिए बम्बई के न्यायाधीश जी.एन. वैद्य ने साहुजी महाराज के बारे में क्या कहा—'द

ग्रेटेस्ट महाराजा दैट ऐवर सैट ऑन द थ्रोन ऑफ कोल्हापुर एंड वन ऑफ द मोस्ट पावरफुल मेन दैट द नेशन ऐवर प्रोड्यूस्ड इन इट्स लांग ऐंड ब्रिलिएंट हिस्ट्री!"'

यूसुफ साहब ने नाक-भौं सिकोड़ी—"हिस्ट्री तो हमने भी पढ़ी है, कभी न पढ़ा, न सुना इनके बारे में।"

मनु महाराज ने कटाक्ष किया—"के.के. का हिस्ट्री नैं न पढ़े हैं।"

"नहीं पढ़े तो अबसे तो पढ़ सकते है," के.के. ने कहा, "एक अकेले राजा ने गरीबी उन्मूलन, औद्योगीकरण, अज्ञानता, निरक्षरता, अन्धविश्वास-निवारण का जितना बड़ा काम किया है, कि उसकी दूसरी कोई मिसाल नहीं मिलती, न आगे, न पीछे। लॉर्ड कर्जन और लॉर्ड मिंटो तक को उनकी प्रशंसा करनी पड़ी।"

"ओऽऽऽ! तभी न कहें! अँग्रेजों का पिट्ठू था!" मनु महाराज ने एक वाक्य में उन्हें खारिज कर दिया—"आपलोगों ने इतिहास देखा, भूगोल देखा अब तनी एक ठो कविता सुनिए।"

"ओह वही न, मैं मनु हूँ, मैं हूँ आदिपुरुष...?"

"ना भाई। दूसरे की है। अच्छी कविता होती है तो उसको सबसे शेयर करने का जी करता है। परसों कवि सम्मेलन में चौबे जी का काव्य पाठ था। उन्होंने पूछा, 'आरक्षण क्या है?' इसे हम कविता के माध्यम से समझाते हैं, सुनिए।" उन्होंने जेब से तह किया हुआ कागज निकाला और खोलकर पढ़ा—

'गदहों और घोड़ों में मची थी रेस
घोड़े थे तेज, निकल गए आगे
गदहे भी पीछे-पीछे भागे।
घोड़े अगड़ गए, गदहे पिछड़ गए
तब किसी ने आगे बढ़कर घोड़ों को रोका
गदहों ने जीत का दावा ठोंका
मैं पूछता हूँ, ये रोकनेवाला कौन है
मेरे देश की संसद मौन है।
आरक्षण, आरक्षण, आरक्षण!'

"मान्यवर, आपने हमें गदहा कहा?" के.के. ने बुरा-सा मुँह बनाया।

"श्रीमान जी हमने आपका नाम लिया?" मनु महाराज ने जवाब दिया। लगा कि बाजी मनु महाराज के हाथ लगी। तभी के.के. को जैसे संजीवनी बूटी मिल गई। बोले, "आपने अभी अपने मनु महाराज के मुखारविन्द से आरक्षण पर किन्हीं चौबे जी की, एक कविता सुनी, अब आप मुद्राराक्षस की एक कहानी सुनिए—'आरक्षण पर दुबे जी की सलाह'—

'दुबे जी बोले, त्रिवेदी जी कहाँ हैं? चौबे जी बोले, त्रिवेदी जी शुक्ला जी के

पास हैं और मिश्रा जी का मामला निबटा रहे हैं। मिश्रा जी के बारे में शुक्ला जी ने पाठक जी को फोन किया था। पाठक जी ने शर्मा को बुलाया। शर्मा जी ने वहीं के वहीं उपाध्याय जी को बोल दिया ... मामला झा साहब के बेटे का है। बेटे के बारे में भारद्वाज जी ने त्रिपाठी से कह दिया था, बेटा बहुत योग्य है। रामरतन जोशी जी ने पर्चा आउट करा दिया था इसलिए तीसरी श्रेणी में इंटर पास हो गया था। इसके बाद चतुर्वेदी जी ने बीस हजार कैपिटेशन फीस लेकर एम.बी.बी.एस. कराया है। इम्तहान में द्विवेदी जी ने बहुत मदद की।...'

मोतीलाल हेडमास्टर के सामने वाली कुरसी पर बैठे-बैठे सारा कुछ सुन रहे थे, स्पोर्ट्स की तैयारी के लिए क्लास सस्पेंड थे। अब उनका कोई लिहाज नहीं करता सो वो हस्तक्षेप भी नहीं करते। बगल के टीचर्स रूम में चल रहा देवासुर संग्राम अचानक तेज हो गया...

"तू क्या कहना चाहता है कालू कहार?" मनु महाराज दुर्वासा बन गए।

"आ गए अपनी औकात पर? हमने आपका नाम लिया?" के.के. ने पूछा।

"हम इतने बुड़बक चो... नहीं कि न समझ सकें। तुमने मुझे ही नहीं, पूरे ब्राह्मण समाज को गाली दी है।"

"उस तरह से देखा जाए तो आप शुरू से ही मुझे गाली देते रहे हैं। अगर मैंने आपकी बेहूदा कविता सुनकर आपा नहीं खोया तो आपको भी कहानी सुनने का धैर्य होना चाहिए।"

"गाली दोगे तो गाली खाओगे। यहाँ सारे ब्राह्मण मौगा न होते तो तू गाली देकर इस तरह बचकर निकल जाता?"

मनु महाराज की ललकार का सबसे ज्यादा असर हुआ ज्ञान पर। उसका अपमानित जातिगत अहं फनफना उठा—"ठहरो स्साले, तुम्हारी तो मैं ...!" कहते हुए उसने हाथ चला दिया के.के. पर। वार सीधे गर्दन पर पड़ा। के.के. भौंचक! लेकिन दूसरा वार पड़ता, इसके पहले ही वह सतर्क हो गया। ज्ञान के दूसरे वार को गर्दन बगलकर बचा ले गया वह, "अरे, अरे, क्या करते हो ज्ञान?" के.के. ने आहत स्वर में पूछा।

"गाली दोगे साले?" ज्ञान का पारा उतरने का नाम नहीं ले रहा था।

"मैं क्यों किसी को गाली दूँगा?" समझाने की नाकाम कोशिश। तब तक ज्ञान का तीसरा वार! हाथ पकड़ लिया के.के. ने—"पंडित जी के पिन मारने पर न जाओ ज्ञान, मैंने गाली नहीं दी।"

"हाथ छोड़, हाथ छोड़ साले!" ज्ञान गुर्राया—"नहीं तो..."

"नहीं तो क्या कर लोगे? मैं ओझा जी नहीं हूँ याद रखो, मार मैं भी सकता हूँ।"

"माँ का दूध पिया है तो मार!" वह अपना हाथ छुड़ाने की कोशिश करने लगा।

"आज नहीं।" के.के. ने हाथ नहीं छोड़ा—"मैं मोतीलाल सर की अपने बाप से भी ज्यादा इज्जत करता हूँ। खैर मनाओ कि तुम उनके बेटे हो। आज तुम्हें जितना हाथ-पाँव चलाना है चला लो, आज-भर मैं पलटकर वार नहीं करूँगा। लो, मैंने हाथ छोड़ दिए।"

एक तरह से वह अपने प्रतिद्वन्द्वी को ढलान की ओर खींच रहा था। पता नहीं, इसके पीछे उसकी कोई सोची-समझी रणनीति थी या सारा कुछ स्वत:स्फूर्त! सैकड़ों छात्रों और पच्चीसियों शिक्षकों और कर्मचारियों के बीच के.के. पिट रहा था। पिट रहा था और प्रतिकार नहीं कर रहा था।

ज्ञान अपने हर वार के साथ हार रहा था, के.के. अपने ऊपर पड़ रहे हर प्रहार के साथ जीत रहा था। इस तथ्य को न समझ पाने के कारण ज्ञान भूल पर भूल किए जा रहा था। पंकज, अनिल और प्रमोद ने आगे बढ़कर उत्तेजित ज्ञान को पकड़ लिया। वह अभी भी हाँफ रहा था। के.के. उठकर शहीदाना अन्दाज में पेड़ की तरह खड़ा हो गया।

"अरे ये क्या? पागल हो गए हो ज्ञान?" मोतीलाल वहीं से चीखे लेकिन भीड़ इतनी कसी हुई थी कि अन्दर न जा सके। यूसुफ साहब वहीं से चीख रहे थे—"स्टॉप इट! आय से स्टॉप इट। शर्म आनी चाहिए। इतना बड़ा विद्वान, आवर ऑनरेबुल फॉरमर हेडमास्टर, आपके सामने है और आप लड़े जा रहे हो।"

ज्ञान की नजर अब पिता पर टेढ़ी हुई, के.के. और यूसुफ साहब दोनों ही उसे घटिया बताने के लिए जिन्हें महान बता रहे थे—"और आप...? आप यहाँ क्या रेस्पेक्ट लेने आए हैं! मत भूलिए कि आप रिटायर्ड हो चुके है।"

पंकज ने मोतीलाल को भीड़ से निकाला—"आप घर जाइए सर, हम यहाँ सँभाल लेंगे।"

पता नहीं, किस मूर्च्छा में वे घर आए। उन्हें एकान्त की शिद्दत से तलब हो रही थी। पर एकान्त था कहाँ? दिमाग में साहुजी महाराज के घोड़े, मनु बाबा के घोड़े और गदहे और के.के., नहीं, मुद्राराक्षस की कहानी के दुबे, चौबे, ओझा जी ही घूम रहे थे। वे एक अकुशल बाजीगर की तरह तीनों को लोकने-उछालने की कोशिश कर रहे थे और तीनों थे कि बार-बार हाथ से फिसले जा रहे थे। पृष्ठभूमि में ज्ञान का प्रहार और पिटते हुए के.के. का चलमान चलचित्र! एकान्त पाने के लिए उन्होंने छतवाला कमरा खोला। दीवाली के बाद से बन्द था। सनमाइका का टेबुल बिलकुल नए-सा चमक रहा था अभी भी। लेकिन अँगुली से पोछने पर लगा धूल-ही-धूल थी। बन्द कमरे में धूल आई कैसे? वे हैरान थे।

इतिहास में कभी-कभी एक क्षण-विशेष एक युग पर भारी हो जाता है।

वह क्षण वैसा ही था।

इतिहास से बाहर

मोतीलाल को पहली बार एहसास हुआ कि उनके बच्चे बिगड़ रहे हैं। बिगड़ रहे नहीं बल्कि बिगड़ चुके हैं। यह सब होता रहा उनकी ऐन आँखों के सामने जैसे कोई आँखों का काजल चुरा ले जाए और आँखें खुली-की-खुली रहें। यह अनर्थ कैसे देख सकते हैं वे! यह सर्वनाश निश्चित रूप से गलत सोहबत का असर है। देखना होगा कि ज्ञान जाता कहाँ है, और उसकी गतिविधियाँ क्या हैं। रात-दिन टोह में रहने लगे। बड़ी मछली उनके जाल में फँस जाए, ऐसा मजबूत जाल तो था नहीं उनका, फँस गई बेचारी छोटी मछली—आरती!

इन दिनों उसका बी.ए. का इम्तहान चल रहा था। अजय का नया घर आरती के कॉलेज के ऐन सामने था। कॉलेज और घर के बीच एक चाय की गुमटी पर बैठे हुए वे अजय सिंह के घर पर नजर गड़ाए हुए थे कि उन्होंने जो कुछ देखा, सहसा उन्हें यकीन न आया। अजय सिंह के बंगले से एक मारुति कार निकली और कॉलेज के फाटक पर खड़ी हो गई। थोड़ी देर में आरती निकली और गाड़ी पर सवार हो गई।

मोतीलाल को काटो तो खून नहीं। ऑटो पकड़कर घर आए तो देखा आरती अपनी बहन सावित्री से हँस-हँसकर बतिया रही है। कहीं उन्होंने गलत तो नहीं देखा? ऐसा कैसे हो सकता है! कहाँ वे ज्ञान को लेकर चिन्तित थे, कहाँ यह आरती भी....? फोन लग गया है सो फोन पर घंटों बातें करती रहती है।

दूसरे दिन फिर वही।

'पूछें? ना अभी सिर्फ वॉच करेंगे। सम्भव है, कोई सामान्य-सी बात हो। पूछने से पेपर खराब हो सकते हैं।'

अब उनका आसन जमा लड्डूलाल की दुकान पर। अखबार देखने के बहाने वह देखा करते कि गाड़ी यहीं तक छोड़ने आती है सो आखिरी पेपर देकर आरती जैसे ही गाड़ी से उतरी वे चुपके से उठे और घर की ओर चल दिए।

आगे-आगे आरती, पीछे-पीछे मोतीलाल। बेटी-बाप घर के अन्दर दाखिल हुए तो बाप ने कड़ककर हुक्म दिया—"आगे मत बढ़ो। पहले यह बताओ कि इम्तहान के बाद किसके साथ कहाँ जाती हो रोज-रोज।"

आरती सहमी-सकपकाई हुई मूर्तिवत खड़ी हो गई।

"क्या बात है? काहें डाँट रहे हैं बेचारी को?" गौरा देवी बेटी के बचाव में बाहर आईं।

"इसीसे पूछो कि तुम्हारी ये बेचारी क्या गुल खिला रही है।"

"अब कवलेज में पढ़ती है तो बोलेगी-बतियाएगी नहीं?"

"बात बोलने-बतियाने की हद से आगे बढ़ चुकी है गौरा पारबती मैया।" मोतीलाल तीते हो उठे—"यह आप ही थीं कि महाराजिन के कमरे में जब भी ज्ञान और सावित्री झिर्री से झाँकने लगते तो कस-कसकर चाँटें लगातीं और आज हाल यह है कि जवान बेटी को रोज-रोज कोई गाड़ी में ले आता है और देवी जी को होश ही नहीं है। मैं अगले सप्ताह ही इसके लिए लड़का देखने जाऊँगा।"

गौरा देवी ने सावित्री को इशारे से बुलाया कि आरती को आकर लिवा जाए। जब वह घर के अन्दर चली गई तो उन्होंने शान्तभाव से कहा, "लड़का हम लोग देख चुके हैं।"

"क-क क्या कहा?"

"यही कि लड़का देख लिया गया है।"

"कौन है?"

"वही, जिसके संग गाड़ी में आती-जाती है। आकाश पाठक!"

"मेरी ही बेटी की इत्ती बड़ी बात और मुझे ही खबर नहीं। करता क्या है?"

इसका जवाब सावित्री ने दिया—"आई.ए.एस. में सेलेक्शन हो गया है। रुद्रपुर में एस.डी.एम. की पोस्टिंग होनेवाली है।"

'आई.ए.एस.!' छाता हाथ से छूट गया।

'दहेज...?' जैसे सबसे बड़ा सवाल दहेज का ही हो?

"मान लीजिए एक करोड़ हो तो!" ज्ञान को पिता को छकाने का जैसे मौका मिल गया था।

"और यह एक करोड़ आएगा कहाँ से?"

"वो सब मुझपर छोड़िए।"

"ना। मैं नहीं मानता। पहले मैं खुद सारी बात दरियाफ्त करूँगा। जबतक मैं ऐसा नहीं कर लेता, आरती उस लड़के से नहीं मिलेगी, चाहे वो आई.ए.एस. हो या लाट गवर्नर।" कहते हुए वे कमरे से दोबारा बाहर निकल गए। मगर उन्हें जल्द ही लगा, कि यह सब एक पराजित योद्धा के प्रलाप से ज्यादा कुछ नहीं। खुद को हाशिये पर धकेले जाने का अहसास उनमें व्यर्थता-बोध भर रहा था। कुछ दूर जाने पर उन्हें यह भी याद न रहा कि वे कहाँ जाने को निकले थे और किसलिए।

"इन्हें रोको नहीं तो ये बना-बनाया खेल बिगाड़ देंगे।" गौरा देवी ने बेटे से कहा।

"इस बूढ़े बाप को मैं कुछ दिन के लिए कहाँ रख आऊँ, समझ में नहीं आता। बंशीपुर तो दान कर आए हैं गोतिया-दयाद को, नहीं तो कुछ दिन के लिए वहीं भेज देता।"

"कुछ दिन नहीं, कम से कम छौ महीना, आरती के बियाह तक।"

"ठीक कहती हो माई छौ महीना! तबतक घर को नया करना है, मैदान को दुरुस्त करना है, पोखर का हिसाब-किताब करना है।"

"और नीम का पेड़...? उसे मत कटवाना बेटा, नैं तो जीते-जी मर जाएँगे।"

"चलो नहीं कटवाते हैं लेकिन बाकी सारा कुछ तो करना ही करना है शादी से पहले। तुम्हारी बेटी किसी प्राइमरी स्कूल के टीचर के साथ नहीं, एक आई.ए.एस. अधिकारी के साथ ब्याही जानेवाली है।"

"हो जाएगा?"

"बिलकुल हो जाएगा माई, सिर्फ तुम्हारा आशीर्वाद चाहिए।"

माँ ने अपने बेटे को गर्व से देखा—"वो तो हई है बेटा। तब ऐसा करो, इनको छौ महीने तक कल्पवास में रखो।"

"रख तो दूँ, मगर सवाल अब भी वही है— कहाँ।"

"हम बोलें ससुराल में।"

"हाँ यह ठीक रहेगा।'

सावित्री ने हँसकर कहा, "माने कि त्रेतायुग में रामचन्द्र जी ने सीता जी से कहा कि कुछ दिन अगिन में वास करो, हम लीला करेंगे और इस घोर कलियुग में सीता जी रामचन्द्र जी से कह रही हैं कि तुम कुछ दिन कल्पवास करो, मैं लीला करूँगी।"

माँ ने उसे दौड़ा लिया तो वह भाग चली।

उधर मोतीलाल गहरे अन्तर्द्वन्द्व से जूझ रहे थे। इतिहास में निरन्तर भूलें होती रहती हैं, अगर मास्टरों का वेतनमान इतना कम न रहा होता तो वह सावित्री को उदय का बेहतर विकल्प दे सकते थे, अगर बेहतर विकल्प होता तो उसकी माँ को झा जी के पास न जाना पड़ता, अगर झा जी के पास न जाया गया होता तो पाहुन से जुड़े इतने पचड़े न उठ खड़े होते। घूम-फिरकर सवाल आता है मास्टरों की तनख्वाह पर। तनख्वाह कुछ ज्यादा होती तो बच्चों को किन्हीं अच्छे स्कूलों में पढ़ा पाते, तब शायद ज्ञान इतना गड़बड़ न होता कि...

"सर आप...?" पंकज की आवाज ने टोका।

"हाँ।" तनिक अचकचाए फिर ठीक किया खुद को—"मुझे ठीक मालूम नहीं कि मैं कहाँ जा रहा था, इस रास्ते आ लगा तो सम्भव है, अवचेतन में तुम्ही रहे होगे।"

"आइए सर, यह तो मेरा सौभाग्य है।" पंकज उन्हें अपने घर ले गया। इसके पूर्व वह जब भी मिला, कोई अजानी-सी मृत्यु-गन्ध उन्हें घेरे रही। हो-न-हो चन्द्रमा बाबू की मृत्यु की गन्ध हो। दीवार पर उनका चित्र देखकर याद आया।

"सर पानी...?" पंकज ने फिर टोका।

"ना।"

"चाय?"

"ना।"

"सर आप कुछ परेशान हैं?"

"परेशान तो हूँ लेकिन वह सब अभी शेयर करने नहीं आया। वैसे जब आ ही गया हूँ तो..." तनिक हिचकिचाहट के साथ बोले,

"मेरा एक काम करोगे पंकज?"

"बोलिए सर।"

मोतीलाल ने जेब से काफी पुराना-सा एक कागज निकाला।

"यह देखो, गैजेटियर की फोटोकॉपी है। इसमें लिखा हुआ है—'फाइव क्रिमिनल्स ऑल यूथ, हैड बिन हैंग्ड बाई द नीम-ट्री ऑफ कासिमपुर, भागलपुर ऑन ट्वेंटी थर्ड डिसेम्बर, टू वेयर मुस्लिम्स, टू हिन्दूज, एंड वन ऑफ अननोन आइडेंटिटी। ऑल हैड बीन फाउंड इंडल्ज्ड इन द म्यूटिनी कॉन्स्पेरेसी।' नाम नहीं हैं सिर्फ मुसलमान, हिन्दू कहकर छोड़ दिया गया है। मैं पता करने के लिए हर जगह लिख-लिखकर हार गया मगर किसी के कानों जूँ न रेंगी। अब यह दायित्व तुम्हें सौंप रहा हूँ कि इनकी आइडेंटिटी और फेमिली का पता करो। पता करो कि उनके परिवार में कोई बचा है या नहीं, बचा है तो किस हाल में है। यह हमारा फर्ज बनता है कि उनकी मदद की जाए।"

पंकज ने वह कागज ले लिया—"आपने खुद भी तो पता करने की कोशिश की होगी?"

"वो सारे डिटेल्स तुम्हें दे दूँगा।"

"ठीक!... और कोई सेवा सर?"

"तुमसे एक सजेशन लेना चाहता हूँ।"

"जी कहिए।"

"कैसा रहेगा, अगर इतिहास की भूलों पर एक किताब लिख डालूँ?"

खुश हो गया पंकज—"इतना उम्दा खयाल तो आप जैसे शिक्षक के ही दिमाग में आ सकता है।"

"कुछ नुक्तें बना लूँ, फिर उनकी एनलिसिस!"

"जी बेहतर होगा।"

"मुझे कुछ कागज दो तो।"

"अभी लीजिए सर। आप आराम से सोचें, तबतक मैं आपके लिए चाय-वाय का इन्तजाम देखता हूँ।"

पन्ने भी आ गए, चाय भी पर आधे घंटे बाद पंकज ने लौटकर देखा तो चाय जस-की-तस पड़ी हुई है, पन्ने भी कोरे-के-कोरे और मास्साब जो पहले एक बेचैन बाघ की तरह इधर-से-उधर खाँच रहे थे, अब जैसे थककर पंजों में मुँह दबाकर बैठ गए हैं।

"सर! आपकी चाय तो ठंडी हो गई।"

"पंकज, मैं जितना नीचे उतरता गया, भूल-पर-भूल मिलती गई। हजार मोड़, हजार भूलें। यह बड़े धैर्य, श्रम और सूझ-बूझ का काम है। इसके लिए मुझे कुछ दिन एकान्तवास करना चाहिए।"

"आपने मेरे मुँह की बात छीन ली।"

"मुझे अब घर लौटना चाहिए।" और सारा कुछ छोड़-छाड़कर बेखुदी में उठे और बाहर निकल गए।

पंकज ने उन्हें रोका नहीं, बस दूर तक उनका जाना देखता रहा, इतना तो तय है कि मास्साब किसी गहरी उलझन की गिरफ्त में हैं। और 'इतिहास की भूलों' पर पुस्तक लिखना एक इस्केप भर है। कहीं इतिहास की भूलों के बहाने मास्साब अपनी भूलों का लेखा-जोखा तो नहीं लेने जा रहे हैं? ठीक-ठीक कुछ समझ पाना मुश्किल है, वे इतिहास के अन्दर हैं और इतिहास उनके अन्दर।

उधर घर की ओर कदम बढ़ाते ही खुद के फालतू होते जाने का अहसास उन्हें फिर से घेरने लगा, अगर ज्ञान की माँ, ज्ञान और बेटियों ने मुझे सच बता दिया होता तो क्या मैं मना कर देता? इतनी बड़ी बात मुझसे छुपाई क्यों सबने? क्या इस परिवार को हर मुखिया की तरह मैंने भी अपने खून-पसीने से नहीं सींचा? फिर... सारे ही मुझसे बेगाने की तरह क्यों ट्रीट करने लगे हैं? जितना ही सोचते खलिश उतनी ही बढ़ती जाती। और इतनी बड़ी बात में उतनी बड़ी बात की खुशी दुबककर रह गई---एक आई.ए.एस. के साथ बेटी के रिश्ते की बात!

उन्होंने सिर को झटका दिया---'न! मैं दीनता का वरण नहीं करनेवाला। न उनको रोकूँगा, न टोकूँगा, न कोई विघ्न डालूँगा। विघ्न शायद मैं स्वयं हूँ, इसलिए मुझे खुद ही मंच से हटकर फिलहाल नेपथ्य में चला जाना चाहिए। ऐसी जगह जाऊँगा, जहाँ पता नहीं चलेगा। ठीक!

'मरनो भलो बिदेश में जहाँ न अपनो कोय,
माटी खाय जनावरा, महा महोच्छव होय।'

अपने ही दरवाजे पर अजनबी की तरह दस्तक दी। हताशा के प्रतिकूल प्यारभरी उलाहना से स्वागत किया मस्टराइन ने—"कहाँ चले गए थे गेयान के बाबू जी? बेलारी से 'फौन' आया था।"

"बेलारी से कौन फोन करेगा मुझे?"

"भैया।"

"दुर्गा बाबू?"

"हाँ। बुलाया है। लो, जवानीभर कभी ससुराल नहिंये गए, कम-से-कम बुढ़ापे में ही हो आइए। टाँठ तो अभी हइये हैं।" ज्ञान, सावित्री और आरती ने बड़ी मुश्किल से अपनी हँसी रोकी।

"मुझे अपनी ससुराल-वसुराल नहीं जाना है, एक किताब लिखनी है।" वे व्यस्त भाव से सीढ़ियाँ चढ़कर अपने कमरे में जाने लगे।

"ओह तब तो बेलारी से उत्तम जगह कोई हो ही नैं सकता।" पीछे-पीछे आ लगी मस्टराइन—"मकई के दूर-दूर तक फैले खेत अभी तो जेठवाँसी मकई की बहार होगी। केले और आम के बगान। खाली कोइल डिस्टरब करेगी— कुहू-कुहू!" मस्टराइन कोइल बन गईं।

पत्नी को इतना आह्लादित उन्होंने कम ही देखा था। यह परिवर्तन उन्हें प्रीतिकर लगा। मन का मलाल जाता रहा। मस्टराइन ने वो रोमांटिक जाल बिछाया कि मास्टर साहब उलझकर रह गए—"मकई का खेत होगा तो मचान भी होगा?"

मस्टराइन को खुद भी याद नहीं कि उन्होंने बेलारी में कभी कोई मचान देखा भी है या नहीं। कहीं इसी खोट के चलते बुढ़ऊ बिदककर 'ना' न कर दें सो बड़े उत्साह से बोली, "ओह मचान! मचान का तो पूछिए मत। हमरा वश चलता तो हम दिनभर वहीं बैठे रहते। ऊ तो माई थीं कि डाँटकर घर भेज देती। वैसे अब तो मामी भी वहीं हैं, भौजी और भतीजियाँ भी। जब जी चाहे दलान में लिखिए, जब जी चाहे मचान पर। भोजन-पानी हुँवइ पहुँचा देंगी। लिखते रहिएगा दिन- रात। ... और लिखते-लिखते थक जाइएगा तो बिरहा गाने लगिएगा—वो का तो हाँ 'कैदी और कोकिला।' "

"बिरहा है? अरे जरा तमीज से बोलो।"

"अरे वही हुआ।... और एक बात का जरूर खयाल रहे कि आप पाहुन हैं, हेडमास्टर हैं और शवतन्तरता सेनानी भी, अभिये से बता देते हैं, चौक से पाँच किलो बरफी ले लीजिएगा। ई नैं कि जब जी किया लड्डूलाल की दुकान से लड्डू बँधवाकर चले आए। खाने-पीने में परहेज कीजिएगा।"

जैसा रोगिया भावे, वैसा बैद बतावे। दोनों तरफ रजामन्दी हो गई। अगले दिन तैयारी की और तीसरे दिन उन्हें नया जनेऊ पहनाकर, सिखा-पढ़ाकर मस्टराइन ने भोरे-भोरे मैके भेज दिया। चलते-चलते उन्होंने जनेऊ के साथ एक चेतावनी थमा दी—"ससुराल में मौज-मस्ती करने नहीं, किताब लिखने जा रहे हैं, किताब पूरी करके ही आइएगा (माने कि जल्दी मत आइएगा)।"

"यह तो समझ में आया लेकिन तुम्हारी जनेऊवाली जबरदस्ती नहीं समझ में आई, एक गले में डाल दिया, एक थमा दिया।"

"नैं रहने पर घर में घुसने भी नैं देते। का समझे हैं? घुस भी गए तो सरा टैम 'शास्तरारथ' करते बीतेगा, किताब कब लिखेंगे?"

रिक्शे पर खूसट कासिमपुर पार हुआ, फिर 'बड़ी खंजरपुर' और 'छोटी खंजरपुर।' जहाज घाट पर अँखफोड़वा कांड में अपनी दोनों आँखें गँवा बैठे एक अन्धे के अलावा अभी कोई न था। स्टीमर शायद अभी-अभी गया था। अब घंटे-भर इन्तजार करो। उन्होंने अपनी पोथियों की गठरी को सीढ़ी पर टिकाया और अन्धे के पास बैठ गए। थोड़ी देर बाद उन्हें लगा कि यह अन्धा उन्हें तबसे घूरे जा रहा है। लो, पूछ ही बैठा—"महाराज, आप कौन आश्रम (जाति) का हैं?"

उन्हें लगा—यह सवाल मनु महाराज कर रहे हैं। 'हुँह आँख फूट गई, तब भी जाति टटोल रहा है।' कतराकर दूर चले गए।

यह वही आदमपुर घाट है, घाट का वही पीपल का पेड़ जिसके नीचे बांग्ला के प्रख्यात कथाशिल्पी शरतचन्द्र घंटों बैठे गंगा के प्रवाह को देखा करते थे और नदी में बहते मुर्दों के बीच स्वयं मुर्दा होने का स्वांग रचते-रचते हठात पैशाचिक हँसी हँसकर लोगों को डरा दिया करते। वाह क्या बिम्ब है! मुर्दों के बीच जिन्दा आदमी का सहसा आविर्भाव! इतिहास में भी अकसर उन्होंने देखा है ऐसा होते हुए। लेकिन इसी आदमपुर से कुछ पहले सुल्तानगंज है जहाँ एक दूसरा ही इतिहास है। वहाँ खेतोड़िया जनजाति का राज था। वहाँ बलिया के दो केंदुआर राजपूत संग्राम सिंह, अग्राम सिंह आते हैं और अपनी बहादुरी से राजा को सम्मोहित कर सेनापति का पद प्राप्त करते हैं। कालान्तर में यही सेनापति राज हड़प लेते हैं। खेतोड़िया लोगों को भागना पड़ता है। फिर होता है मुगलों का आक्रमण। राज बचाने के लिए एक भाई संग्राम सिंह बन जाता है अफजल खाँ मुसलमान; एक रह जाता है हिन्दू। राज बच जाता है। साम्प्रदायिक सौहार्द्र बना रहता है। एक तरफ यह फ्लेक्सीबिलीटी और अवसरवाद है जो जिन्दा रहता है, दूसरी तरफ भारत के मूल निवासी सीधे-सपाट, रफ एंड टफ! अपने मूल निवास से विस्थापित खेतोड़िया लोग आज भी ललमटिया में मजदूरी कर रहे हैं। इस दंगे में कितने अग्राम सिंहों ने कितने संग्राम सिंहों को काटा होगा! हाय रे इनसानी नियति!

"अभी तक जहाज नैं आया?" अन्धे ने जाने कैसे उनकी स्थिति भाँप ली—"आप बरारी घाट चले जाइए। हुआँ से भग्गू सिंह का जहाज छूटता है।"

"धन्यवाद भाई!" अन्धे ने राह दिखाई सो उसका दोष-पाप क्षमा।

कृशकाय गंगा। स्टीमर ने हाई लेबल घाट पर उतार दिया है। आगे रेत का मरुस्थल है। खटारा जीप! मई के उत्तरार्ध में जन्मभूमि बंशीपुर किसी भूले अतीत-सा

चिलचिला रही है। आँखें भर आती हैं। अब तो शादी-बियाह में भी नहीं आते-जाते वे लोग। बगल से तिरछे रास्ता चला गया है बेलारी को। ससुराल पहुँचते-पहुँचते दिन खड़ा हो गया।

इतिहास की भूलें

बेलारी के प्रसिद्ध जीवछ झा घराने के मौजूदा अवशेष दुर्गा प्रसाद झा एक मध्यम गृहस्थ किसान हैं। चार बीघे खेत, दो बीघे केले के बगान, दो गाय, दो भैंस, दो बैल। तीन बहनों में अकेले भाई। छोटे थे, तभी सुना था कि उनकी बड़की बहन गौरा का बियाह बंशीपुर के मिसिर घराने में हुआ है। लड़का पढ़ने में तेज है। पर, गौने से पहले एक बार भी चेहरा देखना नसीब न हुआ बहनोई का। सुना था, सुराजी हैं—गांधी बाबा के चेले! मिलना हो तो जेल में ही मिल सकते हैं। और जेल...? नाम से ही डर लगता! तबसे कितने लोग छोड़ गए दुनिया। उनकी दोनों छोटी बहनें मरीं। बड़की दीदी के ससुर भी दीरा (दीयर) की लड़ाई में मारे गए। सास को साँप ने डँस लिया। बहनोई मोतीलाल से उमर में तीन साल छोटे थे दुर्गा बाबू। गौने के समय बस एक रात के लिए आए थे बहनोई। वह सुन्दर चेहरा कैसा तो उजाड़-सा लग रहा था। दूसरी सुबह गौना कराकर दीदी को लिवाकर चले गए। दीदी कई बार आईं-गईं, पहली सौर यहीं पड़ी, भैगिनी (भगिनी) सावित्री के बियाह में सभी शामिल हुए, पर पाहुन कभी नहीं लौटे सो आज लौट रहे हैं इतने सालों बाद। बाबू जी की आँखें उन्हें देखने को तरस गईं। दीदी जब-जब आईं, अकेले आईं या भैगना-भैगनी के साथ। इतनी भी फुर्सत नहीं मिली कि माई और बाबू जी का अन्तिम दर्शन कर आते या बेटों-पतोहुओं, पोते-पोतियों को आशीर्वाद ही दे जाते। चलो, कोई बात नहीं, तैंतालीस-चौवालीस साल बाद ही सही। उनके स्वागत में कोई कोर-कसर नहीं रहेगी।

बहुत धैर्यवान आदमी हैं दुर्गा बाबू! सबकी भूल-चूक छिमा करते हैं। जो भी बहा-बिलाया आता है, उसे पनाह देते हैं। उनके कमनीस (कम्युनिस्ट) मामा जनेऊ तोड़कर फेंकने के चलते बिरादरी खारिज हो गए और मामी ने यह सुनकर कि बेलारी में एक जोगी जिसका चेहरा उनके पति से मिलता-जुलता है, एक बार क्या बेलारी आईं कि यहीं की होकर रह गईं। उठती जवानी में आई थीं और अब बूढ़ी हो

चली हैं। भगवान ने जहाँ उनको ऐसी बिपदा दी, वहीं उसे सहने के लिए उनको पानी जैसा स्वभाव दिया जिसके सहारे आज भी जी रही हैं। यही मामी उनपर आश्रिता भी थीं और उनकी अभिभावक भी। फोन पर जैसे ही सूचना मिली कि पाहुन आ रहे हैं, उन्होंने अपनी निगरानी में सारे इन्तजाम करवाए। सबसे पहले गौरा के झूठ को सच में बदलने के लिए दो-दो मचान बाँधे गए—एक मकई के खेत में, एक केले के खेत में। दो-दो नए घड़े आए। लोटा और टिफिन-कैरियर भी ताकि उनको मचान पर ही सारी सुविधाएँ मुहैया करा दी जाएँ। मामी की तरह ही बाढ़ में बहकर आया था बहेतू बुधुआ जो घर का सारा काम-काज करता है। बुधुआ को यह जिम्मेवारी सौंपी गई कि वह दोनों घड़ों को साफ पानी से रोज भर दिया करेगा। पता नहीं, वे किस मचान पर बैठना चाहेंगे! बुधुआ ही दोनों वक्त मचान पर टिफिनकारी में खाना पहुँचाएगा और दूर बैठकर पहरा देगा ताकि उन्हें कोई डिस्टर्ब न करे। 'का तो, किताब लिखने आए हैं।'—गाँव-घर में इस बात की चर्चा है। कभी देखा, न सुना। लोग पूछते हैं—'अहो, इ सच है कि मचान पर बैठकर किताब लिखेंगे? कौन-सी किताब, कौन किलास का?' दुर्गा प्रसाद हँसकर जवाब देते हैं—"अरे हम 'मैटरिके' न पास हैं। हम का जानें! इतना जानते तो उनकी तरह हेडमास्टर न होते कहीं के। यह सब उन्हीं से पूछ लेना। लेकिन हाँ, किताब पूरी हो जाए तब।"

सारा इन्तजाम उन्हें खुद करना पड़ा। उनके दोनों लड़के दिल्ली में हैं। कोई भी त्रुटि रह गई हो तो मामी की डाँट खानी पड़ेगी। दुर्गाबाबू के बहनोई माने बेलारी-भर के जमाई! बेलारी के चौपाल ने उनका 'सम्मान' करने की ठानी है। लेकिन सुना है कि बड़े पिनकहा हैं पाहुन। दीदी तक को सटियाते नहीं सो चौपाल का जलसा स्थगित करना होगा। सवेरे से दही, मांगुर मछली, मालदह और लोहा आम ला के रखा है मामी ने। पका केला भी। पता नहीं क्या खाते हैं? कब आएँगे? इधर टमटम-रिक्शा भी नहीं आता, पैदल आ रहे होंगे! पता नहीं किस राह से आ रहे होंगे! बुधुआ गया तो है लेकिन वह उन्हें पहचान पाए तब न। गलती हो गई उन्हें खुद जाना चाहिए था। तभी नीचे बुधुआ की आवाज आई—"बाबा, बाबा, पाहुन आ गए।"

देखा तो पीछे-पीछे मामी चली आ रही थीं, आगे-आगे बुधुआ और बीच में छाता लगाए हुए पाहुन। रेड-एलर्ट की तरह परिवार को सचेत किया उन्होंने—"अरे सुनती हो....", बूढ़े दूर्गा बाबू, बूढ़ी सरहज और दर्जनभर छोटे-बड़े बच्चे पाँव पर पंछियों की तरह बिछ गए।

"पाहुन आ गए।" यह खबर हर छप्पर, हर टप्पर, हर खपरैल और हर अटारी पर फैल गई। एक छोटी-मोटी भीड़ ही दौड़ पड़ी। सबसे पहले लीची के पेड़ के नीचे बिछाई गई खाट पर बिठाया गया उन्हें। पाँव पखारने के लिए पीतल की परात में पानी लेकर आईं सरहज—"क्या पाहुन, ससुरारी को एक दम्मे भुला दिए!" मामी

ने जोड़ा—"भइल कौन मो से कसूर, नजरिया से दूर कइल अ बलमू। तनी गोड़वा इधर कर दीजिए।"

'अरे बाप इतिहास की भूल खोजने आए हैं और भूल पर भूल किए जा रहे हैं।' बोले, "ना, क्षमा कीजिए।" बच्चों और औरतों में एक साथ कानाफूसी मच गई—'इतना पुरान दमाद किस बखार में छुपाकर रखा था?'

दूसरी ने कहा—"सनकल मास्टर झा जी का पहुनमाँ, इहो जनेऊ नहीं पहनता।" मामी ने सुन लिया। झट से मोतीलाल का कुरता उघारकर जनेऊ को साँप की तरह लहरा दिया—"ई को चीज है? जाओ, अपना-अपना काम करो। नजर मत लगाना हाँ, नहीं तो!" और उन्होंने सचमुच ही एक लोटा धार और नीबू-मिर्चों से मोतीलाल की नजर उतारी। आतिथ्य का यह हाल रहा कि एक तरह से रक्षा में ही हत्या हो गई। पूरी-कचौड़ी, खीर-रायता, तीन किसम की सब्जी, मांगुर मछली, चटनी, आचार, दही, पापड़, आम, पके केले और क्या नहीं। 'एक हमरा तरफ से', 'एक हमरा तरफ से...।' न-न करते हुए भी उन्हें इतना खिला दिया गया कि लोटा लेकर खेत में भागना पड़ा।

यहाँ भी आतिथ्य पीछा नहीं छोड़ता। शौच के पहले और शौच के बाद मोतीलाल का लोटा लेके चलेंगे दुर्गा बाबू ही। मोतीलाल ने डाँटा भी और दुर्गा बाबू मान भी गए। लेकिन गाँववाले परम्परा-विरुद्ध कर्म कैसे होने देते? भला दामाद अपने हाथ लोटा लेकर चलेगा? लौटकर आने पर भी खैर नहीं। कोई न कोई हमेशा बेनिया डुलाता रहता। चौथे दिन मोतीलाल ने कहा, "बस! मैं कल ही लौट जाऊँगा।"

दुर्गा प्रसाद जी पूरे परिवार के साथ हाथ जोड़कर खड़े हो गए—"भूल-चूक छिमा। हम तो सोच रहे थे, आपको कोई कष्ट न हो।"

"इसी का तो कष्ट है। सुनिए अबसे भोजन मैं तय करूँगा—क्या और कितना। लोटा मैं ले जाऊँगा। ले आऊँगा मैं, और मटियाऊँगा भी मैं ही। कोई मुझे बेनिया नहीं डुलाएगा। कोई मुझे डिस्टर्ब नहीं करेगा। मंजूर हो तो बोलिए, रहें वरना लौट जाएँ।"

कौल-करार सम्पन्न हुआ। इस तरह पाँचवें दिन ही बैठ पाए मचान पर।

मचान पर बैठना और डोली में बैठना एक-जैसी बात थी, जो कल्पना में ही आकर्षक होती है और साँसत यह कि उसपर भी बैठकर लू के इन झकोरों के बीच इतिहास की भूलों में डुबकी लगाना! सुबह ही बैठ पाते, दूर बैठा बुधुआ हुलकते लड़कों को डंडे से खदेड़ता—"भागो, हियाँ किताब लिखा जा रहा है।"

मोतीलाल जी ने पहले नुक्ते चुने—'नम्बर एक—'नन्द बनाम चाणक्य", फिर काटा

और लिखा 'उत्तरवैदिक काल में जाति आधारित संगठनों की खोल का कड़ा होता जाना।' 'नम्बर दो—'समाज के बुद्धिजीवियों का अपनी मन्दबुद्धि सन्तानों और रिश्तेदारों को बचाने के लिए जाति-प्रथा को पुख्ता किया जाना।' कबीलाई युद्धों में पराजित कबीले को पहले मार डाला जाता था फिर उनसे सेवाएँ ली जाने लगीं। अब आता है नन्द बनाम चाणक्य। नन्द एक शूद्र राजा थे और चाणक्य ब्राह्मण।' एकाएक सोचने लगे, 'इतिहास का पहला ज्ञात राजा ही शूद्र! यह कैसे हुआ जबकि मिथकों और पुराणों में सारे ही राजा क्षत्रिय थे?' अगर कौटिल्य आर्यों के प्रवक्ता थे तो उनका रंग काला क्यों?' मिथों में शिव, राम, भरत, कृष्ण, काली, अर्जुन, द्रौपदी, व्यास—कालों की भरमार और इन्हें आर्य बताया गया। क्यों?' उन्होंने कलम रख दी और एक गहरी साँस ली—'बहुत घपला है। पता नहीं, सच क्या है, क्या झूठ!' मचान से उतरकर उन्होंने पेशाब की। बुधुआ सम्भवत: रखवाली का काम छोड़कर खाना लाने गया था। वरना बिना कान पर जनेऊ चढ़ाए पेशाब करते देखकर हल्ला मचा देता। धूप तेज हो गई थी। कलाई पर बँधी घड़ी देखी, ग्यारह बज रहे थे तभी देखा, मेड़ पर कोई औरत खड़ी है—"बबा, तनी बोझा में एक हाथ लगइह ए बाबा।" मोतीलाल ने मुड़कर देखा—'कौन, कहीं यह कंशी तो नहीं?'

पन्द्रह साल की वनबाला कंशी ने उन्हें रास्ता दिखाया और पानी पिलाया था। पूछा, "बोझा तो उठाई देबो, पहले ये बताओ पानी तो नहीं पीना है?"

"पानी कहाँ मिलतै?"

"आओ मेरे साथ।" फिर उन्होंने कलशी से लोटाभर पानी निकाला और उसे पिलाने लगे। गठ्ठर उठाकर चली गई वह औरत।

इतिहास और भूगोल बार-बार लौटकर आते हैं शक्लें बदल-बदलकर। पता नहीं, कंशी का कुछ ऋण उतरा या नहीं। तब तक खड़े रहे, जबतक काँपता धब्बा दीरा (दीयर) की ओट में ओझल नहीं हो गया। कितने कष्ट से कमाते हैं ये लोग अपना एक-एक दाना और मैं, मोतीलाल, रिटायर्ड हेड मास्टर, बेलारी का दामाद, ससुराल के मचान और कदली-कुंज में इतिहास की भूलों पर शोध करने चला हूँ। हद हो गई विलासिता की! मचान पर चढ़कर उन्होंने आगे लिखा—'श्रम का सम्मान न किया जाना... इस खोट को तैमूरलंग, चंगेज खाँ, नादिरशाह, अहमदशाह अब्दाली जैसे लुटेरे तो जानते थे जहाँ कत्लेआम में उन्हें बख्श दिया गया था लेकिन हमारे स्वघोषित चक्रवर्ती राजाधिराज नहीं जान पाए। श्रम के अपमान से ही शुरू होती है भारत की विडम्बना। शूद्र यानी सेवक जातियाँ!'

'चाणक्य ने मगध के राजा नन्द को शूद्र कहकर गाली दी। यह अजीब बात है कि उन्हें चन्द्रगुप्त की सहायता से काबुल से लेकर पूरे उत्तर भारत के क्षत्रपों को अन्तरग्रन्थित करने का श्रेय जाता है। पर, यहाँ वे चूक रहे थे। ब्राह्मणवाद

की फिसलन। उन्होंने नन्द को शूद्र कहकर गाली दी और नन्द ने उनकी चुटिया पकड़कर बाहर निकाल दिया। जरा भी लिहाज न किया कि विद्वान हैं। पश्चिम में जब पुरू जैसे राजा सिकन्दर की आँधी को रोकने में लगे थे, बलशाली नन्द वंश अपने आमोद-प्रमोद में डूबा रहा। सिकन्दर जैसे विदेशी का अपमान सह्य था। पर, अपने देश के विद्वान चाणक्य का नहीं। जिद्दी चाणक्य ने कुश की जड़ की तरह नन्द वंश की जड़ में मठ्ठा डालने का बीड़ा उठाया। ग्राफ सीधा नहीं है। एक शूद्र को हटाने के लिए वे चन्द्रगुप्त जैसे दूसरे शूद्र की सहायता लेते हैं। उसे प्रशिक्षित करते हैं। तैयार करते हैं। नन्द वंश का नाश होता है। सिकन्दर के सेनापति सेल्यूकश की हार होती है। ब्राह्मण बनाम शूद्र के विषैले अंडरकरेंट को जब-जब नियन्त्रित किया गया, अच्छा फल आया और जब-जब नहीं कर पाए तो पराजित होने को अभिशप्त हुए। यह बात न चाणक्य की समझ में आई, न नन्द की समझ में।'

इस विषय को वे जिस ढंग से रखना चाह रहे थे, नहीं रख पा रहे थे। रेफरेन्स और प्रमाण, तिथि और ब्योरे, परस्पर विरोधी मत—बार-बार काट रहे थे, बार-बार लिख रहे थे। अगर वे परीक्षक होते तो खुद को पासमार्क भी न देते।

'नम्बर दो—अशोक का पहले चंडाशोक बनकर अपने सौ भाईयों और दस लाख कलिंगवासियों की हत्या करना और फिर बौद्ध धर्म स्वीकार कर लेने के बाद एकदम से नख-दन्तविहीन बन जाना, इतना कि उनकी जवान पत्नी तिष्यरक्षिता, जो उनके अपने बेटे कुणाल से अवैध सम्बन्ध कायम करना चाहती थी, ने कुणाल द्वारा वैसा न किए जाने पर उसकी आँखें ही निकलवा दीं।

"जिघांसा' को जीत पाना आसान है पर 'काम' को नहीं। बुढ़ापे में तिष्यरक्षिता से विवाह अशोक की एक बड़ी भूल थी।'

कलम रोककर सोचने लगे। फिर लगा, कुणाल वहीं कहीं बैठा हुआ है आदमपुर घाट पर। अभी-अभी उन्हें चौथी भूल नजर आई—'ध्रुवस्वामिनी रामगुप्त-चन्द्रगुप्त प्रकरण! हूण राजा के लगातार आक्रमण। रामगुप्त बेचैनी में टहल रहे हैं पाटलिपुत्र के राजमहल में। क्या हूणों की बात मान लें? अगर नहीं माने तो? तो पूरे मगध का खून बहेगा। लेकिन शर्त भी तो कम अपमानजनक नहीं है। ध्रुवस्वामिनी को उसे सौंप देना पड़ेगा। डरता है मन। अन्ततः तय करते हैं कि ध्रुवस्वामिनी को देकर खुद को और राज्य को इस भीषण रक्तपात से बचा लेना ही आपद धर्म है। खबर सुनते ही चन्द्रगुप्त पूछते हैं— 'यह क्या हो रहा है भैया।' रामगुप्त झिड़कते हैं भाई को— 'राजा मैं हूँ, बड़ा भाई भी और ध्रुवस्वामिनी का पति भी। मुझे जो उचित लगा, मैंने किया। मुझे रोकनेवाले तुम कौन हो?' चन्द्रगुप्त ने अपने क्लीव भाई को उठाया और खाई में फेंक दिया। हूणों को परास्त किया। ध्रुवस्वामिनी से विवाह किया। कुछ और याद आया। ध्रुवस्वामिनी को सीता में, रामगुप्त को राम में, हूण

को रावण में और चन्द्रगुप्त को लक्ष्मण में रूपान्तरित करते ही राम-कथा का दूसरा चेहरा सामने आ जाता है जो कहीं-कहीं प्रचलित भी है। यहाँ लक्ष्मण शौर्यवान है, राम नहीं। राम से रावण सीता की माँग करता है। डरपोक राम मान जाते हैं। लेकिन लक्ष्मण नहीं मानते। वे रावण का संहार कर सीता को वापस लाते हैं।' 'हे राम! कहाँ भटक गया। राम-कथा इजिप्ट के रामेसिस से लेकर समस्त दक्षिण पूर्वी एशिया में नाना रूपों में फैली हुई है। फिर यह तो इतिहास की भूल नहीं, संशोधन है।'

चन्द्रगुप्त ने रामगुप्त की भूल का संशोधन किया और उधर बुधुआ ने मास्टर जी की भूल का—"मामी बोलिन हैं जे लू बह रहा है, दलान में चले चलते तो अच्छा रहता।"

मचान से उतरकर दलान में आए। थाली में मांगुर मछरी, दही, घी चुपड़ी रोटियाँ, तीन किस्म की भाजी, दूध-केले की पुडिंग और क्या-क्या तो....! दो चपाती, एक पीस मछरी और सब्जी और दही छोड़कर बाकी सब यथावत लौटा दिए। फिर सियार तड़कुल के नीचे नहीं जाएगा! मामी आकर बेनिया डुलाने लगीं। खा-पीकर लेट गए। अपराह्न में पुन: उठाया। लिखे हुए का पुनर्पाठ किया तो फीका लगा। दूसरा पन्ना उठाया। लिखने लगे—'मिथकीय इतिहास जिसे आजकल लोग 'मिथहास' कहने लगे हैं यानी रामायण और महाभारत और पुराण, जिसका आदर्श आज भी जन-जीवन में व्याप्त है, में डूबी हुई भारतीय जनता के लिए भक्ति और अध्यात्म का यहाँ एक ही मतलब है—भाग्य और ईश्वर पर अटूट विश्वास। आस्था के इस घेरे ने जातीय कुशाग्रता को बार-बार कुन्द किया। भारतीय जन लड़ाकू नहीं बन सके। मुहम्मद गजनी जब आया तो सोमनाथ के पंडों ने कहा कि शिव जी अपनी रक्षा खुद कर लेंगे। काशी को उन्होंने अविनाशी माना। विक्रमशिला में एक हजार मुंडित ब्राह्मणों को बौद्ध मानकर बख्तियार खिलजी ने सर कलम करवा दिया और ये मंत्र-पाठ से उसे 'भेड़ा' बना रहे थे। तुलसी ने बाद में धिक्कारा—

'कादर मन कर एक अहारा। दैव-दैव आलसी पुकारा।।'

लेकिन यह ज्ञान देनेवाले तुलसी ने स्वयं उसी 'दैव' का प्रचार किया और मुक्ति से जोड़कर हिन्दुओं को कादर बना दिया।

'पर उपदेश कुशल बहुतेरे। जे आचरहिं ते नर न घनेरे।।'

'बाबर की तरह भारतीय नरेश कोई स्वप्न न दे सके कि जीतोगे तो हिन्दुस्तान मिलेगा, मरोगे तो जन्नत। अलबरूनी ने लिखा है कि 'भारत के लोग यह समझते हैं कि उनके जैसा कोई देश नहीं, न उनकी जैसी कोई जाति...।' न, रेफरेन्स ठीक करना होगा। चौपाई दें कि नहीं?

'नुक्ता नम्बर छ:—अध्यात्म के बाद हिन्दुस्तान के पतन का सेहरा जाता है विरुदावली बखाननेवाले कवियों पर। हनुमान जी ने बचपन में सूर्य को निगल लिया

था; राहु-केतु, चन्द्रमा और सूर्य को निगल लेते हैं तो चन्द्रग्रहण और सूर्यग्रहण लगता है। अमुक राजा इतने महान थे कि सूर्य और चन्द्र सिर झुकाकर उन्हें प्रणाम करते थे, अग्नि दीपक जलाते, पवन झाड़ू बुहारता, इन्द्र वर्षा करते। ऐसे विश्वास दुनियाभर में थे। और सब तो मुक्त हो गए, मगर हाय रे हम! हम अभी भी उसी अतिशयोक्ति में जी रहे हैं। इस श्रेष्ठता की ग्रन्थि को रचनेवाले और जाति-पाँति का जहर फैलानेवाले ही भारत के महान शत्रु थे। सही वक्त पर उनका सर कलम नहीं किया गया, यह बहुत बड़ी भूल थी, 'काला पहाड़' की ट्रैजेडी को यहाँ इंट्रोड्यूस करना ज्यादा सटीक रहेगा। परिवर्तन के जो भी गुबार उठे, वहीं घुटकर रह गए, इस व्यूह का भेदन न कर सके।'

ना, यह भी ठीक ढंग से नहीं रखा जा सका। फिर लिखा—'भारतीय इतिहास की सबसे बड़ी विडम्बना यह है कि इतिहास के नाम पर यहाँ दो चीजें चलती हैं—एक 'इतिहास', दूसरा 'मिथहास'। इतिहास ज्ञात तथ्यों पर आधारित होता है जबकि मिथहास का आधार 'मिथ' है। अव्वल तो तथ्यों को ही तोड़-मरोड़कर पेश करने से इतिहास को भ्रष्ट किया जाता है, दूजे मिथ! एक पराजित जाति इतिहास से आँखें चुराकर अपने खयाली मिथों के आँचल में मुँह छिपाती रही, फलत: उसके लिए तथ्य गौण हो गए, सुखद कल्पनाएँ ही मुख्य। मिथहास या मिथ यूँ ही नहीं बनते। लोग जिसे आमने-सामने नहीं हरा पाते, उसे सपने में हराते हैं, जिसे मार नहीं पाते, उसे खयालों में मारते हैं, इस तरह समस्याओं का निदान मिथ में ढूँढ़ते हैं और यह निदान अपने पक्ष में होता है। कालान्तर में मिथ रूढ़ होते चले जाते हैं और आस्था और विश्वास में, आचार, विचार और व्यवहार में ढल जाते हैं। भारत में लड़ाइयाँ इतिहास ही नहीं मिथहास के स्तर पर भी लड़ी जाती रहीं, आज भी लड़ी जा रही हैं। इतिहास की लड़ाई कमोबेश हम हार चुके लेकिन मिथहास में आज भी घमासान मचा है जो हमें गृहयुद्ध की ओर ले जा रहा है।'

अपने इस लेखन से मोतीलाल सन्तुष्ट हुए और रीराइट करते हुए पहला नुक्ता चुना 'आर्य बनाम अनार्य और द्रविड़।' कुछ दूर चलने के बाद वह पन्ना उन्होंने रख दिया और दूसरा पन्ना लेकर दूसरा नुक्ता उठा लिया—'नन्द बनाम चाणक्य', इसे काटा और लिखा 'जाति युद्ध!' आगे लिखा—'जाति का कुल इतिहास हद से हद चार हजार वर्ष का है—दो हजार ई.पू. से लेकर दो हजार ई. बाद तक...। उत्तर वैदिक काल में पेशे पर आधारित जाति को सवर्ण लोगों ने अपनी मन्दबुद्धि सन्तानों और रिश्तेदारों को बचाने के लिए जन्मना सिद्ध करना शुरू किया। रंग, वर्ग, लिंग और स्थानीयता पर भी पक्षपातपूर्ण रवैया अपनाया गया। कबीलाई युद्धों में पहले पराजित कबीले के लोगों को विजेता कबीला मारकर खा जाया करता था। बाद में उसने तय किया कि मारने की अपेक्षा इनसे सेवाएँ लेना ज्यादा लाभप्रद रहेगा तो

गुलाम या दास बनाकर सेवाएँ ली जाने लगीं। यहीं पड़ती है उस श्रेष्ठता-ग्रन्थि की बुनियाद जहाँ सेवा करने या काम करनेवाला हेय समझा जाने लगा और काम कराने या सेवा लेनेवाला श्रेष्ठ।'

लिखकर कुछ सन्तुष्ट हुए।

हाँ अब आगे...?

'अगला नुक्ता—साम्प्रदायिकता को मजबूत होने देना। सूफी-सन्तों और निर्गुण कवियों का निरादर और सगुण अतिशयोक्तिवादी कवियों का सम्मान जिसने उन्हें कट्टर, अनुदार, परांगमुख और आत्ममुग्ध बनाया।'

'नुक्ता नम्बर तीन—परिवार में सम्पत्ति के उत्तराधिकार का कोई सम्यक निदान न होना और संयुक्त परिवार पर जोर, जिसके चलते सम्पत्ति को लेकर बराबर झगड़े होते रहे। यही पारिवारिक कलह रामायण की पृष्ठभूमि बनी और महाभारत की भी।'

'नुक्ता नम्बर चार—थोथे अहं की टकराहट और भाई से अपनी सम्पत्ति छीनने के लिए खुद विदेशियों को न्यौता देना। यह विडम्बना जरासन्ध द्वारा कृष्ण के विरुद्ध बुलाए गए कालयवन, विभीषण के द्वारा रावण के विरुद्ध बुलाए गए राम या सुग्रीव द्वारा बालि के विरुद्ध बुलाए गए राम के 'मिथहास' से लेकर आम्भि द्वारा बुलाए गए सिकन्दर, जयचन्द द्वारा बुलाए गए मोहम्मद गोरी, दौलत खाँ और राणा सांगा द्वारा बुलाए गए बाबर और मीरजाफर और जगतसेठ द्वारा बुलाए गए अँग्रेजों से लेकर आज के शासकों द्वारा बुलाए जा रही अमेरिकी कम्पनियों या मल्टीनेशनल के इतिहास तक जाता है।'

महीना बीत गया। काट-पीट चलती रही और अध्ययन भी। दोनों मचान किताबों से भरे पड़े थे। बैठनेभर की भी जगह मुश्किल से बची थी। एक दिन रात को भोजन पर दुर्गा बाबू ने निवेदन किया—"कितबिया उठा लाएँ?" चौंक पड़े मोतीलाल।

"काहे?"

"माने कि बरखा-बूनी, आँधी-बौखा में उड़ न जाएँ।" मोतीलाल चिन्ता में पड़ गए—"अभी तो शुरू ही किए हैं।"

"हियें दलान में इन्तजाम कर देते हैं। कोई डिस्टर्ब नहीं करेगा। नौगछिया का हाल आप जानबे करते हैं, पानी बरसा नहीं, कि गंगा मईया का पेट फूला।"

"क्या बेलारी तक चली आती हैं?"

"हाँ, कभी-कभी चली भी आती हैं।"

"फिर तो पूरा दीरा डूब जाता होगा?"

"डूबिए जाता है। आप तो हमेशा गंगा के उस पार रहे। इस पार की मुसीबत अलग ही है। ई तो कहिए कि बाबू जी ने भीट पर घर बनवाया था, नहीं तो, हमको भी हर साल भागना पड़ता।"

"फोन ठीक है?"

"हाँ, बात कीजिएगा?"

"हाँ तनी, लगाइए तो।"

दुर्गा बाबू ने बगल के कमरे में रखे फोन के तार को खींचकर फोन को उनके सामने पेश कर दिया—"हैलो, हम ज्ञान के बाबू जी बोल रहे हैं।" उधर से गौरा देवी की आवाज आई—"कैसे हैं? सुना पेट झर रहा था। अरे कमे खाया कीजिए।"

"तुमलोग कैसे हो?"

"एकदम ठीक।"

"ज्ञान?"

"ठीक।"

"सावित्री, पाहुन जी और बच्चे?"

"सब ठीक हैं।"

"कोई समाचार।" नीम के पेड़ के बारे में सीधे-सीधे पूछते हुए मन सकुचाया लेकिन दाई से पेट कैसे छुपता!

हँसती हुई पत्नी की आवाज आई—"सब ठीक है। आपकी निमियाँ भी... शवतन्तरता..." फोन कट गया। कुछ देर सोचते रहे, फिर पंकज को फोन लगाया। नम्बर किसी पी.सी.ओ. का था। काटकर फिर लगाना पड़ा। हाल-चाल पूछने के बाद उन्होंने कहा, "किताब मन-माफिक नहीं जा रही है। पर, यह है कि बाकी पाँच महीनों में पूरी हो जाएगी। अब सुनो, जिसके लिए फोन किया है, ज्ञान के मामा जी बताए, तब हमको होश आया कि आँधी-पानी आनेवाला है। टाइम निकालकर नीम के पेड़ तक हो आना। सुनो, तुम्हें जिम्मेवारी सौंपी थी, याद है? उन पाँच हुतात्माओं के परिवारों का मुझे अता-पता चाहिए। पाँच महीने में वो काम हो जाए तो अच्छा।" फोन रख दिया गया।

तय हुआ था कि लाव-लश्कर लेकर मचान से उतर आएँगे। तब तक निर्विघ्न भाव से मुगल साम्राज्य को खँगाल लेना चाहते थे। पढ़ने में इस कदर खोये हुए थे कि बुधुआ को चीखकर उन्हें सचेत करना पड़ा—"मास्टर साहब भाग ओ, आँधी आ रहा है।" मास्टर साहब ने चौंककर देखा—"कहाँ, कुछ भी तो नहीं।

"उ का है।" बुधुआ ने पूर्वी आकाश की ओर अँगुली से इशारा किया, "हथिया सूँड़!"

दोनों ओर के बादल सूँड़ की तरह लटके हुए थे। लेकिन कहाँ, आँधी कहाँ थी? बुधुआ ने अपने अन्दाज में डाँटा—"इतने बड़े विद्मान हैं और 'हथिया सूँड़' नहीं जानते! इतना जोर से आँधी-पानी आएगा कि सब उधिया जाएगा।" मास्टर साहब ने बुरा नहीं माना। पूरब का आकाश गर्दीला होता जा रहा था। बाहर चीख-पुकार मची

हुई थी। दुर्गा बाबू, उनकी पत्नी और मामी समेत घर के सारे सदस्य किताबों-कागजों की रक्षा के लिए दौड़े आ रहे थे पर आँधी की गति तेज थी। मास्टर साहब मचान से उतरे ही थे कि जोरों का बौखा आया। पन्ने परिन्दों की तरह उड़ चले।

दुर्गा बाबू ने मचान से किताबें उठा-उठाकर मामी को दीं और बाकी लोग पन्नों को पकड़ने के लिए भागे। हहास मारकर बह रही थी हवा। बुधुआ के अकेले बूते की बात न थी। दूसरा मौका होता तो अपने साथी लड़कों को डाँट कर भगाता—'देखैं नैं, किताब लिखलौ जाए रहल है!' लेकिन आज उसके वही साथी काम आए। दौड़-दौड़कर बच्चों ने पचास-एक पन्ने बटोरे। बूँदें पड़ने लगी थीं। दुर्गा बाबू ने कहा, "आप घर चलिए, हम कागज-वागज लेकर आते हैं।" उनकी आवाज उड़ी जा रही थी। मास्टर साहब सकते में आ गए—'ये क्या? फाह्यान की तरह उन्हें भी अपनी दुर्लभ सामग्री से हाथ धोना पड़ेगा!'

हवा थम गई थी। पानी धार-धार बरस रहा था और मास्टर साहब अपनी किताबों और भीगे हुए पन्नों को फर्श पर छितराकर, लुटे हुए सेठ की तरह कपार पर हाथ धरकर बैठे थे। एक-दो पन्ने अभी भी गुम थे।

गाय-गोरू को सुरक्षित जगह पर करने और बाहर के समान भीतर पहुँचाने में लगभग घर का हर सदस्य भीगकर लथपथ हो चुका था। घंटे भर बाद कपड़े बदलकर, दुर्गा बाबू ने मास्टर साहब का हाल जानने के लिए कोठरी का दरवाजा खोला तो उन्हें इस तरह से बैठे देखकर दु:खी हो गए।

"ई काहें ले...ऽ फैला दिए?"

"सब भीग गया, सारी मेहनत पर पानी फिर गया।"

"डॉट पेन की लिखाई है न, सुखाने से सब ठीक हो जाएगा।"

"चैली होगी?"

"हाँ, है तो।"

"यहाँ जलवाइए न!" आगे की प्रक्रिया यानी भीगे इतिहास को सुखाने में घर का हर सदस्य अपना-अपना काम मुल्तवी कर शामिल हो गया। उस दिन भोजन बनते और खाना खाते-खाते रात के तीन बज गए।

समसे बेलारी में यह खबर उफने हुए दूध के जले गन्ध-सी फैल गई कि मास्टर साहब का बड़ा नुकसान हो गया। सान्त्वना देने कॉलेज के प्रिन्सिपल, स्कूल के टीचर, बी.डी.ओ. और थानेदार की एक बड़ी भीड़ आ जुटी, जो संयोग से उसी गाँव के थी।

"क्या बहुत नुकसान हो गया सर?" प्रिन्सिपल साहब ने पूछा।

"नुकसान तो हो ही जाता, बच्चों ने बचा लिया। आधा-आधा किलोमीटर दौड़कर एक-एक पन्ना ले आए बेचारे।"

"क्या लिखा जा रहा था?" बी.डी.ओ. की जिज्ञासा थी।

"मुगलों पर।"

"माने अकबर-बाबर यही न।" थानेदार ने अपने ढंग से हस्तक्षेप किया।

'हा-हा, ही-ही' सामूहिक भिलभिलाहट!

"बाबर का सराप लगा होगा।" किसी ने जोड़ा।

"उसका क्या सराप लगेगा, आँधी-पानी ने खुद उसकी फजीहत कर दी थी।" मोतीलाल ने हँसकर कहा, "वह भी इतिहास ही लिख रहा था—आपबीती जो बाद में 'बाबरनामा' के नाम से जानी गई।"

'तनी सुनाया जाए सर।' एक साभूहिक इसरार था।

इसरार टाल न सके मोतीलाल, 'बाबरनामा' मँगवाया गया, पन्ने पलटते हुए बोले, "जैसा कि किताब में लिखा हुआ है, सरयू का नाम 'सरू' और छपरा का नाम चौपड़ा, चतुर्भुज या चतुर्मुख था। उसी चौपड़ा से घिसते-घिसते छपरा हो गया। लखनऊ भी तब लखनऊ नहीं था।"

"ऊ तो लखनपुर था। लक्ष्मण जी बसाए थे।" बेनी साहु ने कहा।

"लेकिन बाबर ने 'लखनूर' या 'लखनू' लिखा है माने जहाँ लाख रौशनियाँ हों। अब सुनिए और उन्होंने हिजरी सन् नौ सौ पैंतालीस का एक पृष्ठ पढ़कर सुनाया—"बार-बार सुन रहे थे कि बैरी सरू (सरयू) और गोगर (घाघरा) पार करके लखनूर की ओर जा रहे हैं। आगे बढ़कर उनकी राह रोकने के लिए तुर्क व हिन्दी अमीरों में से सुलतान जलालुदीन शरकी, अली खाँ फरमूली, तरदीकरा, बयाना के निजाम खान, तुलमीश उजबेक, कुरबान पिरकी और (बहीरे) हसन खाँ दरियाखानी को जुमरात की रात को छुट्टी दी गई। उसी रात एक पहर पाँच घड़ी गए तसबीह पढ़कर उठे और पलक मारते वह आँधी चली कि शायद ही कोई तम्बू खड़ा रह पाया। मैं दीवान-तम्बू में बैठा किताब लिखने में हाथ लगा रहा था। किताब के बाबत और लिखने के पन्ने समेटूँ तबतक पेशा खाना समेत तम्बू मेरे सिर पर आ रहा। 'तूड़लुको' की धज्जी-धज्जी उड़ गई। अल्लाह ने बाल-बाल बचाया। कहीं झपट तक न आई। किताब के हिस्से पानी में पड़ गए। बड़ी कोशिश के बाद उन्हें पानी से उबारा जा सका। सकरलात के जीलूचे में उन्हें लपेटकर गद्दी पर रखा और ऊपर से तह किए कम्बलों के अम्बार लगा दिए। दो घड़ी बाद आँधी थमी। तोशखाने का तम्बू लगवाया, बत्ती जलवाई और बड़ी परेशानी उठाकर आग सुलगाई गई। पौ फटने तक किसी ने पलक न झपकाई। सब बैठे किताब के हिस्से और पन्ने सुखाते रहे।"

दुर्गा बाबू सुन नहीं, देख रहे थे। वहाँ बाबर नहीं था, उनके पाहुन थे। सिपाही और सिपहसालार नहीं थे, उनका पूरा परिवार था जो पन्ने-पन्ने सुखवा रहा था। इस पाहुन के चलते बेलारी में उनका कद रातोरात ऊँचा हो गया।

अरबी, फारसी के शब्दों पर चर्चा हुई, अर्थ पूछे गए। चर्चा जग गई थी। बी.डी.ओ. साहब ने कहा, "बाबर लिखता कब था? तमाम जिन्दगी तो लड़ते बीती।"

"जीवन ही एक संग्राम है। उसी के बीच लिखने के लिए समय निकालना पड़ता है। आपको पता है, उस दिन लड़ाई रोककर किताब की हिफाजत की गई थी। युद्ध जरूरी है कि किताब? बाबर ने अपने आचरण से दिखा दिया कि किताब जरूरी है। किताब स्थगित नहीं की जा सकती है, युद्ध स्थगित किया जा सकता है।"

प्रोफेसर साहब ने कहा, "इसीलिए तो कहा गया है—'स्वदेशे पूज्यते राजा, विद्वान सर्वत्र पूज्यते।' बेनी साहु को कुछ और ही याद आया, 'अच्छा कि ई 'बाबरनामा' में हिन्दू मन्दिर ढाहकर बाबरी मस्जिद बनवाने का भी जिक्र होगा?'"

"नहीं।"

"तब 'झूठा' है किताब।"

"ऐ साहु जी, अपने तुलसी बाबा ने भी उसका जिक्र कहाँ किया? 'माँग के खइबो मसीत में सोइबौ' में सिर्फ मसीत माने मस्जिद का ही तो जिक्र है ना।"

साहु जी को थोड़ी निराशा हुई। कॉलेज के प्रिन्सिपल साहब ने कहा, "मौका निकालकर एक बार हम लोगों के यहाँ भी चरणधूलि देने की कृपा की जाए सर।"

"ना।" मास्टर साहब ने अँगुली हिलाई—"किताब जबतक पूरी नहीं हो जाती हम कहीं नहीं जाएँगे।"

अगले दो दिन लगे हाथी को घेरने में, 'हाथी' यानी देवताओं के राजा इन्द्र का वाहन ऐरावत। हर राजा खुद को इन्द्र समझता था। उनकी विरुदावली बखाननेवाले उन्हें ऐसा ही बताते थे। पुरु या पौरुष के पास दौ सौ हाथी, जयपाल के पास तीन सौ, उनके बेटे अनंगपाल के पास लगभग पाँच सौ। हेमू के पास कितने हाथी थे, इसका ठीक-ठीक पता नहीं। लेकिन सभी पूर्ववर्ती हिन्दू अपने इन्द्र की तरह हाथी के हौदे में बैठकर युद्ध का संचालन कर रहे थे। पुरु के हाथी पुरु की फौजों को रौंदते हुए चले गए, जयपाल के हाथी जयपाल की फौजों को, अनंगपाल के हाथी को गजनवी का तीर लगा और वह भी भाग चला। फौज में भ्रम हुआ और जीती हुई लड़ाई हार गए। यही हाल हुआ हेमू का, यहाँ तीर सीधे-सीधे हेमू की आँख में जा घुसा, अनंगपाल की तरह जीती हुई बाजी गँवा बैठा हेमू।... ये हाथी कब से सूँड़ उठाकर चिग्घाड़ता खड़ा है हिन्दू राज्य के सपनों के सीने पर?'

लगभग महीनाभर लग गया हिन्दू-बौद्ध और आपसी अन्तर्कलह के तथ्यों को ढूँढ़ने

में— 'ब्राह्मण लोग बौद्ध धर्म के प्रसार से बौखलाए हुए थे। हिन्दू बनाम बौद्ध के युद्ध की शुरुआत दो उच्च जातियों ब्राह्मण और क्षत्रिय के वर्चस्व की होड़ से शुरू हो गई (वेद-ब्राह्मण, उपनिषद-क्षत्रिय) और देखते-देखते पूरे भारत और भारत के पार तक फैल गई। ब्राह्मणवाद ने क्षत्रियों को भी अपने पक्ष में मिला लिया और अब वह लड़ाई ब्राह्मण बनाम क्षत्रिय की न होकर हिन्दू बनाम बौद्ध की हो गई। मौर्य वंश के राजा वृहद्रथ का उनके ब्राह्मण मंत्री पुष्यमित्र शुंग ने छल से वध किया और खुद राजा बन बैठे। पुष्यमित्र शुंग ने उस तरह का कोई बड़ा कारनामा कर दिखाने में भले ही न सफलता पाई हो पर ब्राह्मणवाद की जड़ पाताल तक ले जाने में शुंग का कोई सानी नहीं। मनुस्मृति, रामायण, महाभारत, पुराण यानी अधिसंख्य मिथहास का सृजन और संचयन इसी काल में हुआ माना जाता है। यद्यपि उसके ठीक-ठीक प्रमाण नहीं मिलते। शुंग के शासनकाल का सबसे बड़ा अवदान है 'मनुस्मृति' जिसमें पहले से चली आ रही सामाजिक-व्यवस्था, कर्मकांड, आचार-संहिता और दंड-संहिता का वर्णभित्तिक नियमन सम्पन्न हुआ। एक ही अपराध के लिए ब्राह्मण को सामान्य, क्षत्रिय को उनसे किंचित ज्यादा, वैश्य को क्षत्रिय से ज्यादा और शूद्र के लिए सबसे ज्यादा दंड का विधान बताया गया। ब्राह्मणों को हर तरह की छूट दी गई और शूद्रों को हर तरह का निर्यातन!

'बाहरी आक्रमणकारी कुषाणवंशीय कनिष्क ने बौद्ध धर्म ग्रहण किया तो उनकी नियति भी वृहद्रथ-सी हुई। अगर मिथहास को इतिहास के त्रिपार्श्व से गुजारें तो रंग बिखरने लगते हैं और वहाँ खड़ा होता एक रावण बौद्ध, एक राम हिन्दू!' कोष्ठ में लिखा, 'यद्यपि इसके विपक्ष में भी मत हैं।'

'हिन्दू कवियों ने रावण की ऐसी-की-तैसी कर डाली। एक प्रकट युद्ध चल रहा था जहाँ हूण, शक, आभीर आदि बाहरी आक्रमणकारियों तक को क्षत्रियत्व प्रदान कर, हिन्दू धर्म में मिलाया जा रहा था और दूसरी ओर ब्राह्मणवाद के विरोध में खड़े हुए बौद्ध धर्म के अनुयायियों का कत्लेआम किया जा रहा था। शक, हूण आदि बाहरी बर्बर जातियों का सन्त्रास अत्यधिक बढ़ गया था। वे न सिर्फ आबादियों और फसलों को रौंदते, लूटपाट, मारकाट करते, बल्कि इससे आगे बढ़कर हिन्दुओं की बहू-बेटियों को भी जबरन उठा ले जाते थे। लड़कर खदेड़ पाने की सामर्थ्य न थी सो एक उपाय निकाला गया—उनका हिन्दूकरण।' उन्होंने मनुस्मृति (X.44) को उद्धृत किया—

'पौंड्रकश्चोड् द्रविड़ा: कम्बोजा यवना: शका:
पारदा: पहलाश्चीनाँ किराता दरदा: खशा:

पौंड्रक यानी उत्तर बंगवासी, औड्र यानी उड़ीसावासी, दक्षिण के द्रविड़, कम्बोज, यवन, ग्रीक, स्कीथयन, शक, पारद, पहलव (पल्लव?) पार्थियन, वोट चीना एवं हिन्दू कुश, अंलच के दर एवं खश—इन सबको 'क्षत्रिय' जाति में

अन्तर्भुक्त किया गया। कर्नल टाड के इतिहास से यह पता चलता है है कि माउंट आबू पर यज्ञ करके ऐसी कई जातियों को यज्ञोपवीत देकर अग्निवंशीय क्षत्रिय घोषित किया गया।' फिर फुटनोट लिखा—'विशेष विवरण टाड का इतिहास और मनुस्मृति।'

'दूसरी ओर निरन्तर छाया युद्ध। बौद्धों को 'मलेच्छ', 'बुद्धू' बताकर उनके प्रति घृणा फैलाई जा रही थी। इस काम में हिन्दुओं के 'नए क्षत्रिय' आगे-आगे थे। नया मुल्ला ज्यादा प्याज खाता है। जहाँ बौद्ध मिले, उसे मारो-पीटो। बौद्ध अब इस्लाम के प्रचारक और आक्रमणकारियों के संगी बन गए। सिन्ध के राजा दाहिर के विरुद्ध अरब के खलीफा के भतीजे मोहम्मद-बिन-कासिम ने आक्रमण किया तो बौद्धों ने कासिम का साथ दिया। फलत: सिन्ध उसके हाथ से चला गया और हिन्दूकुश से लेकर तमाम अफगानिस्तान और पंजाब, जो कभी बौद्ध था, में इस्लाम की अजान गूँजने लगी।'

'ब्राह्मणों ने कभी-भी बौद्धों या मजबूरीवश धर्मान्तरण करनेवालों को हिन्दू धर्म में वापस लौटने न दिया। उत्कल का 'काला पहाड़' इसका एक ज्वलन्त प्रमाण है। फलत: तबसे शुरू होकर बाद तक एक बड़ी आबादी बौद्ध, इस्लाम या फिर बाद में क्रिश्चिनियटी में पनाह लेने को बाध्य हुई।'

मास्टर साहब ने कलम रख दी। सोचने लगे—'कहीं मेरी बस्ती कासिमपुर उसी दाहिरवाले मुहम्मद-बिन-कासिम के नाम पर तो नहीं है। न, नहीं। दूसरा मुहम्मद बिन कासिम भी तो था जिसने मुंगेर में अपना किला बनवाया था। और यह, क्या पता, कोई और ही कोई कासिम रहा हो।' उनकी उत्तेजना ठंडी पड़ गई।

अगले सप्ताह उन्होंने अपने इन परिच्छेदों में एक और साक्ष्य जोड़ा जिसकी जड़ कश्मीर समस्या तक जाती थी—

'सिन्ध पर कब्जा करने के बाद अरबों ने कश्मीर पर धावा बोला। वह ईस्वी सन सात सौ तेरह था जब वहाँ सम्राट चन्द्रदीप थे। टिड्डियों की तरह अरब छाते ही जा रहे थे। पहली शिकस्त मिली उन्हें सम्राट ललितादित्य से। यह सात सौ चौबीस ईस्वी थी। लेकिन अरबों को लगा कि कुरान में जिस जन्नत का जिक्र आता है, उसे हासिल किए बिना जिन्दगी बेकार है। सो, उनका आक्रमण रुक-रुककर चलता रहा। लेकिन सात सौ चौवन में उन्हें फिर मुँह की खानी पड़ी। यहाँ तक कि दो सौ साल बाद महमूद गजनवी ने कश्मीर पर दो-दो बार आक्रमण किए और दोनों ही बार मात खाई। अरबों और दूसरे मुसलमानों के निरन्तर आक्रमण का फल यह हुआ कि सूफी भी आए, मुल्ला-मौलवी भी। इसी बीच तिब्बत का भागा एक राजकुमार रिंचन आया और उसने तत्कालीन राजा सहदेव का आश्रय ग्रहण किया। कश्मीरी ब्राह्मण शेष उत्तर भारत के ब्राह्मणों जैसे कूटनीतिज्ञ नहीं थे। रिंचन हिन्दू धर्म अपनाना चाह रहा था जिसकी इजाजत कश्मीरी पंडितों ने नहीं दी। मजबूर होकर रिंचन अपनी सुरक्षा

का खयाल करते हुए इस्लाम में चला गया और अगली लड़ाईयों में उसने न सिर्फ कश्मीर का धार्मिक-सांस्कृतिक और भौतिक काया-कल्प किया बल्कि तुर्कों का कदम-कदम पर साथ भी दिया। आठवीं शताब्दी को आगे बढ़ाएँ तो यह विडम्बना कश्मीर समस्या के वर्तमान स्वरूप तक जाती है। आज उत्पीड़ित कश्मीरी पंडित और कश्मीर समस्या के असफल वार्त्ताकार यह सोच भी नहीं सकते कि इस समस्या का मूल-हिन्दू बनाम बौद्ध संघर्ष, परोक्षत: ब्राह्मणवाद की कट्टरता में निहित है।' इस अध्याय का उन्होंने नाम दिया—'थाउजैंड ईयर्स वार : हिन्दू वर्सेस बौद्ध।'

गंगा की लहरें नौगछिया क्षेत्र के निचले हिस्सों को छूने लगी थीं। तेतरी, पकड़ा, गोसाँई गाँव आदि तो सुरक्षित थे मगर खगड़ा, परबत्ता और बेलारी के निचले हिस्से तक पानी चला आया था। उधर कहीं कोशी मैया भी पगलाईं तो नौगछिया में दूसरी तरफ से पानी घुस जाएगा। लोग-बाग तक इन दिनों बाढ़ की ही चर्चा करते नजर आते।

मकई का मचान उजड़ चुका था। अब वे कदली-कुंज के कोकिल थे। उनकी तड़पती आत्मा इतिहास के पन्नों से निकलकर जब-तब बाढ़ के पानी पर विश्राम करने लगती। दूर फैले जल के विस्तार को देखते हुए उन्होंने अपने दोनों पंजे सर के पीछे कर लिए। इन दिनों वे वास्तविकता के सिद्धान्त में कुछ गहरे ही डूबे हुए थे—दिन को दिन और रात को रात कहना। इतिहास और मिथहास और विरुदावलियों, प्रशस्तियों, निन्दा-स्तुति से परे, जो चीज जैसी है उसे उसी तरह स्वीकार करना। पर इसके लिए पूर्वाग्रहों से मुक्ति जरूरी थी और फौलाद का जिगरा चाहिए था। डी.एन.ए. खोजते हुए आज अगर पता चल जाए कि मैं किसी कसाई या रंडी की सन्तान हूँ तो इसे कौन प्रकट करना चाहेगा? रामायण और महाभारत, आल्हा-ऊदल, लोरिकायन के स्वर्ग के महाबलियों को भी लज्जित करनेवाली विभूतियों का सच क्या था? झलकारी देवी, ऊदा पासी समेत कितनी शख्सियतें हैं, जो इतिहास में दाखिल होने के लिए लगातार दस्तकें दे रही हैं। इन दस्तकों को कब तक अनसुना किया जा सकता है? उन्होंने तय किया इस पुस्तक के बाद वे 'वास्तविकता के सिद्धान्त' पर ही काम करेंगे। वास्तविकता माने रियैलिटी नहीं, एग्जैक्टिट्यूड (Exactitude)! साहित्यकार रियैलिटी पर जोर देते हैं पर सबकी रियैलिटी अलग-अलग होती है। इससे भ्रम फैलता है। एग्जैक्टिट्यूड से भ्रम का निवारण होगा। उन्हें 'बाबरनामा' फिर याद आया। 'हिजरी सन् नौ सौ बारह' में अपनी पुस्तक लिखते हुए बाबर ने लिखा—'मैंने अपने ऊपर पाबन्दी लगा ली है कि इस किताब में एक बात भी ऐसी न हो जो सच से हटकर हो। बस हो गया, भाई अपना हो या पराया जिसकी जो भलाई-बुराई थी, वो दो टूक बयान कर दिया।

जिसका जो हुनर था, जिसका जो ऐब था, पूरा-पूरा लिख दिया है। पढ़नेवालो, मुझे माफ फरमाएँ और शक न करें।' उन्होंने तय किया कि बाबरनामा के इसी उद्धरण से उनके एग्जैक्टिट्यूड की मॉडल पुस्तक 'इतिहास की भूलें' शुरू होगी।

बादर के बीच बिजुरी

देखते-देखते पाँच महीने कब बीत गए, कुछ पता ही नहीं चला।

आज प्रिन्सिपल साहब के यहाँ बैठकी थी। सँझलौके में इसी ओर से होकर लौट रहे थे कि पाँव थम गए। लगा, कोई रो रहा है, न-न यह तो गाने की आवाज है... वह भी मचान पर। कौन हो सकता है?

'ई भर बादर, माह भादर, सून मन्दिर मोर
झम्पि घन गरजन्ति सन्तत, भुवन भर बरसन्तिया
कन्त पाहुन काम दारून, सघन खर सर हन्तिया
सखि हेऽऽऽ, हमार-अ दुख-अक नहिं ओर...'

कदली-कुंज के पात-पात पर बिछल रही है वेदना। आम की झौंराई अमराइयों में झौंरा रहा है दर्द। बाढ़ की फैली विशाल जलराशि पर आँसू की बूँद-सा पसर रहा है तरल गीत। गीत से खिंचे चले आ रहे हैं मोतीलाल। क्या मामी गा रही हैं? हाँ वही तो...! क्या गला पाया है मामी ने!

पूरी तन्मयता से गा रही हैं मामी मानो आत्मा को उड़ेले दे रही हों। इस कोकिला के आगे आज कोकिल चुप है, पपीहों ने चुप्पी साध ली है।

रखवाली के लिए गुलेल पड़ा-का-पड़ा रह गया है। सुग्गों की एक पाँत उड़ी है और आकाश हरा हो गया है। पंक्ति-पंक्ति खड़ी है मकई—दो-दो बालें जैसे दो-दो उरोज। उम्र के कितने पड़ाव पीछे लौटकर गा रही है मामी! काया बूढ़ी हो चली है पर कामनाएँ जवान है—मकई के सैकड़ों पौधे जैसे सैकड़ों अभिशप्त वासनाएँ! चुपके से चले आते हैं मचान के नीचे। रोकते नहीं, टोकते नहीं। खलल नहीं पड़नी चाहिए।

अगली शाम को मचान पर लिखते समय बुधुआ की बोली ने खलल डाला, "हमरा ऊपर बिसवास नैं हैं?"

मोतीलाल के कान खड़े हो गए। किससे झगड़ रहा है बुधुआ? मामी से?

"जब आपे पहरा पर बैठना था तो हमरा काहें ला बैठाई थीं?"

बात धीरे-धीरे समझ में आती है मोतीलाल के कि अकेले बुधुआ ही पहरा नहीं

देता था, मामी भी पहरे पर रहती थीं। हद हो गई खातिरदारी की!

धीरे-धीरे कुछ और परतें खुलीं, फिर कुछ और परतें... फिर कुछ और---वह कौन है जो परछाइयों की तरह पीछे लगा है—घाट से दलान और दलान से मचान तक? मामी! लेकिन भला क्यों? वियोग विदग्धा मामी! सारी उमर निकाल दी मामा जी के पीछे। मामा जी जाति खारिज, गाँव खारिज होने के कुछ साल बाद तेलंगाना गए तो लौटे ही नहीं।

बुधुआ को जैसे कुकुर-माछी लग गई है। छनक-पटककर चला गया है। शाम को झुटपुटे में मकई के पौधों के झुरमुट में खड़े हैं मोतीलाल—

"मामी!"

चिहुँक जाती हैं मामी, "पाहुन?"

"हाँ।" स्वर भारी है—"कुछ दिन से एक गो बात पूछने का मन कर रहा है।"

दो थकी हुई आँखों ने दो थकी हुई आँखों में झाँका। मामी की आँखों में अभी भी 'भादर माह' की बदली है। अब यह बदली छलक आई मोतीलाल की आँखों में—"हमरा ऊपर एतना ममता काहे?"

थोड़ी-सी मुस्कराहट, थोड़ी-सी उदासी, नाक सिकोड़कर पूछ रही हैं मामी—"सारी उमर पार कर देने के बाद आज पूछने आए हैं पाहुन? जो ढका है, उसे ढका ही रहने दीजिए।"

चौक गए हैं मोतीलाल—'कहीं मामी मुझसे प्यार तो नहीं करतीं?' प्रकट में बोलते हैं, "लेकिन मामी जो! ढका है उसे अब भी नहीं खोलेंगी, तो कब खोलेंगी?"

आसमान में बादल भी हैं, बरसात भी। एक छोटी-सी बदली ने ढक रखा है अस्तमान सूर्य को। बदली के किनारे रंजित और रौशन हैं। मकई के पत्तों पर 'पट-पुट' बज रही हैं बूँदें—दूर भी, पास भी। सूरज निकलता आ रहा है बदली से जैसे प्रसव हो रहा है उसका। पूरब में इन्द्रधनुष खिल रहा है। पर यह मुहूर्त-भर का मायाजाल है जो सूरज के डूबने के साथ-साथ तिरोहित हो जाएगा। बूनी थम रही है।

"हमने कुछ पूछा मामी...?" मोतीलाल दोबारा याद दिलाते हैं मामी को।

"पूछ रहे है?" मामी की गोरी गर्दन तन गई है। अरे बाप, यह कैसी नजर से ताक रही हैं मामी! ऐसा रंग कब छलकता है आँखों में?

"पूछ रहे हैं तो सुनिए... लेकिन एक बात...! इस दिन के बाद ई समझ लीजिए कि न हमने कुछ कहा, न आपने कुछ सुना...। जैसे बिजुरी चमककर बादर में समा जाती है, ठीक वैसे ही यह बात भी... समझे?"

"जी लेकिन पहले बोलिए तो।"

फिस्स-फिस्स हँसती है मामी—"इतने अधीर मत बनिए पाहुन। आप गौरा की माँग के सिन्दूर हैं, आँचल के अनमोल रतन, नाम मोतीलाल नहीं हीरालाल होता तो

भी कम होता। इतना अच्छा भी नैं होना चाहिए कि देखकर जी ललचाए। देखकर लालच लगती। चुरा लेने का मन करता। अब गौरा मेरी, जानिए कि गोबर की गौरा निकली, क्या जाने आपकी कदर! रख नहीं पाई। किस अनाड़िन के हाथ आप पड़ गए पाहुन! हम होते तो दिखा देते।" मामी ने नाक को सिकोड़कर हल्की-सी वो जुम्बिश दी कि मोतीलाल निहाल हो उठे।

"चुरा लेने का मन करता। इसलिए बार-बार आपके पास जाती रही, बहाने गढ़ती रही पास आने के... लेकिन आप ठहरे एक ही कठकरेज। मुड़कर ताका भी नहीं कभी।" मामी की तिरछी चितवन में गहरा उपालम्भ है।

"अरे!" निहाल हो गए मोतीलाल। इस शुष्क, नीरस जीवन की कोख में ऐसा कोई वरदान भी अभी तक छुपा पड़ा है जो घेरे हुए था मगर जिसे देख न पाए थे। आज मामी के इस रहस्योद्घाटन से सारे तहखाने रौशन हो रहे हैं और इनके वैभव पर वे चकित हैं।

नैतिकता की लक्ष्मण-रेखा दरक रही है—"और अगर ताक देता तो...?"

"तो शायद हमसे...या हम दोनों से ही वह पाप हो जाता।" मामी ने एक गहरी साँस भरी—"चलो, अपनी गौरा के दरबार में दोख-पाप का भागीदार होने से तो बच गए हम।" मामी तनिक ठमकीं फिर बोलीं तो स्वर बदला हुआ था—"अब इस सूखती, सड़ती देह में क्या बचा है! यह भी तो नहीं कह सकते कि अँकवार में भरकर चूम लीजिए हमें, बाहों के घेरे में इतना कसिए, इतना कि देह की सारी नसें तड़क उठें। तिरपित कर दीजिए हमें कि जवानी से लेकर उमर के इस उतार पर आज तक की पियासी आत्मा की सारी पियास मिट जाए।... न! इन सबसे बचा लिया बाबा ने। आपकी आपके अन्दर रह गई, हमारी हमारे अन्दर।"

दोनों दो मेघखंडों की तरह पास आए, फिर ठिठक गईं मामी—"ना ना छूना मत। मत छूना मुझे।"

ठमक गए मोतीलाल के बढ़ते कदम।

अच्छा हुआ, दोनों ने एक-दूसरे को छुआ नहीं। छू देते तो प्रलय आ जाता। दोनों में ही बिजलियाँ भरी थीं।

"क्या आपको मालूम है कि मामा जी कहाँ हैं?" मोतीलाल ने नजर झुका ली थी।

"हाँ" मामी की सजल आँखें भी झुकी रह गईं।

"क्या यह भी जानती हैं कि...।"

"हाँ, वे अब कभी भी लौटकर नहीं आएँगे। वर्षों पहले ही तेलंगाना में पुलिस की गोली से...।" आधे वाक्य पर मामी ने उस मर्मभेदी हाहाकार को रोक लिया।

"तो क्या वे रस से भरी सारी कहानियाँ, वह अभिसार, वह योगी...?"

"सब मनगढ़न्त थे। हम खुद ही भरम बनाते और दूसरों के साथ-साथ खुद

भरमे रहते। एक तोड़ते तो दूसरा गढ़ते, दूसरा तोड़ते तो तीसरा...! लेकिन वही मेरे सम्बल थे। क्या करती?" मामी किसी ढीठ की तरह बोले जा रही थीं। उनकी श्वेत लटें जैसे हर भुट्टे की भुई में फैल गई हों।

मामी बोल रही थीं और शाम को द्वाभा में पके केशों के बीच उनकी माँग की लाली दमक रही थी जैसे गंगा के इस दीरा (दीयर) के राशि-राशि भूले शुभ्र काँसों के बीच डूबने के पहले सूरज ठिठक गया हो। जैसे देह का सारा रक्त संकेन्द्रित हो गया हो उस सिन्दूर में—आखिरी बार भभककर जल जाने से पहले का उपक्रम।

बीच में सात दिन के लिए कलकत्ता गए नेशनल लाइब्रेरी और एशियाटिक सोसाइटी और पाँच दिन पटना... खुदाबख्श लाइब्रेरी लेकिन भागलपुर न जाकर उन्होंने कटिहार का रास्ता चुना। क्या टेक थी—पुस्तक पूरी होने के पहले भागलपुर नहीं जाएँगे तो नहीं ही गए। गजेटियर को ब्रिटिशनामा कहते, आईन-ए-अकबरी को अकबरनामा। कुछ किताबें और लेते आए जिन्ना पर और कुछ गजेटियर्स, और देखिए कि जितना पढ़िए उतना भ्रम पैदा होता है। पलासी युद्ध, बक्सर युद्ध, 1857 का सिपाही विद्रोह, भारत का राष्ट्रीय स्वाधीनता आन्दोलन आदि पर बराबर मंथन चल रहा है। जितना मक्खन निकलता, दूसरे दिन तिरोहित हो जाता है। एक इतिहासकार एक तरह की बात करता है। दूसरा इतिहासकार दूसरे तरह की। दृढ़ता के साथ नहीं तय कर पा रहे हैं कि सच्चाई यह, और इतनी ही है। फिर उनके एग्जैक्टिट्यूड के सिद्धान्त का क्या होगा? गंगा सिमटते-सिमटते अपने पेट में सिमट चुकी है, लगभग पहलेवाली स्थिति। दुर्गा पूजा के मेले में भी कहीं गए नहीं, कालीपूजा और दीवाली भी बीत गई और अब सामने यह छठ!

बेलारी में छठ पूजा की तैयारियाँ पूरे जोर पर हैं। दुर्गा बाबू के दोनों लड़के दिल्ली से आ गए हैं। एक बार फिर मकई के मचान पर डेरा डालने गए हैं। जिन्ना का जिन्न कन्धे पर सवार है। मकई के खेत के चारों और टहल रहे हैं। अगर जवाहरलाल को पता होता कि बेचारे जिन्ना कुछ ही दिनों का मेहमान हैं तो शायद प्रधानमंत्री पद के लिए दबाव न बनाते। बेचारे जिन्ना छः महीने बाद ही मर गए—एक मामूली मौत! जब जवाहरलाल प्रधानमंत्री पद का मोह नहीं त्याग सके तो जिन्ना का ही इसमें क्या दोष? राजेन्द्र बाबू भी तो राष्ट्रपति भवन का मोह न त्याग सके। गांधी जी का त्याग एक तरफ और इन महापुरुषों की सत्ता का मोह दूसरी तरफ। इसमें बेचारे जिन्ना को खामखा क्यों बदनाम किया गया। जो भी हो, जिन्ना को वंचित कर जवाहरलाल को प्रधानमंत्रित्व सौंपा जाना इतिहास की भयंकर भूल हुई जिसके चलते देश में विभाजन की भयंकर त्रासदी घटित हुई।

मोरे रे आँगना चानन केरि गछिया
ता चढ़ि कुरुरए काग रे...

बुधुआ दौड़ा हुआ आया—"बाबू जी आपका फोन।" घर आकर देखा तो दुर्गा बाबू बात कर रहे थे। बोले, "लीजिए आ गए।" और फोन उन्हें थमा दिया।

मस्टराइन का स्वर "का गियान के बाबू जी एक दम्मे-से भूल गए।"

उन्होंने कहा, "नहीं, काम ही कुछ ऐसा है कि...।"

"छठ में आइएगा?" (माने मत आइएगा।)

"देखें अभी कुछ कह नहीं सकते। शायद न आ पायें।"

"लिखने का काम अभी पूरा नैं हुआ?"

"ना"।

"अगले महीने आरती बेटी का बियाह है सो त अ मालुमे है?"

"ज्ञान तो है न। अरे करना-धरना सब उसी को है। हम आ जाएँगे।"

"अपना खियाल रखिएगा।" कहते हुए मस्टराइन का कंठ भर्रा गया।

इन दिनों मस्टराइन का ध्यान पति पर लगा रहता है—"जिद्दी, झगड़ालू, बुढ़ऊ!" कहकर उन्होंने बन्द हुए फोन के रिसीवर को मुँह चिढ़ाया। ज्ञान ने आते ही पूछा, "बाबू जी कब आ रहे हैं माई?"

"अगले महीने। मिस्त्री सबसे कहो, टाइम पर सब काम कम्पलीट कर दें।"

"तुम फिकर न करो माई, विवाह तक सब कम्प्लीट हो जाएगा।"

"सब माने?"

"सब माने सब!" माँ ने बेटे की, बेटे ने माँ की कूट भाषा समझ ली। नीचे के कमरों का पिलर देकर दो मंजिला आकर्षक भवन तैयार हो रहा है। ईंट, सीमेंट, छड़ और अल्लम-गल्लम चीजों की भीड़। उधर दूसरी ओर नीम के पेड़ और पोखर के बीच के दो एकड़ का प्लॉट चुपके-चुपके माँ के नाम पर लिखाया जा चुका है। यह सब ज्ञान के अकेले के बूते की बात न थी। वह तो संयोग था कि अग्रवाल साहब के भतीजे रतन से दोस्ती हो गई और अग्रवाल-परिवार में बँटवारा हो गया। दोनों दोस्तों के बीच एक गुपचुप सन्धि हुई जिसके तहत रतन अग्रवाल ज्ञान के काम में सहयोग करेंगे और बदले में ज्ञान अजय से कहकर रतन को बोकारो स्टील प्लांट के स्क्रैप की नीलामी में सहयोग देगा। रतन ने तिजोरी खोल दी थी और काम निर्बाध गति से चल रहा था। अच्छा हुआ बाबू जी नदी के उस पार इतिहास की भूलों में भूले हुए हैं।

लेकिन मस्टराइन इतनी निश्चिन्त न थीं। इस सनके हुए बूढ़े के मिजाज का

क्या ठिकाना! किसी दिन रात-बिरात आ धमका तो क्या होगा? सो, हर पल नाक उठाकर सूँघती रहतीं। छठ-पूजा के दिन जब औरतें छठ पूजन का गीत गा रही थीं तो उनका करेज हड़का हुआ था।

वह घाट जो मनुष्यों और सूअरों के मल से अटा हुआ रहता, आज एकदम से साफ और पवित्र दिख रहा था। जगह-जगह ट्यूब लाइट, जगह-जगह टुन्नी बल्ब, 'गोबरा के गैलूँ ऐ दीनानाथ, वो ही गौवा सार...', गाते हुए चल पड़ीं कासिमपुर की पुजारिनें। इस बार सावित्री भी थी। पाहुन भी। बच्चे भी। आरती भी। दौरा लेकर आगे-आगे ज्ञान चल रहा था। हालाँकि वह इस देहाती पचड़े से खासा भन्नाया हुआ था। बाबू जी होते तो दौरा लेकर जाते। खैर, उसने तय किया कि कभी पैसा रहा, तो छठ मईया का अलग कुंड बनाएगा लॉन में ही। शाम का अर्घ सम्पन्न हुआ। लौटकर आए तो परिवार में पहली बार रखे हुए नौकर श्यामा ने कहा कि फोन आया था।

"कहाँ से?"

"बेलारी से।"

"फिर कुछ बोल रहे थे?"

"ना।"

दूसरे दिन अर्घ देने तक सोचती रहीं मस्टराइन, पता नहीं, क्या बात है? पंकज के घर छठ का प्रसाद देने गया श्यामा ताला बन्द पाकर लौट आया तब कहीं इस बात पर ध्यान आया।

"कहाँ गया है पंकज?"

"बोले हैं कि कौनो गुरु जी के पास गैलो छौ।" (बता रही थीं किसी गुरुजी के पास गए हैं।)

"ई कौन गुरु जी है जिसके पास जाना छठ-पूजा से भी जरूरी हो गया। वही तो होंगे, तो क्या पंकजवा वहाँ भी पहुँच गया। तब तो सारा भंडाफोड़! छठ मईया होऊ न सहाय!"

ज्ञान ने माँ का उदास चेहरा पढ़ा और उदासीनता जानने की कोशिश की तो हँस पड़ा—"तू तो नाहके मरी जा रही है माई। पंकज बेलारी नहीं, हजारीबाग गया है। इस गुरु के पास नहीं, उस गुरु के पास—बाबू वीरेन्द्रप्रताप सिंह।"

माँ की पलकें झपकने लगीं—"ई बाबू साहब कौन स्कूल में पढ़ाते हैं?"

"स्कूल में नहीं माँ, लीडर हैं।"

"तब कोई बात नहीं।" जैसे बाबू वीरेन्द्रप्रताप सिंह ने उनपर पड़नेवाले विपत्ति के पहाड़ को फिलहाल अपने कपार पर रोक लिया था। हालाँकि उनकी समझ में यह बात अभी भी नहीं आ रही थी कि जब ये पढ़ाते नहीं तो 'गुरु' कैसे हो गए!

बहुत तेजी से बीतने लगे थे दिन। इधर शादी की तैयारी, उधर जमीन का पट्टा और मकान का नवीनीकरण। तय हुआ कि तिलक और बियाह एक साथ हो। अभी न पाहुन को फुर्सत है और न साले साहब को। पर इससे भी ज्यादा व्यस्त तो मोतीलाल थे जिनको फुर्सत-ही-फुर्सत थी। सारे अध्यायों का 'फाइनल टच', तिथिवार सजाना, सूची बनाना, रेफरेन्स देना, पाद-टिप्पणी देना, परिशिष्ट में सन्दर्भ-ग्रन्थों की सूची आदि किसी भी जमीन के पट्टे लिखवाने, महल बनाने और बेटी का बियाह करने से कम मुश्किल का काम न था।

उधर जिस दिन रंग-रोगन पूरा हो गया मस्टराइन की जान में जान आई। अब कल-परसों सामान रखवाने, भीड़-भाड़ और सजावट में बीतेंगे। वे गहमा गहमी के दिन आएँगे। जवाब देते-देते हार गईं कि मास्टर साहब कहाँ हैं और कब आएँगे। मन में इन दिनों उनके लिए असीम श्रद्धा और आदर भाव उमड़ रहा है। 'हाय राम!' जिसकी जड़ से इतनी बड़ी फुलवारी सजी, उसी को मैंने वनवास दे दिया! भगवान इस दोख-पाप के लिए क्षमा करना। अपना घर देखकर प्रसन्न होतीं मगर जैसे ही मास्टर साहब का खयाल आता, उनका चोर मन पापबोध से ऊब-चूब होने लगता। ज्ञान से बार-बार बोलतीं—'तनी फोनवा लगाओ न बाबू जी को।' ज्ञान को इतनी फुर्सत कहाँ! आखिर में खुद ही दुर्गा बाबू को फोन किया। "सुन रहे हो भैया, दू दिन रह गया और अभी तक तुम लोग आए नहीं? कितना काम पड़ा है! कल ही लिवा कर निकल पड़ो।"

"हम तो पहले ही चले आते दीदी लेकिन अपने पाहुन कहते हैं—'पेशाब करने-भर की फुर्सत नहीं' सिर्फ शादी के दिन चलेंगे।"

"तो कल तुम लोग चले आओ। उनको किसी के जिम्मे छोड़ दो कि बियाह के दिन उन्हें ले-लिवाकर आ सके।" फोन बन्द कर सोचने लगीं, 'अच्छा है न, घर-द्वार देखेंगे तो बियाह के भीड़ में कुछ बोल नैं पाएँगे। लेकिन अलन्जर-पलन्जर लेकर आवेंगे कैसे, आसाम वाली सड़क, फिर जीप, उसके बाद तीन-तीन धाराएँ हो जाती हैं बाढ़ के दिनों में, गंगा जी की। नाव के पुल से आना पड़ता है तीसरी धारा तक। अभी तो पैदल ही.... दोबारा फोन लगाया—"तनी मामी जी को दो तो...?"

मामी से फोन पर सलाह-मशविरा हुआ और तय हुआ कि दुर्गा बाबू के दोनों लड़के अपने फूफा को लिवाकर आएँगे।

फोन रखते-रखते भी मामी अपनी भगिनी-सखी के कान में अमृत टपकाने से न चूकीं-

'मोरे रे आँगना चानन केरि गछिआ,
ताहि चढ़ि कुरूरए काग रे।
सोने चोंच बाँधि देव तोहिं बायस

जओं पिआ आओत आज रे...।'

'तुम भी मामी!' मन ही मन निहाल हो उठीं गौरा देवी। रईसाना अन्दाज, उन्नतग्रीवा, मटकती चाल से विवाह-गीत गानेवालियों के बीच नाइन के साथ आईं। थार में आज लड्डू नहीं, बरफी और रसगुल्ले हैं—"देखो कोई छूटने न पाए।"

बड़ा रे जतन से सिया धिया पोसल

कुछ देरी मोतीलाल से हुई, कुछ देर भग्गू सिंह के जहाज ने कर दी। दो दिसम्बर की उस सर्द शाम को घाट उतरे तो चार बज रहे थे। दुर्गा प्रसाद के दोनों लड़के दो बड़े बैग लटकाए पस्त हो रहे थे। ओह! कितनी किताबें लेकर आए हैं, दो-दो रिक्शों में लाद-फाँदकर चल पड़े लोग। 'छोटी खंजरपुर', 'बड़ी खंजरपुर' पार हुआ। पाँच बजे रिक्शे कासिमपुर की गली में पहुँचे तो मास्टर साहब ने कहा, "रुको, रुको... यह क्या जगह है दोस्तो, यह कौन-सा दयार है...?"

लड़कों ने अपने फूफा का हैरान चेहरा देखा— "क्या हुआ फूफा?" और मास्टर साहब सोच में पड़ गए—"घर तो वहीं होना चाहिए... पर यह मेरा घर एकाएक इतना बड़ा कैसे हो गया? क्या पौधों की तरह घर भी बढ़ते हैं? छ: महीने ही तो बाहर रहे हैं। इतनी सजावट कि आँखें चौंधिया रही हैं।" उन्हें डर लगा, किसी सेठ ने उनके बूढ़े घर को खरीद न लिया हो, कि कहीं गली तो नहीं भूल रहे हैं। लड्डूलाल की मिठाई की दुकान तो वही है जहाँ इतनी मक्खियाँ बैठी रहती थीं कि मिठाईयाँ तक न दिखतीं।

डॉ. इकबाल का होम्योपैथिक क्लिनिक भी तो वही है दंगे के बाद से ही बन्द पड़ा हुआ? और बनारसी पान की गुमटी भी। किसी से पूछें? मगर अपने ही घर का पता दूसरों से भला कैसे पूछा जाए? भला लोग क्या कहेंगे! पीछे से किसी कार ने हॉर्न दिया तो बड़े लड़के ने कहा, "चलिए न फूफा, क्या सोचने लगे?"

"सोच रहे हैं, हमरा घरवा कहाँ चला गया।"

रिक्शे किनारे किए गए और उन्हें चिन्तन का समय मिला। छोटा लड़का बोला, "अपने ही घर जा रहे हैं कि दूसरे के घर?"

"अपने ही घर भाई!"

"तो ऊ का है, देखते नहीं, बड़े-बड़े अक्षरों में लिखा हुआ है—'आरती वेड्स आकाश'। पाहुन का नाम आकाश-ए न है?"

"न! मुझे जरा सोचने दो, कहीं दूसरा आकाश और दूसरी आरती तो नहीं है।" रिक्शेवाले खुनसाने लगे—"हमको छुट्टी दे दीजिए और आपलोग फैसला करते रहिए।" वही हुआ।

जैसे-जैसे घर के समीप पहुँचे, विश्वास होता गया कि यह उन्हीं का घर है। पोखर को छोड़कर एक बहुत बड़ा परिसर कनात से घिरा हुआ है और मीना बाजार चमक रहा है। "हाय, मेरा नीम का पेड़!" घर में घुसने से पहले दौड़कर अपने नीम की ओर गए। "अरे इ बुढ़वा पेड़वा भी मौर लगाए चहक रहा है जैसे कि इसी का बियाह होनेवाला हो। छोटे-छोटे टूनी बल्बों से सजी है डाली-डाली जैसे निबौली, नहीं-नहीं, जैसे रंग-बिरंगे फल लगे हों। कहीं करंट न लग जाए।" उन्होंने 'भक-भक' धुआँ फेंक रहे जेनरेटरवाले लड़के को हड़काया—"ऐ, जरा होशियारी से, पेड़ में करंट न आ जाए।" दुर्गाबाबू उनका हाथ पकड़कर खींच ले गए—"नैं पाहुन, निफिकर रहिए, पेड़वा को कुछ नैं होगा।"

घर में घुसते ही मस्टराइन ने ताना मारा—"लड़की के बाप हैं और मेहमान की तरह आ रहे हैं। आए भी तो सबसे पहले आदमी घर के भाई-बन्धु से मिलता है, नाते-रिश्तेदार से मिलता है, इन्तजाम देखता है, फिर कहीं जाता है। और आप...?" बोलते-बोलते उन्होंने चुपके से उनके हाथ में जनेऊ की गुठली खिसका दी—"आज तो आपको कन्यादान करना है, सो उपवासे पे रहना है। जाइए जाके नहा लीजिए और नया जनेऊ पहन लीजिए।"

एक पल को मोतीलाल के हाथ झिझके पर झमेले से बचने के लिए आज्ञाकारी बालक की तरह उन्होंने जनेऊ की गुठली को थाम लिया।

"सो सब तो ठीक है, यह तो बताओ, क्या हमें बेलारी इसीलिए भेजा गया था कि...।" मास्टर साहब ने बाकी में अर्थ को घुल जाने दिया।

"आप का तो किताब न लिख रहे थे, डिस्टरब होता।" मस्टराइन को बहाने गढ़ने में देर न लगी।

"माने कि इतना बड़ा त्याग!"

"बात बाद में करेंगे, पहले तैयार तो हो जाइए।" मस्टराइन ने किसी तरह जान छुड़ाई।

बारात आ रही है। अभी दूर है। लड़के-लड़कियाँ जबतक जी-भरकर नाच नहीं लेंगे, बारात द्वार पर लगने से रही। उन्हें यह सब कैसा-कैसा तो लगता है। कुछ छिछला-सा, कुछ भोंडा, कुछ कृत्रिम। आकाश के पिता मधुसूदन बाबू भी कुछ वैसे ही लगे। बोलते-बालते हँस पड़ते। हँसते-हँसते सीरियस हो जाते। एक ही चेहरे के पचास रंग।

कोई-कोई कहता है फोकट की शादी है, जबकि कोई बता रहा था, एक करोड़ से कम पर पुठ्ठे पर हाथ ही नहीं रखने दे रहे थे।

एक करोड़! उनके पूरे गोतिया-दयाद की जमीन यहाँ तक कि समसे गाँव बेच देने पर भी एक करोड़ न जुटता। देखते-देखते जैसे सबकुछ कितना बदल गया है। दो-चार कंगालों को छोड़कर यहाँ भी बस्ती रोएँ झाड़ने लगी है अब तो उनका घर भी...। यह सब कैसे मैनेज किया होगा ज्ञान ने, राम जाने! पूछने पर सिर्फ एक बात कहता है—"आपको आम खाने से मतलब है कि पेड़ गिनने से।"

लो, एक सरगबाण छूटा और आकाश रंगों से भर गया—गुलाबी-गुलाबी। दूसरा सरगबाण छूटा, आकाश सरसों के फूलों से भर गया। तीसरा हरा, चौथा नीला। अरे बाप, मालाएँ! आकाश में माला लेकर चल रहे हों जैसे अदृश्य हाथ। आतिशबाजियों के प्रक्षेपी उपकरण लौटते तो होंगे धरती पर ही। गिरना तो सभी को धरती पर ही है पर कहाँ कितनी दूर? अरे-अरे ये किसी के छप्पर पर न जा गिरें। पर इस दुलारी की माई और नेपालिन की बिटिया को क्या हो गया। पैसे लूटने में लगी हुई हैं। उन्हें अपने झोपड़ों की जरा-भी फिकर नहीं। क्या सम्मोहन होता है पैसे का! आकाश की ओर ताकते-ताकते अचानक उनकी नजर गाड़ियों की कतारों पर गई। 'इत्ती गाड़ियाँ! एक से बढ़कर एक!' सामने के मैदान में जहाँ कभी लोग पैखाना करने आते थे और दिन-रात सूअर 'घों-घों' करते विहार किया करते थे, वह तो इन्द्रासन में बदल गया है। कोई कह भी सकता है कि इस इन्द्रासन के बगल में एक गन्दे पानी का पोखरा और दूसरे किनारे पर एक ऐतिहासिक नीम का पेड़ भी है? हर जगह वे अपने को हाशिये पर पा रहे थे। आश्चर्यलोक में एलिस! ये नीली शर्ट, काले पैंट, लाल टाईवाले कैटरर के लड़के, ये दुग्ध धवल पोशाकें ड्राइवरों और सोफरों की और ये तमगे जड़े मिलिटरी ड्रेस मिलिटरी बैंड के। एक जैसे कपड़े लगते, एक जैसी चाल...! ड्रेस कोड और यूनिफार्म की बात पर उन्हें याद आया कि कभी स्कूल में ड्रेस कोड लागू कराया गया था। हेडमास्टर मिश्रा जी से गार्जियन आ-आकर फरियाद करने लगे थे, जैसे उनसे जबरन जजिया टैक्स वसूला जा रहा हो। तीन महीने नीली शर्ट, काले पैंट और गहरी नीली टाई लागू करने में तीस कर्म हो गए। यूनिफॉर्म तो आ गया मगर यूनिफॉर्मिटी नहीं आ पाई। कुछ के कलफदार ड्रेस तो कुछ के बिना इस्तरी के मुचड़े हुए और कनखजूरे-सी फैली-छितराई टाई। इस टाई का मोह गया नहीं हिन्दुस्तानियों से और गरीबी भी नहीं गई। कुछ लड़कों की पढ़ाई इसीलिए छूट गई कि वे ड्रेस न बनवा सके और इस्तरी...? वह तो बाद तक भी नहीं! पर यहाँ देखिए, एक वर्ग के एक-से परिधान! आज उन्हें उपवास करना था। आज उन्होंने जनेऊ पहना था। आज उन्हें शादी का कर्मकांड करना था। लेकिन वे पथराये हुए-से अपनी ही बेटी की शादी में बेगाने-से खड़े जनेऊ से पीठ खुजला

रहे थे जैसे कोई दीन-हीन व्यक्ति किसी राज-महाराजा की बारात को देख रहा हो।

मनु महाराज आते हुए दिखाई पड़े। हाय, उनकी चोरी पकड़ी जाएगी। छुपना आसान नहीं। नाटकीय अन्दाज में मनु महाराज थोड़ी दूर पर आकर खड़े हो गए और चश्मे को आगे-पीछे हिलाकर उन्हें देखने लगे—"यह मैं क्या देख रहा हूँ? मैं तो मोतीलाल जी की टोह में आया था, यहाँ तो कोई मोतीलाल मिश्र खड़ा है।"

मोतीलाल ने झेंपते हुए कहा, "एक दिन की तो बात है। कौन घर में महाभारत करे! कल से फिर उसी नीम की डाल से लटकना है इसे। परिवार ही तो वह लॉन्चिंग पैड है न जहाँ से आदमी उछाल मारता है और गिरता भी है अन्त में यहीं।"

"मैं आपका पुरोहित आपको लजवाने नहीं, मात्र यह सूचित करने आया हूँ कि बारात आ चुकी है। आप यहाँ से हिलिएगा नहीं।"

"अरे भाई, यहीं खड़ा हूँ कैसाबियांका की तरह।"

"अरे ई का नाम का कैसाबियांका कौन है बेटी चो....। नहीं, आपका कोई ठीक नहीं। कहीं ऐसा न हो कि द्वारे लगी बारात और समधी को लगी...।" भिजा कर जूते मारे मनु महाराज ने और चले गए।

उन्हें अपनी शादी याद आई। समय की धूल को झाड़ते हैं—सात साल के मोतीलाल और पाँच साल की गौरा देवी। उन्होंने मौर बाँध रखा था और जोकर-से लग रहे थे। विवाह के समय मौर में कोई कीड़ा घुस आया था जिसके चलते धोती और जोड़ा-जामा समेत सारे कपड़े खोलने पड़े थे ऐन गौरा देवी के सामने, जो बड़ी उत्सुकता से अपने भूतनाथ के नंगे जिस्म को देख रही थीं। उनका मन करता था कि जाकर डाँट दें। 'हिन्ने कि बाइसकोप लगल है!' मगर लाज के मारे बोल न पाए। उधर औरतें कह रही थीं, 'देख लो, ठीक से देख लो। यही देहिया आगे चलके काम आवेगी।' मस्टराइन को अब वो बात याद नहीं। अच्छा ही है। उनकी साड़ी हल्दी रंग से रंगी हुई एक धोती थी। ऊपर से गुलाबी चादर। कैसी शादी थी वह? जैसे दो बच्चे किसी नाटक में बड़ों का अभिनय कर रहे हों। पाणिग्रहण! नन्हे हाथों मे नन्हे हाथ। सिन्दूर और फेरे! औरतों का मंगल गायन और 'गारी'। शायद ढोल-ताशे का बाजा था। बजनिया दूर बैठाए गए थे। छुआ न जावे। कोई नाच भी था, कोई मोटे-सोटे कत्थक महाराज नाच रहे थे। किसी ने बताया, दरबारी गिरि थे। तब भी सहमे हुए थे, आज भी सहमे हुए हैं। तब का सहमना और बात थी, आज का सहमना और। बेटे से पूछ भी नहीं सकते, कितने खर्च हुए और पैसे आए कहाँ से। सही तरीके से तो आने से रहे। कितने बन्दी गुलाम होंगे जिन्हें हथियार की नोक पर धकेला जाता होगा—'चल सीधे चल, इधर-उधर मत ताक।' इतिहास में उनका भी नाम दर्ज नहीं है, मेरा नाम भी दर्ज नहीं होगा। और अगर इन्हें रिश्तों की गरिमा से महामंडित किया जाए तो अजातशत्रु के हाथों बन्दी बिम्बिसार या औरंगजेब के हाथों बन्दी शाहजहाँ! हूँ मैं वही।'

"अरे आप यहाँ खड़े हैं, हम कबसे जनमासा में ढूँढ़ रहे हैं आपको।" यूसुफ साहब ने कहा।

"क्या बात है?"

"बारात आ गई है, द्वार पर लगनेवाली है। चलिए-चलिए। मिलन की तैयारी करनी है।"

वरपक्षवालों को माला पहना रहे हैं। फूलों से सजी लम्बी मोटरगाड़ी के आगे-आगे दो नर्तकियाँ हाथ में दीया लेकर नृत्य करती आ रही हैं। यद्यपि वे रंडियाँ थीं फिर भी परम्परा का कुछ था जो छू गया। बाजे-गाजे और नाच-आतिशबाजी के बाद द्वार-पूजा और माल्यदान सम्पन्न हुआ। फिर अकेले हो गए। आरती की माँ को बात करनेभर की फुर्सत नहीं। दुल्हा चुमाना था, गलसेदी करनी थी। बड़े जोरों की प्यास लगी थी। सावित्री चुपके से आई, "बाबू जी कुछ खा-पी क्यों नहीं लेते?"

"प्यास तो बड़ी जोरों की लगी है लेकिन सोच रहे हैं शादी हो जाने दें।"

"बियाह होते-होते तीन बजेंगे तबतक आप भूखे-पियासे रहेंगे?"

"क्या करें?"

"छप्पन प्रकार के व्यंजन बने हुए हैं और कन्या के पिता गृहस्वामी को एक भी मयस्सर नहीं। यह अन्याय मैं नहीं होने दूँगी।"

"सिर्फ कहीं से एक गिलास पानी ला दो।"

"आइए न!"

"कहाँ?"

"भोजन-परिसर में।"

"क्या कहा भोजन प....रि.....सर?" नाम से ही आतंकित हो उठे, "कितनी दूर है यह भोजन-परिसर?"

"कित्ती दूर नहीं, कित्ती दूर तक।"

"पाहुन ने खा लिया, जरा पूछना तो?"

"सबने खा लिया, सब खा रहे हैं, सब खाते रहेंगे।" बिटिया ने व्याकरण पढ़ाया।

मोतीलाल समझे नहीं—"नहीं मेरा मतलब है, मेरा मतलब है कैटररवाले बदमाशी करते हैं। कभी पूड़ी घट जाती है, कभी तरकारी।"

"आइए खुद ही देख लीजिए।" बेटी लिवा जाती है बाप को उस आश्चर्यलोक में—"ये देखिए बाबू जी, ये चाट के स्टाल हैं। वो देखिए, तरह-तरह के शर्बत और कोल्ड-ड्रिंक्स के। वो रहा आइसक्रीम, दस तरह की आइसक्रीम है और दस तरह की कुल्फी। वो देखिए मिठाइयों का स्टाल, खास कलकत्ते की और उस तरफ जो सबसे शानदार स्टाल दिख रहा है, वह है विदेशी दारू का।"

"अरे बाप, दारू भी, खुलेआम।"

सावित्री आगे बताने लगी—"ये देसी भोजन, वो विदेशी भोजन। वो आमिष, वो मछली, चाईनीज। ये सूप उधर, ये रहे कॉफी-चाय, ये फलों के, यहाँ जूस भी उपलब्ध है। आगे अंडे-वंडे के स्टॉल हैं।"

"मुझे प्यास लगी है बेटी, एक गिलास पानी..." अन्नपूर्णा के भंडार में जैसे वे अवैध ढंग से घुस आए थे। सावित्री मिनरल वाटर का एक गिलास पानी लेकर आई—"अब तो कुछ ले लें बाबू जी।"

"कन्यादान हो जाने दो।"

"मिठाई भी नहीं।"

"न!"

"फल या जूस भी नहीं।"

"विवाह के बाद जो नसीब होगा, वह मेरे लिए पर्याप्त होगा।"

"आप तो परम्परा को नहीं मानते।"

"तुमने देखा एक जनेऊ के लिए कितना सुनना पड़ा मुझे अपने मनु महाराज से। एक दिन नहीं खाऊँगा तो पहाड़ नहीं टूट जाएगा।"

"बाबू जी आप मना कर रहे हैं, झूठी जिद पर हैं। परम्परा-भंजक आप शुरू से रहे हैं। और आज जब सारे लोग परम्पराएँ तोड़ रहे हैं, आप परम्परा लेकर बैठ गए हैं। बाबू जी आप कमजोर पड़ रहे हैं।"

मोतीलाल ने बात बदल दी—"एक तेरा बियाह था बेटी और एक ये...,

"वहाँ आप थे, यहाँ भैया।"

"सारे कलेवर आच्छादन हटाकर परे कर दो, रह जाता है सिर्फ एक वर, एक कन्या।" हँस पड़ी सावित्री—"बाबू जी इस युग-सत्य के बावजूद आज तो कंटेंट भी चाहिए, कलेवर भी।" चौंककर देखा मोतीलाल ने अपनी उस बिटिया को। कितनी मार खाई होगी इसने इन हाथों से। लेकिन आज वह भी उन्हें पीछे छोड़कर आगे बढ़ गई है। मुझसे अलग हो गए हैं मेरे अपने।

ज्ञान के सफेद सोफर, नीले कैटरर, मिलिटरी बैंडवाले माने पूरी गगनवाहिनी, नौवाहिनी, स्थलवाहिनी की फौजें दुर्ग तोड़कर पूरे मैदान में फैल गई हैं। एक-एक सदस्य बन्दी बनाया जा चुका है। अकेले ये हैं कि भागते फिर रहे हैं। मस्टराइन तक जो जिन्दगीभर सीधे पल्लू की साड़ी में ही लिपटी रहीं, साड़ी भी नहीं लूगा...., जो मोटरसाइकिल को मोटर व साइकिल का जोड़ मानती थीं, वह बज्जर देहातिन राजघराने की राजमाता बनी हँस-हँसकर उन मॉड महिलाओं का स्वागत कर रही और अभिजात्यपूर्ण गरिमा से तोहफे कबूल कर रही हैं। आज उनकी नाक की कील में सूरज-चाँद और सितारे जड़े हैं। अवश्य ही भाषा में देहातीपन का पुट अभी भी चुगली खा रहा है। दुनिया बदल गई है।

क्या उन्हें यह सब अच्छा लग रहा था?

'नहीं।'

तो क्या बुरा लग रहा था?

'नहीं।'

फिर कैसा लग रहा था?

'पता नहीं!'

मड़वा का विहान है। बेटी विदा हो गई। मन कहीं हल्का है, कहीं भारी। एक बेगानी-सी बयार है, अन्दर कहीं सिहर रहा है बैरागी मन। शॉल ओढ़कर चेयर पर धूप में बैठे हैं मोतीलाल।

सहसा किसी ने पाँव छुए। देखा तो पंकज है—"खुश रहो। कहाँ थे? कल से तुम्हें ढूँढ़ रहा हूँ।"

"वो सर... मेरी ड्यूटी गेस्ट हाउस में मेहमानों की खातिरदारी में लगी थी। अन्तिम मेहमान को विदा कर पाया तो सरपट भागा आ रहा हूँ, आपके पास।... और सर शादी तो सम्पन्न हो गई न ठीक-ठाक?"

चश्मे के पीछे से एक उदास हँसी बिछल रही है, इस चम्पक वन का भँवरा हूँ, मुझसे क्या पूछते हो? कासिमपुर से उड़कर जा पहुँचा था बेलारी, अब फिर लौट आया हूँ कासिमपुर।"

"कैसा रहा प्रवास सर?"

"कैसा...?" ठमकते हैं फिर बोल उठते हैं—"कल तक अतीत में डुबकियाँ लगा-लगाकर वर्षों पहले की डूबी हुई चीजों का उद्धार करता रहा, आज उतराकर सतह की अपनी दुनिया को देख रहा हूँ। लगता है, जो दुनिया बेगानी थी, जिसे मैं जानता था, न पहचानता था, वह अपनी थी, और यह दुनिया जिसे मैं वर्षों से जानता और पहचानता रहा, बेगानी है।"

कुछ देर चुप रहे, फिर पूछा, "और बरखुरदार, गदर की हुतात्माओं का क्या हुआ?"

"पता लग गया है सर, बस कल से शुरू करते हैं।"

"ठीक है, कल से..."

हम कौन थे, क्या हो गए हैं, और क्या होंगे अभी...?

काग भुसुंडी-गरुड़ की तरह गुरु-शिष्य निकल पड़े थे, सुराजियों के सन्धान में।—एकदा नैमिषरण्ये...

भटकाते-भटकाते पंकज उन्हें पटना सिटी की सड़ाँध मारती जिस गली में ले आया, कोई भी सुरुचि-सम्पन्न व्यक्ति वहाँ देर तक खड़ा नहीं रह सकता था। भारतवर्ष के कुछ अभागे शहरों की नालियाँ जबसे बनी थीं, उनकी सफाई न हुई थी। यह गली वैसी ही थी।

"यहाँ क्या करने आए हैं हम?" मोतीलाल ने पूछा।

"आए तो थे उसी काम से मगर यहाँ तो ताला बन्द है।" पंकज बुदबुदाया।

"ठक-ठक!"

बगल के घर की साँकल बजती है। कोई बूढ़ी महिला निकली है।

"दादी, ये प्रज्ञा कहाँ गई?"

"कौन...?"

"अरे वही प्रज्ञा, सुकुल जी की बेटी।"

"का मालूम, शायद मामा के घर!"

"कहाँ है ननिहाल?"

"पता नहीं।"

"कहाँ पढ़ाती हैं?"

"पता नहीं।" और किवाड़ बन्द हो गया।

"पता तो यही बताया था लोगों ने। लगता है, मैं कुछ कन्फ्यूज कर रहा हूँ। कोई बात नहीं। मैं फिर पता करूँगा।" पंकज बर्राया। ऑटो चल पड़ा।

"मगर किसका?"

"आपके पाँच सुराजियों में से एक का अवशेष।"

चौंक गए मास्टर साहब। ऑटोवाले को डाँटा—"रोको! रोको!"

"रुकने से कोई फायदा नहीं सर। वो किसी स्कूल में पढ़ाती है। वहाँ गई होगी या मामा के घर।"

"कौन?"

"पाँच सुराजियों में से एक थे बरमेसर सुकुल। बाप के इकलौते बेटे थे। चुहुलबाज। अति उत्साही। सन सत्तावन में अकेले भटकते किसी अँग्रेज को मारा था, सो फाँसी हुई। सुकुल जी की पत्नी गर्भवती थी। उससे दो जुड़वाँ बेटे पैदा हुए जय और विजय। चौथी पीढ़ी तक जय का परिवार पटना सिटी में आकर बस गया

था। कुछ लोग मुजफ्फरपुर जा बसे थे। पटना सिटी शाखा में बस एक यही लड़की बची है प्रज्ञा, जो बड़ी है। उसके दो छोटे-भाई-बहन हैं। प्रज्ञा के माँ-बाप मर चुके हैं। ग्रेजुएशन करने के बाद कहीं पढ़ाने जाती है और परिवार चलाती है। बहुत संघर्षमय जीवन है सर। आपसे मिलकर बड़ी खुश होती। पर, क्या कहें!" मास्टर साहब को पता होता और उनके पास पंख होते तो उड़कर जा पहुँचते प्रज्ञा के पास। न दिन को चैन, न रात को करार।

कैसी होगी? कैसे होंगे उसके छोटे-छोटे भाई-बहन? घर में शायद कोई पुराना चित्र मिल जाए बरमेसर सुकुल का...। पता नहीं, बी.एड. है या नहीं।

शायद आगे पढ़ना चाह रही हो और अभावों ने उसकी सारी इच्छाओं पर विराम लगा दिया हो। शायद बीस की हो, बाईस की या उससे भी ज्यादा। गोरी होगी, न शायद गन्दुमी? नाटी होगी या लम्बी? चेहरा कैसा होगा?

उससे मिले बिना मास्टर साहब उससे मिल चुके थे, बोले बिना ही बतिया चुके थे और जाने बिना ही जान चुके थे। नाना रूपों में, नाना शक्लों में वह एक आभामंडल बनाकर उन्हें घेर रही थी।

"अब...?"

"अब क्या, पाँच में गया एक, बाकी बचे चार।"

"बाकी का कुछ अता-पता चला?"

"एक थे एहसान अली। दो भाई थे एहसान और कुरबान। एहसान कुँवर सिंह की फौज में सिपाही थे, गंगा पार करते हुए फौज से बिछड़ गए। आप तो जानते ही हैं कि कुँवर सिंह की बाँह में गोली लगी थी और बाँह काटकर उन्होंने गंगा में फेंक दी थी। इस कटी बाँह की ही तरह बेचारे एहसान अली भी कट गए। गोलियों की बौछार में कुँवर सिंह का साथ तो न दे सके लेकिन भागलपुर की ओर लौटते हुए उन्होंने फिर से फौज संगठित करनी शुरू की। पर, तबतक काफी देर हो चुकी थी और गदर का सिर जगह-जगह कुचला जाने लगा था। एहसान किसी मुखबिर की सहायता से पकड़े गए और सुकुल जी के साथ उन्हें भी नीम से लटका दिया गया। कुरबान यानी बीच की कड़ी डूब-डूबकर उतराती है। सन सैंतालीस में चौथी पीढ़ी यानी पड़पोते मेहर अली पाकिस्तान चले गए।" कहते-कहते चुप हो गया पंकज।

"यानी वहीं फुल स्टॉप।"

पंकज की आवाज जैसे कँटीली तारों में उलझ गई है—"फुल स्टॉप तो नहीं सर, है तो कॉमा ही मगर इसके आगे आप न सुन पाएँगे।"

"मेरा कलेजा पत्थर का है। जब ढूँढ़ने चले हैं तो आदि भी जानना होगा और अन्त भी।"

"क्या यहीं अन्त नहीं किया जा सकता?"

"न, एजैक्टिच्यूड—यथातथ्य! रात को रात कहेंगे, दिन को दिन।"

"तो सुनिए सर, रहमत अली के भाई सौगत अपने दो बेटों के साथ दंगों में मारे गए। बेटी फातिमा का दंगाइयों ने बलात्कार किया बाद में जीवन का मोह उसे मरने से रोकता रहा। वह कोठे पर जा बैठी। अब जानिए सर कि ऊ वही कोठा था, जहाँ शरत बाबू की चन्द्रमुखी धन्धा करती थी—माने कि ऐतिहासिक। अब उसकी बेटी है हसीना। इसी शहर के जोगसर चौक के कोठे को आबाद कर रही है। कुछ दिनों तक अपने फेंकू सिंह के लाड़ले अजय सिंह की रखैल रही। अब पता नहीं...।" पत्थर का कलेजा होने का दावा खोखला साबित हुआ। कोई अप्रिय-सा स्वाद, कोई अप्रिय-सी बू... उन्हें परेशान करने लगी।

"कहीं वह आरती की शादी में नाचने तो नहीं आई थी।"

"जी।"

"और उसे लेकर शायद कोई झगड़ा भी हुआ था।"

"बस-बस, वही थी सर!"

पैखाने पर पड़ा हुआ फूल। इसे उठा लें? इसे उठा भी लें तो रखेंगे कहाँ?

नीम से झूलते एहसान अली की रूह क्या देख पाती जोगसर के कोठे को!

"दो तो गए, तीसरा...?" मोतीलाल ने पूछा।

"वह भी सुन लीजिए।"

"एक थे सिकन्दर सिंह। उनकी शादी नहीं हुई थी। चाचा थे। चाचा के चार लड़के। पाँचवीं पीढ़ी तक आते-आते यह परिवार शेखपुरा से सिकन्दरपुरा तक फैल गया। कुछ लोग हैदराबाद भी जा बसे। तरह-तरह के उद्योग-धन्धे, ईंटों का कारोबार और पेट्रोल पम्प। बड़े दबंग भूमिहार हैं जोरावर सिंह। भाइयों-भतीजों में हमेशा ठनी रहती है। नई पीढ़ी के चार भाई ब्रह्मर्षि सेना में हैं। एक किसी नक्सली संगठन में।"

"ई कहाँ से पकड़ा गए?"

"इ माने।"

"अरे, वही, क्या नाम था सिकन्दर सिंह।"

"आजादी के दीवाने थे और क्या। इतिहास, भूगोल कोई नहीं बताता।"

"ऐ भाई इ तो बहुत गड़बड़ है। अब सवाल है सिकन्दर सिंह का असली वारिस किसे माने।"

चौथे महीने किशनगंज की यात्रा पर। फजलू खाँ के वंशजों की तलाश में। पता चला, एक टहनी भारत पारकर बांग्लादेश पहुँच गई थी।

"फजलू खाँ का अपराध यह था उन्होंने मुखबिरी करने से इनकार कर दिया था। पहले भागलपुर में ही रहते थे। उनके दो बेटे और तीन बेटियाँ थी। गंगा पारकर

भागते हुए पकड़े गए। तीनों बेटे और बेटियों का परिवार फलता-फूलता गया जिनमें से चौथी पीढ़ी तक यह परिवार अखिल भारतीय हो चुका था। इस परिवार में एक प्रोफेसर, एक डॉक्टर, एक मोटर मैकेनिक और तीन शूटर और बाकी 1971 से पहले बांग्लादेश चले गए थे। इकहत्तर में भारत-बांग्लादेश युद्ध हुआ। उनलोगों ने खुद को बिहारी मानते हुए पाकिस्तानी सेना की मदद की। संयोगवश पाकिस्तान हार गया तो पाकिस्तान लौटे। मुहाजिर बने। छिन्नमूल की तरह वहाँ भी इज्जत न मिली। इस तरह भारत-बांग्लादेश-पाकिस्तान तीनों के बीच सन्दिग्ध हो गए।" कथा रोककर पंकज ने पूछा, इनमें से किसके बारे में डिटेल्स जानना चाहेंगे? एक तो नामी माफिया डॉन भी है सर।

"चौथा भी गया बाकी...?"

"तो अब बाकी बचा एक। इनके बारे में मैं यकीनी तौर पर नहीं कह सकता।"

'क्यों?'

"वे लोग खुद ही इस प्रश्न को टाल जाते हैं। यद्यपि चलित्तर सिंह का नाम पाँचवें सुराजी के रूप में लिया जाता है। वे उस वंश की पाँची पीढ़ी के हैं।"

"तुम्हारे सोर्सेस क्या हैं?"

"सोर्सेस तो वही हैं सर, जो बाकी चार के हैं। मगर, चलित्तर सिंह का परिवार कब हजारीबाग शिफ्ट कर गया, लोग ठीक-ठीक बताते नहीं। आज वह पूरा गाँव उन्हीं लोगों से बसा हुआ है। चौथी पीढ़ी तक वहाँ एक मनबोध सिंह हुआ करते थे। घर की अवस्था खराब। गरीबी, बीमारी ऊपर से। और सबसे बड़ी बीमारी राजपूती शान! गाँव में कोई भी आए, एक दिन उनके यहाँ भोजन करना ही पड़ेगा। मनबोध सिंह सधुआ गए थे। चारों तरफ घना जंगल और बाप साधु लेकिन बेटा...? परम दुस्साहसी!

गेहुँअन साँप निकला है, किसी की हिम्मत नहीं पड़ रही है कि करीब जाए। तभी एक किशोर आता है और साँप की पूँछ पकड़कर घुमाकर बाहर फेंक देता है। साँप की कमर टूट जाती है। जंगली हाथी उत्पात मचा रहे हैं, भागमभाग मची है। किशोर आता है, हाथी को गड़हे में फँसा लेता है और वन-विभागवालों को डाँटकर कहता है—"ले जाओ।"

मोतीलाल चिहाकर ताकते हैं।

"कहीं भी अन्याय होता, अपनी बानरी सेना लेकर चल देता। राजपूतों का वह गाँव उससे परेशान रहता।"

मोतीलाल गदगद।

"जवान हुआ तो एक ही काम घूसखोरों, बदमाशों को पकड़कर पीटो।"

मोतीलाल उठकर खड़े हो गए—"बस-बस यही। नाम क्या है?"

"वीरेन्द्र प्रताप सिंह। लेकिन मुझे और तफ्तीश कर लेने दीजिए।"

मोतीलाल हड़बड़ा गए। उन्हें डर हुआ, कहीं यह बात झूठी न साबित हो जाए—"ऊँह!, और तफ्तीश की क्या जरूरत है? वही होगा चलित्तर सिंह का वारिस।"

बहुत तेजी से विकसित हो रहा था ज्ञान का 'स्टडी सेंटर कॉम्पलेक्स।' पार्लियामेंट की तरह गोल मगर पाँच खंडों में बँटा हुआ। वह गन्दा गड्ढा जहाँ लोग पखाना करने के बाद चूतड़ धोया करते थे, स्वीमिंग पूल बनने जा रहा था। कॉम्पलेक्स को घेरकर एक हरा-भरा गोलाकार छल्ला। मास्टर साहब ने एक बार पता किया तो उन्हें बताया गया कि यह कोई शिक्षण संस्थान बन रहा है। उनका नीम का पेड़ अभी सुरक्षित है। बाकी उन्हें किसी चीज में कोई दिलचस्पी नहीं थी। निकलते तो दस-दस, बीस-बीस दिन गायब रहते मगर उस दिन लौटे तो मुहल्लेवालों की फौज ने उन्हें घेर लिया—"मास्टर साहब आपके होते हुए इतना बड़ा अनियाव!"

"गेयान के बाबू जी! तब बोले कि 'बबुनी के बियाह तक आपलोगों को थोड़ा कष्ट करना पड़ेगा। फिर पक्का बनवा देंगे। अब जैसी आपकी बेटी, वैसी हमारी बेटी।' हमने लिहाजवश छोड़ दिया लेकिन बियाह बीत गया और चारदीवारी खड़ी हो गई। अब हम लोग कहाँ जाएँ?"

दो तल्ले के ऊपर से आवाज आई—'थाने'। सबने चौंककर देखा तो अटारी पर मस्टराइन खड़ी थीं राजमाता की तरह।

मास्टर साहब की समझ में कुछ नहीं आया। बेवकूफ की तरह उन्होंने पूछा, "आपलोग तो यहाँ वर्षों से रहते आए हैं।"

"आप तो देखबे किए हैं।"

"तो ये जमीन किसने ली और थाने का क्या मतलब?"

कचपचाहट में उन्हें इतना-सा मालूम हुआ कि यह जमीन उनके बेटे ज्ञान ने हथिया ली है। अब इसमें अग्रवाल साहब के भतीजे का 'स्टडी सेंटर' खुल रहा है जिसके विरुद्ध मोहल्लेवाले थाने गए थे।

"थाने ने क्या कहा?"

"कहता है, कागज लाओ।"

"तो कागज आप ले गए होते?"

"अब कागज-वागज, जे है मास्टर साहब...पुरखा-पुरनियाँ मर गेलथिन और उन्हीं के साथ कागज भी वह-बिला गया।"

"मुनिसपैलिटी ने तो कोई कागज दिया होगा?"

"जी न।"

"तब फिर यह जमीन म्युनिसपैलिटी की हुई।" उनका दिमाग झन्ना गया। अन्दर से हिल गए। कहीं ऐसा तो नहीं कि मोहल्लेवालों के इस भोलेपन का लाभ उठाकर ज्ञान ने यह जमीन अपने नाम करा ली हो। पर, यह काम वह अकेले नहीं कर सकता, जरूर ही उसके कुछ पार्टनर हैं, कुछ दबंग लोग। पैसे से भी दबंग और बाहुबल से और राजनीतिक सत्ता से भी। उनसे कुछ बोलते नहीं बन रहा था। मस्टराइन आज अटारी पर खड़ी थी। उनका कद बड़ा हो गया था और कल तक झगड़नेवाली डाकिनियाँ फरियाद करती हुई उनके कदमों पर नाक रगड़ रही थीं, 'मस्टराइन जी हमसे जो दोख-पाप हुआ हो, सब छिमा करो। अब आपको कुछ भी बोलें तो हमरा जीभ काटके फेंक दो लेकिन हमको हिंयई रहने दो।'

"कहाँ रहने दो? उ स्कूलवा में कि घरवा में?" मस्टराइन ने तंज से पूछा।

'नौकर लोगों का कुआटर तो बनता होगा, उसी में हम गुजारा कर लेंगे।' वे गिड़गिड़ा रहे थे। कइयों की आँखों में लोर थे। जियालाल की अम्मा अपने चुचके हाथों से आँचल पसारकर बार-बार उन्हें प्रणाम करते हुए दया की भीख माँग रही थीं। जिस विजय की वे सदा से अभिलाषिणी रहीं, वह चिरप्रतीक्षित विजय आज उनके कदमों पर थी लेकिन विजय का जो उत्सव मनाने की कल्पनाएँ किया करतीं, वह मुहल्लेवालों की दुर्दशा से बदरंग हो गया था। कलतक यही लोग उन्हें धमकाते आ रहे थे पर आज उनका खुद का कलेजा दहल रहा था। सच, ज्ञान ने अच्छा नहीं किया! नीचे उतर आईं, बोलीं, "अब देखिए हमरा हाथ में कुछ नैं है। बेटा आवेगा तो उससे कहेंगे।" मास्टर साहब भीड़ के लिए भी 'आउटसाइडर' हो गए थे जैसे उनकी कोई सत्ता ही न थी न घर में, न मुहल्ले में। मस्टराइन के पीछे-पीछे एक दयनीय जीव की तरह घर में घुसे।

स्टडी सेंटर बनकर तैयार हो गया। उसकी रंगाई-पुताई भर होनी रह गई थी। किताब छपकर आ गई थी। उसका विमोचन होना था। ज्ञान का विवाह होना था, वह भी स्टडी सेंटर के परिसर में। लेकिन अभी बहुत-से काम बाकी थे जैसे स्टडी सेंटर में पब्लिक स्कूल को सेट करना, प्रोफेशनल ट्रेनिंग सेंटर में आई.ए.एस., पी.सी.एस. से लेकर कैट, इंजिनियरिंग, मेडिकल की प्रवेश परीक्षाओं के कोचिंग सेंटर।

किताब 'भारतीय इतिहास की भूलें' पुस्तक का लोकार्पण कौन करेगा, कहाँ और कब—इसका निर्धारण और ज्ञान के विवाह के लिए उपयुक्त दुल्हन की खोज।

इन दिनों बूढ़ा-बूढ़ी में इस बात को लेकर बहुत देर तक माथापच्ची होती रहती है। टेबुल के आमने-सामने बैठकर अब तक आए फोटो और बायोडाटा को वे ताश

के पत्तों की तरह बिछा देते हैं—"यह ठीक होगी?"

"एकर अँखिया कइसन तो..."

'तो ये?'

"चेहरा कुछ ज्यादा लम्बा नैं है?" माथा-पच्ची के बाद भी कुछ तय न होता तो पत्ते समेट लिए जाते। एक दिन खाने की टेबुल पर मोतीलाल ने पूछा, "तो क्या फैसला किया तुमने ज्ञान?"

"किस बात का?"

"लड़की चुनने का।"

मोतीलाल ने चित्रों को ज्ञान के सामने रख दिया। ज्ञान ने कनखियों से उन्हें देखा और नजरें फेर लीं। मोतीलाल ने पत्नी की पीठ में चिकोटी काटी तो वह उछल पड़ीं। आँखें तरेरा, धीरे से डाँटा—"बेशरम!"

आखिर बोलना पड़ा मोतीलाल को—"अरे भाग्यवान तुम्हीं पहल करो न।" फिर खुद ही बताने लगे—"ये देखो, ये लड़की दरभंगा की, नाम कौशल्या बी.ए. ऑनर्स इकोनॉमिक्स, पिता कम्पाउंडर, सुन्दर-सुशील, गृहकार्य में दक्ष, रंग गोरा, कद पाँच फुट चार इंच और ये...।" मोतीलाल की कंमेंट्री चल रही थी। एक-एक कर दस लड़कियाँ दिखा चुके तो आँख उठाकर देखा, बेटा जाने कब उठकर चला गया था।

रात को उन्होंने मस्टराइन से पूछा, "तुम क्या चाहती हो? कोई लड़की देखी है?"

"न। और आपने?"

बात वहीं टूट गई। मोतीलाल को लगा अब इस काम में देर नहीं करनी चाहिए और वे थैला टाँगे बाहर निकल गए। पाँच दिन बाद लौटे तो बाहर से ही आर्कमिडिज की 'यूरेका-यूरेका' की तान पर 'मिल गई, मिल गई' चीखते हुए आए। वह शुक्रवार की शाम थी, गुड फ्राइडे। स्कूल बन्द था। ज्ञान कहीं बाहर से लौटकर जूते के तसमे खोल रहा था। मस्टराइन ने साड़ी के आँचल से रसोईघर का पसीना पोंछा साथ ही चेहरे पर चिपक आई मोतीलाल की उजबक चीख को भी—"क्या बच्चों की तरह आसमान सर पर उठा रखा है?"

"तुम सुनोगी तो खुशी से नाचने लगोगी।"

"लॉटरी लगी है?"

"उससे भी बड़ी बात, मैंने कहा था न कि मैं ढूँढ़कर रहूँगा। पाँच स्वाधीनता सेनानी थे जिन्हें इस नीम पर फाँसी दी गई थी। उन्हीं में से एक का पता मिल गया—पं. बरमेसर शुकुल।"

ज्ञान ने मुँह फेरकर अपनी हँसी छुपाई और मस्टराइन ने आँचल की ओट लेकर, फिर धीरे से बोली, "एकदमे सठिया गए।"

"तुमने कुछ कहा?"

"न। मुँह-हाथ धो लो मैं चाय लाती हूँ।"

"ओह, अभी तुमने पूरा सुना कहाँ, वे शुकुल जी थे न, जिन्हें..."

"फाँसी लगी थी।" मस्टराइन ने वाक्य को पूरा किया।

"हाँ, उनकी पाँचवी पीढ़ी में एक नातिन हैं, प्रज्ञा शुक्ला, बी.ए.। एकदम से स्वाभिमानी है और अपने भाई-बहन को पढ़ा रही है। जैसा मैं चाह रहा था वैसी ही है, सुन्दर भी, सुशील भी, स्वाभिमानिनी भी। वे लोटे से हाथ-मुँह धोते जा रहे थे और बताते भी जा रहे थे, "प्रज्ञा का 'ज्ञा' जहाँ पूर्ण होता है ज्ञान, का 'ज्ञा' वहाँ प्रारम्भ होता है। कितनी अच्छी जोड़ी है। उम्र बाईस साल।"

"तौली," मास्टराइन ने हस्तक्षेप किया।

"रंग ज्ञान से जरा-सा उन्नीस है। मगर इतने ऊँचे खानदान के लिए यह सब मामूली चीज है। संघर्षशील लोगों में बाहर से ज्यादा अन्दर आत्मा का सौन्दर्य चमकता रहता है। मैंने देखी है वह चमक।"

माँ-बेटे दोनों मिलकर मोतीलाल को महीनों छकाते रहे। अन्तत: एक दिन अपनी जिद पर अड़ गए कि जबतक मुझे 'हाँ' या 'ना' जवाब नहीं मिल जाएगा, मैं अन्न-जल नहीं छुऊँगा। तब मास्टराइन ने धीरे से पूछा, "रंग बताइए रंग?", जैसे वे ताश खेल रही हों और रंग दिखाने की माँग कर रही हों।

"देख लो।" उन्होंने जेब से फोटो निकालकर नहले की तरह पटक दिया। मस्टराइन ने अपना पत्ता खोला—"क्या वह इससे भी सुन्दर हैं?" सामने एक चित्र पड़ा हुआ था।

"ये?" कंठ सूखने लगा। रीढ़ में हीनता-बोध-सा कुछ रेंग गया। इसके सामने तो बेचारी प्रज्ञा का चेहरा कुछ भी नहीं, बोले, "ये तो कोई फिल्मी हीरोइन लगती है। कौन है यह?"

"एक लड़की है भाई, और कौन? ज्ञान की पसन्द।"

"नाम?"

"संगा।"

"संगा नहीं माँ संज्ञा", ज्ञान ने संशोधन किया, "इसका भी 'ज्ञा' जहाँ पूर्ण होता है, 'ज्ञान' का 'ज्ञा' वहाँ आरम्भ होता है।"

"कहाँ की लड़की है?"

"कोई सत्यप्रकाश पाठक हैं, मैथिल हैं। ज्ञान की शादी वैसे भी शुकुल जी के यहाँ नहीं हो सकती, कान्यकुब्ज हैं।" गौरा देवी ने शास्त्र उठा लिया।

"लोग अन्तरजातीय और अन्तरराष्ट्रीय विवाह कर रहे हैं और तुमलोग अभी भी कान्यकुब्ज और मैथिल के पचड़े में पड़े हुए हो।" मोतीलाल को यह हार स्वीकार न थी। वे अभी भी प्राणपण से प्रज्ञा का खारिज किया जाना रोक लेना

चाह रहे थे। कोई भी तर्क काम नहीं आ रहा है। फिर उन्हें एक भूली हुई बात याद आई—"ये कहीं वही सत्यप्रकाश पाठक तो नहीं हैं जो सेक्रेटेरियट में क्लर्क है?"

"हुआ करें, आपको इससे क्या?"

"एक नम्बर का घूसखोर है। तुम्हें पता है, उसने मुझसे भी घूस लिया था, मंत्री से मिलाने के लिए सौ रुपये।"

"तब तो और भी अच्छा है, यही मौका है सूद के साथ मूल भी वसूल लीजिए।" मस्ट्राइन हँस पड़ी।

"हँसो नहीं, मैं यह शादी हरगिज नहीं होने दूँगा।"

"कौन नहीं लेता-देता घूस? सरकार में सबके सिर पर घोटाले के आरोप आए दिन लगते हैं कि नहीं? मंत्री घूस लेता है तो पुण्य, सन्तरी ले तो पाप।" ज्ञान ने अपने भावी श्वसुर का बचाव किया।

"फिर उस लड़की ने कौन-सा पाप किया है?" मस्ट्राइन ने कहा।

"मेरी आत्मा नहीं स्वीकारती।"

संवाद हवा में दागे जाने लगे थे,

"शादी मुझे करनी है या बाप को।" ज्ञान ने कहा।

"बाप का भी बनता है कुछ शादी में।" मोतीलाल ने जवाब दिया।

"जो भी नेग-चार बनता हो, ले ले बाप।"

"बाप-बाप होता है, बेटा-बेटा, राजा-प्रजा नहीं।

"मैं इस परिवार में एक घूसखोर कर्मचारी की बेटी लाकर खानदान को डुबोने नहीं दूँगा। मेरा भी समाज और परिवार के प्रति दायित्व है। उस तप:पूत परिवार की स्वयंसिद्धा प्रज्ञा के प्रति भी मेरा दायित्व है।"

"आपका चलता तो झा जी की बेटी मेरे गले में लटका चुके होते। वहाँ भी दायित्व था, जैसे उसे सलटा दिया, वैसे इसे भी सलटा देंगे।"

तमतमा उठे मास्टर साहब—"झा जी से शुकुल जी की तुलना करते हुए तुम्हें शर्म नहीं आई! कान खोलकर सुन लो, शादी होगी तो प्रज्ञा के साथ, नहीं तो नहीं।"

"तो आप भी सुन लीजिए बाबू जी, मुझे उस साइकिलवाली मास्टरनी के साथ 'जन-गण-मन' और 'वन्देमातरम' का कोरस नहीं गाना।"

अवाक होकर लगे ताकने। मुँह खुला का खुला रह गया। चश्मा नाक पर फिसल आया। होंठ थरथराए पर बकार न फूटी—'यह उनका अपना बेटा है?'

कर्मकांड को माननेवाले अन्धविश्वासी की तरह उन्होंने सोचा—'यह उनके किन्हीं कुकर्मों की सजा है!' आँखें झुक गईं—'कुकर्म तो किया है मैंने, पंकज की जगह ज्ञान को नौकरी दिलवा दी।'

यही बात जब पंकज के सामने उन्होंने कही तो वह हँस पड़ा—"क्या मैं मान लूँ आप बूढ़े हो रहे हैं और आपकी प्रज्ञा नष्ट हो रही है? बच्चों में गुण माँ के वंश तथा पिता के वंश के जीन्स से प्रवाहित होते हैं, पर मात्र इतना ही नहीं, माहौल और घटनाएँ भी उसे मोड़ती और मरोड़ती रहती हैं। ऐसा भी हो सकता है कि उसपर आंटी का अधिक प्रभाव पड़ा हो, लाड़ अधिक मिला हो या इसे कहीं दबाया गया हो या कहीं इससे भी अलग उसने बचपन से ही अपने निष्ठावान पिता को ईमानदारी के रास्ते पर चलते हुए प्रतिपल टूटते हुए देखा हो। क्या मिला आपकी ईमानदारी का सिला? और यहीं से वह कुंठित होता गया हो जिसका रिएक्शन उसके आचरण में झलकता है। अँग्रेजी के 'एस' की तरह टर्न।"

"मुझे झूठी तसल्लियाँ न दो पंकज! तुमसे ज्यादा जलालत और अपमान, उसे नहीं मिला।" संवाद चुक गए थे। शाम के आकाश में गौरैयों का एक झुंड उड़ा और लहरदार धब्बे दूर तक उड़ते चले गए।

सहसा ही उन्हें याद आया—"ये बताओ तुम बीच-बीच में गायब कहाँ हो जाते हो?"

"वोऽऽऽ जरा यों ही।"

"बताने लायक नहीं है क्या?"

चुप हो गया पंकज।

"नहीं बताना चाहते हो तो न बताओ। पर मेरी एक समस्या है, पुस्तक छपकर आ रही है। लोकार्पण के लिए सही व्यक्ति के चयन में गड़बड़ा रहा हूँ। सुझा सकते हो कोई उपयुक्त नाम?"

उन्हें कुर्सी पर बिठाकर चुपचाप टहलता रहा पंकज। फिर सामने आकर खड़ा हो गया—"आपके दोनों सवालों का एक ही जवाब है सर, वीरेन्द्र प्रताप सिंह।" मास्टर साहब पंकज का मुँह ताकने लगे—"कहीं वही तो नहीं... पाँचवें सुराजी के वंशज?"

"जी।"

"अखबार तो मैंने पढ़ना छोड़ दिया है लेकिन पिछले साल तक चर्चा में ये नाम बार-बार आता रहा और शायद इस बार हजारीबाग के एम.एल.ए. का चुनाव भी जीत चुके हैं। कहीं ये वही वीरेन्द्र प्रताप सिंह तो नहीं?"

"जी।"

"तो तुम इन्हीं के पास जाते हो?"

"जी।"

"पार्टी-पूर्टी भी करते हो?"

"जी... क्यों, कुछ गलत करता हूँ सर?"

"नहीं-नहीं, मैं वो नहीं कह रहा हूँ।" बहुत धीमे-धीमे बोलते हैं मोतीलाल।

"अभी जो तुम्हारे पास एक बूढ़ा बैठा हुआ है, उसकी चिन्ता दूसरी है।"

"क्या ज्ञान की शादी?"

"नहीं, ज्ञान अब खुदमुख्तार है। मुझे प्रज्ञा की चिन्ता है। तुम्हें कैसी लगती है?"

"मैंने उसकी बात कभी सोची भी नहीं सर! फिर कहाँ वो ब्राह्मण, कहाँ मैं—!"

"अब सोचना।"

यथा अर्थ बनाम यथा तथ्य

मास्टर साहब की मति फिर गई है, शून्य में ताकते हुए बोले, 'जबतक न जानो तभी तक आकर्षण है। जान लेने पर हैरानी होती है—'अरे बस यही है।'

"अतीत को जानकर हम क्या करेंगे सर? हद से हद उससे प्रेरणाएँ ले सकते हैं मगर उससे चिपक कर तो नहीं रहा जा सकता। दुनिया हमेशा नई होती है। इतिहास की ओखल में समय का घन लगातार बरसता है। सब कुछ कट-कुट, टूट-फूट, मिल-मिलाकर नया बनता रहता है। सत भी, असत भी, अच्छा भी, बुरा भी। किसी ने कहा भी है कि दुनिया की सारी कब्रें उन वीरों से अँटी पड़ी हैं जिन्हें कभी इनडिसपेन्सिबुल (अपरिहार्य) माना गया था। कभी उनकी चरम सार्थकता या प्रासंगिकता रही होगी पर आज वे धरती के बोझ हैं। एक मनोवैज्ञानिक बैसाखी से ज्यादा उनकी कोई अहमियत नहीं।" पंकज आज अपनी रौ में था—"आप तो सिर्फ पाँच स्वतन्त्रता सेनानियों की बात कर रहे हैं। सर, जरा सोचिए उन तमाम महान शहीदों के बारे में, आखिर वे गए कहाँ? कुछ अपवादों को छोड़ दे तो ज्यादातर के सुराग तक नहीं मिलते। दो ही तीन पीढ़ी बाद पहचान धुँधलाने लगती है। उससे आगे बढ़ें तो ऐसे खो जाते हैं जैसे सफर के दौरान पीछे छूटा हुआ कोई पेड़। कहाँ गए परम प्रतापी आल्हा-ऊदल, वीर मलखान और पृथ्वीराज चौहान, कहाँ गए वीर लोरिक, महान चन्द्रगुप्त मौर्य, चाणक्य? विक्रमादित्य के वंशज ढोल ढो रहे है या भँड़वई कर रहे हैं—क्या पता? वे तो रहे दूर, सौ साल पीछे का इतिहास ही लीजिए, भगत सिंह के गाँव के बच्चे उन्हें नहीं जानते। वे कनाडा-अमेरिका, इंग्लैंड और यूरोप को जानते हैं पर अपने भगत सिंह को नहीं। गांधी जी के पुत्र हरिलाल का विचलित होना और मरना आप जानते हैं। पर एक सामान्य टी.टी. ने उनकी तीसरी पीढ़ी के साथ जो दुर्व्यवहार किया, ऊ तो नहीं जानते होंगे?"

"वो तुम दक्षिण अफ्रीका वाली बात कर रहे हो गांधी जी के सन्दर्भ में?"

"नहीं सर, अपनी मुम्बई की बात। गांधी जी के नाती के साथ हुआ था वह कांड, जो अपनी पत्नी के साथ रिजर्व बर्थ पर बैठने आए थे। किसी टी.टी. ने उनकी बीवी की सीट किसी गुंडे को बुक कर दी थी। कम्प्लेन करने पर बदसलूकी की और कहा, 'शुक्र मनाओ तुम्हारी बीवी के साथ अशोभन नहीं कर रहे हैं।' आपको पता है सर, गांधी जी के जन्म-स्थान में क्या हो रहा है? स्मगलरों का स्वर्ग बन गया है वहाँ। कहाँ है राणा प्रताप और शिवाजी की पीढ़ी? कहाँ है महान मुगल शहंशाह की अन्तिम पीढ़ी? कलकत्ते में हाथ रिक्शा चलाते हुए जी रही हैं या कुछ और कर रही है जिसे आप न सुनना चाहें, न देखना। फिर जिनकी विरुदावलियों पर आप गर्व से सीना फुलाए चलते हैं, उन महान लोगों में से कइयों की गुप्त बातें जान लें तो सीना पिचक जाएगा। माथा झुक जाएगा शर्म से। वे अन्तःपुर के तहखाने, वे सुरंगें जिनसे होकर लड़कियाँ लाई जाती रहीं, अपनी लड़कियाँ और बहनें बाहर भेजी जाती रहीं ताकि जान महफूज रहे। इतिहास के इस बोझ को ये कब तक ढोएँ? बच्चों को उठाए बन्दरिया, पानी बढ़ने के साथ-साथ उसे उठाती जाती है पर जब पानी नाक तक चला आता है तो उस पर पाँव रखकर खड़ी हो जाती है। इतिहास में हमें अपने होने को हमेशा प्रमाणित करना पड़ता है। मैं था, मैं हूँ, मैं अब भी हूँ।"

मास्टर मोतीलाल की कच्ची-पक्की झबरीली मूँछें उदबिलाव-सी खड़ी हो गईं। वे पिटे हुए इनसान की तरह सहमकर ताकने लगे। चेहरा श्मशान होने लगा—"मुझे डराओ मत। कहीं तो बचा हुआ है कुछ। कहाँ है तुम्हारे बाबू वीरेन्द्र प्रताप सिंह?"

"सर, मैंने बताया न। हमें ठीक-ठीक मालूम नहीं कि वे उन शहीद परिवारों से बिलाँग करते हैं या नहीं।"

"करते हैं बरखुरदार, करते हैं। वही तो हैं उस आग के सच्चे वारिस जिसे प्रोमेथस मनुष्यों की भलाई के लिए स्वर्ग से चुराकर लाया था, जिसके चलते उसे दंडित होना पड़ा।"

पंकज के चेहरे पर हँसी छलक आई। ताड़ गए मोतीलाल—"क्या बात है?"

"मुझे कृपया बताइए सर कि अगर वीरेन्द्र प्रोमेथस भी हों तो क्या जरूरी है कि वे किन्हीं शहीदों के वंश के ही हों...और कोई शहीद परिवार है तो क्या जरूरी है कि उसका बाकी वंशवृक्ष भी वैसा ही आदर्शवान होगा...देशहित के लिए कोई फाँसी पर चढ़ गया तो क्या सिर्फ इसी इमोशनल कम्पल्सन में उसके बाकी कार्य भी खरे मान लेंगे?"

'हाँ यह बात तो विचारणीय है।' मोतीलाल बर्राये फिर थोड़ी देर बाद बोल पड़े, "यू आर वेरी क्रुएल! मैंने वीरेन्द्र को देखा है भई। हवा में नहीं रोपे हैं मैंने अपने विश्वास।"

"न कुछ नहीं। वो मैं सोच रहा था कि आपने वीरेन्द्र जी को अभी देखा भी नहीं और वारिस मान लिया! ज्ञान आपका वंशपुत्र हुआ, वीरेन्द्र आपका धर्मपुत्र। अगर ये दोनों आपके सामने हों और आपको किसी एक के साथ खड़ा होना हो तो आप किसके साथ खड़े होंगे?"

"वीरेन्द्र के साथ।"

"ज्ञान के साथ नहीं?"

"नहीं।"

"सोच लीजिए।"

"सोच लिया भाई।"

"अंजाम पर भी सोच लीजिए।"

पसोपेश में पड़ गए मोतीलाल।

"शायद तुम सही हो। तुम मेरी जगह होते तो क्या करते?"

'मैं?'

'हाँ तुम।'

"इसलिए तो मैंने तय कर लिया है सर कि अगर मुझे वीरेन्द्र जी का रास्ता चुनना है तो मैं विवाह ही नहीं करूँगा क्योंकि परिवार आदमी को कमजोर करता है और अगर वीरेन्द्र नहीं बन सकता तो वीरेन्द्र का ईंधन बनकर ही सन्तोष कर लूँगा ताकि वीरेन्द्र का रास्ता कुछ तो आसान हो।"

घर में घुसने का मन नहीं कर रहा है। फिर भी घर, घर था। लौटे तो पत्नी की फिर वही एक-सी उलाहना, "कहाँ चले गए थे?"

"क्यों मेरे बिना कोई काम अटका पड़ा है क्या?"

"कैसी बातें करते हैं?"

यह विरोध-वार्ता रुक-रुककर चलती रही—एक दिन, दो दिन... कई दिन और अन्त में पंकज ने ही उन्हें मनाया कि ज्ञान जहाँ भी शादी करना चाहता है उसे करने देना चाहिए और भारी मन से उन्हें उस शादी के लिए 'हाँ' करना पड़ा।

प्रज्ञा नहीं संज्ञा!

"लेकिन मैं इस बार जनेऊ नहीं पहनूँगा।" (विरोध दर्ज करने का क्या उम्दा तरीका है!)

"आपको जनेऊ पहनने को कौन कहता है बाबू जी? न जाने कितने सवर्ण हैं जो जनेऊ नहीं पहनते। यह शादी भी तो रस्म अदायगी ही होगी। बाकी कोर्ट मैरेज।" ज्ञान ने कहा।

"लेकिन रिसेप्शन तो होगा न?"

"उसी के बारे में तो आपसे कनसल्ट करना था।" गौरा देवी ने कहा, "ई स्टडिया सेंटर है न, एकरे में कर लिया जाए भोज-भात तो कैसा रहेगा?"

"कौन ये पार्लियामेंट?" मोतीलाल की त्यौरी चढ़ी।

"अब जो कह दीजिए, इसका 'सिरीगनेश' किसी मंगल कारज से होना चाहिए।"

"लेकिन आपका यह मंगल कारज तो कोर्ट में होगा न!" गले में कुछ अटक रहा था।

"ई हमरा, आपका पिल्ली-पिल्ला का बियाह है कि दो बुतरू को दुलहा-दुलहिन बना के बैठा दिया! न जान न पहचान। दुलहा बदल गया, दुलहन बदल गई, तो भी पता न चलता। गौना होते ही दर्जनभर बच्चे पैदा करके सनी रहे गू-गोबर में? अरे अब सब समझदार हैं। हनीमून मनाने उसका बाप भेज रहा है फौरेन तो पासपोरट चाहिए न! उ सब तो कोर्ट का शादी मानता है।"

आज पहली बार पत्नी के मुँह से 'कनसल्ट', 'फौरेन', 'हनीमून' 'पासपोरट' जैसे शब्दों को झरते देखा। लगा, रातोरात उनका परिवार मॉडर्न हो गया। फिर मन में कुछ चुभा, शायद प्रज्ञा यह सब न दे पाती। उसका तो बाप ही नहीं है।

रजिस्ट्रार को शुभ लगन, तिथि, वार देखकर घर ही बुला लिया गया था। बहुत सामान्य ढंग से विवाह सम्पन्न हुआ। मोतीलाल ने उड़ती नजर से अपनी पुत्रवधू का घूँघटविहीन मुखड़ा देखा, वाकई बहुत सुन्दर लग रही थी। फिर मंत्रों के साथ हिन्दू रीति से विवाह की खानापूर्ति हुई। रिसेप्शन स्टडी सेंटर में ही हुआ और वह भी यादगार। स्वयं मुख्यमंत्री वर-वधू को आशीर्वाद देने आए थे। नेताओं, अफसरों, ठेकेदारों, सेठों की कोई गिनती नहीं। सावित्री का परिवार और आरती का पूरा परिवार इंतजाम में लगा हुआ था। प्रदीप अग्रवाल, अजय सिंह और शहर के एम.पी., डी.एम. और एस.पी. वगैरह तो थे ही।

दुर्गा बाबू के दोनों लड़कों के साथ उनका पूरा परिवार, मामी और बेलारी और कासिमपुर से लोग आए। झा जी की बेटियाँ, ज्ञान और उनका स्टॉफ भी। पर अतिथियों में पुराने कासिमपुर, पुराने पड़ोसियों को दूर ही रखा गया था। उन अभागों ने दूर से ही देखा, जिस एस.पी. साहब के पास वे कभी ज्ञान के विरुद्ध नालिश लेकर गए थे, वह खुद इंतजाम में लगा हुआ था।

छः दिसम्बर उन्नीस सौ बानबे को जबकि केन्द्र में नरसिम्हा राव की सरकार थी और उत्तरप्रदेश में भाजपा के कल्याण सिंह की, अयोध्या की बाबरी मस्जिद को कार सेवकों ने ध्वस्त कर उसकी नींव तक खोदकर सरयू में फेंक दिया और रातोरात एक छोटे से राम-मन्दिर का निर्माण कर डाला। मुसलमानों के लिए यह चरम अपमान का प्रतीक बन गया और हिन्दुओं के लिए इतिहास की पराजय का

प्रतिशोध। गोया कि इतिहास की भूल पर मास्टर साहब ही अकेले अपने ढंग से शोध नहीं कर रहे थे, उग्रवादी हिन्दू संगठन भी अपने ढंग से शोधरत थे। न सिर्फ शोधरत बल्कि प्रतिशोधरत भी। पूरी हिन्दी-पट्टी पुलिस और मिलीटरी छावनी में बदल गई। मगर जो दंगे भड़के, वे रुकने का नाम नहीं ले रहे थे। कासिमपुर से भी कई सूरमा गए थे। जियालाल उसी धर्म-युद्ध में शहीद हुआ। बाकी लोग अपने विजय के प्रतीक रूप में बाबरी मस्जिद की ईंट और मिट्टी के टुकड़े लेकर आए थे। जियालाल की याद में एक शहीद-सभा आयोजित की गई। आयोजकों ने मोतीलाल को दो शब्द बोलने का अनुरोध किया जिसे उन्होंने सिरे से खारिज कर दिया और पैदल ही पंकज के घर चल पड़े। पंकज ने बुझे मन से स्वागत किया। मोतीलाल ने कहा, "तुम्हारे वीरेन्द्र बाबू के होते हुए दंगाइयों ने बाबरी मस्जिद तोड़ दी?"

"हाँ सर, क्या कहें! जिस दिन राजीव गांधी ने दोबारा ताला खुलवाया उसी दिन हमारे एक कामरेड ने प्रेस विज्ञप्ति जारी कर देश को सचेत किया था कि यह एक बहुत बड़ी ऐतिहासिक भूल है। आनेवाले दिन में देश को इसका खामियाजा भुगतना पड़ेगा। आपने पुस्तक में इस भूल की ओर संकेत किया है या नहीं?"

"याद ए न पड़ा।" मास्टर साहब झेंप गए।

पंकज हँस पड़ा—"आप ही की तरह एक खगोलशास्त्री थे। उन्हें आकाश में तारों का पता लगाने की धुन सवार थी। एक दिन अपने जुनून में राह चलते दूरबीन से आकाश में ताकते हुए चल रहे थे कि सामने एक गड्ढा था, जा गिरे। गिरने के बाद होश आया, लगे चिंचियाने—'बचाओ, बचाओ।' बगल से गुजर रहे एक किसान ने पुकार सुनकर उन्हें दौड़कर निकाला और पूछा, 'आप गिरे कैसे इसमें?' वे बोले, 'मैं आकाश के तारों को देखता हुआ जा रहा था।' किसान बोला, 'अजीब आदमी हैं, आसमान के छोटे-छोटे तारे देख रहे थे और सामने पड़ा इतना बड़ा गड्ढा नहीं दिखाई दिया?' आपके चारों तरफ उन्माद की हवाएँ बह रही थीं, आज से नहीं वर्षों से, खुद आपके मुहल्ले से आपके चार पड़ोसी गए थे रामजन्म भूमि को मुक्त कराने जिनमें एक मारा गया और आपका ध्यान ही नहीं गया!"

"अब इतनी बड़ी भूल का त्रुटिमार्जन कैसे होगा?" विकल हो उठे मास्टर साहब।

"मैटर लिखकर प्रकाशक को फैक्स कर दीजिए।"

"हाँ, यह ठीक रहेगा।" आशंका फिर घेरने लगी—"और कहीं किताब छप गई हो तो क्या करेंगे?"

"चलिए, फोन से पूछ लेते हैं, नम्बर है न?"

"हाँ?"

गुरु-शिष्य पी.सी.ओ. पर गए। प्रकाशक को फोन लगाया गया।

"आपके चलते हम ऑलरेडी डिलेड हो चुके हैं। अब और कुछ जोड़ना पॉसिबुल नहीं।" प्रकाशक ने जवाब दिया।

"मेरे चलते?"

"हाँ, दो बार पहले भी आप ऐड करवा चुके हैं।"

"क्या ऐड करवाये थे?"

"देखकर बताते है... हाँ, एक बार 'परशुराम', दूसरी बार 'यथातथ्य बनाम यथा अर्थ'।"

"ओऽऽऽ! लेकिन प्लीज, यह जोड़े बिना पुस्तक अधूरी रह जाएगी।"

"हजारों की चपत पड़ जाएगी सर मेरे ऊपर।"

थोड़ी 'खिच-खिच' के बाद वह मान गया—"जितनी जल्दी हो सके फैक्स कर दीजिए।"

अब गुरु-शिष्य के सामने सबसे बड़ी समस्या रामजन्म भूमि, बाबरी मस्जिद की अन्तर्कथा लिखने की थी। मुहलत मिली थी सिर्फ एक दिन की पर लग गए कई दिन।

"ये 'परशुराम' का क्या मामला है सर?"

"वो एक चैप्टर था 'थाउजैंड ईयर्स वार'। हिन्दू-बौद्ध संघर्ष के इस चैप्टर में मैंने दिखाया था कि किस तरह हिन्दू-बौद्ध, प्रकारान्तर से ब्राह्मणों, क्षत्रियों, के वर्चस्व की लड़ाई में ब्राह्मणों ने क्षत्रियों का पहले संहार किया फिर शक, हूण आदि बाहरी बर्बर जातियों को क्षत्रियत्व प्रदान कर उन्हें हिन्दू बनाया..."

"लेकिन ये परशुराम...?"

"अरे वही न..! बाद में एक दिन मुझे परशुराम के मिथ का खयाल आया जो ब्राह्मण थे, जिन्होंने कितनी ही बार क्षत्रियों का संहार किया था अपने परशु या फरसे से, बाद में उसे ब्रह्मपुत्र में धोया था जिससे उसका नाम 'लोहित' पड़ा। यह मिथ मुझे अपनी स्थापना की पुष्टि के लिए आवश्यक लगा। सो सप्लीमेंट भेजना पड़ा।"

"ब्रीलिएंट!" पंकज ने आँख मटकाई—"और दूसरा एडीशन...?"

"वो एक्जैक्टीटयूड वर्सेज रियैलिटी, यथातथ्य बनाम यथा अर्थ... जो चीज जैसी है, उसे उसी रूप में स्वीकारो, उसके अर्थ न निकालो क्योंकि हर आदमी का अर्थ भिन्न-भिन्न होगा और सत्य धुँधला जाएगा।"

"वाह! इस दूसरे सप्लीमेंट की कोई कॉपी-वापी भी है?"

"होनी तो चाहिए।"

"तब चलिए मैं आपको पहुँचा भी आऊँ और उसे लेता भी आऊँ।"

'क्या करोगे?'

"रात में उसे पढ़ भी लूँगा और जैसा कि मुझे लग रहा है, यह एक 'नोट ऑफ

डिसेंट' है,आवश्यक लगा तो इसे देश के प्रमुख अखबारों में छपने को भी दे दूँगा।"

अखबार में टिप्पणी के छपते ही देशभर से चिट्ठियाँ आने लगीं। अँग्रेजी अखबारों ने उसका अनुवाद करके छापा। दूसरी भाषाओं के अखबारों ने भी। देखते-देखते वे एक नए दर्शन के सिद्धान्तकार के रूप में जाने जाने लगे।

ज्ञान को इन बातों में कोई रुचि न थी। स्टडी सेंटर जो दंगे के चलते स्थगित-सा पड़ा था एकाएक सक्रिय हो उठा। पाँच खंडों में से एक खंड में आइ.ए.एस., पी.सी.एस. की कोचिंग सेंटर था। दो में पब्लिक स्कूल। एक में ऑफिस। एक में प्रोफेशलन कोचिंग सेंटर। एक फिलहाल नाबाद पड़ा हुआ था जहाँ मीटिंगें होतीं। पब्लिक स्कूल ने सबसे ज्यादा जगह घेर रखी थी।

पब्लिक स्कूल माँ के नाम पर—गौरा देवी पब्लिक स्कूल और बाकी कोचिंग सेंटर मोतीलाल के नाम पर। इस बात को लेकर बाप-बेटे में फिर ठन गई। उनका मन सदा भन्नाया रहता। किताब अभी भी लोकार्पित न हो पाई थी लेकिन अखबार के उस लेख के चलते चारों तरफ शोर था। वे चिट्ठियों का उत्तर देते-देते पस्त हो जाते। डाकिया एक बंडल चिट्ठियाँ रोज ले आता। उन्हीं पत्रों में एक पत्र में विशेष से ध्यान खींचा, मोटे-मोटे हरूफों में अंकित था—'ए.एन. सिन्हा इन्स्टीट्यूट फॉर सोशल साईंस'। उत्सुकता जगी, देखा तो उन्हें अपने सिद्धान्त की व्याख्या करने के लिए आमंत्रित किया गया था। पंकज को फोन लगाया तो वह उछल पड़ा—"तब सर ऐसा करते हैं, किताब का विमोचन भी उसी समय रख लेते हैं। मैं इंस्टीट्यूट से बात कर लेता हूँ।"

"हाँ वह भी ठीक। किताब तो छपकर आ ही जाएगी। पहले से एक कॉपी वीरेन्द्र बाबू को भेज देंगे।"

और लोकार्पण के दिन...!

"आपसे मिलिए।" पंकज ने साथ आए युवक का परिचय कराया—'आप है वीरेन्द्र प्रताप सिंह।'

अप्रस्तुत-से मोतीलाल हड़बड़ाकर उठ खड़े हुए। मँझोला कद, कत्थई पैंट, मामूली उजली शर्ट। गन्दुमी रंग, सामान्य कान और बड़ी-सी नाक, सामान्य ललाट, चमकती हुई आँखें जिसे चश्मे ने ढक रखा था। दोनों हाथ जुड़े हुए और हाथों की हथेलियों के बीच फँसी हुई उनकी पुस्तक 'भारतीय इतिहास की भूलें।' भावावेश में कुछ बोल नहीं पाए। फिर उनके दोनों हाथ अपने हाथों में लेकर खड़े हो गए।

"बहुत अच्छी पुस्तक है मास्टर साहब। बधाई!"

किसी तरह मास्टर साहब की बकार टूटी—"आपके बारे में जितना सुना है, उसके मुकाबले तो मेरा अवदान तो कुछ भी नहीं। आइए बैठिए न।"

वीरेन्द्र सिंह के नसीब में बैठना न था। छोटी-मोटी भीड़ इकट्ठी हो गई उन्हें घेरकर। तब तक मंच से बुलावा आ गया—

"सज्जनो! आप लोग अपना-अपना स्थान ग्रहण कर लें ताकि हम सभा की कार्यवाही शुरू कर सकें। जैसा कि आपको मालूम है आज इन्स्टीट्यूट के इस मंच पर दो कार्यक्रम आयोजित हैं। 'यथार्थ बनाम यथा तथ्य' के सिद्धान्तकार मोतीलाल जी की पुस्तक 'भारतीय इतिहास की भूलें' का लोकार्पण। लोकार्पण करेंगे बिहार विधानसभा के ओजस्वी विधायक और प्रखर मार्क्सवादी चिन्तक श्री वीरेन्द्र प्रताप सिंह। दूसरा कार्यक्रम उसके ठीक बाद मोतीलाल जी द्वारा अपने सिद्धान्त की व्याख्या। हम आदरणीय मोतीलाल जी को, वीरेन्द्रजी को और इन्स्टीट्यूट के निदेशक महोदय को मंच पर सादर आमंत्रित करते हैं।"

तालियों के बीच लोकार्पण समारोह सम्पन्न हो गया। अखबारों और मीडियावालों के फ्लैश! आँखें चौंधिया गईं। पुस्तक की कुछ प्रतियाँ विशिष्ट अतिथियों को बाँटी जाने लगीं। लोकार्पण के तुरन्त बाद वीरेन्द्र प्रताप सिंह ने कहा,

"ऐसी लोकोपयोगी पुस्तक का लोकार्पण करने का जो गौरव आदरणीय लेखक महोदय और सिन्हा इन्स्टीट्यूट ने मुझे दिया है उसके लिए मैं हृदय से आभारी हूँ। लेखक स्वयं इतिहास निर्माता, स्वतन्त्रता सेनानी और इतिहास के व्याख्याकार रहे हैं। उन्होंने तटस्थ, पर सहृदय भाव से इतिहास का मंथन किया है। अमृत नहीं खोजा, विष का संचयन किया। विष को कोई छूना नहीं चाहता। सारी मार-काट अमृत के लिए होती है, लक्ष्मी के लिए होती है, कौस्तुभ मणि, कामधेनु, ऐरावत, कुबेर के खजाने और पारिजात के लिए होती है।" साँय-साँय करती आवाज, अपने पीछे आँधियों का संकेत देती हुई-सी। शुद्ध, सटीक उच्चारण! टेढ़े-मेढ़े विरूपित उच्चारणों की भीड़ में अपनी विशिष्टता की अलग से प्रतीति कराता हुआ-सा। जी करता है, सुनते ही चले जाएँ। अन्त में उन्होंने कहा, "मेरा एक मासूम-सा सवाल है। इतिहास की उन भूलों की ओर हमारी आँखें जाती हैं जो अतीत हो चुकी हैं, चलिए अच्छी बात है लेकिन उन भूलों का क्या होगा जो इतिहास में आज इस वक्त की जा रही हैं जिससे हमारा वर्तमान ही नहीं भविष्य भी प्रभावित होनेवाला है?"

मास्टर साहब को जैसे किसी ने सोते हुए से जगाया, 'वाकई!' पर इस बिन्दु पर सोचने-विचारने का वक्त न मिला। अपने सिद्धान्त की व्याख्या के लिए उनका नाम पुकारा जा चुका था। बहुत धीमे सुर में मास्टर साहब ने अपना व्याख्यान शुरू किया—"मैं इस सभा में उपस्थित वीरेन्द्र बाबू, इन्स्टीट्यूट के निदेशक महोदय, पटना विश्वविद्यालय के इतिहास, पुरातत्त्व और समाज विज्ञान के डीन साहब और

सभा में उपस्थित विद्वदजनों, विदुषियों से विनम्रतापूर्वक निवेदन करता हूँ कि मैं कोई दार्शनिक नहीं हूँ, न ही इतिहास का कोई व्याख्याकार। मुझे लगा, इतिहास में भूल पर भूल होती रही। मेरी वेदना उस बूढ़े आदमी की तरह थी जिसने गलत-सही उम्र गुजार दी और अन्तिम दिनों उसके मन में एक तड़प उठी कि काश, जिन्दगी में ये भूलें न हुई होती! काश! मैं दोबारा जीवन जी सकता। यही असम्भव यूटोपिया मेरी इस पुस्तक का प्रेरक रहा और इतिहास की भूलों का पृष्ठावलोकन करते हुए ये प्रत्यय मेरे दिमाग में आए।"

उन्होंने आगे बताया—"बहुत दिनों से सुनता आया हूँ रियैलिटी के बारे में। रियैलिटी का हिन्दी रूपान्तर यथार्थ है। यानी यथा का अर्थ। दावे किए जाते हैं कि यथार्थ ही है जो पूरे सच को प्रकट करता है। मगर मुझे लगा, सारी गड़बड़ी की जड़ सच को अपनी ओर खींचने की इसी रियैलिटी की है।

'उष्ट्रनाम् विवाहेषु गर्दभा: सन्ति नायक:
आत्मन् एव प्रशंसन्ति अहो रूपम् अहो ध्वनि:'

"मेरे साहित्यकार मित्र, जो भी यहाँ हों, मुझे माफ करेंगे। सुना है, वीरेन्द्र बाबू भी कविता-उविता करते हैं।"

(सभा में जोरदार ठहाका)

"मैंने रियैलिटी की जगह एग्जैक्टिट्यूड को चुना। विद्वान मित्र कहेंगे, यथातथ्यता सही नहीं।, यथार्थ ही सही है। अपने उन मित्रों से मेरा सवाल है कि फिर बाबरी मस्जिद विध्वंस को आप किस रियैलिटी में लेंगे। मुसलमानों के लिए उसकी रियैलिटी अलग है। हिन्दुओं के लिए अलग। बाकियों के लिए अलग-अलग। सवा-सौ साल पीछे लौटाना चाहूँगा। आप कहते हैं लक्ष्मीबाई देश के लिए लड़ीं। हम कहते हैं, अपना राज बचाने के लिए लड़ीं। झाँसी का राज-पाट। आप कहते हैं लक्ष्मीबाई ने वह युद्ध लड़ा था। कुछ लोग कहते हैं, 'नहीं; उनकी हमशक्ल झलकारी देवी लड़ी थीं—लड़ीं भी, मरीं भी। ग्वालियर के स्वर्ण रेखा पर किस महिला ने प्राण दिए—लक्ष्मीबाई या झलकारी देवी? ऊदा पासी कौन थीं? क्या सन 1857 को प्रथम स्वाधीनता संग्राम माना जा सकता है या इससे भी पहले कई महत्त्वपूर्ण संग्राम हो चुके थे? सबका अपना-अपना सच है। हिन्दी के एक साहित्यकार निर्मल वर्मा जी कहते हैं कि महाभारत भी सच है, न हुआ हो तो भी! मुझे यह कबीर की उलटबाँसी से भी भयंकर बाँसी लगती है। सच एक होता है या अलग-अलग? इतिहास में दबे-पिछड़े, महिलाएँ, आदिवासी—वे सब अपना-अपना हिस्सा माँगने के लिए उठ खड़े हुए हैं—हमारा शेयर कहाँ है? इसलिए कि सच को अनदेखा किया गया और इसलिए भी कि सबका सच अपना-अपना है। इस गुलाम देश की ऐसी विडम्बना! हारनेवाले देश की विडम्बना! हम कहते हैं जीत में भी

अपना शेयर लो और हार में भी। गौरव में भी, कलंक में भी! वही लो, उतना ही लो जितना तुम्हारा प्राप्य है।" (ठहाका)

"मैं मानता हूँ, रियैलिटी का बेहतर उपयोग कल्पनाशक्ति और पूर्वाग्रह मापने में हो सकता है। पर वहाँ भी पैमाना 'यथातथ्यता' ही होगी। हाँ, यथार्थ 'शॉक ऑब्जर्वर' का काम कर सकता है। चोटें सोखने का। अपने हीन पराजित और क्लीव नायक को विक्रमादित्य घोषित कर आप डिप्रेशन में जाने से बच सकते हैं। लेकिन उस सच्चाई से आँखें नहीं चुरा सकते जो सच्चाई दो हजार वर्ष के गृहयुद्ध और गुलामी के साथ हमारे सामने खड़ी है। यथातथ्यता को सहने का जिगरा सबका नहीं होता। मैं गलत था—दुनिया के सबसे पवित्र शब्द हैं ये। हिन्दी में इसे पाप-स्वीकार कह सकते हैं। क्रिश्चियैनिटी में 'कनफेशन'। प्रकारान्तर से कयामत भी यही है। जैसे-जैसे मनुष्य की बुद्धि विकसित होती गई, वह खुदगर्ज होता गया, उसे सच को छुपाना आ गया और खुशामद और निन्दा करने की कलाएँ सीख गया। यहीं से शुरू होता है सच का भटकाव। अगर हमारा अतीत गलत है, अगर हमारे पूर्वज गलत हैं तो कोई देखना चाहेगा उस सच को। इस न देख पाने की कापुरुषता को ढकने के लिए 'सिंह' और 'वेद पाठी' और दीगर उपाधियों के चमकदार आवरण बनाए गए। मिथहास में देखें तो राम, दशरथ आदि को कभी सिंह लगाने की जरूरत नहीं पड़ी। न ही तब के किसी ब्राह्मण को वेदपाठी का तमगा जोड़ने की। सच को छुपाने का काम साहित्य करता रहा है, मिथहास भी, गाथाएँ भी। मैं आपसे पूछता हूँ दो और दो मिला कितने होते हैं?"

सभा से आवाजें आईं—'चार।' किसी-किसी ने मजाक किया, 'बाईस', किसी ने 'तीन' कहा, किसी ने 'पाँच' किसी ने 'शून्य'। मास्टर साहब पर इस समय सरस्वती सवार थीं। हँस पड़े—"अपने इन मित्रों की तरह मैं बुद्धिमान नहीं हूँ कि दो और दो मिलाकर बाईस, तीन, पाँच या शून्य बना डालूँ। मैं इस देश का ठेठ आदमी हूँ जो गणित के सामान्य नियम का कायल है कि दो और दो मिलाकर चार होते हैं सिर्फ चार, न तीन, न पाँच! तो इस चार के सच को विरूपित करने में मनुष्य का आग्रह है, खुदगर्जी है, निन्दा है और सच कहूँ तो आत्मघाती झूठ है। इसलिए इस तीन-पाँच करनेवाले साहित्यकारों से अपने विचार मेल नहीं खाते। इतिहास को इतिहास ही रहने दीजिए—यथातथ्य! मिथहास न बनाइए। राम कथा का उदाहरण आपके सामने है। शताधिक रूपान्तर है इसके—देश काल, व्यक्ति सापेक्ष। वेद की इक्कीस पांडुलिपियाँ हैं। सब की सब मूल होने का दावा करती हैं। एक विद्वान किताब लिख रहे हैं, 'अपने-अपने राम'! सच को विरूपित विभ्रमित करने का सबसे सरल बौद्धिक तरीका है, कई सच सामने रख दीजिए। भूल-भुलैया में भटककर असली सच 'टें' बोल देगा। इसलिए मिथहास और गाथाएँ इतिहास

नहीं होतीं, इतिहास को भटकानेवाले होती हैं।" सभा में देर तक ताली बजती रही। मंच से उतरते ही लोगों ने घेर लिया मास्टर साहब को।

"देखने से तो इतने कठोर नहीं लगते मास्टर साहब।" इतिहास के डीन ने कहा, "आप हमारे सपनों, आहों, आँसुओं, उच्छवासों से हमें अलग कर देना चाहते हैं?"

"नहीं, सिर्फ खुराफातों से अलग करना चाहता हूँ।"

"सारा इतिहास खुराफातों से ही बनता है। चरित्रहीनों के चलते ही दुनिया का चमन आबाद है।"

वे अभी इसका कड़ा जवाब ढूँढ़ ही रहे थे कि पंकज उनका हाथ पकड़कर अलग ले गया—"वीरेन्द्र बाबू के पास समय नहीं है।" मोतीलाल ने जल्दी-जल्दी भीड़ से रास्ता बनाया और जा पहुँचे जीप के पास, बोले, "वीरेन्द्र बाबू मैं कोई पॉलिटिक्स नहीं करता लेकिन आपकी राह मुझे अपनी राह लगती है। बहुत देर कर दी मेहरबाँ आते-आते...!" बूढ़ा हो गया हूँ। काश! आप जवानी के दिनों मिले होते। मैं आपको और देखना, और सुनना, और समझना चाहता हूँ और अपनी बची-खुची जिन्दगी की सम्भावित दिशा तय करना चाहता हूँ।" हाथ जुड़ गए थे। शब्द चुक गए थे। वीरेन्द्र बाबू ने कहा, "हम जल्द ही मिलने का कोई समय निकालते हैं मास्टर साहब।"

और वह समय आया तीन महीने बाद।

मूल खोजना बड़ा कठिन है नदियों का, वीरों का!

"**आपने** लिखा है, दुनिया के पवित्रतम शब्द हैं, 'मैं गलत था।', अब क्या सुनाऊँ अपने बारे में...?" वीरेन्द्र सिंह ने सिगरेट जलाई और धुएँ के उस पार से बोलने लगे।

"आपके सामने कनफेस करता हूँ कि शुरू-शुरू में मैं काफी भटकाव का शिकार हुआ। अब कृपया यह मत पूछिएगा कि ये वही चलित्तर सिंह मेरे पूर्वज थे या कोई दूसरे चलित्तर सिंह जिन्हें आपके उस नीम के पेड़ से सन सत्तावन के गदर में फाँसी दी गई थी।" वे हँस पड़े—"सच तो यह है कि मैं अपने पिता मनबोध सिंह की तीसरी सन्तान हूँ। मुझसे पहले दो भाई मर चुके हैं। चालीस-पैंतालीस साल पहले का मेरा परिवार और परिवेश...! परिवार में एक-पर-एक मौतें और

दुर्घटनाएँ होती रहीं। इन मौतों ने मनबोध सिंह के अन्दर एक ग्रन्थि बना ली—भय की ग्रन्थि। पूरा परिवार और कुनबा इसकी चपेट में था। आए दिन भागवत, कीर्तन और पूजा के अनुष्ठान होते रहते ताकि परिवार में और कोई अनिष्ट न हो। मैं इसी परिवेश में बड़ा हो रहा था, अन्दर चूजे-सा मन बाहर भक्ति की खोल। मेरा मन इस खोल से बाहर आने को तड़पता। संस्कार में साधन भी वही मिले थे—जप, जाप, यज्ञ और कीर्तन। मुक्ति की चाह ने मुझे फिल्मों की ओर आकर्षित किया—आरोपित नायकत्व का मायालोक! तब झुमरी तलैया फिल्मों की मायानगरी हुआ करती थी। नई फिल्म लगती। मैं एक दिन पहले जाता, दो-दो सिनेमाहालों में दो-दो फिल्में देखता और नई फिल्म लग जाती तो उसे भी देखकर घर लौटता। हँकारते, गुर्राते चारों ओर से घेरकर उस अदृश्य भय को भगाने के लिए आरोपित नायकत्व से प्रेरणाएँ लेकर मैं एक-पर-एक जोखिम के काम करता। इस तरह से गाँव में मशहूर होता गया मैं। गाँव में गेहुँअन साँप निकला है तो पूँछ पकड़कर फेंकने का काम 'वीरेन्द्र' के जिम्मे। साँड़, भैंसा या हाथी बेकाबू हो गया है तो उसे काबू में करने के लिए बिरेन्दर तो है ही। अपने मित्रों के बीच, किसी को किसी बदमाश को सबक सिखाना है तो बिरेन्दर को पकड़ो। मुझे ऐसी हर चुनौती कबूल थी। जिन्दगी सभी दिशाओं में फूट रही थी लेकिन खुद को उलीचते हुए मेरे वीरेन्द्र को कोई सटीक दिशा नहीं मिल रही थी। कोई पहलवान तो था नहीं मैं पर चलता तो ऐंठते हुए चलता, गोया पहाड़ों को उठाकर नदी के उस पार रख आऊँगा और नदी को रस्सी की तरह मोड़-मरोड़कर जेब में रख लूँगा।"

"वीरेन्द्र से बिरेन्दर और बिरेन्दर से बिरेन्दरा!" बिरेन्द्र बाबू आज रिलैक्स मूड में थे, एक-एककर कई सुननेवाले जमा होते गए।

"वाकई, यह सब हास्यास्पद था—रिडीक्यूलस! मैं तो गरीब और पिछड़े परिवार का एक मामूली बच्चा था जिसे आठ-आठ किलोमीटर जाना होता पढ़ने के लिए। दसवीं के बाद पढ़ाई छोड़ ही देनी पड़ी। पढ़ाई के छूट जाने ने मेरे अन्दर हीनता भर दी जिससे उबरने के लिए मैं आज भी कोशिश करता हूँ।"

यादव जी ने हँसकर कहा, "दीवानगी की इन्तहा यह कि गोबर पर भी कोई कागज गिरा हो और उसपर कुछ लिखा हुआ हो तो उठाकर पढ़ने लगते हैं कि देखें उसमें क्या लिखा है।"

"हाँ", स्वीकारा वीरेन्द्र ने—"भय से ही जुड़ा दूसरा सेंटिमेंट जो मुझपर हावी रहा, वह था जिज्ञासा का। सम्भवत: भय के चलते ही उपजा हुआ दुनिया को समझने और बदलने का जज्बा मुझे बेचैन किए रहता। बेचैनी जब ज्यादा बढ़ जाती तो ट्रेन पकड़कर सीधे निकल पड़ता—कभी बम्बई, कभी कलकत्ता तो कभी बनारस, इलाहाबाद या हरिद्वार। पास में टिकट न होता, टी.टी.ई. नजर आता तो

साधु का स्वाँग रच लेता, भजन गाने लगता। जो मिला, खा लिया, जो मिला पहन लिया, जहाँ जगह मिली, सो गया। अनजान शहरों में पेट भरने के लिए मजदूरी भी करनी पड़ी तो कर ली। घूम-घामकर लौट आता गाँव!"

मास्टर साहब को ठेस लगी—"यह तो बहुत मामूली-सी जिन्दगी है। नहीं-नहीं, उनके नायक की उठान इतनी मामूली नहीं हो सकती।" और वे इस 'साधारण' में 'असाधारण' ढूँढ़ने की कोशिश करने लगे—"जीवन दु:खमय है। इन दु:खों से मुक्ति कैसे मिलेगी—भारतीय मनीषा की यही बुनियादी तड़प रही है। इसी तड़प ने कभी सिद्धार्थ को राज-पाट त्यागकर तपस्वी बनने को प्रेरित किया था।"

"उतने बड़े सिंहासन पर मुझे न बैठाइए। मेरा राजपाट क्या था, सो आपको बता चुका हूँ।" वीरेन्द्र ने मास्टर साहब के नायक को फिर खुरदरी जमीन पर ला खड़ा किया।

"पर एक बात कॉमन है दोनों में।" यादव जी ने कहा, "शुद्धोदन की तरह इनकी शादी भी इनके बाबू जी ने जल्दी कर दी थी ताकि ये सांसारिक बने रहें।"

"उसका खामियाजा भी तो भोगा मैंने। अभाव, कुपोषण में दो बच्चों को जाना पड़ा। ठीक बापवाली कहानी दुहराई बेटे ने। फिर वही भय। अनिष्ट की हर घड़ी आशंका और भय से मुक्ति के लिए फिर वही सम्बल धर्म का। भटकते-भटकते मैं आया हरिद्वार और नागा संन्यासी बन गया। कुछ दिनों बाद एक अखाड़ा भी चलाने लगा। वहाँ मैं सच्चे मन से मानवधर्म का प्रचार करते हुए सामाजिक परिवर्तन का प्रवचन करने लगा। लेकिन साधुओं की दुनिया बाहर से जितनी अच्छी दिखती है, अन्दर उतनी ही गलीज होगी, इस बात का पता न था। इस सत्य का साक्षात्कार तो उनके सान्निध्य में कुछ दिन गुजारने के बाद हुआ। बड़े-बड़े मारवाड़ी सेठ भंडारा करवाते। एक टुकड़ा मिठाई या पकौड़ा न मिलने पर त्यागी समझे जानेवाले साधु गाली-गलौज, छीना-झपटी पर उतर आते। गाँजा, भाँग, चरस, ऐय्याशी और समलैंगिकता! ओह! वह सब याद करना भी दु:खद है और भूल पाना भी कठिन। वो गीत है—हँसने की चाह ने कितना मुझे रुलाया है..."

एक सज्जन ने टोका—"सुने हैं, अखाड़ों में वर्चस्व की लड़ाइयाँ भी होती रहती हैं, बन्दूकें तक चल जाती हैं।" तो तीसरे ने जोड़ा—"इलाहाबाद के कुम्भ में 'हम बड़े हैं कि हम' में ही दो अखाड़ों में भिड़न्त हो गई, जैसे दो सेनाएँ आमने-सामने डटी हों। हाथी पर सवार होकर आते हैं ये मुस्टंडे और खुद को बताते हैं माया-मोह से मुक्त हो गए हैं।" मोतीलाल की स्मृति में फिर से कौंध आए हाथी—पुरू के हाथी, अम्भि के हाथी... अनंगपाल के हाथी, शिशुपाल के हाथी, हेमू के हाथी और नीम का टेरा काटनेवाले साधु का हाथी। उस हाथी पर नागा संन्यासी के रूप में वीरेन्द्र सिंह का चेहरा कैसा लगता होगा? लेकिन अगले

ही पल वीरेन्द्र ने उन्हें उबार लिया।

"मैं संगम-वंगम नहाने और हाथी-वाथी के चोंचलों में कभी नहीं पड़ा। हाँ, संन्यासियों के भीतर घुसकर जो देखा तो मुझे लगा कि अपराधियों के लिए धर्म एक पर्दा है, एक अभयारण्य जहाँ उपदेश पोंकते हुए वे ऐय्याशियाँ और तमाम हरमजदगियाँ कर सकते हैं। शायद मैं वहाँ कुछ और महीने टिका रह जाता अगर महन्त बाबा रामदास ने पूजा के लिए आई उस लड़की से बलात्कार न किया होता। मेरा मन किया कि सबके सामने उसे पटककर दे मारूँ और पीटते-पीटते बेदम कर दूँ।"

(मोतीलाल मन-ही-मन महन्त को पीट-पीटकर बेदम कर चुके थे। न सिर्फ बेदम बल्कि उन्होंने उसका लिंग-विंग भी काट लिया था।)

वीरेन्द्र सिंह ने आगे बताया—"साधु का बाल भी बाँका न हुआ। मैं अकेले कुछ न कर सका। पूरा गैंग था उसका। निराश होकर गाँव लौट आया। खेती की, मन नहीं लगा। छोटी-मोटी नौकरियाँ की। छोड़ दीं। लाइन होटल खोले। बन्द कर दिए। मन में आता, मैं लाइन होटल के लिए नहीं बना हूँ। बोकारो में भी मैंने लाइन होटल ही खोल रखा था।"

"ई कबकी बात है?"

"अठत्तर-उनासी रहा होगा। उन दिनों बोकारो स्टील कारखाना लगभग नया-नया ही था। स्क्रैप की नीलामी, ठेकेदारी, सूदखोरी के लिए पूर्वी उत्तर प्रदेश और बिहार के गिद्ध एकत्रित हो रहे थे। सरकारी अमलातन्त्र उनका गुलाम था और पुलिस तो वैसे भी एक ही रंग में रंगी होती है। हमने कुछ नौजवान दोस्तों के साथ मिलकर 'ग्रुप सेवन' बनाया। जहाँ-जहाँ भी अनीति और दमन होता ग्रुप सेवन डायरेक्ट ऐक्शन पर उतर आता। जैना मोड़ में एक आपराधिक किस्म के दारोगा को ग्रुप सेवन ने उठाकर पटक दिया और एक भ्रष्ट अधिकारी को पीट-पीटकर ठंडा कर दिया था। सारे लोग खड़े थे और ग्रुप सेवन उन्हें पीट रहा था। मजाल था कि कोई उन्हें छुड़ाता!" फोन की घंटी बजी और वीरेन्द्र बाबू फोन अटेंड करने गए। (मास्टर साहब तब भी दारोगा और भ्रष्ट अधिकारी को पीटे जा रहे थे। चुपके से वे ग्रुप सेवन में शामिल हो गए आज और कल की सीमाओं को लाँघकर ग्रुप सेवन नहीं, ग्रुट एट!)। बिरेन्दर बाबू आए तो माचिस खोजने लगे, शायद उन्हें सिगरेट की तलब थी। बोले, "जानते हैं अभी किसका फोन था पी.बी. पांडेय जी का। यही एक तरह से मेरे राजनीतिक गुरु हैं। उनके एक साथी मोहन जी ने हमारे ग्रुप को बुलाया और शुरू हो गया शास्त्रार्थ—

"समाज ऐसे बदलता है? कितने को मारेंगे आप। दो-चार, दस बीस, पचास-सौ...?" उन्होंने पूछा।

"क्या करें अन्याय देखा नहीं जाता। कहीं भी, कोई भी अत्याचार करता है

और कोई निर्दोष अपमानित होता है तो खून खौल उठता है।" मैंने कहा।

"उस बलात्कारी महन्त रामदास बाबा पर भी तो आपका खून खौल उठा था, कर पाए आप कुछ?" मुझसे जवाब देते न बना।

पांडेय जी ने धीमे स्वर में पूछा, "कभी आपने सोचा भी है कि ऐसा क्यों हुआ...? इसलिए कि उनका संगठन था, आपका नहीं। अपराधी संगठित हैं और अपराध का विरोध करनेवाले बिखरे हुए।" सुरेन्द्र मोहन ने धीरे से टिटकारी मारी—"ई फिलिमियाँ भी खूब देखते हैं न!" पांडेय जी को मौका मिल गया, मुझे लताड़ते हुए बोले, "आप क्या समझते हैं सिंह साहब, फिल्म में अकेला नायक सारे पापियों को पीटकर ठंडा कर देता है तो आप भी कर देंगे? कोई भी गोली चली तो रुद्राक्ष, ईश्वर का चमत्कार या 786 आपको बचा लेगा? आपको पता है उन बहादुर नायकों में से किसी पर कायदे की एक भी बॉक्सिंग पड़ जाए तो उठकर पानी भी न माँगें। 'दीवार' और 'शोले' देखी है तो 'गुड्डी' भी देखी होगी। अन्याय का प्रतिकार करनेवाले अभिनेता-अभिनेत्री अपने-अपने व्यक्तिगत जीवन में उतने ही भ्रष्ट, डरपोक और छिछले हैं। कइयों पर तो करोड़ों के इनकम टैक्स बकाया हैं। आपने ग्रुप सेवन क्यों बनाया? अकेले ही भिड़ जाते अमिताभ बच्चन की तरह और सारे अपराधियों को पीट-पीटकर ठंडा कर देते!" झेंप गया मैं।

पांडेयजी अभी भी प्रहार-पर-प्रहार किए जा रहे थे—"इसलिए कि अकेला आदमी चाहकर भी इतना सक्षम नहीं है।" गिरगिट की तरह मुंडी हिलाने लगा मैं। इसके पहले तो ऐसी बातें किसी ने भी नहीं कहीं।

पांडेयजी ने कहा, "मैं चाहता हूँ कि आप अपनी ऊर्जा को यूँ ही न जाया करें बल्कि किसी ऐसे संगठन का अंग बन जाएँ जो आप ही की तरह अन्याय को बरदाश्त न कर पाता हो।" मैं पूरी तरह से कायल हो चुका था और मैंने पार्टी ज्वाइन कर ली लेकिन मेरे बाकी साथी बहाने बनाकर खिसक गए। यहीं दूसरी बार जन्म हुआ उस वीरेन्द्र का जो आज आपके सामने है।

बैठकी ऐसी जमी कि रात के भोजन की बात भी भूल गए लोग। पंकज ने घड़ी देखी और कहा, "अगर अब खाने के लिए नीचे न उतरे तो 'लिट्टी' भी मयस्सर न होगी।" सीढ़ियों से उतरे लोग। आगे एक छोटा गन्दा नाला था जहाँ कोई सूअर 'घों-घों' कर रहा था। सड़क और नाले के बीच छोटी-छोटी गुमटियाँ थीं—फुटपाथी भोजनालय! वीरेन्द्र बाबू ने चुहुल किया—"सर, आपके ये अन्नदाता मुसहर हैं। आपका धर्म तो भ्रष्ट नहीं होगा?"

मोतीलाल हँसकर रह गए—"आप जो न करवा दीजिए, क्या आप ही की तरह बाकी विधायक भी ऐसी जगह खा-पी लेते हैं?"

टेबुल पर बैठते हुए पंकज ने कहा, "कई जगह बोतलें खुली होंगी। गजल चल रही होगी।"

एक अन्य सज्जन ने कहा, "बाईजी भी कभी-कभी चली आती हैं।"

सबके साथ मामूली लिट्टी-चोखा (भुर्ता) बड़े चाव से खा रहे थे आज मोतीलाल। उस दिन अन्य सारे प्रोग्राम मुल्तवी कर दिए गए थे।

सड़क पर कोई कार रुकी। कोई उतरा। पर लोग खुद में इतने मशगूल थे कि ध्यान तक नहीं गया।

ज्ञान कुछ देर तक हैरान और क्षुब्ध खड़ा अपने पिता को सूअरों के 'घों-घों' के बीच बड़े चाव से खाते हुए देखता रहा। पीछे, बहुत पीछे के दिन याद आए, जब गन्दे पोखर से मारी गई मछली खानेवाले गन्दे बच्चों के बीच से पिता उसे घसीटते ले आए थे। भूमिकाएँ परस्पर बदल गई हैं। कार के अन्दर किसी ने पूछा, "ह्वाट हैपेंड टु यू?" ज्ञान ने कार के अन्दर बैठते हुए कहा, "वो जरा 'माइनस' करना था। बट इट वॉज ऐ नैस्टी प्लेस!"

"वी बिल बी बैक टु आवर होटेल विदिन टेन मिनिट्स, डोंट वरी!"

सीढ़ियाँ चढ़कर ऊपर गए मोतीलाल और उन्होंने वीरेन्द्र बाबू से अनुरोध किया कि आगे की आपबीती की कुछ परतें खोलें।

"पार्टी ज्वाइन करने के बाद मुझे सीधे-सीधे कोई काम नहीं दिया गया। लोगों ने परखा कि ऊर्जा तो है पर धैर्य और स्थिरता नहीं है। सो मुझसे कहा गया ग्रास रूट लेबल पर पार्टी खड़ी करने का काम शुरू करूँ। कुछ किताबें दी गईं पढ़ने को, कुछ पत्रिकाएँ भी जिन्हें मैं तुरन्त ही चट कर गया। पढ़ाकू तो मैं शुरू से ही था और आज भी बना हुआ हूँ। आपकी यह किताब भी कभी ट्रेन में, कभी बस में, कभी मोटरसाइकिल के पीछे बैठकर पूरी की।"

"तो आपने गाँव में काम कैसे शुरू किया?" मोतीलाल ने पूछा।

"छोटा-मोटा संगठक तो मैं पहले भी था लेकिन यह काम बिलकुल ही नया था मेरे लिए। यहाँ भोले-भाले अनगढ़ लोगों को तराश कर खड़ा करना, उन्हें जोड़ना था और जोड़ने के लिए कोई भी सिमेंटिंग फैक्टर मेरे पास न था। अन्याय का प्रतिकार ही अकेली चीज थी जो हम सबको एक साथ जोड़ रही थी। छठ पर्व का दिन था। लोग शाम का अरघ देने की तैयारी कर रहे थे कि पुलिस के जवान एक व्यवसायी परिवार के घर में घुस गए। महिलाओं से बदसलूकी करने लगे—यहाँ तक कि लप्पड़-थप्पड़ भी ....। मैंने पहले ही कहा, जब भी कोई निर्दोष रोता है या अपमानित होता है तो मैं अपने आपे में नहीं रह पाता, मेरे अन्दर का रॉबिनहुड मस्त नाग की तरह फन फैलाकर खड़ा हो जाता है। मगर मेरे

हाथ-पाँव बँधे हुए थे। मुझे संगठन खड़ा करना था—किसी भी कीमत पर। वह भी बिना मार-पीट के! यह मेरी परीक्षा की घड़ी थी। क्या करूँ...? आखिर मैंने गाँव के कुछ लोगों को ललकारा। कुछ लोग मेरे साथ आए बाकी कन्नी काटने लगे। दस-पाँच जो भी मिले, उन्हीं के सहारे अपनी चौकी उठवाकर सड़क के बीचोबीच रख दी। मैं और मेरे साथी सड़क जाम कर बैठ गए और नारे लगाने लगे। धीरे-धीरे कुछ और लोग आए और साथ बैठ गए। महिलाएँ भी आईं, फिर वे लोग भी जो कन्नी काट रहे थे या घरों के अन्दर से हुलक रहे थे। भीड़ बढ़ती गई। हजारों गाड़ियाँ इधर, हजारों गाड़ियाँ उधर। बीच में डंडा, सरिया लेकर गाँववाले। चौदह घंटे बीत गए। तब डी.एस.पी. आया। वह जबरन जाम हटाना चाह रहा था। लोग टस-से-मस नहीं हुए। तो उसने सिपाहियों को बन्दूक निकाल लेने के लिए ललकारा। मैंने संगठन की क्षमता को पहली बार महसूसा। मेरे अन्दर का रॉबिनहुड मुझसे कल्ला छुड़ाकर जा धमका। मैंने लपककर डी.एस.पी. का गला पकड़ लिया और कहा, "तुम्हारी गोलियाँ वहाँ क्यों नहीं चलीं जहाँ औरतें बेइज्जत की जा रही थीं? हमने तो सिर्फ अन्याय का विरोध किया है ताकि तुम्हारा ध्यान उस समस्या की ओर खींच सकें। गोली चलाओगे? चलाकर देखो।"

(मास्टर साहब ने डी.एस.पी का गला तब भी पकड़े रखा था जब वीरेन्द्र बाबू बाथरूम गए थे। वह तो अच्छा हुआ कि थानेदार सस्पेंड किया गया, तब जाकर जी.टी. रोड का जाम हटा और मास्टर साहब के हाथों डी.एस.पी. को मुक्ति मिली।)

वीरेन्द्र ने उन दिनों को याद करते हुए बताया—"सात्विक शौर्य बहुत बड़ी चीज होती है सर! यह आपके मन और मान को उन बुलन्दियों तक पहुँचा देता है जहाँ आप और किसी भी दूसरी से तरह नहीं पहुँच सकते। इस अकेली घटना ने मुझे इलाके में खासा लोकप्रिय बना दिया और गाँव-गाँव में पार्टी खड़ी होने लगी।"

देर तक खिंची जा रही थी यह बातचीत। विधायक आवास से कुछ दूर पर गेस्ट हाउस में कोई बाहुबली नेता आराम फरमा रहे थे। चारों तरफ पहरे लगे हुए थे, व्यक्तिगत भी और सरकारी भी। ब्रह्म और माया के रहस्य की तरह यह समझ पाना मुश्किल था कि यह 'कैद' थी या 'ऐशगाह'! अन्दर कोई पतुरिया नाच रही थी। गीत के एक-आध रेशे बहकर इधर भी आ जाते... गीत भी क्या! वही महेन्दर मिसिर का जाना-पहचाना पुरबी—

'पटना से बैदा बोलाइ द अ

नजरा गइलीं गुइयाँ।
नजरा गइलीं गुइयाँ,
नजरा गइलीं गुइयाँ,
नजरा-आ गइलीं गुइयाँ।
पटना से...'

सुननेवालों को भ्रम हो सकता था कि कहीं खुद शारदा सिन्हा तो नहीं गा रहीं।

तीस-पैंतीस की औरत। गहरा मेकअप! साजिन्दे निहाल हुए जा रहे थे। पतुरिया पाँव, कूल्हे, कमर से लेकर हाथ-आँख, होंठ—सर्वांग से नाच रही थी। उसके लहँगे का घेरा फैलता और सबको अपने अन्दर समो लेता। पर नर्तकी की लास्य-भरी भंगिमाएँ भी नेता जी का मलाल दूर नहीं कर पातीं। मन कुछ उचटा-उचटा-सा है। मुसाहिब बार-बार ध्यान दिला रहे थे—"सर इसका बॉडी लैंगुएज देखिए, नम्बर वन ऐसे ही नहीं है अभी बिहार-भर में... अरे-अरे अँखिया देखिए सर, अँखिया... और कमर आय-हाय! नाचने से बॉडी एकदम टन्न रहता है।" वह बाकायदा अँगूठे और तर्जनी से 'टन्न' की ध्वनि का अहसास करा रहा था। वह साँड़ को उत्तेजित करने की तरह टिटकारी मार रहा था जैसे।

"और सर..."

हाथ उठाकर उसकी वाचालता पर लगाम लगाई नेता जी ने। हाथ उठ गया, माने, 'स्टॉप! एकदम से स्टॉप!'

नेता जी मन ही मन हिसाब लगा रहे थे कि जेल में कितने दिन रहना ठीक रहेगा। सनातन परम्परा रही है कि जब-जब नेता या गुंडा फील्ड से थक जाता है या उसे बाहर अपने विरोधी या पुलिस से जान का खतरा हो जाता है तो वह जेल की शरण में आ जाता है और उसके लिए जेल जेल नहीं होती, ऐशगाह होती है। चूँकि जेल की कोठरी की मरम्मत हो रही थी, सो दो दिन उन्हें गेस्ट हाउस में बिताना था। उनका मन लगाने के लिए इस नाच की व्यवस्था की गई थी। घुँघरू, तबले, सारंगी और कंठ के स्वर यदा-कदा बाहर तक छिटक आते। मगर उन्हें इस बात का कोई भय नहीं, न जेल में, न यहाँ।

अचानक ही वे गुस्से से फट पड़े—"भाग एहिजा से। आँखी से एकदम दूर!"

मुसाहिबों की ओर मुड़े—"इसको कौन लाया?"

मुसाहिबों की सिट्टी-पिट्टी गुम। नाच बन्द। सिटपिटाकर खड़ी हो गई नर्तकी।

"सर आपही न बोले थे, नम्बर एक...!"

"ईहे नम्बर एक है ईहे सबसे चोख? इससे अच्छा होता, अपनी मैया को नचवा देते। कितने पैसे में ले आया?"

"अब हजूर छोड़ न दिया जाए इस बात को।"

"दस हजार तो लिया ही होगा। उतने पैसे में तो भागलपुर की हसीना ही आ जाती। हुँह! ससुर हमरा के 'बोडी लेंगुएज' देखावताड़न। एक पैसा न देना इस बुढ़िया को। ससुर का नाम के, जायका ही खराब कर दिया।" नर्तकी हाथ जोड़कर कुछ बोलने को हुई कि हाथ उठाकर उन्होंने मना कर दिया और मुसाहिब से कहा, "सुनाई नहीं पड़ा, अपनी इस नम्बर वन को बाहर ले जाओ, एकदम से बाहर।"

पतुरिया को सलटाकर मुसाहिब लौटा तो नेता जी ने एक विचित्र-सा फरमान जारी किया—"हमको हसीना चाहिए, आज और अभी।"

मुसाहिब की जान साँसत में, बोला, "हुजूर दू सौ किलोमीटर जाना और आना, इतनी जल्दी कैसे होगा?"

"फोन करो।"

"तइयो पे हुजूर सबेरे तक नहीं पहुँच पाएगी।"

"ठीक है, चौबीस घंटे की मुहलत देते हैं। जैसे भी बन पड़े, हमें कल रात हसीना चाहिए, ठीक इसी टैम!"

वे अभी बोल ही रहे थे कि गेस्ट हाउस में एक लालबत्ती कार आकर रुकी और ज्ञान और अजय सिंह दाखिल हुए। उनके साथ उनकी पत्नियाँ भी थीं। प्रणाम-पाती के बाद अजय ने नेता जी से ज्ञान का परिचय कराया—"आपके दर्शनार्थ उपस्थित हुए हैं हमारे शहर के आदर्श शिक्षक ज्ञानवर्धन मिश्र।" उनके केहुनियाने पर ज्ञान और संज्ञा ने दोबारा उनके पाँव छुए। नेता जी ने ज्ञान में कोई रुचि न दिखाई, अलबत्ता संज्ञा को देखते रह गए—'इतनी सुन्दर!'

अजय ने पुनः कोशिश की—"सर, ये स्वाधीनता सेनानी मोतीलाल जी के बेटे हैं, जो खुद एक बड़े इतिहासकार हैं।"

नेता जी की मुद्रा तनिक मुलायम हुई, आँखें चमक उठीं। उन्होंने ज्ञान को इस बार ध्यान से घूरा—"तो ऐसा कहिए न कि जनाब 'एक्जैक्टीट्यूड' के बेटे हैं।"

"जीऽऽऽ!" ज्ञान की समझ में कुछ नहीं आया।

"अरे भाई, एक नई फिलासफी पेश की है आपके पिता श्री ने। आप कैसे बेटे हैं कि उस सिद्धान्त के बारे में आपको कोई जानकारी नहीं है। तिसपर अजय सिंह कह रहे हैं कि आप उनके शहर के आदर्श शिक्षक हैं!"

ज्ञान को पहली बार अफसोस हुआ कि वह अपने बाप की कोई खोज-खबर नहीं रखता, और-तो-और उसके सनकी पिता ने कोई सिद्धान्त-विद्धान्त भी प्रतिपादित किया है, क्या तो, हाँ "एक्जैक्टीट्यूड", उसके बारे में भी नहीं। पिता लावारिस गाय की तरह जहाँ-तहाँ डोलते रहते हैं। अभी विधायक आवास के सामने एक गन्दे ढाबे में खाना खा रहे थे। अगर अजय या किसी ने उन्हें इस अवस्था में देख लिया होता तो कितनी भदद होती!

अजय के इशारे पर औरतें दूसरे कक्ष में चली गईं तो अजय और नेता जी में खुसुर-फुसुर होने लगी। तभी एक और गाड़ी के आने की आहट हुई। प्रदीप अग्रवाल थे, आते ही सफाई देने लगे—"हमको आने में कुछ डिले हो गया सर! असल में नेता जी का 'च्वाइस' सब जगह नहीं मिलता।" एक थैले से कागज में लिपटे 'नेता जी के च्वाएस' को निकालकर उन्होंने टेबुल पर रख दिया।

"हमरा च्वाइस देखना हो तो कल देखिए। आप लोग स्वदेशी का नारा देते हैं न, सो हंड्रेड वन परसेंट स्वदेशी है लेकिन किसी भी विदेशी का कान काटनेवाला।"

"ज्ञान, तुम जरा...।" अजय ने ज्ञान को इशारा किया।

"श्योर!" ज्ञान उठकर बरामदे की कुर्सी पर जा बैठा। दस मिनट के बाद उसकी बुलाहट हुई।

"और बताइए मिश्रा जी।" नेता जी ने ज्ञान को इस बार आत्मीय मिठास से नवाजा—"मुझे आपके दोस्तों से आपके उस एडवेंचर का सारा हाल मालूम हुआ।"

"जी, वह तो आपके आशीर्वाद का प्रताप है वरना...।"

"देखिए अभी आप लड़के हैं। जैसे भी हों, लड़के ही हैं। ये आपकी क्रेडिट है कि आपने या आप तीनों ने इतना बड़ा रिस्क लेकर इतना बड़ा स्टडी सेंटर खड़ा कर दिया। बाकी अवाल-बवाल मैं देख लूँगा। मेरा शेयर एकाउंट में जमा होता रहे, इतना याद रहे, नम्बर मैं दे दूँगा। लेकिन भाई मेरे, इस बुढ़ऊ, माने मोतीलाल का लेबेल लग जाए तो काम आसान हो जाए। आखिर तो वे आपके यशस्वी बाप हैं!"

और यशस्वी बाप...? अन्त तक उन्हें 'साधारण' में 'असाधारण' झलकने लगा था।

रात के बारह बजे वीरेन्द्र बाबू के सो जाने के बाद भी उनके मुतल्लिक उनका सवाल जग रहा था—"गाँव में संगठन खड़ा करने में गोतिया-दयाद का रुख कैसा रहा?"

जवाब यादव जी ने दिया—"गाँव में साठ फीसदी तो राजपूत थे, बाकी दूसरी जातियाँ। राजपूतों में दो गुट थे और पूरा गाँव इन्हीं दो गुटों में बँटा हुआ। इस तरह आपस में भी तनाव बना रहता और गाँव में भी। बिरेन्दर बाबू ने घर-परिवार और गोतिया दयादों से ही शुरुआत की। एक-एककर विवादों को उठाया। कभी अपना-पराया न देखा। इसका फल यह हुआ कि गाँठें खुलने लगीं। मनबोध सिंह को इस बात का गर्व होता कि गाँव में उनके बेटे की लोकप्रियता बढ़ रही है मगर उनकी समझ में यह बात न आती कि बिरेन्दर अपने ही परिजनों के प्रति इतना कठोर क्यों है।"

"घर में अशान्ति होती होगी?" मास्टर साहब ने आशंका जताई।

"अशान्ति के नाम पर यह होता कि बाबू जी बोलना बन्द कर देते। लेकिन बिरेन्दर बाबू अपना काम किए जाते। दो एक दिन के बाद बाबू जी नॉर्मल हो जाते। इस तरह परिवारों की अन्दरूनी समस्याएँ भी सामने आईं। वीरेन्दर बाबू ने महसूस किया कि अ-लगाव ही अलगाव की जड़ है।

"अरे वाह आप साहित्य के विद्यार्थी हैं?"

"बिरेन्दर बाबू के साहित्य प्रेम के चलते मैं भी थोड़ा-थोड़ा...।"

"हाँ तो फिर?"

"फिर अलगाव विघटन का कारण बनता है। परिवार का कोई असन्तुष्ट विरोधी पक्ष से जा मिलता है। दोनों पक्षों में चल रहे विवादों को और शह मिलती है—रगड़े-झगड़े, चोरी-चपाटी, दूसरे का नुकसान करने की हिंस्र प्रवृत्ति, मार-पीट। तब आता है थाना, कोर्ट, कचहरी। वर्षों-वर्षों मुकदमों का निबटारा नहीं होता। पिछड़ी जातियों की स्थिति तो और भी बदतर है, उन्हें गोतिया के साथ-साथ सवर्णों का राग-रोष भी झेलना पड़ता है, औरतों की स्थिति उनसे भी खराब। बिरेन्दर बाबू ने समस्या को जड़ से खत्म करने की ठानी, ग्राम-सभा गठित की। छोटे-छोटे झगड़े भी ग्रामसभा की पंचायतें सलटातीं। बिरेन्दर बाबू के गोतिया राजपूतों की एक पंचायत तो ढाई दिन तक चली।"

"ढाई दिन?" मास्टर साहब ने हैरानी प्रकट की।

"हाँ, ढाई दिन। लेकिन लोगों में सुमति आई, निबटारा हो गया। इस तरह निचले स्तर के आपसी रगड़े सलटते गए तब उन्होंने सामाजिक बुराइयों और जातिवाद को जड़ से मिटाने की ओर कदम बढ़ाया। यह वास्तव में एक जटिल और दुरूह कार्य था।"

"है ही। स्कूल के स्तर पर मैंने इसके नरक को भोगा है। पृथ्वी पर प्रलय आ जाए, सब कुछ नष्ट हो जाए मगर दो चीजें बची रह जाएँगी। धर्म और जाति।" मोतीलाल को मनु महाराज और के.के. याद आए, याद आई जियालाल की अयोध्या वाली मौत।

"बिरेन्दर बाबू कभी-कभी मौज में होते हैं तो एक बुझौबल बुझाते हैं—'बताइए तो भारत ने दुनिया को क्या दिया?' फिर खुद ही बताते हैं—दो 'ज'—जाति और जीरो।" यादव जी ने जोड़ा और हँस पड़े।

"बस यूँ समझ लीजिए कि एक सेंटिमेंट के तहत काम करते गए। मैं इन्हें शुरू से देख रहा हूँ, धुन के पक्के हैं। आगे क्या होगा, कोई मानेगा या नहीं, जान रहेगी या जाएगी, कुछ नहीं सोचते। आज वे भय की बात कर रहे थे न, भय को भगाने का इन्होंने एक सरल तरीका अपना लिया था कि भय से भागो मत, उसका डटकर सामना करो। देखिए, अभी कैसे बेखौफ सो रहे हैं, कोई कह सकता है

कि यह वही आदमी है जो डरा रहता था।"

"लेकिन जिन्हें टैकल कर रहे थे, वे तो...?"

"जो न मानता उसका सामाजिक बहिष्कार किया जाता। माने टूल्स वही थे। थोड़ी-थोड़ी बर्फ पिघलती। आज की तारीख में आप वहाँ चले जाइए तो पता चले कि वहाँ के थाने-कचहरी बैठकर मक्खी मार रहे हैं। सारे झगड़े आपस में ही सलटा रहे हैं लोग।"

"यह तो चमत्कार है।" मोतीलाल विस्मय-विमुग्ध थे।

"चमत्कार यूँ ही नहीं हुआ। आप तो हेडमास्टर रहे हैं। अनुशासन का मतलब बखूबी समझते होंगे लेकिन बिरेन्दर बाबू के यहाँ अनुशासन का मतलब था मन, वचन और कर्म से अनुशासन, औरों के लिए भी, खुद के लिए भी। एक बार मैंने खुद देखा। मेरे चलते इन्हें ग्रामसभा में जाने में थोड़ा विलम्ब हो गया। मैं साथ-साथ गया था। मैंने देखा कि वहाँ जाते ही इन्होंने कान पकड़कर पाँच बार की उठक-बैठक की।"

"अरे!"

"हाँ, मेरे सामने...। बातचीत में हम सभी को समझाते रहते हैं कि चीजों को बिना समग्रता में लिए कोई भी निदान स्थायी नहीं हो सकता। और समग्रता क्या चीज है, यह हमने इनके कार्यक्षेत्र में जाकर देखा—धर्म, जात-पात, छुआछूत, दलितों और महिलाओं की बराबरी की समस्या, स्त्री शिक्षा, अन्तरजातीय विवाह की सामाजिक स्वीकृति—इन्होंने सारे मोर्चे एक साथ खोल दिए हैं।"

"मेरे इतने करीब एक इतिहास बन रहा था और मैं इतिहास की दूसरी गलियों में खाक छान रहा था।" मोतीलाल से जैसे कोई बड़ी चूक हो गई थी—"आखिर मैं करता क्या रहा इतने दिन? किस भरमजाल में जाया कर दिए जिन्दगी के इतने कीमती दिन?"

"साढ़े बारह बज गए।" यादव जी ने चादर तान ली—"अब आप सो जाइए सर!"

मोतीलाल को नींद नहीं आ रही है। एक ही हूक उन्हें रह-रहकर साल रही है, काश, वे इन घटनाओं के प्रत्यक्ष साझीदार होते! सौ साल पहले एच.जी. वेल्स ने एक वैज्ञानिक उपन्यास लिखा था, 'द टाइम मशीन।' उस मशीन के जरिये अतीत से अनागत तक किसी भी कालखंड में जाया जा सकता था। काश वह कल्पना सच होती!

आँखें अलसा रही थीं। नींद के पहले आगोश में उन्होंने देखा कि वे टाइम मशीन पर सवार हैं।

काल की कल

अरे कल्पना तो सच हो गई!

टाइम मशीन उन्होंने देखी भी नहीं सिर्फ सुनी थी और क्या गजब है कि आज खुद टाइम मशीन पर सवार हैं। यह एक वृहदाकार गोल घड़ी है जिसकी फैलती परिधि पर कालखंड अंकित हैं। केन्द्र से जुड़ा एक बड़ा काँटा है जो 'स्थान' दर्शाता है। बड़े काँटे पर हनुमान जी की तरह गदा उठाए क्षैतिजवत लेटे हुए वे समय के आर-पार भिन्न-भिन्न कालखंडों में तैर रहे हैं। जब चाहे आगे जाते हैं, जब चाहे पीछे। लीजिए मन की मुराद पूरी हुई।

बालक वीरेन्द्र से जुड़ी एक-एक घटना को अपने सामने प्रत्यक्ष घटित होते देख रहे हैं—वीरेन्द्र कीर्तन कर रहे हैं, स्कूल जा रहे हैं, झुमरी तलैया में फिल्में देख रहे हैं, हरिद्वार में संन्यासी बनकर प्रवचन दे रहे हैं, लाइन होटल खोले बैठे हैं, जैना मोड़, भीड़, ग्रुप सेवेन, पांडेय जी, सड़क जाम, डी.एस.पी. को धमकाना, ग्राम-सभा, कान पकड़कर उठते-बैठते हुए भी उन्होंने अपनी आँखों से प्रत्यक्ष देखा... अरे-अरे पुस्तक के लोकार्पण का दृश्य भी और लो उनसे बात करते-करते उन्हें सोते हुए भी देख रहे हैं। वर्तमान में आ गए क्या? काँटा बहुत तेज भागता है भाई! पीछे चलो, पीछे और पीछे, ये कौन-सा सन है—उन्नीस सौ तिरासी! और स्थान—विधानसभा...?

लीजिए जगन्नाथ मिश्र बिहार प्रेस विधेयक ला रहे हैं। बिहार के अपराधों को कुचलने के नाम पर 'क्राइम कंट्रोल एक्ट'। क्राइम के नाम पर जन आन्दोलनों को कुचलने का नया अस्त्र है। वीरेन्द्र विरोध कर रहे हैं, जेल... इधर जन आन्दोलन कुचले जा रहे हैं, उधर इन्दिरा जी एक बार फिर निरंकुश होती जा रही हैं। धार्मिक-राजनीतिक उग्रवाद शेषनाग की तरह फन फैलाकर खड़ा हो गया। रह-रहकर उसकी दोधारी जीभ लपलपा रही हैं। स्वर्ण मन्दिर में भिंडराँवाला किला बनाकर बैठ गया है। रात फौज मन्दिर में प्रवेश करती है। काँटा मन्दिर के ऊपर जाकर ठहर गया है। तड़-तड़, तड़-तड़ गोलियाँ चल रही हैं, खून ही खून। रेंगता हुआ खून 1984 तक बह निकलता है। एक बार फिर तड़-तड़, तड़-तड़! मैडम के अपने ही अंगरक्षक बेअन्त सिंह के कारबा की सारी गोलियाँ मैडम की देह में! जरा-सी जुम्बिश खाकर काँटा फिर चौरासी पर ठहरा पड़ा है। जगह-जगह उन्मत्त हिन्दू सिखों को लूट रहे हैं, कत्ल कर रहे हैं, जिन्दा जला रहे हैं। वहीं खड़े मिल जाते हैं वीरेन्द्र बाबू, दंगों में सिखों को बचाने में जुटे हैं। "अरे आप तो प्रेस विधेयक एक्ट का विरोध करने के चलते जेल में थे न, कब छूटे?" पूछते हैं।

डाँटते है वीरेन्द्र—"अभी जाइए न, यहाँ देश जल रहा है और आपको सवाल करने की सूझी है।"

भड़क जाता है काँटा। उन्हें 1971, 1948, 1947 कई जगहों पर अभी रुकना था पर भड़का हुआ काँटा उन्हें ले जाता है 1858 में—'पेड़ों से क्या लटक रही हैं कठपुतलियाँ? न, न ये तो ग़दर के बागी हैं। तनिक रुको, देखें, हमारी नीम की डाल पर किस-किस की लाश झूल रही है। अभी पता चल जाएगा।"

"अरे कहाँ ले आए?''काँटे से पूछते हैं, "भागलपुर के कासिमपुर मुहल्ले में लड्डूलाल की दुकान और डॉक्टर इकबाल के दवाखाने से तनिक पूरब महाराजिन का घर है, उस घर के बगल जो नीम का पेड़ है वहीं।" "न, न, ई तो यू.पी. है भाई, बिहार कह रहे हैं, बिहार, तनिक पूरब! धत तेरे की! ई तो इलाहाबाद का मीर-ए गंज है अभी। और पूरब! ऊँह, ई तो आम का पेड़ है। आम और नीम का फर्क नहीं जानते? रुको, इसमें पच्चीसों आदमी झूल रहे हैं लेकिन ई बरगद है।" काँटा तेजी से पीछे भागता है—"नीम का पेड़ मिस हो गया। गलती मेरी ही हैं, काँटे का क्या दोष! तब सवा सौ साल पहले कहाँ रही होगी लड्डूलाल की मिठाई की दुकान, कहाँ रहे होंगे डॉ. इकबाल और महाराजिन! सारा इलाका तो जंगल था, बाघ-भालू, बन्दर और हिरण टहलते होंगे।"

काँटा हचका खाकर रुकता है 1855-56 के बीच। झुंड के झुंड नंग-धड़ंग आदिवासी भागलपुर की ओर क्यों बढ़ रहे हैं? पीछे क्या था? राजमहल और पीरपैंती! हाथों में क्या हैं? टाँगी, गँड़ासा, धनुष-तीर और गुलेल। यह तो गंगा के किनारे-किनारे एक महासंग्राम मचा हुआ है। अरे बाप! इतने घुड़सवार, इतने हाथी, दो-दो तोपखाना तो सिर्फ मुर्शिदाबाद में है इनके दमन के लिए, बाकी दूसरी जगहों पर...। 16 जुलाई, 1855 को भागलपुर के बैरो दर्रे को पार कर रही है यह दमनकारी फौज कि विषबुझे तीरों की बौछार से चीख-पुकार मच गई। जवाब में गोलियाँ और तोप की गर्जना। पाँच घंटे हो गए तीर चलते! पाँच घंटों तक गोलियाँ सनसनाती रहीं! पाँच घंटों तक तोपें गजरती रहीं! लीजिए हार गई ब्रिटिश सेना। हारकर लौट रही है। जहाँ-तहाँ काटे जा रहे हैं अँग्रेज और उनके गुर्गे; जमींदारों, और साहूकारों के दलाल। लगान वसूली के नाम पर तबाह कर डाला था इन पापियों ने। 'कैसा लगान और कैसे साहब? यह धरती हमारी माँ है और हम धरती के बेटे, तुम बीच में कहाँ से आ गए?' एक साहूकार को घेरकर काटा जा रहा है। खच-खच! दोनों हाथ काट डाले! चार आने वसूल! खट-खट! टखने काट डाले—आठ आने वसूल। कमर के बीच खचाक-खचाक—बारह आने वसूल! सर काट दिया, मूँड़ी लुढ़क गई। सरकट्टा! पूरी लगान वसूल!

सचमुच 'हूल' वैसा ही है, जैसा मैंने सोचा था। सही मायने में जन आन्दोलन।

सन्ताल ही नहीं, वे सभी तो हैं इसमें जो अँग्रेजों और उनके पिट्ठुओं के खिलाफ उठ खड़े हुए थे। कहाँ है अपने पंडित रामविलास शर्मा जी, तनिक उन्हें भी बैठा लेते इस मशिनिया पर कि आँख खुल जाती। बड़ा गुन गाते हैं सन 57 के सिपाही विद्रोह का!

टाइम मशीन तनिक आगे चली गई है—1856। हूल का एक नायक 'सीदो' पकड़ा जाता है। फरवरी में गोलियों से उसके परखचे उड़ा दिए जाते हैं। मई तक आते-आते दूसरा नायक उसका भाई 'कानू' भी फाँसी पर लटका दिया जाता है। नजरें उनके बाकी दोनों भाई चाँद, भैरव और बहनों को ढूँढ़ रही हैं कि मशीन का काँटा पीछे ले गया। क्लीव लैंड भागलपुर का कलक्टर सामने खड़ा है मन्द-मन्द मुस्कराता हुआ। इसकी मुस्कान पर नहीं जाना है, मीठा जहर है, मीठा जहर! बाबा तिलका माझी ने उसे सही पहचाना है। जगह-जगह पहाड़िया लोगों और सन्तालों को संगठित कर रहे हैं बाबा। नंग-धड़ंग, अभाव के मारे, कुपोषण-ग्रस्त लोग और युद्ध जैसा भारी-भरकम शब्द। हथियार भी क्या, उधर तोपें, बन्दूकें, इधर तीर -धनुष, कुल्हाड़ी और गुलेल। तेरह जून, 1784 को तिलका माझी के गुलेल से एक पत्थर छूटता है और क्लीव लैंड टूटे पत्ते-सा धराशायी हो जाता है। 13 जनवरी, 1785, खून से लथपथ तिलका माझी को फाँसी दी जा रही है।

मशीन का काँटा रुके तब न देखें। इसे तो भागने की पड़ी है, लो, फिर पीछे ले गया! इस बार कहाँ? 1757 प्लासी! ओऽऽऽ! यहीं से शुरू हुआ था गुलामी का अँधेरा। आम का बागीचा लगता है यह। और वो राह सिराज—एकदम से जिसे बांग्ला में कहते हैं 'काँची कोची!' तिसपर बज्र ऐय्याश! जो हाथ औरतों के नरम-नरम स्तन पकड़ने के अभ्यस्त हैं, उनसे तलवार की कठोर मूठ कैसे पकड़ाएगी? पचास हजार पैदल सेना और बीस हजार घुड़सवारों का भरोसा है?

लो, युद्ध शुरू हो गया। लेकिन यह क्या? युद्ध समाप्त...? दस मिनट! फकत दस मिनट में ही क्लाइव की तीन हजार फौज ने तुम्हारी पच्चीस गुना फौज के छक्के छुड़ा दिए!... और ये क्या है? गलियों में इतनी भीड़ कैसी? ओ लाल भभूका अँग्रेज देखने को जुटे हैं तमाशबीन। सेना तो सेना, अगर सिर्फ ये तमाशबीन ही दौड़ पड़े तो कुचलकर रख दें अँग्रेजों की सेना को। मगर हाय रे हिन्दुस्तान की जनता, हाय रे हिन्दुस्तानी फौज और हाय रे हिन्दुस्तानी हुक्मराँ!

टाइम मशीन 'भारतीय इतिहास की भूलें' के हर पड़ाव पर रुक-रुककर आगे-पीछे हो रही है। उन्हें तसल्ली होती है, सब कुछ लगभग वैसा ही है, जैसा उन्होंने लिखा है। अचानक उन्हें याद आता है, अरे वे तो सिर्फ बिरेन्दर बाबू के बारे में जानने को निकले थे। क्लिक कर काँटे को ले आते हैं सन 1980 में। ई तो 'जन अदालत' लगती है। बिरेन्दर बाबू चुनाव जीत गए हैं। एसेम्बली में दहाड़ रहे हैं।

सहसा एक मिरेकल होता है, स्थान और काल के साथ व्यक्ति का भी

व्यक्तित्वान्तरण। और देखते-देखते वीरेन्द्र मोतीलाल में ढल जाते हैं। अब वीरेन्द्र नहीं, मोतीलाल जन अदालत में हैं, वीरेन्द्र नहीं, मोतीलाल एसेम्बली में दहाड़ रहे हैं। साथ ही टाइम मशीन के बड़के काँटे पर हनुमान जी की तरह क्षैतिजवत तैर भी रहे हैं। समय पार हो रहा है। भूगोल पार हो रहा है। लीजिए जुल्मी पुलिस और माफिया का मुकाबला करने के लिए बन्दूक लेकर खड़े हो गए मोतीलाल। आज किसी की खैर नहीं। घेर लो तिलका माझी, घेर लो बिरसा मुंडा, चोट्टी मुंडा, घेर लो, सीदो, कानो, चाँद, भैरव" गोरे और उनके आज तक के गुर्गों को। बचकर जाएँगे कहाँ?

बन्दूक का ट्रिगर दबाना चाहते हैं पर अँगुली हवा में लौट आती है। 'यह क्या, ट्रिगर कहाँ हैं? ट्रिगर को तो यहीं होना चाहिए था।' कमांडर वीरेन्द्र डाँट रहे हैं, "आपको पहले ट्रेनिंग लेनी चाहिए थी न!"

लीजिए, मोतीलाल, माने सिपाही मोतीलाल ट्रेनिंग ले रहे हैं—लेफ्ट, राइट; लेफ्ट राइट!... ये पिन है, ये ट्रिगर, फायर!

फुस्स की आवाज भी न निकली। आँय?

तिलका माझी पूछते हैं, "ए बबा, तनी जल्दी कीजिए। बनुखिया न सँभरे तो हमरा गुलेल ले लीजिए। कम मत जानिए। एक ही वार में क्लीव लैंड को साफ कर दिए थे।"

सभी एक साथ ललकार उठे हैं, 'फायर! ट्रिगर दबाइए।'

मोतीलाल गड़बड़ा गए हैं। वीरेन्द्र से पूछते हैं, "बिरेन्दर बाबू इस रायफल में तो ट्रिगरे नहीं है?"

"आपका ट्रिगर ले गए महात्मा गांधी। भगत सिंह और सुभाष जी के साथ होते तब न ट्रिगर मिलता।" हँसते हैं वीरेन्द्र।

'बाँऽऽऽ! बाँऽऽऽ!' अरे बाप, चारा घोटाला की शिकार भूखी गायें हैं क्या?। गोरक्षक ही गोभक्षक! कोई एक घोटाला हो तब न! यहाँ तो घोटाले पर घोटाले हैं। अलकतरा घोटाले का अलकतरा नेताओं की तोंद से लीक कर गया। अलकतरा फैल गया। परिन्दे की तरह टाइम मशीन आकर चिपक गई अलकतरे से। चिड़ियों की तरह छटपटा रहे हैं काँटे 'चीं-चीं' चीखते हुए।

आँख खुल गई। टाइम मशीन ने स्थान और काल को किस भूलभुलैया में भटकाकर भोर को पटना के विधायक आवास के इस कमरे में उतार दिया!

बिरेन्दर बाबू कुछ लिख रहे थे, मुड़कर पूछा, "नींद आई सर?"

"नींद आई भी और नहीं भी। रातभर सपनाता रहा।"

"ऐसा कीजिए फ्रेश होकर नाश्ता-पानी करके फिर सो जाइए।"

"अब क्या सोएँगे दोबारा!"

"तो मास्टर साहब, मैं तो चला विधानसभा, आज बहुत पलंजर है। आप विश्राम कीजिए, लौटकर मिलते हैं।"

"सवेरे-सवेरे उसी की तैयारी कर रहे थे क्या?"

"जी।"

मोतीलाल तनिक दुविधा में हैं। पीछे-पीछे चले जा रहे हैं।

"कुछ कह रहे हैं क्या?"

दबी जबान से रुक-रुककर बोलते है मोतीलाल—"हमने भी कभी नहीं देखी विधानसभा।" एक पल के लिए सोच में पड़ गए वीरेन्द्र बाबू। फिर बोले, "चलिए।" उस अकेली जीप में पार्टी के चार अन्य विधायक, एक ड्राइवर, एक वीरेन्द्र बाबू और सातवें सवार के रूप में मोतीलाल, हकस-पकस कर बैठे लोग। मोतीलाल अपराधबोध से गड़े जा रहे थे।

जीप विधानसभा के फाटक पर आकर रुक गई। चेकिंग हुई। आई-कार्ड देखे गए, "ये?" इशारा मोतीलाल की ओर था।

"मेरे गेस्ट हैं।"

पास बना और जीप अन्दर दाखिल हुई। लालबत्ती गाड़ियाँ आ-आकर रुक रही थीं और धवल पोशाकों में विधायक और मीडियाकर्मी उतर रहे थे। कुछ एक ने वीरेन्द्र बाबू से दुआ-सलाम किया। यादव जी ने कहा, "जाने से पहले स्वागत कक्ष में जाना होगा।"

"क्यों?" वीरेन्द्र बाबू ने चश्मा ठीक करते हुए पूछा।

"पता नहीं, कोई बात तो होगी।"

"चलिए देख लेते हैं वह भी।"

स्वागत कक्ष में बड़ी भीड़ थी, जैसे वह विधानसभा का कमरा न होकर गोदाम घर हो।

"क्या बात है?" उन्होंने एक विधायक से पूछा।

"सूटकेस बँट रहा है।"

"खाली सूटकेस? सूटकेस भरकर रुपया होता तब न बात होती।" एक अन्य विधायक 'फिस्स-फिस्स' हँसे, पीछे से किसी ने बताया—"रेशम का थान और घड़ी-वड़ी और कलम और डायरी वगैरह भी है।" विधायकों में उपहार लेने की होड़ मची थी धींगा-मुश्ती, ठेलम-ठेली। पीछेवालों ने जो धक्का दिया कि आगेवाले भहरा गए।

"घबराइए नहीं, सबको मिलेगा, एक-एक आदमी को, ऐ रबिन्दर बाबू!"

"हम लोग आदमी लौकते हैं आपको?"

"माफ कीजिएगा, विधायक।"

"खाली विधायक से काम न चलेगा, माननीय जोड़ना होगा।"

माहौल खुशनुमा और गरिमाप्रद हो गया है। लीजिए फिर झमेला—"ए माननीय विधायक जी, ई तो अन्याय है। आप तो दू-दू गो झटक रहे हैं।"

"ऐ भाई, सब ओरिया जाएगा का! हमको तो एक्को न मिला।" एक आवाज!

"कहा न, सबको मिलेगा। सबके नाम पर ईश्यू किया जा रहा है। हाँ-हाँ अलीमुद्दीन साहब आपने लिया...? अभी नहीं? ले लीजिए। खोलकर देख लीजिए।"

चन्द हजार रुपयों के उपहार के लिए माननीय विधायक ऐसे टूट रहे थे जैसे वे अकाल पीड़ित क्षेत्र से आए हों। वीरेन्द्र और उनकी पार्टी के चार सदस्यों के नाम भी पुकारे गए।

मोतीलाल को दर्शक दीर्घा में बैठाकर दल के सदस्य विपक्ष के लिए आवंटित कुर्सियों पर जा बैठे। एक विधायक ने फब्तियाँ कसीं—"अरे भाई सुटकेसवा भागा जा रहा था क्या। आपलोग तो सत्य और निष्ठा की शपथ लेते हैं।"

"हाँ हुजूर, बहुत चोर हो गए है देश में।"

मोतीलाल ने दर्शक दीर्घा से देखा कि अध्यक्ष के आते ही सभी विधायक उठकर खड़े हो गए। दीर्घा के लोग भी। वे भी खड़े हो गए। अध्यक्ष बैठने के बाद लोग बैठ गए, देख-देखी वे भी... जैसे यह कोई स्कूल हो। हद से हद यह किसी कोर्ट की कार्यवाही का एक बृहद संस्करण था। किचिर-काँय, आवाजाही, टोका-टोकी सब कुछ। विधानसभा की कार्यवाही शुरू होते ही अध्यक्ष महोदय ने कहा, "माननीय मंत्री गण और विधानसभा के माननीय मेम्बरान, जैसा कि ट्रैडीशन रहा है, अपने ऑनरेबुल विधायकों को यह हाउस उपहार देता है। इस बार भागलपुर से रेशम का थान आने में देर हुआ, डायरिया-ठो छपकर नहीं आया था लेकिन देर आयद दुरुस्त आयद। हमें खुशी है कि आज अपने मेम्बरान को गिफ्ट दे पाया हूँ। आशा है, आप कुबूल फरमाएँगे।" चोंगादार टोपीवाले अर्दली ने झुककर कुछ कागजात थमाए।

"एक मिनट सर!" वीरेन्द्र बाबू उठकर खड़े हो गए।

"बैठिए। बैठ जाइए।" अध्यक्ष ने पंजा हिला-हिलाकर उनसे बैठने का अनुरोध किया।

"बस, एक मिनट सर!"

"नहीं।"

"मैं इस उपहार के प्रति अपनी पार्टी की ओर से धन्यवाद भी नहीं दे सकता।"

"ठीक है, सुन लिया, धन्यवाद!"

बोलने की अनुमति न मिली तो बिना अनुमति के ही बोलने लगे वीरेन्द्र

बाबू—"आपके दिए हुए तमाम उपहार हम लौटा रहे हैं अध्यक्ष महोदय ताकि वे आपके और माननीय मंत्रियों के काम आ सकें। हम यहाँ जनता की समस्याओं पर बात करने आए हैं। मुझे अधिकार है कि मैं आपसे पूछूँ कि उपहार कितने का है, किस बजट से आया है और जनता की गाढ़ी कमाई का पैसा लेने में हमें शर्म क्यों नहीं आती?"

सभा में कई ठहाके लगे—"आपको आती है तो आप लौटा काहे नहीं देते?"

"रख दिया है हुजूर।" लोगों ने उचककर देखा कि पाँच सूटकेस प्रवेश मार्ग पर उपेक्षित-से पड़े हुए थे।

अध्यक्ष ने विरक्त होकर कहा, "यह नाटक बन्द हो चुका हो तो मैं सभा की कार्यवाही शुरू करूँ।"

उस दिन सिंचाई परियोजनाओं पर कोई चर्चा शुरू हुई। कुछेक सदस्यों ने सन्ताल परगना और पलामू के सूखे के आँकड़े पेश किए। प्रश्नकाल में वीरेन्द्र का नाम पुकारा गया तो उन्होंने अपना पर्चा निकालते हुए कहा, "माननीय अध्यक्ष महोदय और सम्मानित सदस्यगण! मैं सदन का ध्यान उन चार सौ नियुक्तियों की ओर दिलाना चाहता हूँ जिनमें सारे नियम, कानून और आचार-संहिताओं को ताख पर रख दिया गया। महोदय, इन नियुक्तियों में धाँधली, भ्रष्टाचार, भाई-भतीजावाद खुलकर सामने आए। मेरे पास पर्याप्त सबूत है जिन्हें मैं पटल पर रख रहा हूँ।"

सभा में पहले तो मरघट-सा सन्नाटा रहा फिर टोका-टोकी शुरू हो गई। सत्तापक्षवाले टोक रहे थे और विपक्ष के लोग उनके समर्थन में प्रत्युत्तर दे रहे थे। हल्ला-गुल्ला के बीच उन्होंने अनुकम्पा पानेवालों के कुछ उदाहरण पेश किए।

अध्यक्ष ने टेबुल ठोंककर कहा, "शान्ति, शान्ति। आपका टाईम खतम हो रहा है।"

वीरेन्द्र बाबू रुके नहीं—"सुदर्शन जी एक कहानी है 'न्याय-मंत्री' जिसमें सम्राट अशोक को भी अपने अपराध के लिए प्रतीकात्मक दंड मिला था। आज भी वही पाटलिपुत्र है, वही न्यायपीठ। फर्क सिर्फ इतना है कि निजाम बदल गया है। मुझे दु:ख के साथ कहना पड़ता है कि इन नियुक्तियों के पीछे जिस व्यक्ति का नाम आता है वे और कोई नहीं खुद हमारे ही सदन के माननीय अध्यक्ष महोदय हैं।" इसके बाद जो शोर हुआ कि सबकुछ अश्रव्य हो गया। हाथापाई की नौबत आ गई। कुछ लोग इस पूरे अघटन को सदन की कार्यवाही से निकाल देने पर जोर दे रहे थे। अध्यक्ष के बार-बार अनुरोध करने पर भी लोग शान्त न हुए तो उन्होंने सभा को स्थगित कर दिया।

लौटकर मोतीलाल ने वीरेन्द्र बाबू से कहा, "आपकी बात नहीं सुनी गई न?"

"सुननी ही पड़ेगी।"

"कैसे?"

"मुझे कभी-न-कभी मौका मिलेगा। मैं विधान समिति के सभापति या उसके प्रत्यायुक्त की हैसियत से विधानसभा-अध्यक्ष के खिलाफ नोटिस जारी करूँगा।"

"फिर भी न मानें तो?"

"तब हाई कोर्ट, सुप्रीम कोर्ट।"

"वहाँ भी न मानी गई तो?"

"अन्त में जनता का दरबार तो है ही।"

मोतीलाल ने रीझकर देखा उन्हें, कितना धैर्य है आदमी में!

शाम के रिक्शे से लौटते समय गेस्ट हाउस से उड़कर आती हुई कोई झंकार उनका ध्यान खींचती है। टेप बज रहा है या सचमुच कोई गा रहा है—कन्फ्यूज कर रहे हैं। रिक्शावाला हँसता है—"क्या बाबा, सुनने का मन है का?"

"क्या?"

"अरे वही मुजरा।"

"मुजरा और यहाँ?"

देख पाते तो भी उन्हें अपनी आँखों पर विश्वास न होता। उनके दूसरे हुतात्मा स्वाधीनता सेनानी की छठी पीढ़ी—हसीनाबाई—नाच रही थी और नाच का लुत्फ उठानेवालों में नेता जी, मंत्री अजय सिंह, प्रदीप अग्रवाल के साथ उनका अपना बेटा ज्ञान भी था। कल की महफिल में भी महेन्दर मिसिर का गीत था, आज की महफिल में भी...

'अँगुरी में डँसले बिया नगिनिया हे,
ए ननदी दियना जरा द...
दियना जरा द अ अपना भैया के बुला द अ
उनहीं से निकली जहरिया हे
ऐ सखी.....'

छम्मम कट छम्मम कट छम्मम कट छम्म!

'पाकीजा' की मीनाकुमारी का बाना! लगता है, मुगलों, नवाबों के दरबार में जाने को निकली थी, भूल से यहाँ आ गई। गोरे मुखड़े पर हल्का मेकअप, गुलाबी पफ, ऊपर से अबरख के बुरादे का बेहतरीन इस्तेमाल। नन्हीं-नन्हीं चिनगारियाँ फूट रही हैं गोरे चेहरे से। नाचते-नाचते घुँघरू झनकारते कलात्मक लय में कभी एक-

एक डग रखते करीब चली आती है, कभी दूर चली जाती है। तितली है या कोई अप्सरा! तृप्ति नहीं, प्यास का नाम है हसीना।

विधायक निवास! अपनी ही उधेड़बुन में खोये हैं मोतीलाल। वीरेन्द्र आकर खड़े हो गए और उन्हें पता भी न चला।

"क्या सोच रहे हैं सर?"

मोतीलाल ने उन्हें देखा और सिर झुका लिया। धीरे से बोले, "कल से आज तक हमने बहुत मंथन किया, ... हमारे वेव लेंथ्स एक हैं लेकिन मैं आपकी पार्टी का फॉलोअर नहीं हो सकता। बूढ़ा हूँ, बन्दूक नहीं चला सकता। किसी गुंडे को पीट-पीटकर ठंडा नहीं कर सकता लेकिन मन-ही-मन कल रात हमने वह सब किया।"

"तो बन्दूक भी चलाई आपने?"

"हाँ।"

"और गुंडों को पीटा भी?"

"हाँ। पर इस मानसिक विलास से क्या फायदा! ऐसे में मेरे लिए क्या बचता है?"

"आपको युद्ध के फ्रंट पर कौन भेज रहा है? जबरन गए भी तो आप ही की हिफाजत के लिए चार-चार आदमी चाहिए सो वह मोह तो त्याग ही दीजिए सर!"

पंकज 'भी-भी-भी-भी' हँस पड़ा—"जबतक आप 'एक्जैक्टीट्यूड' और रियैलिटी का फर्क कर पाएँगे, लड़ाई में जान गँवा चुके होंगे।"

"सो आपके लिए यही उचित होगा कि आप दूसरे फ्रंट पर काम करें।" वीरेन्द्र ने कहा।

"कौन-सा फ्रंट?"

"इतिहास के आदमी हैं तो उसी का काम क्यों नहीं करते? अबतक एकपक्षीय और ज्यादातर भ्रान्तिपूर्ण या आधा-अधूरा इतिहास पढ़ाया जाता रहा है। 'भारतीय इतिहास की भूलें' आप लिख ही रहे हैं, अब 'इतिहास से बाहर' पर चाहें तो काम कर सकते हैं।"

बात जँच गई। मोतीलाल मूँड़ी हिलाने लगे।

"एक भूल पर आपने बीज रूप में संकेतित किया है—आदिवासियों को, दलितों को, पिछड़ों को प्रारम्भ से ही मुख्यधारा से काट दिए जाने का षड्यन्त्र! यहाँ झारखंड में अभी दिकुओं का ही राज है। और अगर स्थितियाँ यही रहीं तो आगे भी रहेगा। बिरसा मुंडा, तिलका माझी, सिदो-कान्हू पर ज्यादा-से-ज्यादा काम किया जाना चाहिए।"

"अपने यहाँ डॉ. रामविलास शर्मा जैसे विद्वान भी सन 1857 के विद्रोह को

भारत का प्रथम स्वाधीनता संग्राम बताते नहीं थकते। नव-जागरण का भी श्रेय उन्हीं को देते हैं। यह वही सवर्णवादी सोच है जिनके लिए आदिवासी या दलित एक गाली है।" मोतीलाल ने कहा।

"जी, अब आप देखिए कि एक जनजाति है 'चुहाड़' या 'चुआर'! गाली देने में उसका प्रयोग किया जाता है, 'अरे चुहाड़ कहीं का!' ब्रिटिश जुल्म के खिलाफ पहली लड़ाई उसी जाति के लोगों ने लड़ी थी 1767 में, इसके बाद भी पहाड़िया प्रतिरोध 1772 में और 1855 में महान सन्ताल हूल, तिलका माझी भी पहाड़िया ही थे। जबकि हमारे सिपाही विद्रोह के बड़े बागी कुँअर सिंह, लक्ष्मीबाई, ताँत्या टोपे, फैजाबाद के मौलवी साहब उसके नब्बे साल बाद आते हैं। लेकिन हमारे इतिहास में वही कुँअर सिंह, वही लक्ष्मीबाई, वही मंगल पांडे! यह न सिर्फ आदिवासियों के शौर्य को इग्नोर करता है बल्कि जानना भी नहीं चाहता। पहाड़िया क्रिमिनल रेस के रूप में दर्ज है जबकि वह थी मार्शल रेस।"

"हूल विद्रोह के बाद भी तो 1857-58 का 'नीलाम्बर-पीताम्बर विद्रोह', 'भुँईया विद्रोह', '1866-67 का बामनभारी सन्ताल विद्रोह', '1869-70 का टुंडी सन्ताल विद्रोह', 'क्योंझर भुँइया विद्रोह', दो साल बाद 'खरबार आन्दोलन', 'सरदारी आन्दोलन', '1880 का तेलंगा खड़िया आन्दोलन', '1881-82 का उलगुलान' होते रहे।" पंकज ने एक लम्बी सूची पेश की।

"देखता हूँ, टेनिया भी ड्राइवर हो गया।" मास्टर साहब हँसे। वीरेन्द्र बाबू सहसा जैसे कहीं दूर चले गए, बोले, "कल क्या होगा, हम नहीं जानते। यहाँ तो दिवा-रात्रि संग्राम है। हो सकता है, मैं आपसे बराबर न मिल पाऊँ। आप अपने एक मिशन के तहत बिहार, झारखंड घूमिए-टहलिए। अँग्रेजों और बंगालियों ने कुछ काम किया है, कुछ अपने कुमार सुरेश सिंह आदि ने भी..., आप कुछ और नाम नोट कर लीजिए—मनोज भक्त, अश्वनी कुमार पंकज, रोज केरकेट्टा, ब्रह्मदेव शर्मा जेवियर डायस, डॉ. रामदयाल मुंडा आदि-आदि... कुछ एन.जी.ओ. भी हैं। आप राँची जाकर उसे देख लीजिए। नोट्स लेते रहिए और लिखते जाइए। लेखन के माध्यम से उनके दमित आत्मविश्वास को जगाइए। जगाइए उनके पॉजिटिव एलिमेंट्स को। लड़ाई तो बाद में होती है, मानसिकता पहले बनती है। मानसिकता बनाना ही आपका लक्ष्य है।"

"जी, तो अब मुझे इजाजत है?"

"जी, इजाजत क्यों, आप तो मुझसे हर तरह से बड़े हैं...। हाँ एक बात याद आई, आपका एक बेटा भी है न जो पंकज के साथ उसी स्कूल में पढ़ाता है?"

"जी, मगर...।" झेंप गए मास्टर साहब।

अपनी तीखी आँखों से उन्हें घूरते हुए कहा वीरेन्द्र ने—"इस 'मगर' को मैं

समझ रहा हूँ। अभी छोटा 'मगर' है पर आप अपनी सूखी ईमानदारी की धुन में उससे इसी तरह कटकर रहेंगे तो वह एक दिन बड़ा 'मगर' बन जाएगा। उसको अपने विश्वास में लेने की कोशिश कीजिए सर!"

मोतीलाल ने कनफेस किया—"आप सही कह रहे हैं।"

सुबह तक घर आ गए। आते ही पूछा, "ज्ञान कहाँ है?"

स्वर में वात्सल्य का अप्रत्याशित पुट देखकर पत्नी कृत्रिम मान में कुछ ऐंठ-सी गई—"हमको क्या मालूम, जैसा बाप, वैसा बेटा। कोई कुछ बताए तब ना।" गौरा देवी को आश्चर्य हो रहा था कि आज सूरज पश्चिम से कैसे निकल गया।

उधर ज्ञान भी कार में लौट रहा है सपत्नीक। कान में नेता जी के शब्द गूँज रहे हैं—"आपके पिता ने स्वाधीनता सेनानी का कोई तमगा नहीं लिया। पेंशन नहीं ली। विद्वान आदमी हैं। हलकों में उनकी ख्याति है। तो भैया, बाप को तो कैश करो न!"

"कैश!" ज्ञान ने शब्द को दोबारा चुभलाया, कोई रस नहीं आया,

'जो भी हो, एक बार उस किताब को पढ़कर देखना होगा।'

भोर की ताजा बयार में नींद के आगोश में झूल-झूलकर गिरती हुई पत्नी आखिरकार सो गई है कन्धे पर। वह उसे गोद में सुला लेता है—छोटे बच्चे की तरह। एकटक देखता है—'ओह, क्या रूप है! काश! थोड़ी इंटैलैक्चुअल भी होती, ज्यादा नहीं, बस थोड़ी-सी। कम-से-कम बाबू जी की किताब ही पढ़कर मुझे उसका 'जिस्ट' बता देती, सो नहीं। ठीक ही कहते थे बाबू जी, संस्कार ही नहीं हैं। शायद प्रज्ञा वह सब कर पाती। पर उसका चेहरा...! मुझे दुल्हन लानी थी स्कॉलर नहीं। बाबू जी अब तक नहीं माफ कर पाए मुझे। वैसे संज्ञा की कभी भी उपेक्षा नहीं की। ये पॉजिटिव साइन है और मेरे पक्ष में जाएगा। खोद-खोदकर पूछेंगे, इतना पैसा कहाँ से आया? कब्जा भी कर लिया, बाउंड्री भी डाल दी, बिल्डिंग भी खड़ी हो गई। किसी तरह मनाना ही पड़ेगा। कैश करने का सबसे बेहतर तरीका होगा बुढ़ऊ को डायरेक्टर बना दें। पर ये जिद्दी बूढ़ा माने तब न! ठीक है, संज्ञा को ही लगाना पड़ेगा। माई को कहा तो लड़ाई हो जाएगी।'

ज्ञान ने जितना सोचा था, समस्या उससे कहीं ज्यादा जटिल थी। दो दिन तक तो यह पैंतरेबाजी होती रही कि 'वे' बोलें कि 'हम'। आखिर एक दिन ज्ञान को ही पहल करनी पड़ी—

"बाबू जी 'स्टडी सेंटर' के बारे में भी कुछ बताइए न। हम लोग बिलकुल नए हैं।"

मोतीलाल मन-ही-मन हँसे। प्रकट में कुछ कटु बोलने से वीरेन्द्र बाबू का

अंकुश उन्हें रोक रहा था, अपने स्वर को यथासम्भव मुलायम बनाते हुए उन्होंने कहा, "अब क्या है, पूरा रामायण तो लिख डाले।"

"नहीं, आखिर हम ठहरे बच्चे ही।"

"सुनते हैं, स्टडी सेंटर मेरे और तुम्हारी माई के नाम पर है।"

"जी।"

हँस पड़े मोतीलाल—"भीलों ने बाँट लिए वन, राजा को खबर तक नहीं! हमारे नाम पर इतना कुछ है, हमें पता ही नहीं है। मैं ठहरा फकीर। ये बात मैं वी.पी. सिंह की तरह नहीं कह रहा हूँ। पहले मुझे उस जमीन के कागजात और स्टडी सेंटर के मास्टर प्लान का ब्लू प्रिंट दिखाओ तभी हम कुछ कहेंगे।"

मरा वह। कागजात देखते ही भड़क उठेंगे। धीरे से बोला, "वह तो लॉकर में है।"

"लॉकर से तो निकाला भी तो जा सकता है।"

"मेरे नहीं, मेरे फाइनेन्सर के पास।"

"और यह फाइनेन्सर कौन है? अग्रवाल साहब का भतीजा प्रदीप?"

"जी!"

"क्या स्वार्थ है प्रदीप का स्टडी सेंटर के लिए इतनी बड़ी पूँजी लगाने के पीछे?"

कुछ नहीं बोलते बनता ज्ञान से। धक-धक धड़क रहा है दिल।

"आज संक्षेप में सुन लीजिए। प्रदीप के लौटते ही कागजात भी लाकर दिखा दूँगा।" ज्ञान ने अनुनय-भरे स्वर में कहा।

अब भी चुप हैं मोतीलाल। उनको कुछ कहने का मौका नहीं देना चाहिए, सो शुरू हो जाता है ज्ञान—"तीन एकड़ जमीन है बाबू जी, गन्दा पोखर से नीम तक।"

"दोनों इनक्लूडेड हैं?"

"नीम को छोड़कर।"

"क्यों?"

"वो तो इसलिए कि आप उसे पहले ही अपने नाम रजिस्ट्री करा चुके थे। वैसे आप चाहें तो उसे एक सोफिस्टिकेटेड शेप दिया जा सकता है।" हाथ बढ़ाकर मना कर दिया मोतीलाल ने—"कुल कितने की जमीन है?"

अब चुप रहने की बारी ज्ञान की थी।

"मैंने कुछ पूछा? आखिर इतने पैसे आए कहाँ से, तुम्हारी तनख्वाह का मुझे पता है।"

"पैसा तो ट्रस्ट का है, मेरा अकेले का नहीं। और जहाँ तक जमीन का सवाल है ट्रस्ट के नाम लीज पर है। उसके सिर्फ एक रुपये प्रतिवर्ष लगेंगे प्रतीकात्मक।"

"क्या कहा, एक रुपया प्रति वर्ष?"

"जी, कहा न, प्रतीकात्मक। आदिवासी कल्याण के मद में जमीन आवंटित हुई है।"

मोतीलाल ने फिर से चुप्पी साध ली है। ज्ञान की हालत डाँवाडोल है, जैसे वह बचपन के दिनों में पहुँच गया है, जहाँ उसके शिक्षक पिता कोई सवाल पूछ रहे हैं और उसे जवाब नहीं सूझ रहा है।

"स्टडी सेंटर का मास्टर प्लान क्या है?" मोतीलाल ने पूछा

"यही एक पब्लिक स्कूल, प्लस टू के स्तर का, स्कूल का प्ले ग्राउंड, स्वीमिंग पूल वगैरह-वगैरह। जमीन कम है सो ऊपर बढ़ाना पड़ सकता है। पाँचवी मंजिल तक जा सकता है। दूसरा है कोचिंग सेंटर आई.ए.एस., पी.सी.एस., मेडिकल, इंजीनियरिंग आदि का। तीसरा है एक प्रोफेशनल कोचिंग सेंटर महिलाओं के लिए...।" मोतीलाल ने सबसे पहले आई.ए.एस. को पकड़ा—"क्या कहा आई.ए.एस.?"

बुरी तरह झेंप गया ज्ञान, सरेंडर कर बैठा, "जी, मुझे याद है, मैं कम्पीट नहीं कर सका था।"

"लड़के मेहनती हों और उससे भी ज्यादा जरूरी है, कोच अच्छे हों। वरना झाँसा देने से क्या लाभ? हर महत्त्वाकांक्षी युवक की इच्छा होती है कि वह आई.ए.एस. बने लेकिन विरले ही बन पाते हैं। उसी को कैश करोगे तुम लोग, है न?"

"जी। इसीलिए तो हमें आपकी गाइडेन्स की जरूरत है।"

मास्टर साहब ने उस अध्याय को स्थगित करते हुए पैंतरा बदला—"स्कूल तो आदिवासियों के नाम पर ली गई जमीन पर है न, कितने आदिवासी बच्चे पढ़ेंगे?"

चौंक गया ज्ञान। इस मनहूस बिन्दु पर तो ध्यान ही न गया था उसका—"जी, जैसा कहें।"

"अरे भाई कोई प्रावधान तो होता होगा ऐसे में? फिर से देख लोगे। मेरा खयाल है पचास परसेंट सीटें तो उनके लिए रिजर्व होनी ही चाहिए।"

"हाय बाप!"

"बाप को पुकारने की जरूरत है बरखुरदार! बाप यहीं है तुम्हारे सामने।" हँस पड़े मोतीलाल—"पहले आदिवासी, फिर मुहल्लेवाले जो उद्वास्त हुए हैं जैसे ये दुलारी, जियालाल, नेपाली, यादव, वगैरह-वगैरह। इससे बचे तो सेठों, मंत्रियों, अफसरों के बच्चे।"

"जी!" मरी हुई आवाज टपकी ज्ञान की—"तब तो स्कूल नहीं चल पाएगा।"

"स्कूल चलेगा। तुम शुरू तो करो। आदिवासी भी पढ़ेंगे, नॉन आदिवासी भी, पिछड़े भी, दलित भी, अल्पसंख्यक भी और सेठ और एलिट वर्ग के बच्चे भी। अच्छा, प्रोफेशनल कोचिंग सेंटर फॉर वुमेन में कौन-सा प्रशिक्षण दिया जाएगा?"

मोतीलाल ने फिर पैंतरा बदल दिया था।

"जनरल प्रशिक्षण होगा और क्या?"

"जैसे चटाई बुनाना, मौनी, सूप, खिलौने बनाना, बेंत की कुरसी, सिलाई-कढ़ाई, कसीदा...।" मोतीलाल ने पूछा,

ज्ञान की जुबान अटकने लगी—"जी वह भी, कुछ और मॉर्डन मेनू भी।"

"जैसे?"

"जैसे ब्यूटीशियन, कम्प्यूटर, मार्केटिंग, सेल्स एजेंट, स्पोकेन इंगलिश वगैरह।" मोतीलाल गम्भीर हुए जैसे यह बात हजम न हो पाई। बेटे ने ताड़ लिया—"बाबू जी हमारी लड़कियों को अगर आगे बढ़ना है तो मॉर्डन बनना पड़ेगा। व्यावहारिक बनना पड़ेगा। ऐसा न होने के चलते ही हम लोग पिछड़ गए हैं।"

"शायद ठीक कहते हो।" पिता ने पुत्र की बात मान ली। फिर कुछ सोचते हुए चेहरे पर चमक आ गई—"वो अपनी प्रज्ञा है न, उसे इनगेज कर लेते।"

"जी।"

"और झा जी की बेटियों को भी।"

"उन्हें तो कर ही रहे हैं। दोनों ब्यूटीशियन का कोर्स कर रही हैं। पाहुन और दीदी भी।"

मोतीलाल प्रसन्न हो गए। सब कुछ हरा-हरा था, सारे अपराधबोध खत्म। बेटे के सौ गुनाह माफ। बाप-बेटे में इधर के जीवन में यह शायद पहला आत्मीय संवाद था। यह देखकर मस्टराइन भी उमंग में फूली-फूली नजर आ रही थीं। वे बीच-बीच में मुग्धा नायिका की तरह दौड़-दौड़कर चलने लगतीं। फिर खुद को डाँट देतीं—'का रे गौरा छौंड़ी...?'

पुत्र और पुत्रवधू ने युगों के बाद बाप के कमरे में माँ की हँसी की खनक सुनी और 'धत्त!' की आवाज भी।

पहाड़ का दामन और पहाड़िया

बाप-बेटे में अलिखित समझौता हो गया। ज्ञान आदिवासी छात्रों के एडमिशन पर राजी हो गया और मास्टर साहब स्टडी सेंटर के डायरेक्टर बनने पर। हाँ, उनकी एक शर्त अवश्य ही 'वीटो' की तरह है कि वे जब चाहेंगे यायावरी के लिए निकल जाएँगे, कोई उन्हें रोकेगा नहीं।

कहाँ जाएँगे? किससे मिलेंगे...? इसका जवाब आसान नहीं है। सूची इतनी लम्बी है कि उसके लिए कई जनम चाहिए। घाटशिला, चांडील, चाईबासा, सारंडा, गुआ, किरीबुरू, मनोहरपुर, चिड़िया, राँची, गिरीडीह, बेरमो, पलामू, पारसनाथ, कुलभंगा, दुमका, राजमहल, गोड्डा, पुरूलिया और हाँ सखौती भी। भुँईया, चुहाड़, बाउरी, चेरो, बिरहोर, हो, मुंडा, ओराँव, खरवार और पता नहीं कौन-कौन-सी जनजातियाँ! मगर मोतीलाल के अन्दर के शिशु ने सबसे पहले चुना पहाड़िया को। 'पहाड़ और पहाड़िया'। बाकी जातियाँ जंगल से जुड़ी हैं लेकिन पहाड़िया पहाड़ से। आखिर ऐसा क्यों है कि दूसरी जातियाँ पहाड़ और गुफाओं से बाहर निकल आईं और पहाड़िया पहाड़ पर बने रहे? सभ्य समाज का डर या पर्वतीय व्यामोह?

दामन-ए-कोह के दुमका, गोड्डा, राजमहल, पाकुड़, साहिबगंज के जिले पहाड़ियों के लिए रिजर्व कर दिए गए थे। फिर भी ऐसा क्या है कि पहड़ियों ने पहाड़ नहीं छोड़ा? अपनी इस जिज्ञासा का शमन वे बिलकुल अपने ही अन्दाज में करना चाहते हैं पर झारखंड तो झारखंड ही ठहरा, झाड़ियों में उलझ गए। नई-नई जानकारियाँ हाथ लग रही थीं। काश! ये रोचक जानकारियाँ पहले मिली होतीं। जमीन आखिर जमीन होती है। बिना जमीन पर उतरे यह जानकारी उन्हें मिलती भी तो कैसे! अब यही देखिए, पहड़ियों को नीचे उतारने में असफल अँग्रेजों ने सन्तालों को लाकर बसाना शुरू किया। नीचे सन्ताल, ऊपर पहाड़िया। सन्तालों ने जंगल काटकर पत्थर हटा-हटाकर खेत बनाए। फसल उगी। राजस्व बढ़ा तो आ गए महाजन-साहूकार। और इसी के खिलाफ हुआ था 'हूल'। यह सब उन्होंने पुस्तक में लिखा है। लेकिन जमीनी जानकारी से वंचित रह गए।

सन सत्तावन मुख्यत: राजा-रजवाड़ों का विद्रोह था जबकि हूल, एक तरह से जन आन्दोलन जिसमें सन्तालों के साथ-साथ डोम, चमार, भूँईयाँ, खरबार, तेली, मोमिन, जुलाहे, कोइरी, कहार, कुम्हार, नापित, लोहार, चमार, डोम, पहाड़िया और ग्वाला जैसी सभी पिछड़ी और दलित जातियाँ थीं। ऐसी कई जमीनी जानकारियाँ हासिल करते हुए आखिर एक दिन वे साहेबगंज के बड़रवा स्टेशन पर उतरे।

चापंडा पहाड़ जाने के लिए न कोई बस मिलती है, न रिक्शा। सात किलोमीटर की पदयात्रा। शुकर था, जनवरी के दिन थे और साथ में पंकज। चकित भाव से आसपास की छिटपुट विरल आबादी को देखते हुए उसी प्रश्न से जूझते हुए चले जा रहे थे कि पंकज ने छेड़ा—"आप तो बहुत दिन से भटक रहे हैं सर, कुछ आदि-अन्त बुझा रहा है?"

"अन्त तो बुझा रहा है बरखुरदार। आदि का ही पता नहीं चल रहा हैं। अब यही देखो कि चन्द्रगुप्त मौर्य के शासनकाल में एक यूनानी यात्री आया था

मेगास्थनीज। माने कि करीब-करीब दो हजार साल पहले। उसने राजमहल की पहाड़ियों में निवास करनेवाली किसी मल्ली जाति का उल्लेख किया है। इन्हें ही अब 'मलेर या 'शौर्या' पहाड़िया कहा जाता है। बोली 'मालतो' है।"

"इसका मतलब यह हुआ कि पहले मेगास्थनीज आया था और अब आप।"

पिनक गए मास्टर साहब—"इसी चाल से झारखंड बिहार से अलग होने जा रहा है। हमारी नजर में ये असभ्य थे, जाहिल थे। कितने गुणगान गाए जाते हैं पाटलिपुत्र के और ये धरतीपुत्र गए भैंस के पीछे।"

"सर!" वक्त कटी के लिए पंकज ने जानबूझकर एक विवाद छेड़ा।

"हाँ!"

"गजेटियर्स और अन्य दस्तावेजों में हूल में शामिल कितनी-कितनी जातियों का उल्लेख है—लगभग सभी....पर पहाड़िया का उल्लेख नहीं है।"

"मिस हो गया होगा देखने से...।"

"मुझे लगता है, मैंने ठीक-ठीक देखा है।"

"इसकी एक वजह यह हो सकती है कि पहाड़िया थी तो एक मार्शल रेस। तिलका के विद्रोह के बाद इसका कोई रेजिमेंट बनाया अँग्रेजों ने ताकि पहाड़िया के विद्रोह को अन्दर ही अन्दर काउंटर किया जा सके। रेजिमेंट को हूल विद्रोह को दबाने में भी इस्तेमाल किया गया होगा। अँग्रेजों ने इसके पहले भी इन्हें सब 1770 के अकाल के दिनों में गाँवों को लुटवाने में इस्तेमाल किया था, यह इन्जेक्टेड जहर काफी देर तक इनकी प्रवृत्ति में समाया रहा। कुल मिलाकर इस बहादुर कौम को मूलधारा और आदिवासियों में से काटने के बहुविधि साजिशें हुईं, कभी अँग्रेजों, कभी देशी सरकारों, कभी खुद के द्वारा और ये श्रमशीलता छोड़कर झेंप और पर्वतोमुखी व्यामोह में फँसे रहे। एक बहादुर जाति को हाशिये से कैसे बाहर किया जाता है—यह कोई पहाड़िया के अध्ययन से समझ सकता है।"

"जी।"

"कहने के लिए यहाँ भी देखोगे, हर परिवार में एक नाम सूरज से जुड़ा जरूर मिलेगा—सूरज, सुरजा, सुरजी जैसा कुछ!"

"अरे वाह!"

"लेकिन वह प्रकृति पूजा मात्र है बरखुरदार, पराक्रम का प्रदर्शन नहीं!"

मास्टर साहब की आँखें चमकने लगीं—"तिलका माझीवाला प्रताप कहाँ....? 1785 में कन्धे में गोली लगी तो उसे घोड़े के पीछे रस्सियों से बाँधकर घसीटते हुए कोड़ों से पीटते हुए भागलपुर लाया गया और चौकवाले बरगद से लटका दिया गया।"

"अच्छा, तिलका माझी तो सन्ताल थे?" पंकज ने पूछा।

"नहीं पहाड़िया!" मोतीलाल ने बताया।

"टाइटिल तो माझी है।"

"यहाँ माझी माने सरदार, मुखिया या लीडर। वैसे भी सरदारी प्रथा के तहत 'सरदार' थे। रक्सी स्थान जाकर तिलक लगाते थे सो नाम हुआ 'तिलका'।"

"उहूँ, नाम से स्पष्ट है कि सन्ताल थे। माझी सन्ताल होते हैं।"

"ना भई, पहाड़िया थे। मूल नाम था जबरा पहाड़िया। तेलियागढ़ी जन्म स्थान है, जाकर पूछ लो।"

"आप जिद पकड़ लेते हैं सर, एक बार दिन को भूल से भी रात कह दिए तो फिर कोई माई का लाल आपसे उसे 'दिन' नहीं कहला सकता। अब यही देखिए, आपने बताया कि क्लीव लैंड की मौत तिलका माझी के गुलेल चलाने से हुई।"

"हुई ही।"

"गुलेल के पत्थर से कहीं आदमी मरता है?"

"फिर किससे मरा था वह?"

"तीर से! तिलका माझी के तीर से।"

इसके बाद मोतीलाल के गुलेल और तिलका माझी के तीर में जो रण छिड़ा कि सात किलोमीटर का सफर कैसे कट गया, पता ही न चला।

दूर से दिखता हुआ पहाड़ अब सामने आ गया था। चार-पाँच-सौ फीट से ज्यादा ऊँचा नहीं लग रहा था। नीचे धान की फसल पककर तैयार थी। एक आदमी से उन्होंने पूछा, "क्या आप पहाड़िया हैं?" वह आदमी हक्का-बक्का होकर मुँह ताकने लगा—"जी नँय। हमारा नाम गोधन माझी है।"

"ई खेत किसके हैं?"

"नीचे के सभे खेत हमनी सन्ताल लोगन के हैं।"

"और पहाड़िया लोग?"

"वो ऊपर रहता है।"

"वहाँ जा सकते हैं?"

"हमको नँय मालूम। का तो चुड़का गाड़ रखा है करसर (क्रशर) के आगे।"

उन्होंने गौर किया, पहाड़ के नीचे कुछ स्टोन क्रशर थे जिनकी धूल से नीचे का क्षेत्र भभूत रमाए उदास साधु की तरह पड़ा था।

"चुड़का माने?"

"माने, 'नैं'।" कहकर वह आदमी तेजी से पश्चिम दिशा की ओर चल पड़ा। जोरों की प्यास लगी थी। मगर यहाँ पानी पिलानेवाली कोई कंशी न थी। शायद क्रशर के पास पानी भी हो और 'चुड़का' की पहेली का समाधान भी।

जैसे-जैसे आगे बढ़ते गए क्रशरवालों के अम्बू-तम्बू पत्थरों के टुकड़े और गिट्टियों के ढेर के बीच से एक कामचलाऊ कच्ची सड़क बनती गई। दूर से ही पहाड़ का एक भाग एक बड़े घाव-सा कटा हुआ दिख रहा था।

"शायद यह पहाड़ क्रशरवालों ने खरीद लिया हो और पहाड़िया लोगों से कोई विवाद उठ खड़ा हुआ हो।" पंकज ने कहा। मास्टर साहब की नजर किसी कुएँ को ढूँढ़ रही थी जिसका अता-पता दूर-दूर तक न था।

वहाँ दो अस्थायी कैम्प बने हुए थे। उनके पीछे एक भवन था जिसका क्रॉस दूर से परिचय दे रहा था कि यह एक चर्च है। कैम्प के सामने पैंट-शर्ट पहने दो बाबूनुमा युवक खड़े थे और आगन्तुकों को कुतूहल से देख रहे थे। 'पहाड़िया' तो नहीं लगते, शायद क्रशर कम्पनी के कर्मचारी हों। पंकज ने पूछा, "भाईसाहब यहाँ पानी मिल सकता है?"

"हाँ, वो रहा चापाकल।" चापाकल के पास जाकर दोनों ने हाथ-मुँह धोया और पानी पिया तो जान में जान आई। कैम्प में वापस आकर पंकज ने कहा, "ये हैं भागलपुर के सीनियर सेकेंड्री स्कूल के रिटायर्ड हेडमास्टर मोतीलाल जी और मैं एक स्कूल-शिक्षक पंकज। हम लोग पहाड़िया जनजाति पर शोध के सिलसिले में चापंडा आए हुए हैं। वैसे हमें यहाँ के बारे में कुछ भी नहीं मालूम। आप हमारी कुछ मदद करेंगे?"

"कैसी मदद चाहते हैं?"

"कुछ पहाड़िया लोगों से मुलाकात करवाते।"

"आप टिके कहाँ हुए हैं?"

"टिकने की कोई जगह ही नहीं मिली। बड़रवा उतरे, सीधे चले आए।"

"दो-एक दिन रुकना पड़ेगा।"

"रुकना तो पड़ेगा ही। मगर अनजान जगह है न!"

"आप हमारे कैम्प में ही रुक सकते हैं।"

"और भोजन-पानी?"

"कैम्प में हम अपने भोजन की व्यवस्था करते हैं, आपकी भी कर देंगे।"

"तब किसी पहाड़िया को बुलाइए, जरा आँख तो जुड़ा लें।"

दुविधा में पड़ गए युवक।

"क्या बात है, कोई दिक्कत है?"

"बड़े आलसी और मनमौजी होते हैं, उस पर आज इन्होंने चुड़का गाड़ रखा है।"

मास्टर साहब को जैसे पहली दुर्लभ चीज हाथ लग गई हो। "कहाँ है, जरा दिखाइए तो?"

एक युवक उन्हें पहाड़ की ओर ले गया। उन्होंने देखा कि टेढ़ा-मेढ़ा रास्ता, पहाड़ पर ऊपर-ही-ऊपर चढ़ता चला गया है। "ये रहा", युवक ने जिस चीज को दिखाया वह शाल की एक टूटी हुई मामूली डाल थी जो सीधे रास्ते में गाड़ दी गई थी। अपने मुरझाए पत्तों में कौन-सा रहस्य छुपाए हुए थी, पता नहीं।

"इसका मतलब क्या है?"

"मतलब, यह पहाड़िया लोगों का फरमान है कि इसके आगे कोई नहीं बढ़ेगा। इसी के चलते क्रशर का काम आज बन्द है।"

पहाड़ से बाल्टी की बहँगी लिए हुए एक युवक उतर रहा था। शक्ल से आदिवासी लग रहा था। मास्टर साहब ने पंकज का हाथ दबाया—"ये पहाड़िया होगा, चलो इससे बात करते हैं" और प्रकट में उस आदमी से कहा, "ऐ बेटा, जरा सुनो तो, हमको अपने गाँव ले चलोगे!"

युवक ने उन्हें हैरान नजरों से देखा, "हमरा गाँव में केकरा संगे मिलना है?" मास्टर साहब ने लक्ष्य किया कि उसकी भाषा में अंगिका, मगधी और बांग्ला के पुट हैं—"तुम्हीं लोगों से।"

युवक की नजर में सन्देह की परछाइयाँ थीं। वह चुपचाप चापाकल से पानी भरने लगा। कैम्प के युवक ने मजाक किया—"हमरे लिए तो तूने चुड़का गाड़ दिया और अपना रास्ता खुला रखा है।" जितनी देर तक वह चापाकल चलाता रहा, मास्टर साहब उसे पिपासु नजर से देखते रहे। छोटा कद, चौड़ी नाक, काले स्लेट-सा बड़ा-सा ललाट, केश हल्के-हल्के घुँघराले। कदम-कदम चलकर उसके पास आए—"शौर्या हो या माल?"

युवक ने उत्तर दिया—"माल पहाड़िया।"

"कै भाई हो?"

"दू टा।"

"पत्नी माने जनाना, माने...?"

"दू टा।"

"दू गो?... खैर बच्चे?"

"दू टा।"

"पानी यहीं से ले जाते हो?"

युवक ने कोई उत्तर नहीं दिया। बाल्टियों को हाथ की केहुनी में सटाकर पहाड़ पर चढ़ने लगा।

कैम्प में वाकई खाने की व्यवस्था थी। गरमा-गरम भात-दाल, आलू-परवल की सब्जी खाकर जान में जान आई।

कैम्प के युवक ने कहा, "आप लोग थके होंगे। आराम कर लें फिर शाम

को चर्च के पादरी से मिल लीजिएगा। सीधे तौर पर वे कुछ नहीं बोलते हैं, धीरे-धीरे खुलते हैं।"

गहरा साँवला रंग, हड़ियल चेहरा, मँझोला कद और इसपर पादरीवाला एक लम्बा श्वेत लबादा, ये थे पादरी साहब। अधेड़ उम्र कच्चे-पक्के बाल। परिचय पाकर उन्हें सादर बिठाया। यह चर्च एक छोटा-मोटा हॉल था जिसके एक ओर पूजागृह था जहाँ ईसा मसीह और मरियम की मूर्तियाँ और तसवीरें लटकी हुई थीं और दूसरी ओर एक टेबुल और कुर्सी। अन्दर से एक औरत चाय लेकर आई।

"यह भी पहाड़िया है या कोई दूसरी?" मास्टर साहब ने पंकज को खोदा।

पंकज को शरारत सूझ रही थी—"आपके बैंक बैलेन्स में अभी तक सिर्फ एक ही है।"

पादरी साहब आकर उनके साथ बैठ गए थे।

"फादर, जरा हमें पहाड़िया लोगों के बारे में कुछ बताइए?"

पादरी सिर खुजलाने लगा—"अब क्या बताएँ! दामिन-ए-कोह में ये एक टिपिकल ट्राइब है। मेनली दो ट्राइब्स हैं। गंगा के इधर 'माल पहाड़िया', उधर 'शौर्या पहाड़िया'। दोनों क्रिश्चियन। फिर इनके नीचे और डिवीजन हैं। जैसे हिरणपुर के दक्षिण कुमार पहाड़िया, शिमलांगवाले डाकरणी पहाड़िया, पूर्वी पहाड़िया, मोट्टा पहाड़िया, पाटे पहाड़िया माने कुल सात-आठ डिवीजन लेकिन असल डिवीजन इन्हीं दो का।"

"क्रिश्चियन हैं तो मांस खाते होंगे?"

"नहीं, माल पहाड़िया नहीं खाते।"

"इन दोनों में शादी-ब्याह होता है?"

"ना-ऽ!"

"इनका मूल स्रोत कहाँ है?"

"ये कहना मुश्किल है।"

"ये प्रोटो ऑस्ट्रोलॉयड या ड्रेबीडियन हैं?"

"कुछ तो अपने को राजपूत भी मानते हैं। कहते हैं महाराष्ट्र की कोंकड़ की सागर पट्टी है न। ... से हुवाँ, गौतमी बोलकर कोई था। हुवाँ रहते थे। फिर आया सतवाहन राजा। उसके टॉरचर से गौतमी के बेटे के जमाने में कुछ चासी लोग भाग गए। मुगल पीरियड में रोहताश्व आए। दो पार्ट हो गया—एक, राँची ओराँव लोग और दूसरा, साहिबगंज...पहाड़िया।"

"ये भद्र महिला जो चाय लाई थीं, पहाड़िया हैं?"

"अरे ऊ तो हमरा वाइफ है—क्रिश्चियन सन्ताल!"

पंकज ने दाँतों तले जीभ दबाई—'फाउल!'

"ओ— सॉरी फादर। पहाड़िया लोगों से बात हो सकती है?" मास्टर साहब ने किसी तरह बात सँभाली।

"हाँ, क्यों नहीं, आप पहाड़ पर जाइए, हुआँ भी चर्च है, एक स्कूल भी है।" स्कूल के नाम से खुश हो गए मास्टर साहब।

"ठीक है, कल सुबह।"

"कल क्या, आज ही जा सकते हैं।"

"ये पहाड़ पर चढ़ पाएँगे।" पंकज ने पूछा।

"सभी लोग तो चढ़ते-उतरते हैं।"

फादर को प्रणाम कर लौट आए अभियात्री। रात काफी अच्छी नींद आई। सुबह तड़के पानी की बहँगीवाले एक युवक के पीछे-पीछे चल पड़े।

"कोई अटैक तो नैं करेगा सर?" पंकज ने मास्टर साहब को छेड़ा। और मास्टर साहब बताने लगे कि यहाँ क्राईम बहुत ही कम है। लूट-पाट, हत्या, ठगी, बलात्कार, ये सब हमारे मैदानी रणबाँकुरों के काम हैं। वैसे अँग्रेजों ने 1770 में इन्हें दूसरे गाँवों को लुटवाने में इस्तेमाल किया था, लूट की आदत डाली और बाद में 'मार्शल रेस' 'क्रिमिनल रेस' में एनलिस्ट कर दिया था। बहँगीवाले से पंकज ने पूछा, "फादर ने तुम्हें हमारे बारे में बता दिया है न?" युवक ने कहा, "हाँ।" बीच में एक जगह उसने बहँगी रख दी।

"तुम्हारा नाम क्या है?" मास्टर साहब ने पूछा।

युवक चुप रहा।

"मैंने पूछा, नाम?"

"अखन याद नै, पूछके बोलेगा।"

"अपना नाम याद नहीं है?" अभी नए-नए क्रिश्चियन बने थे। नया-नया नाम मिला था, जबान पर नहीं चढ़ा था।

"मीट खाते हो?"

"खाता है।"

"गोरू मांसो (गो मांस)।"

"छि: क्या बोलता है।"

"दुर्गापूजा करते हो?"

"अपना धरम कैसे छोड़ देगा?" युवक ऐसे चिहुँक पड़ा जैसे उसे कोई ठगने जा रहा हो।

अपना धरम? कौन-सा धरम? कैसी पहेली है यह? हिन्दुत्व और क्रिश्चियैनिटी के संक्रमण बिन्दु पर खड़ा था शायद वह युवक। एक पहचान पोंछी जा रही थी,

एक जोड़ी जा रही थी। जाहेर थान तोड़ दिए गए थे, चर्च खड़े किए जा रहे थे मगर इन सबसे जैसे उन्हें कोई खास वास्ता नहीं था।

ऊपर से कुछ-एक बच्चे उतरते आ रहे थे और पीछे कुछ एक गायें।

एक ने युवक से पूछा, "काका, 'नागिनी कन्या' लग गेल हौ।"

"करवन?" युवक ने कहा।

वे जीवन के उल्लास से सराबोर थे, मृत्यु की वहाँ कोई काली छाया तक न थी। लेकिन बच्चों के हाव-भाव से लग रहा था कि वे इससे बेखबर नहीं है। जिन्दगी छोटी है सो क्यों न उसका भरपूर उपभोग कर लें।

आम, कठजामुन, बेल, सखुआ, महुआ, बबूल, करिंज और कुछ जंगली पेड़ों से घिरा हुआ कुंज जैसा लग रहा था यह पड़ाव। अगल-बगल पतले पहाड़ी बाँसों की नयनाभिराम घनी बँसवारियाँ थीं। सूर्य की किरणें इस नीम अँधेरे में सुराख कर रही थीं। आँख ऊपर जाती है तो चन्दोवा-सा तना हुआ है। अरे ये फफूँदियाई इमली की तरह जगह-जगह क्या लटका है?

युवक ने चेताया—"उरकुशी! छूना मत साहेब चुलकुची (खुजली) होगा।"

पंकज ने बताया—"अलकुशी है छूने से खुजली होगी। एक और चीज थी, करेला यहाँ आकर कौंकड़ी बन गया था। चापंडा पर बहुतायत से होता है कौंकड़ी। ऊपर से नीचे आती हुई युवतियाँ टोकरी में कौंकड़ी और ऊपर उखाड़े गए कालमेघ के पौधे लेकर जा रही थीं बड़रवा के बाजार। कितनी चढ़ाई उतरकर आई थीं और अभी कित्ती दूर जाना है! फिर बेच-बाचकर दिन ढलते उतनी दूरी चलकर पहाड़ की चोटी पर जा बैठना है। बैठना भी कहाँ, दीया-बाती, भोजन-पानी का इन्तजाम करना है। डबरे पर अब तक कुल तीस-एक गायें पानी पीने के लिए आ चुकी थीं। छोटी-छोटी, नाटी-नाटी। कुछ-एक कलेरूए भी। गायों को देखकर मास्टर साहब के मन में कहीं छोटी-सी आस जगी—"चलो और कुछ हो न हो, पीने के लिए दूध तो मिल जाता होगा।"

युवक ने मुँह बनाया—"कहाँ साहेब, दस गाय मिलकर भी एक सेर दूध नहीं होता।"

"दूध के लिए खिलाना पड़ता है भाई। क्या खिलाते हैं?"

"यही जो पहाड़ पर मिल जाता है। और का खिलाएगा? कहाँ से खिलाएगा?"

युवक की बात कहीं गहरे उतर गई। बहँगी उठाकर वह चुपचाप चल पड़ा था। और पीछे-पीछे पंकज के साथ मोतीलाल भी। करीब पन्द्रह मिनट चलने के बाद चोटी से ठीक नीचे उन्हें एक घर मिला। उसपर क्रॉस अंकित था। बगल में बाँस से झुलती एक ट्यूब-लाइट भी, शायद सौर-ऊर्जा वाली। युवक ने बताया कि वह स्कूल है। वे पहाड़ की पीठ पर आ गए थे जहाँ कुछेक झोंपड़े थे। बहुत नीचे कुछ खेत भी। गायें भी। चर्च के फादर और उनका माझी सूर्या उनके स्वागत में खड़े थे।

सूर्या ने कहा, "आने में बहुत कष्ट हुआ न?" फिर उसने कुछ लोगों को बुलाया, "बाबूदेर खातिर चाह (चाह) ले आओ। चर्च से बाहर काठ के एक लम्बे-से टेबुल पर बैठाया गया उन्हें। कुछ लोग उन्हें घेरकर खड़े हो गए, इनमें औरतें भी थीं और औरतों की गोद में बच्चे भी। मोतीलाल ने चाय पीने से पहले पानी पीने की इच्छा व्यक्त की। झटपट जग में पानी आया, बिस्किट भी जो शायद बहुत ही पुराना था।

"पानी के लिए बड़ा कष्ट होता है न?"

"झरना है ना!" फादर ने कहा।

"हमेशा पानी रहता है?"

"सूख जाता है तो नीचे हैंड पम्प से पानी लाते हैं।"

"और पहाड़ पर कहीं पानी नहीं मिले तो।"

"तब हमरा पंचेत (पंचायत) विचार करेगा कि हियाँइ रहेगा कि किसी और पहाड़ पे चला जाएगा।"

"मगर रहना तो है पहाड़ पर ही। चाहे ये पहाड़, चाहे दूसरा।" भीमा ने कहा।

"लेकिन पहाड़ पर ही क्यों?"

"बाप-दादा रहता आया, इसलिए...।"

मास्टर साहब ने प्रशंसा-भरे लहजे में कहा, "ताज्जुब की बात है, आदमी भी पहाड़ पर रहता है, उसकी गाय भी, और पानी भी। वरना जीना और भी मुश्किल हो जाता आप सबके लिए।" उन्होंने नोटबुक निकाली और तथ्यों को वैरीफाई करते हुए कुछ भावुक-से हो गए। पन्द्रह से लेकर पैंतालीस तक के युवक हँस रहे थे। उन्हें यह फिकर नहीं कि पानी रहेगा कि नहीं, दूध होगा कि नहीं, जिन्दा रहेंगे कि नहीं। जवानी की लाली औरतों के चेहरों से, उनकी हँसी से, उनकी अदाओं से फूट रही थी। यह उदय की लाली भी है और अस्त की भी।

कल मुरझानेवाली कलियाँ हँसकर कहती हैं मग्न रहो।
बुलबुल तरु की फुनगी पर से सन्देश सुनाती यौवन का!

अगली बार आएँगे तो इनमें से कितने नहीं रहेंगे।

दूसरे फादर भी आ गए। पर मास्टर साहब की इस पहेली का कोई हल न निकाल पाए।

"सरकार इनके पीछे इतना पैसा खर्च कर रही है फिर भी इनकी हालत ऐसी क्यों है? इनकी औसत आयु सुना है, पैंतीस-छत्तीस वर्ष ही है।"

"इधर कुछ बढ़ी है चालीस-बयालीस!"

"लेकिन आप पहाड़ से नीचे क्यों नहीं उतरते?"

"आदमी के मन का थाह उस आदमी को खुद नहीं मालूम। एक भेंड़ के पीछे दूसरा भेंड़ क्यों चलता है? आपलोग सिविलाइज्ड मानते होंगे अपने-आपको, फिर भी ट्रेडिशन्स क्यों मानते हैं?" माझी बुरा मान गए थे।

"अब सरकार की चिन्ता है कि हमरा आबादी कम न हो लेकिन जीसू की मर्जी के बिना कुछ नहीं हो सकता। गभमेंट (गवर्नमेंट) लाख सर पटक ले।" दूसरे युवक ने कहा, "गभमेंट कहता है जियादा बच्चा पैदा करो। हम मरद-जनी मिलके पैदा भी करते हैं, पैदा तो कर दिया लेकिन खिलाएँ क्या? ज्यादा बच्चा माने, ज्यादा गरीबी और सब एक-एक कर मर जाता है। मक्खी की तरह मर जाता है, मच्छर की तरह मर जाता है हम लोग। दवाई कहाँ से लाएगा?"

"क्यों चर्च खुल सकते हैं, हॉस्पिटल नहीं?"

"हॉस्पीटल है न? हॉस्पीटल, स्कूल, सड़क, सोलर बत्ती क्या नहीं है और सच पूछिए तो कुछ भी नहीं।"

"अच्छा यह पहाड़ किसका है? क्रशरवालों को आप ही लोगों ने बेचा है?"

"हमरा है तो और कौन बेचेगा।"

"तो फिर चुड़का क्यों गाड़ा?"

"ऊ हम लोग समझ लेंगे क्रेशर का मालिक से। हम तो बोल दिया और दस हजार रुपया दो तब आगे बढ़ो। जबतक नैं देगा तबतक आगे नैं बढ़ सकता।"

अब वे स्कूल जा रहे थे। जहाँ जमीन पर बैठकर उनकी नई पीढ़ी मिशनरियों के सहयोग से शिक्षा-लाभ कर रही थी। यहाँ भी कुछ उत्साहवर्धक न था। इनके लिए अच्छा स्कूल चाहिए था। अच्छी खुराक चाहिए थी। अच्छा अस्पताल चाहिए था, सड़कें चाहिए थीं जो उन्हें शेष दुनिया से जोड़ें ताकि ये घुल-मिल सकें और तुलनात्मक अध्ययन करते हुए अपनी बेहतरी के उपाय ढूँढ़ सकें। सरकार थी, मिशनरियाँ थी, जन-कल्याण की संस्थाएँ थीं, यूनीसेफ था मगर लगता था सब हाथी के दाँत हैं। दिन को भोजन माझी के घर और रात का फादर के यहाँ। दोनों जगह वही भात-दाल, कौकड़ी की सब्जी। तीसरे दिन वे पंकज से बोलते-बतियाते नीचे उतर रहे थे। पेड़ों की डालियाँ जगह-जगह उनका रास्ता रोक रही थी—'रुक जाइए न!' और वे उनसे पल्ला छुड़ाकर निष्ठुर भाव से नीचे उतरते जा रहे थे।

"पंकज!"

"हाँ, सर।"

"एक लम्बा लेख लिखने का मन करता है। शीर्षक होगा इन पहड़ियों को पहाड़ से नीचे कौन उतारेगा?"

"जी।" पंकज अपनी धुन में आगे बढ़ गया। मास्टर साहब अपनी रौ में रमते-

जमते कुछ पीछे छूट गए थे। वहाँ ढलान कुछ तीखी थी। साथ पकड़ने के लिए कुछ तेज चले कि पायजामे उलझकर सन्तुलन खो बैठे और पत्थर की तरह ढनमना गए। पंकज ने चौंककर देखा और दौड़ पड़ा। उसने किसी तरह उन्हें उठाकर खड़ा किया,

"ज्यादा चोट आई सर!"

"अब का कहैं!"

"गलती मेरी थी। मुझे आपको साथ लेकर चलना चाहिए था।"

"बस जरा-सा बेखयाल हुए कि पायजामे में पाँव फँस गए...। आह...।"

"चलने की कोशिश न कीजिए सर!"

ऊपर से कुछ पहाड़िया युवक नीचे उतर रहे थे। सबने टाँग-टूँगकर किसी तरह उन्हें नीचे उतारा। क्रशर के मालिक की जीप से बड़रवा स्टेशन, वहाँ से बिना भागलपुर रुके सीधे पटना। अस्पताल में भर्ती करना पड़ा। एक्स-रे में पता चला मामूली-सा फ्रैक्चर है सिर्फ सूत बराबर। क्रेप बैंडेज से भी काम चलेगा। लेकिन मूवमेंट न हो तो ही अच्छा। शाम को वीरेन्द्र बाबू आए। हँसते-हँसते लगे डाँटने, "शुकर मनाइए कि हेयर फ्रैक्चर है। कहीं और कुछ हुआ होता तो? इस बुढ़ापे में आपको किसने कहा था पहाड़ चढ़ने के लिए।"

"अभी तो ये एक आइटम था सूची का, वह भी पूरा न हो पाया। अभी इनको कई नदियाँ, कई जंगल, कई पहाड़ पार करने हैं। लिस्टिया देखिएगा?" पंकज ने कहा।

"अब आप और कहीं नहीं जाएँगे। आपको इतिहास की चालाकियाँ या आदिवासी जीवन पर पुस्तक लिखनी है। इसके अलावा कुछ नहीं करना है।" मास्टर साहब उस ऊधमी बच्चे की तरह चुक्की-मुक्की मारके सुन रहे थे जो शरारत करते समय जख्मी होकर घर लौटा हो।

"आपके घर पर खबर की गई है या नहीं?"

"ना!" हाथ जोड़ लिए उन्होंने—"घरवालों को पता नहीं चलना चाहिए, नहीं तो हमारी थानेदारिन हमें घर में ही बन्द कर देगी। घर ही जाना होता तो भागलपुर न उतर लिए होते?"

"मास्टर साहब मैं आपकी तरह इतिहासज्ञ नहीं हूँ। एक मामूली विद्यार्थी की तरह इतिहास पढ़ा है। आपकी दुर्घटना पर याद आ गया कि अकबर के नौ रत्नों में एक थे बीरबल, बहुत ही हाजिरजवाब, चतुर और प्रत्युतपन्नमति। अकबर-बीरबल नोंक-झोंक के अनेक किस्से लोगों की जुबान पर हैं। बीरबल अपने क्षेत्र में जितने भी कुशल क्यों न रहे हों, उन्हें अन्दर-ही-अन्दर एक कचोट सालती रहती थी कि उन्होंने किसी लड़ाई में आजतक शिरकत नहीं की सो एक बार पंजाब प्रान्त में किसी विद्रोह का दमन करने के लिए उन्होंने अकबर से जिद करके सेनापतित्व

सँभाला। अनुभव था नहीं, सस्ते में जान गँवा बैठे। खबर अकबर तक पहुँची तो वह व्याकुल हो उठे। मन की इसी वेदना को उसने बाद में एक सोरठा में व्यक्त किया था—

दीन देखि सब दीन, एक न दीन्हो दुसह दु:ख
सो अब हम कहँ दीन, कछू न राख्यो वीरवर।

यह क्षण चरम भावुकता का था। पता नहीं, किसने किसको क्या दिया, किससे किसको क्या मिला! दोनों में न जन्म का रिश्ता था और न कोई अन्य पर उस क्षण दोनों ही एक-दूजे के लिए मानो सबसे आत्मीय हो रहे थे। वीरेन्द्र ने उनकी ओर रुख किया तो उनकी आँखें छलछला आई थीं पर पहली बूँद टपकी मोतीलाल की आँख से।

अलाउद्दीन और पद्मिनी

दो साल बीत गए और पता भी न चला। इन दो सालों में सिर्फ चार बार मिलने गए हैं वीरेन्द्र बाबू से। खुद को स्टडी-सेंटर और 'इतिहास से बाहर' पुस्तक में इस कदर रमा लिया है कि बाहर की दुनिया से प्राय: कट-से गए हैं। यूँ टी.वी. देख लेते हैं और अखबारों पर उड़ती हुई नजर भी डाल लेते हैं। देश और दुनिया में बहुत कुछ घट रहा होता है... परिवार में भी, रिश्तेदारियों में भी। पर अपने को छोड़कर सबसे तटस्थ हो गए हैं। राजीव गांधी मरे, नरसिम्हा राव आए। लालू यादव गए, राबड़ी देवी आईं। एक संयुक्त मोर्चा गया, दूसरा आया, तीसरा आया, कई आए। सब कुछ तो वैसा ही है। क्या तो एक गीत सुना था—इक ऋतु आए, इक ऋतु जाए, मौसम बदले, न बदले नसीब...। पर हाँ, जहाँ भी कोई अन्याय के विरोध खड़ा होता है, उनकी मद्धिम होती हुई बैटरी फिर से चार्ज हो जाती है। बुलबुले की तरह खबरें उठती हैं, फूट जाती हैं। कोई धारा नहीं बन पाती। परिवर्तन पहले भी होते रहे हैं, आगे भी रहेंगे। पर इधर के परिवर्तन आँधी नहीं बन पा रहे हैं। उससे तो बेहतर है आदिवासियों का इतिहास। सवेरे-सवेरे स्टडी-सेंटर की गोलाकार सड़क पर घूमते समय भी दिमाग में वही इतिहास घूमता रहता है।

दामिन-ए-कोह यानी पहाड़ियों का छोर, किनारा या दामन। क्या शानदार नाम है! कभी राजमहल की पहाड़ियों का दामन छोटा होता जाता तो रूमाल की तरह

लपेटकर जेब में रख लेते पर कभी-कभी यही दामन इतना फैल जाता कि समुद्र हो जाता, आर-पार न दिखता।

आज भी अखबार पर नजर फिसल रही थी कि एक जगह थम गई—विधायक वीरेन्द्र प्रताप सिंह को आजीवन कारावास। बॉक्स में बन्द है खबर—'जनपक्ष पार्टी के तेज तर्रार विधायक वीरेन्द्र प्रताप सिंह को हत्या के आरोप में कल हजारीबाग की निचली अदालत ने आजीवन कारावास की सजा सुनाई। हजारीबाग के बरसठ्ठी गाँव में डोमन भुईयाँ की पिछले दिनों हत्या कर दी गई थी। बताया जाता है कि विधायक के उनसे मतभेद चल रहे थे। जब उसने जनपक्ष छोड़कर एम.सी.सी. की सदस्यता ले ली थी। सालभर चलते रहे मुकदमे का फैसला आज आया है और श्री सिंह को जेल भेज दिया गया है।'

"अरे!" एक धक्का-सा लगा, फिर से पढ़ा, खबर तो वही है। पंकज को फोन लगाया, सम्पर्क न हो सका। शायद वहीं गया हो। जाना तो मुझे भी चाहिए। मगर बुरा न मान जाएँ। पंकज को भी आ जाने देते हैं।

किताब खोलते हैं, रख देते हैं। फाइल खोलते हैं, बन्द कर देते हैं। कहीं भी लगता नहीं मन। हर जगह वही चेहरा उभरने लगता है। खड़े हो जाते हैं।

"न, वीरेन्द्र बाबू हत्या नहीं कर सकते!" खुद-ही-खुद से उलझ रहे हैं।

"यह तुम किस अन्धविश्वास से कह रहे हो?" खुद-ही-खुद का जवाब।

"अगर, की होगी, तो वह हत्या अवश्यम्भावी रही होगी।"

"तो सजा भी अवश्यम्भावी है।"

"तो तुम क्या समझते हो, कोई डरता है सजा से।"

"तुम डरते हो तुम। तुम अपने नायक को सतत संघर्षरत देखना चाहते हो। साथ ही यह भी चाहते हो कि उसे खरोंच तक न लगे।"

निरुत्तर हो जाते हैं। पलटकर फिर फोन उठाते हैं। पंकज से फिर सम्पर्क नहीं हो पाता। विधायक निवास पर कोशिश करते हैं। वहाँ से एक टेपांकित जवाब बज रहा है, "हत्या के झूठे मामले में वीरेन्द्र सिंह को आजीवन कारावास की सजा के तहत जेल भेज दिया गया है। कार्यकर्त्ताओं और शुभचिन्तकों से अनुरोध है कि वे उत्तेजित न हों। पहले की तरह अपने-अपने फ्रंट पर पूर्ण सक्रियता के साथ डटे रहें और बिना वजह जेल के फाटक पर भीड़ न लगाएँ।"

सेनापति का आदेश! मन को कुछ सुकून मिलता है।

अब खबरों में रुचि फिर से जाग गई है। अखबार में ढूँढ़ते हैं, प्रादेशिक समाचारों में ढूँढ़ते हैं। ज्यादातर निराश होना पड़ता है। उनके लिए वीरेन्द्र बाबू की खबर कोई खबर नहीं। सप्ताह-भर बाद पंकज आया तो सारा गुबार उस पर बरसा—"बिना बताए चल देते हो। यहाँ जबसे वीरेन्द्र बाबू जेल गए, कोई खबर नहीं मिलती।"

"लीजिए न, कितनी खबर चाहते हैं।" और उसने एक पत्रिका उनके सामने रख दी। मोतीलाल ने पत्रिका का नाम पढ़ा 'जनपक्ष'। मुखपृष्ठ पर ही वीरेन्द्र बाबू की तसवीर थी। पन्ने पलटते हुए उन्होंने पूछा, "तो हाई कोर्ट में अपील की गई है?"

"हाँ।"

"कब मुझे ले चल रहे हो?"

"न मैं जा रहा हूँ, न आप।"

"क्यों?"

"मुझे शादी करनी है और आपको किताब लिखनी है।"

"लो, शादी की साइत भी ढूँढ़ी तो ऐसे मौके पर! प्रज्ञा ने वैसे मुझे बताया नहीं।"

"प्रज्ञा से नहीं।"

"फिर किससे?"

"आप खुद ही देख लेंगे।"

"अब प्रज्ञा का क्या होगा?"

"प्रज्ञा से मैंने पूछा था। उसका किसी से अफेयर चल रहा है।"

"ओ-ऽऽ! आजकल अफेयर बहुत फैल गया है। झा जी की बिटिया का भी अफेयर चल रहा है। प्रज्ञा का भी।"

"क्या करें सर, आपकी तरह जनमते ही चटपट शादी कैसे कर डालते हम लोग? आप लोगों ने जन्म लेते ही पहले शादी की, फिर दूसरे काम किए।"

"शुकर मनाओ बच्चू, हमारे समय में जन्म नहीं हुआ, नहीं तो... खैर यानी तुम वीरेन्द्र बाबू पार्टी के होल टाइमर नहीं बनने जा रहे।"

"न, वह अपने फ्रंट पर हैं, हम अपने फ्रंट पर।"

"जनपक्ष.....?"

नेता जी ने हिकारत से पत्रिका को उठाया और परे रख दिया।

"तुम पढ़ते हो यह पत्रिका?"

"न अ, बाबू जी।"

"तुम्हें मालूम भी है यह कैसी पत्रिका है और यह अकेली पत्रिका तुम्हारा कितना बड़ा नुकसान कर सकती है?"

ज्ञान अवाक रह गया—"मेरा तो ध्यान ही नहीं गया।"

"ध्यान जाना चाहिए। आखिर तो तुम एक आदर्श शिक्षक बनने जा रहे हो। यह अकेली पत्रिका तुम्हारे स्टडी सेंटर का टाईम बम है। कहाँ गए बुढ़ऊ?"

"मनमौजी आदमी हैं। शायद राँची गए हों। क्या तो लिख रहे हैं 'इतिहास से

बाहर' जब तक रहेंगे नाक में दम किए रहेंगे। जितना कम रहें, उतना ही अच्छा है। ढूँढ़-ढूँढ़ के, कहाँ-कहाँ से तो आदिवासी बच्चों को ले आएँगे और कहेंगे—'भर्ती करो।' कहते हैं, अगर सीधे तौर पर न आए तो पैसे दे-देकर ले आओ। क्या तो ईश्वरचन्द्र विद्यासागर ने पैसे दे-देकर विधवा विवाह के लिए युवकों को राजी किया था। अब हम कहाँ दो पैसे कमाएँगे कि...?"

हँस पड़े नेता जी, "सोचो के। इनको तो म्यूजियम में रखा जाना चाहिए।" फिर गम्भीर हुए—"तुम्हारे बाप हैं तो कठोर तो नहीं हुआ जा सकता। यह समझ लो कि इनको जितना कैश कर सकते हो, कैश कर लो। सिट्टी बन जाए तो फेंक दो। इन्हें सेंटर से अलग करना ही पड़ेगा। लेकिन उसके पहले तुम्हारा खुद का बेस इतना स्ट्रांग हो जाए कि तुम्हें उनके नाम के सहारे की जरूरत न पड़े। ठहरो! चीफ मिनिस्टर को फिर रिमाइंड कराते हैं।" ज्ञान ने विगलित होकर उनके पैर छू लिए। "आप ही के सहारे तो जी रहे हैं। बाबू जी भी पूछते हैं कि मैं स्कूल का मास्टर अभी तक क्यों बना हुआ हूँ?"

"अरे अवॉर्ड पाने के बाद रिजाइन कर देना स्कूल से। फिर स्टडी सेंटर सँभालना। अभी तो इसका चेन भी तुम्हें 'डेभलॉप' करना है, राँची, पटना, टाटा, धनबाद। और हाँ, मिसेज से नहीं मिलवाओगे?"

सहम गया ज्ञान। उसे पिछली दो मुलाकातों के जलते दृश्य अभी भी याद हैं, पहली बार पटना में संज्ञा को बस घूरते रहे थे। दूसरी बार सेंटर के उद्घाटन के मौके पर शराब में इस कदर चूर थे कि हाथ ही पकड़कर खींचने लगे थे। वह तो जाने कहाँ से माई आ गईं और अजय ने झपटकर हाथ छुड़ाया। तबसे नेता जी माई को फूटी आँखों नहीं सुहाते। पार्टी के नाम से ही चिढ़ हो गई है उन्हें।

"क्या सोचने लगे?... लेकिन भाई मानना पड़ेगा, तुम्हारी च्वाइस को। कम-से-कम एक झलक तो दिखा दो।"

"माई उसे कहीं भी नहीं जाने देतीं।"

"माई...? अरे अब तो माई-बाबू को मम्मी-डैडी बना दो। थोड़ा मॉर्डन बनो यार।"

शिकारी की दो आँखें अभी भी ताक रही हैं। पल-पल पहाड़ हो रहा है।

"आज तो नहीं, बाद में कोई तरीका निकालते हैं।"

पहला शिकार हाथ से निकल गया, नेता जी अनमने हो गए।

बाघ दौड़कर थक गया है, उस शिकार से हटकर उसकी नजर दूर चर रही हिरणियों पर पड़ती है—"इन्हीं में से कोई चोखी चीज हो तो...!"

"सब बेकार हैं सर।" ज्ञान की जान साँसत में थी।

"बहाने बनाते हो?"

"आप देख ही रहे हैं।"

नेता जी का जी उचट गया। उन्होंने टेबुल पर तबला बजाया और थाप देकर उठ खड़े हुए—"और ऊऽऽऽ!"

"ऊ तो उस एकाउंट में जमा करा दिया।"

"जौन नम्बर देहलें रहलीं, ओकरे में न?"

"जी।"

"और हमरा च्वाइस का पानी?"

"वह भी रखवा दिया है गाड़ी में।"

"अब चलेंगे।" नेता जी चल पड़े। पीछे-पीछे पहुँचाने आया ज्ञान। कार का फाटक ज्ञान ने खुद खोला और बन्द किया—"तब सर अबकी बार...?"

निवेदन करते हुए जबान खुद विनीत हो आई, हाथ खुद जुड़ गए—"हाँ अबकी बार।" तनिक ठमके फिर बोले, "और अबकी बार 'जनपक्ष' नहीं दिखना चाहिए टेबुल पर।"

"जी।"

"और अबकी बार किसी भी बहाने से दीदार...!"

"जीऽऽऽ!" मेमिया उठी है आवाज।

नेता जी ने वह मेमियाहट सुनी और आश्वस्त करते हुए-से बोले, "कुछ करेंगे नहीं, बस एक झलक देखेंगे। सिर्फ एक झलक!"

मोतीलाल होते तो उन्हें कुटिल कामार्त्त अलाउद्दीन की पद्मिनी को देखने की जिद याद आती—"सिर्फ एक बार, सिर्फ एक बार।" तेल के कटोरे में पद्मिनी का बिम्ब देखकर दीवाना बन जाता अलाउद्दीन खिलजी। लेकिन वह ज्ञान था, मोतीलाल नहीं।

टोन अप युओर ब्रेस्ट्स

परिवार इतिहास के एक नाजुक मोड़ से गुजर रहा था और इतिहास के प्रहरी मास्टर मोतीलाल इधर आदिवासियों के इतिहास में डुबकी लगाने में मस्त हैं। इधर उन्होंने पहाड़िया जनजाति पर एक तथ्यपरक रपट राँची, पटना और दिल्ली भेजी है कि यह कोई रहस्य नहीं है कि पहाड़िया जनजाति की औसत आयु 38-40 ही क्यों है। पहाड़िया भी शेष लोगों की तरह सामान्य व्यक्ति हैं और अपना-सा जीवन जी

सकते हैं। मृत्युदर के पीछे टी.बी., कालाजार या अन्य बीमारियाँ तथा कुपोषण है। पहले इलाज का साधन इनकी पारम्परिक वनज जड़ी-बूटियाँ थीं। फिर मिशनरियों और सरकार ने इनके विकास या उद्धार के नाम पर अँग्रेजी दरवाजे खोले। इनके नाम पर कुछ लोगों की नौकरियाँ तो मिल गईं मगर वे दवाखाने सिर्फ कागजों पर रह गए। अब न डॉक्टर हैं न पारम्परिक दवा न अँग्रेजी दवा। कुपोषण अलग एक 'बुनियादी समस्या' बनी हुई है। स्वच्छ पानी भी नहीं। इस प्रकार पौष्टिक भोजन, स्वच्छ पानी, दवा और बेहतर जीवन-स्थितियाँ देकर न सिर्फ उन्हें बचाया जा सकता है बल्कि शेष लोगों की तरह शतायु भी बनाया जा सकता है और यह कोई चमत्कार नहीं है। मैं नहीं समझता कि यह कोई इतनी बड़ी चीज़ है जिसे पूरा न किया जा सके।

माझी का प्रामाणिक इतिहास अभी-अभी लिखकर पूरा किया है। कुछ नए नाम हाथ लगे हैं—बुधू भगत, तेलंगा खड़िया, सिनगीदई, कैलीदई आदि-आदि। इन्हें बिरसा मुंडा, चोट्टी मुंडा आदि के क्रम में रखकर सन्दर्भों को परख रहे हैं—छोटा नागपुर, टेनर्स ऐक्ट, भुइँहारी सर्वे और सेटलमेंट, सब टेनेन्सी एक्ट। पोथियों और साक्षात्कारों में कितना तथ्य है, कितनी आग्रहशीलता! रह-रहकर हवा में सवाल करते हैं—यह सब पाठ्यक्रम में क्यों नहीं? क्यों उन्हें एक खास दृष्टिकोण के तहत 'अहा-अहो' के रूप में दिखाकर अपना आदिवासी प्रेम जतलाकर फिर चादर तानकर सो जाते हैं लोग? आज भी वे अपनी इस उलझन से उबर नहीं पाए कि 'पहाड़िया' जैसी वीर जनजाति को पहाड़ से उतारकर मुख्यधारा में लाने में कौन-सा दर्शन आड़े आ रहा है? अगर ऐसा न हुआ तो वह जाति तो गई। यह कहाँ का न्याय है कि तीस-पैंतीस की उम्र पहाड़ की कष्टप्रद चढ़ाई चढ़ने-उतरने में ही मर-खप जाए। जबतक जीएँ, टँगे रहें, पहाड़ पर? क्या वे चिड़ियाखाने के जन्तु हैं? संस्कृति-संरक्षण के नाम पर यह एक मनुष्य के प्रति कैसा अमानवीय व्यवहार है? जो विद्वान ऐसा कर रहे हैं, वे अतीत के आईने में खुद का चेहरा क्यों नहीं देखते? खुद भी तो कभी खोह-कन्दराओं में रहा करते थे, वहीं बने रहते! आज की पंचतारा संस्कृति में आने की क्या जरूरत थी भैये? खुद खाओ मेवे और वे जब कोदो, सावाँ, पेड़ की जड़-कन्द खाएँ तो तारीफ करो कि कन्द बहुत न्यूट्रिसस होता है। तुम रहो ए.सी. में और उनकी बात चले तो गदगद भाव से आहें भरो—'अहा, वे प्रकृति के सान्निध्य में मजे ले रहे हैं, हम तो बासी हवा में सड़ने को अभिशप्त हैं।' बात करें पहाड़िया की तो आप कहो—'आप क्या जाने पहाड़ पर फ्रेश ऑक्सीजन और पॉल्यूशन फ्री जोन है।' उनकी मजबूरियों, अभाव और पिछड़ेपन को उनकी गरिमा सिद्ध करने में तुम्हें शर्म नहीं आती?

'यथा तथ्य बनाम यथा अर्थ' के दिल्ली के अपने दूसरे व्याख्यान में वे जब बोल रहे थे तो चिन्तन का यह अन्दाज अपने पूरे शबाब पर था—"मैं फिर कहता हूँ

जो चीज जैसी है, उसे हू-ब-हू उसी रूप में स्वीकारने में हमें शर्म नहीं आनी चाहिए।"

एक छोटी-सी कंकड़ी जो उन्होंने फेंकी थी उसकी लहरों ने हलचल मचा दी थी। उनके व्याख्यान के बाद, हिन्दी के एक नामचीन विद्वान को बोलने के लिए आमंत्रित किया गया जिन्होंने फिर उसी गोलमटोल अन्दाज में उन्हें निगेट करना शुरू किया—"वॉल्तेयर ने कहा था कि सच सूरज की भाँति होता है, आँखें चौंधिया देता है, कुछ भी देखने नहीं देता। कला का झूठ ज्योत्स्ना के उस मनोरम धुँधलके की तरह होता है जो सच को और भी उजागर कर देता है।"

सभा में किसी ने टोका—"यानी झूठ जरूरी है?"

"जी।" उन्होंने वक्तव्य जारी रखा, "मोतीलाल जी का प्रिय उदाहरण है, 'दो और दो मिलाकर कितने होते हैं—न तीन, न पाँच बल्कि चार।' मैं उनके सामने आइन्स्टाइन को कोट करता हूँ, आइन्स्टाइन ने कहा था कि जहाँ तक गणित के नियम वास्तविकता का निर्देश करते हैं, वे निश्चित नहीं है और जहाँ तक वे निश्चित हैं, वे वास्तविकता का निर्देश नहीं करते।"

मास्टर साहब दनदनाते हुए मंच पर चले गए—"यह क्यों नहीं कहते कि सच को स्वीकारने का आपका जिगरा नहीं है? एक अत्यन्त सरल बात को तोड़ने के लिए कभी वाल्तेयर तो कभी आइन्स्टीन? शंकराचार्य कहते थे—'सब माया है।' एक दिन यही बता रहे थे कि एक हाथी आता दिखा। शंकराचार्य ने भागकर अपनी जान बचाई। हाथी के चले जाने पर लोगों ने पूछा, 'आप तो कहते थे, सब माया है, फिर आप भागे क्यों?' शंकराचार्य ने कहा, 'हाथी का आना भी माया है और मेरा भागना भी।' तो हे शंकराचार्य..."

सभा प्रश्नोत्तरकाल में बदल गई।

इतिहास के एक छात्र ने कहा, "मोतीलाल जी यह बताने का कष्ट करें कि ईसामसीह, मुहम्मद साहब पर उनका 'एक्जैक्टीट्यूड' क्या कहता है?"

एक लड़की ने पूछा, "अतीत को बिना लौटे, बिना देखे कोई कैसे कह सकता है कि दरहकीकत हुआ क्या था?"

एक युवक ने कहा, "मेरे भाई ने कोर्ट में सच कहा, उसका मर्डर हो गया। आप तो सच कहलवा लेंगे, हमारी सुरक्षा का क्या होगा?"

मोतीलाल भारी संकट में घिरते चले जा रहे थे। संकटकाल में मातृभाषा ही काम आती है। मोतीलाल अंगिका पर उतर आए—"नैं-नैं-नैं! मेरे कहने का सार ही यही है कि अगर जो जैसा है, उसे वैसा ही स्वीकारा गया होता तो इतना बखेड़ा न होता।"

"आज भी तो पुलिस निर्दोषों को एनकाउंटर करती है और पुलिस कहती है कि उसने आत्मरक्षार्थ गोली चलाई।"

"ऐसे में जागरूक लोगों को सच का साथ देना चाहिए।"

"पर सच को पहचाना कैसे जाए?"

"पर सच है क्या?"

"मतलब?"

"यह एक ग्लास है पानी का—आधा भरा, आधा खाली। इसे क्या कहते हैं लोग जरा देखिए।" उस सज्जन ने ग्लास को दिखाया।"

"आधा भरा।" एक आवाज।

"आधा खाली।" दूसरी।

"न भरा, न खाली।" तीसरी।

चारों तरफ से सच की व्याख्याएँ आने लगीं।

"बस, बस! मैं समझ गया" मोतीलाल ने कहा, "सच वही था जो पहले आपने कहा था, पानी से आधा भरा, आधा खाली ग्लास।"

"फिर एक सच दूसरे से अलग या उलटा क्यों है?"

"देखिए आदमी के ब्रेन को इतना ऐंठा गया है, इतना... कि उसमें बल पड़ गए हैं। जैसे-जैसे बुद्धि बढ़ी, वैसे-वैसे उसे सच को छुपाना आ गया। बिहार के एक जन-नेता वीरेन्द्र प्रताप सिंह को हत्या के झूठे आरोप में जेल की सजा दी गई है। इसलिए कि उन्होंने एक राजपुरुष के कदाचार और सिस्टम के कलुष को सार्वजनिक किया था। एक इनसान, एक नागरिक होने के नाते मेरा फर्ज बनता है कि सच-झूठ जानूँ और उसे बताऊँ...। श्री सिंह ने अपना फर्ज समझा। आखिर वह जज्बा क्यों नहीं है हम सबमें? क्यों हम बातों की गोल-गोल जलेबी छानते रहे हैं?"

बात पॉलीटिकल हो गई थी। आयोजकों ने धन्यवाद ज्ञापन करते हुए व्याख्यान-सभा के अवसान की घोषणा कर दी।

एक युद्धक्षेत्र से लौट रहे थे मोतीलाल। उन्होंने घायल किया भी था, घायल हुए भी थे। सच को हमेशा नहीं कहा जा सकता यह तो उनकी समझ में आ गया पर उनकी समझ में यह नहीं आया कि वे कहाँ गलत थे। हर मस्तिष्क का जुदा-जुदा त्रिपार्श्व होता है और वह भी प्रभावित होकर अपनी संरचना बदलता रहता है। बात आते ही डिस्पर्स हो जाती है पर जो वर्णपट बना, वह भी बदलता रहता है। तो क्या यह मनुष्य होने मात्र का खोट है?

घर का जोगी जोगड़ा आन गाँव का सिद्ध!

कासिमपुर लौटे तो कई मनहूस सूचनाएँ उनका स्वागत कर रही थीं।

सबसे पहले उन्होंने 'जनपक्ष' पत्रिका को ढूँढ़ा। नहीं मिली। "मैं प्राय: चार महीने बाद लौट रहा हूँ। जनपक्ष के पाँच अंक होने चाहिए, कहाँ हैं?" उनके सवाल

पर हर किसी ने अनभिज्ञता जाहिर की। सोचा, शायद 'सेंटर' के उनके दफ्तर में हो। वहाँ भी न थी। वहीं उन्हें यह जानकर धक्का लगा कि प्रज्ञा ने स्टडी सेंटर की नौकरी छोड़ दी है और झा जी की बेटियों ने भी। जेल से छूटते ही झा जी आए और अपनी छोटकी बेटी को छात्रों के सामने ही लप्पड़-थप्पड़ करते हुए खींच ले गए। तबसे दोनों बहनें नहीं आ रहीं।

"ह्वाट्स रॉंग विद दीज लेडी टीचर्स?" उन्होंने स्कूल की प्रिन्सिपल से जानना चाहा।

"आय डोंट नो सर!"

घर आए, पत्नी से पूछा, बेटे से पूछा, बेटियों से पूछा। सबका एक ही जवाब 'हमें नहीं पता।' लो ढूँढ़ते फिरो यथातथ्यता!

दनदनाते हुए चल पड़े पंकज के घर। वहाँ पहुँचकर खयाल आया कि वह तो स्कूल में होगा। अपनी जल्दबाजी पर कुढ़न हुई। अब कहाँ जाएँ? झा जी के घर?

झा जी के दरवाजे पर ताला झूल रहा था। पड़ोसियों से पूछने पर पता चला, वे लोग यहाँ से कबके जा चुके हैं। कहाँ गए, कुछ पता नहीं। अपने पूरे परिवार के साथ कहाँ चले गए झा जी? सेंटर पर आकर क्यों मारपीट कर खींच ले गए अपनी छोटी बेटी को? क्यों छोड़ दिया प्रज्ञा ने स्कूल? कहाँ गायब होती रही 'जनपक्ष' की प्रतियाँ? घर का माहौल गुमसुम है। सावित्री और उदय ने भी चुप्पी साध रखी है। कुछ तो है जिसकी पर्दादारी है।

शाम को फिर पंकज के घर जा धमके।

"आप कब आए सर? आइए-आइए अपनी बहू को आशीर्वाद भी लगे हाथों देते जाइए।"

वह उन्हें सादर घर के अन्दर ले आया। बहू ने आकर पाँव छुए। पंकज ने परिचय कराया—"मेरी पत्नी शीला और आप हैं मेरे सर।"

दुबली, साँवली, छरहरी लड़की, झा जी की बेटी जैसी। आज ही बैंक गए थे जेब में पैसे थे। सौ रुपये निकालकर थमाने लगे, मंगलकामना के साथ।

बहू झिझकी तो पंकज ने कहा, "ले लो। तुम्हें तो दे रहे हैं, मुझे तो जबरन छीनना पड़ता है।"

बहू पैसे लेकर अन्दर चली गई तो पंकज ने पूछा, "और क्या हाल हैं सर, 'जनपक्ष' के अंक तो नियमित मिल रहे होंगे?"

"नहीं। 'इतिहास से बाहर' लिखते-लिखते मैं ही इतिहास से बाहर कर दिया गया।"

सारा कुछ सुनने के बाद पंकज ने एक लम्बी हुँकारी भरी—"हूँऽऽऽ! ठीक-ठीक तो कह पाना मुश्किल है मगर ज्ञान काफी दिनों से मंत्रियों के चक्कर में रहने

लगे हैं। वो अग्रवाल साहब का भतीजा प्रदीप, ज्ञान, अजय और इन नेता जी की चौकड़ी है। यह एक दूसरे तरह का शिक्षा माफिया है जो एजुकेशन और कोचिंग सेंटर्स को उद्योग की तरह ले रहा है। ज्ञान तो क्लास भी शायद ही लेता है। उसका कोर्स भी मुझे ही पूरा करना पड़ता है।"

"वाह!"

"मेरा खयाल है इन चारों में सबसे कमजोर कड़ी है 'ज्ञान'। उसकी इसी कमजोरी के चलते ये बाकी तीनों उसे अपने इशारे पर नचाते होंगे। प्रज्ञा और सुमन जैसी लड़कियों के स्कूल छोड़ने या छुड़वाने के पीछे यही रहस्य होगा।"

"यू मीन अफेयर...?"

"नो सर, आय मीन सेक्स। सिम्पली सेक्स! उसका वह मंत्री तो उस हसीना बाई के यहाँ भी जाता है, पटना भी बुला लेता है।" उसे जैसे कुछ याद आया—"मैं आपको 'जनपक्ष' की प्रतियाँ लाकर देता हूँ।"

पंकज प्रतियाँ और बहू चाय लेकर आई तो, मास्टर साहब आँख मूँदे पड़े थे। उन्होंने समझा, शायद सो गए हो। मगर उनका भ्रम तत्काल टूट गया। बन्द पलकों से आँसू की दो बूँदें लुढ़ककर गालों पर आ गईं।

"सर, सर!" बहू ने पुकारा तो आँसू छुपाने की कोशिश करने लगे।

"क्या हुआ सर?"

"कुछ नहीं।"

"कुछ तो है सर।"

"मुझे जाने क्यों लगा कि नीम के पेड़ से टँगी दो जोड़ी आँखें टकटकी लगाकर देख रही हैं मेरे घर को। यही है वह घर जिसमें बेटा उनकी सन्ततियों पर बलात्कार करवा रहा है और बाप, ढोंगी बाप उसकी हर करतूत में शामिल है।"

"ओह सर! आप तो नाहक ही इमोशनल हो रहे हैं। आप कहाँ शामिल हैं उसमें? रही बात ज्ञान की तो जैसा कि मैंने अनुमान लगाया है, ही इज बीइंग ब्लैकमेल्ड! वह फँस चुका है, मैंने उसका उदास चेहरा देखा है, जैसे ही कोई मौका मिला, आय एम श्योर, वह फंडे से बाहर आ जाएगा।"

"मुझे झूठी तसल्लियाँ न दो।"

"मेरा यकीन कीजिए।"

पंकज को मालूम है, मास्टर साहब का मूड कैसे ठीक किया जा सकता है। घुमा-फिराकर वह उन्हें 'जनपक्ष' की उत्साहवर्धक खबरों पर ले आता है।

चतरा में जनता ने जंगल की अवैध कटाई रोककर वन विभाग के कर्मियों को रातभर बाँधे रखा, सुबह इस शर्त पर छोड़ा कि अबसे अवैध कटाई नहीं होगी। ग्रैंड ट्रंक रोड के फोरलेन बनाने के चलते दोनों किनारों पर उजाड़े गए ग्रामवासियों का

सालभर से चल रहा आन्दोलन सफल हो गया। यह पहला मौका है जब सरकार विस्थापितों को सड़क के दोनों किनारों पर दुकान या आजीविका के संसाधन आवंटित करने को तैयार हो गई है।

चमक उठी आँखें—"मैं भी स्टडी सेंटर के विस्थापितों को फिर से बसाऊँगा, उजड़ने नहीं दूँगा।"

छोटी-छोटी खबरों के बाद बड़ी खबर...

'वीरेन्द्र प्रताप सिंह को जेल में डालकर प्रशासन आफत में पड़ गया है। जेल में आते ही वीरेन्द्र ने छोटे-मोटे सजायाफ्ता कैदियों को संगठित कर उन्हें शिक्षित-प्रशिक्षित करते हुए उनकी आपराधिक चेतना को सृजनात्मक चेतना में मोड़ने का काम शुरू कर दिया। कैदियों के भोजन-नाश्ते और नारकीय जीवन-स्थितियों पर भी आए दिन जेल में आन्दोलन होने लगे हैं। कैदियों ने 'ए' ग्रेड के कैदियों का व्यक्तिगत नौकर बनने से इनकार कर दिया है। कैदियों ने जातीय आधार पर पाखानों की सफाई आदि से भी इनकार कर दिया है। लाचार होकर श्री सिंह को हजारीबाग जेल में स्थानान्तरित करना पड़ा है।'

अगली खबर छह महीने बाद की—'आज श्री वीरेन्द्र सिंह को हजारीबाग से गिरीडीह जेल में स्थानान्तरित कर दिया गया। हजारीबाग जेल को भी उन्होंने प्रयोगशाला में तब्दील कर दिया था और कैदियों का कायाकल्प होने लगा था।' फिर आगे, 'श्री वीरेन्द्र सिंह को गिरीडीह जेल से बक्सर जेल में स्थानान्तरित कर दिया गया है। यह श्री सिंह का एक साल में चौथा स्थानान्तरण है। जेल प्रशासन समझ नहीं पा रहा है कि श्री सिंह की गतिविधियों से कैसे निबटा जाए। श्री सिंह हर जेल को अपना घर बना लेते हैं और कैदियों को अपना परिवार और जेल से ही जेल के बाहर की अपनी गतिविधि नियन्त्रित करते हैं। अब जेल प्रशासन पर दबाव है कि श्री सिंह को जेल-दर-जेल स्थानान्तरित कर हर जेल को 'प्रदूषित' करने से बेहतर है, उन्हें एक ही जेल में रखा जाए। मुश्किल है, यह 'प्रदूषण क्या है,' कैफियत माँगने पर प्रशासन जवाब नहीं देता।'

"रुको-रुको!" मोतीलाल उठकर खड़े हो गए—"जिस जेल को अपराधी अपने अपराध कर्म के लिए इस्तेमाल करते हैं, उसे हमारे वीरेन्द्र ने अपराध के खात्मे के लिए किया। है न?"

"जी!"

"मैं तुम्हारा एहसानमन्द हूँ जो यह खबर मुझे तुम दे रहे हो। ओह! चमत्कार और कहते किसे हैं?"

"अभी आगे सुनिए—'जमुई के एक गाँव में किसी दुर्गा नामक महिला ने अपने पति की हत्या कर दी। पुलिस उसे एरेस्ट कर थाने ले आई पर कोर्ट में न

ले जाकर उसे तीन दिन तक थाने में रखकर उससे बलात्कार किया जाता रहा। सामूहिक बलात्कार! वीरेन्द्र बाबू ने जेल से ही कमिश्नर को पत्र लिखकर घटना से अवगत कराते हुए थाने के विरुद्ध सख्त कार्रवाई का अनुरोध किया। कमिश्नर खुद दुर्गा से मिले और क्रुद्ध होकर पुलिस कमिश्नर को तलब किया। एस.पी. आए और चले गए। दिन पर दिन बीतते गए पर कोई कार्रवाई न हुई तो श्री सिंह ने हाई कोर्ट को लिखा। हाई कोर्ट के कड़े रुख पर प्रशासन ने तहकीकात के लिए आई.जी. को भेजा लेकिन फिर वही ढाक के तीन पात। लाचार हो उन्होंने सुप्रीम कोर्ट को लिखा है। कार्रवाई की प्रतीक्षा है।'

"माने कि पुलिस के सामने कमिश्नर, हाई कोर्ट, सुप्रीम कोर्ट सब फेल!" क्षोभ से कहा मोतीलाल ने—"तभी न इलाहाबाद हाई कोर्ट के न्यायाधीश आनन्द नारायण मुल्ला ने कहा था कि मैं पूरी जिम्मेवारी से कहता हूँ कि समूचे देश में कोई अपराधी गिरोह ऐसा नहीं हैं जिसके अपराधों का रेकॉर्ड ऐसा हो जैसा कि उस संगठित इकाई का है जिसे भारतीय पुलिस दल के नाम से जाना जाता है।"

"अगले सप्ताह हम जगह-जगह जुलूस निकालकर बक्सर जेल तक पहुँचेंगे। इस बलात्कार कांड के विरोध में अनशन पर बैठे कैदियों के समर्थन में।"

"मुझे भी लिवा चलो न!" थोड़ी देर पहले आँसू टपकाता बुजुर्ग अब एक बच्चे की तरह ठुनुक रहा था। पंकज ने पुचकारते हुए उसे बच्चे को दिलासा दी—"जरूर ले चलेंगे सर।"

अगले दिन एक और कोहराम! नौ बजते-बजते सेंटर पर दुलारी अपनी जवान बेटी के साथ दनदनाती हुई हाजिर हुई—"कहाँ है मास्टर साहब?"

मोतीलाल ने अन्दर से पुकारा—"यहाँ हूँ। आ जाओ।"

दुलारी बहुत गुस्से में थी—"अब यही छिनारपना पढ़ाया जाता है आपके कवलेज में?"

मोतीलाल की समझ में कुछ नहीं आया—"देखो, मुझे कुछ पता नहीं है। तुम जरा साफ-साफ बताओ तो। यह किस कॉलेज में पढ़ती है?"

"आपके...ऊ का है।" दुलारी का इशारा 'प्रोफेशनल ट्रेनिंग सेंटर फॉर वुमेन' की ओर था।

घंटी बजाकर चपरासी को बुलाया—"जाओ, वहाँ की प्रिन्सिपल मैडम से कहना, मैंने याद किया है।"

"हम गरीब आदमी! किसी तरह मर-जरके इंटर करवाया। हियाँ ई खातिर भरती कराया कि कोई काम-धाम सीख जाएगी तो दू पैसा कमाने लायक हो जाएगी।

हमको का पता था कि हिंया ई सब पढ़ाई होता है। कहाँ है मस्टराइन बहिनी, उनसे भी पूछते हैं?"

उस सेक्शन की प्रिन्सिपल मिसेज चड्ढा और मस्टराइन एक साथ ही आती दिखीं।

"क्या हुआ दुलारी?" मस्टराइन ने पूछा।

"मैं बताती हूँ मैडम, ये ब्यूटीशियन का कोर्स कर रही है। आजकल इस प्रोफेशन की बहुत डिमांड है।" मिसेज चड्ढा ने कहा।

"हूँ, मगर इनका ऐतराज किस बात पर है?" मोतीलाल ने पूछा।

"पता नहीं।"

"पता नहीं! अरे बताती क्यों नहीं कि छाती को कँटीला बनाना सिखा रही थी।" दुलारी ने कहा।

मिसेज चड्ढा ने पुस्तक खोलकर दिखा दी—'टोन अप युओर ब्रेस्ट्स!'

"देख लो, किताब में छपा है—फोटू के साथ।" मस्टराइन ने कहा।

मस्टराइन के साथ उलझ पड़ी दुलारी—"अपना भी टैट करवा लीजिए।" जाने क्या-क्या बड़बड़ाती हुई चली गई दुलारी।

'टोन-अप युओर ब्रेस्ट्स!' उनके चले जाने के बाद भी वाक्य टन-टन बजता रहा दिमाग में। प्रोफेशनल सेंटर जाकर देखा तो वही वाक्य वहाँ भी टँगा हुआ था।

ज्ञान से पूछा, "यह क्या है?"

"समय की माँग है बाबू जी! अगर वह सब लड़कियों को न आया तो कहीं नौकरी नहीं मिलेगी।"

"अगर यही सब सिखाया जाने लगा तो एक-एक कर सारी लड़कियाँ सेंटर छोड़ देंगी।"

"लेकिन स्थिति इसके ठीक उलट है। पटना-राँची तक से लड़कियाँ आने को लालायित हैं। नीयर फ्यूचर में सम्भव है, हमें वहाँ भी ब्रान्चेज खोलनी पड़ें...!"

"हर पापी अपने पाप को जस्टिफाइ करता चलता है।"

मन-ही-मन हँसते हैं मोतीलाल और 'इतिहास से बाहर' में फिर डुबकी लगा लेते हैं।

इस अन्तर्मुखी चेतना को भंग करता शहर जब-तब खिड़की पर दस्तक देने लगता है। सब कुछ दिखता है यहाँ से, सड़क, गली, नीम का पेड़, चौरा, झगड़ते बच्चे, गीत गाती औरतें...! फिर छठ आ गया क्या? नाक तक सिन्दूर पोते औरतें! काली माई की जोगनियाँ हैं या बलि के लिए हाँकी जाती हुई जीवात्माएँ! झुंड की झुंड औरतें... मगर उनकी नजर एक खास औरत पर टिकती हैं—दुलारी की बेटी है क्या? नाक तक पुता लाल सिन्दूर! दुलारी के साथ न होती तो पहचान भी न पाते।

इसी धर्मपुत्री को मॉड बना रहा था ज्ञान, क्या तो... हाँ टोन अप युओर ब्रेस्ट्स!

छठ के लिए घाट पर जाने का मस्टराइन का बुलावा आया फोन पर, उन्होंने पेट-दर्द का बहाना कर दिया। न जाने का एक और भी कारण था...

'एक्जैक्टीट्यूड' पर अगला व्याख्यान हावर्ड में होना था। उनके साथ-साथ इस सिद्धान्त के कई यूरोपीय प्रवक्ता भी आमंत्रित थे। अभी वे तय नहीं कर पाए थे कि अँग्रेजी में बोलेंगे या हिन्दी में। आज उस व्याख्यान का मजमून तय करते हुए उन्होंने कलम उठाई तो इन्हीं चिन्ताओं से आक्रान्त था दिमाग...

'मानव सभ्यता के विकास में पुनरुत्थानवाद एक बड़ा अवरोध है लेकिन क्या विडम्बना है कि दुनियाभर में पुनरुत्थानवाद की फिर से वापसी हो रही है। डेढ़ दो सौ वर्ष पहले यूरोप और शेष विश्व में जन-जागृति का जो दौर आया था, वह अब समाप्ति की ओर है। हमारी भारतीय मनीषा में समय या काल की गति गोल है, क्षैतिज नहीं, न ही कोई क्वांटम जम्प है—अपनी ही पूँछ को निगलता काल-सर्प!

'धर्म से जितना निचोड़ना था, निचोड़ लिया। राजनीति या पॉलीटिकल साइन्स से जितना लेना था ले लिया, कम्युनिज्म से जितना निकालना था निकाल लिया। भूमंडलीकरण, उदारीकरण, उत्तर आधुनिकता के इस हाइटेक दौर ने पुरानी परिभाषाओं को खारिज कर सबको परिभाषाविहीन बना दिया है। जर्मनी फिर से एक होकर हिटलर की वापसी की माँग कर रहा है। तुर्की कमालपाशा तुर्क के अग्रगामी परिवर्तन को खारिज कर फिर से इस्लामी देशों का सबसे बड़ा खलीफा बनने की दिशा में चल रहा है। चीन के लिए माओत्सेदुंग की सांस्कृतिक क्रान्ति और रूस के लिए लेनिनवाद अब एक भूल है। पाकिस्तान, ईरान, इराक, अरब, अफगानिस्तान फिर से तालिबानी होना चाहते हैं। कल का बांग्लादेश अपने दमन और मुक्ति सेना के संघर्ष को भुलाकर फिर से इस्लामिक बन गया। प्रवासी भारतीय और अप्रवासी भारतीय भारत में अपनी जड़ें टटोल रहे हैं और भारत का 'मिथहास' अमरबेलि की तरह 'इतिहास' पर छाता जा रहा है। अतीत की पराजय के बदले लिए जा रहे हैं। हमारे यहाँ मंडलवाद, कमंडलवाद, भूमंडलवाद और बाबरी मस्जिद विध्वंस ने प्रगतिशीलों को नंगा कर दिया है। सब अपनी जड़ें टटोलने में लगे हैं, गोल और गिरोहबन्दी चल रही है। राष्ट्रीय नायक की जगह धर्म व जाति के नायकों की तलाश और पूजा जारी है। भारत के विद्वानों की बातें! सब लन्तरानियाँ हैं। विद्वता के भार से गढ़ुआते ये नामचीन लोग कुछ करने नहीं देते। कुछ नया नहीं होता इनके पास। ये जितना भी पढ़ जाएँ, रहेंगे वही—अपनी जाति, जिले, जवार, गिरोह और सामन्ती आग्रहों को ढकने के लिए और भी अच्छे तर्कों से लैस होकर आएँगे। उनकी सारी शिक्षा, सारी साधना, सारा चिन्तन उनके 'स्व' के परिष्कार के लिए नहीं 'स्व' के

स्वैराचार को जस्टीफाई करने के लिए जाया होती है। उनकी गिरगिटी रियैलिटी का हम क्या करें? पॉलिटिक्स वैसे भी पावर गेम से ज्यादा कुछ नहीं। नया यह है कि वंचित जनों में भी इस गेम में शामिल होने की रैट-रेस बढ़ रही है।

'दलित और पिछड़े भी अब जाति उच्छेद की बात न कर रिजर्वेशन की बात करते हैं, चाहते हैं कि रिजर्वेशन बना रहे बल्कि कई बेहतर स्थितिवाली जातियाँ भी रिजर्वेशन में ट्रेसपास करना चाहती हैं। 'देसिल बैना सब जग मिट्ठा।' विद्यापति की यह बानी गलत हुई। अब अँग्रेजी मीठी है क्योंकि वह रोटी ही नहीं बर्गर और पिज्जा भी दे सकती है। इस परिवर्तन में बहुत-सी अच्छाइयाँ भी हैं मगर मैं प्रवृत्तियों की बात कर रहा हूँ। अन्तरराष्ट्रीय और राष्ट्रीय इतिहास की बात छोड़ दें, मेरे अपने ही घर में मेरा अपना बेटा यही कर रहा है। वह मेरे द्वारा छोड़े गए ब्राह्मणत्व, सारे जीर्ण-शीर्ण के आवरणों को झाड़-पोंछकर फिर से ओढ़ रहा है, बाहर ही नहीं, अन्दर भी। घर-घर, देश-देश में गृहयुद्ध है। विडम्बनाएँ अनेक हैं...कोई मुड़कर देखना नहीं चाहता कि दर-हकीकत हुआ क्या था...

लिखना कुछ और चाहते थे और लिखा गया कुछ और...

वे कलम से कपाल पर दस्तक दे रहे थे कि कानों में एक दूसरी दस्तक सुनाई पड़ी—"मे वी कम इन सर?"

"आइए।"

"में आय टॉक टू मिस्टर मोटीलाल?" कमरे में दाखिल होते हुए प्रौढ़ ने सवाल किया।

"माइशेल्फ मोटीलाल।" 'मोटी' की व्यंजना में बेपरवाह अधेड़ ने अपना परिचय 'ड्वारका जडेजा' और अपने साथ आए युवक का परिचय 'शुभम जडेजा', 'माय सन' के रूप में दिया फिर अपनी 'होजरी' के बिजनेस का विस्तार में परिचय देने लगा, "आवर्स इज वोन्ली आई.एस.ओ. 9000 सर्टिफाएड कोम्पैनी...।'

उन्हें बीच में ही रोककर मोतीलाल ने पूछा, "आप चाहते क्या हैं?'

"सर हम चाहते हैं कि आप हमारे लिए भी एक फड़कता हुआ स्लोगन लिख दें जैसा कि आपने 'टोन अप युओर ब्रेस्ट्स' लिखा है।"

"आप दोनों बाप-बेटे हैं?"

"जी आपके आशीर्वाद से। वैसे हमें ब्रेस्ट के साथ-साथ थाई (जंघा) और हिप (पुट्ठा) भी चाहिए।" उन्होंने तीनों अंगों का आकार समझाया।

मास्टर साहब के पल्ले कुछ नहीं पड़ा। शुभम बोले जा रहा था—"आपके बारे में सुना है कि बहुत बड़े स्कॉलर हैं, एस्जैक्टीच्यूड की फिलॉसॉफी आपकी ही देन है। इधर आपकी इस फिलॉसॉफी ने, उधर आपके स्लोगन ने बाजार में धूम मचा दी है। हम आपको काफी पैसा देंगे, बस स्लोगन ऐसा होना चाहिए कि पढ़ते

ही मस्ती छा जाए—तू चीज बड़ी है मस्त-मस्त!"

बेटा गा रहा था, बाप तबला बजा रहा था।

देखा, जीन्स पर गुलाबी टॉप पहने कोई युवती चली आ रही है। कहीं मस्ती का स्रोत वही तो नहीं?

लड़की करीब आई। उसने प्लास्टिक केस में छठ का प्रसाद थमाया। मोतीलाल की नजर ऊपर उठी, चिहुँक गए—"अरे दुलारी की बेटी न?"

"यस सर!"

रुको, रुको, कल जो यहाँ तक (उन्होंने हाथ से उसकी नाक तक इशारा किया) लाल सिन्दूर पोते हुए थी, दुलारी के साथ गीत गाती हुई वह कौन थी?"

"हमीं थे सर।" उसकी आधुनिकता पर तनिक पानी पड़ा।

"और यह जो मैं देख रहा हूँ, वह भी तुम्हीं हो?"

उसने कोई जवाब न दिया।

"तुम्हारा कौन-सा रूप सत्य है देवी यह या वह?"

"दोनों ही।" वह भिलभिलाकर हँसी।

लड़की ने मोतीलाल को गीता के श्लोक याद करा दिए—वह भी मैं हूँ, यह भी मैं हूँ। देवों में मैं इन्द्र हूँ, हाथियों में मैं ऐरावत हूँ और साबुनों में लक्स! छी छी क्या सोच गए।

"लेकिन तुम्हारी माँ तो तुम्हें लिवाकर चली गई थी न?"

"वही लेकर आई सर!"

चली गई लड़की तो मोतीलाल को ज्ञान की बातें याद आई फिर सामने बैठे बाप-बेटे नजर आए—"टोन अप युओर ब्रेस्ट्स' वाला वह स्लोगन मैंने नहीं लिखा।"

वे अचकचाये, "बट...!"

वे चले गए फिर भी उनकी परछाइयाँ कमरे में तिर रही थीं। क्या वाकई में नस्लें बदल रही हैं? फूको ठीक ही कहता था, 'सेक्स भी एक सत्ता है।'

पृथ्वी की धुरी खिसक गई है या उसकी रफ्तार तेज हो गई हैं? इतनी तेज कि पाँव तक नहीं टिक पाते अब। ज्ञान को मिनट-भर की फुरसत नहीं। कबसे सोच रहे हैं कि पिछली दुर्घटनाओं के बारे में पूछें कि बेटा कौन-सा डर है जो तुम्हें डरा रहा है, क्या मजबूरी है कि उन सेठों और मंत्रियों की गुलामी बजा रहे हो। पर किससे पूछें?

आखिर आ गया जुलूस में जाने का दिन। सेंटर की ठंढक छोड़कर सड़क की धूप में।

जिले में दुर्गा बलात्कार कांड के प्रतिवाद में ले-देकर पचास आदमी ही जुड़ पाए। लेकिन जिले-जिले का ये जुलूस जब बक्सर पहुँचा तो उनकी संख्या दस हजार

को छू रही थी। नारे लगाता यह जुलूस जेल की ओर बढ़ा तो मोतीलाल का जी जुड़ा गया। जेल के फाटक से 50 फीट की दूरी पर रोक दिया पुलिस ने।

वीरेन्द्र सीखचों के पीछे आए, जुलूस ने नारा दिया—"वीरेन्द्र प्रताप सिंह जिन्दाबाद, जेल के साथी जिन्दाबाद!"

भीड़ एक ज्वार की तरह उमड़ रही थी। लहर पर लहर। ठेलमठेल में आगे आने के चक्कर में कई बार धमकाए गए। कई बार कुचले गए। एक पाँव का जूता परवान चढ़ गया। किसी ने दया कर उन्हें आगे पहुँचा दिया पर उसके आगे तो पुलिस थी, और उसके आगे सीखचे। बिरेन्दर बाबू क्या कह रहे हैं, कुछ सुना नहीं जा पा रहा है। सिर्फ इतना भर सुन पाए—"आप तबतक अपना आन्दोलन जारी रखें जबतक कोई कार्रवाई न हो जाए। लोकतन्त्र में जनता की आवाज सर्वोपरि है।"

"आप कैसे हैं?" किसी ने पूछा है।

"मैं ठीक हूँ। प्रशासन मुझे एक जेल से दूसरे जेल ट्रान्सफर करती रही। बाहर भी मुझसे परेशान थी, अन्दर भी..."

"जोर से बोलिए!" पीछे से आवाज आई?

"मैं एक अंगारा हूँ, जो भी हाथ में लेता है जल जाता है।" वीरेन्द्र बाबू ने जोर से कहा।

खुशी-खुशी लौट रहा था जुलूस। कल की कार्रवाई पर अभी विचार चल ही रहा था कि फोन पर सूचना आई कि सुप्रीम कोर्ट के आदेश पर प्रान्तीय सरकार ने दारोगा को मुअत्तल कर दिया है।

जैकारा देती हुई लौट पड़ी भीड़। अपने साथियों से बिछड़ गए हैं लोग। मास्टर साहब भी बिछड़ गए भागलपुर के अपने गिरोह से। अकेले-अकेले लौट रहे हैं। नंगे पाँव।

मस्टराइन ने घर में घुसते ही तंज कसा—"आ गए पुलिस को सजा दिलाके। एक बात कान खोलकर सुन लीजिए, न हमें बाप का पार्टी पसन्द है, न बेटा का। बेटवा का दोस (दोस्त) ऊ एक ठो मुँहझौंसा मन्तरिया है, जब आवेगा तो लड़की लोग को घूरेगा। ई हमारी बहू भी पार्टी में जानेवाली थी। ऊ तो कहिए कि हम थे, कहा कि पार्टी में गए कि गोड़ काट लेंगे। एक उसकी और एक आपकी पार्टी? पहले नीम का पेड़ था, फिर सखौती और अब नया भेंटाए हैं बिरेन्दर सिंह। गौरमिंट जेहल में डाल दिया तइयो पे जाने नैं छूट रहा। खुद खून किया और अब एक खूनी जनाना का पच्छ ले रहा है।"

जुलूस से पूरी तरह रीचार्ज होकर आए हैं मोतीलाल। सो आज सबका सात खून

माफ! हँसते हुए सिर्फ इतना बोले, "अरे उसपर बलात्कार किया था थानेवालों ने।

"बलात्कार नैं, उसके पाप का दंड दिया भोले बाबा ने। और मारेगी मरद को मरदखौनी?"

"आपलोगों का झगड़ा शान्त हो गया हो तो हम अन्दर कदम रखें?"

मियाँ-बीवी ने पलटकर देखा तो मामी थीं।

गौरा देवी ने आगे बढ़कर पाँव छुए और भेंट-अँकवार की। बड़बड़ाना फिर भी जारी रहा तो मामी ने कटाक्ष किया—"क्या तकदीर पाई है तूने गौरा, पहले मस्टराइन बनी, फिर हेडमस्टराइन और अब भैंस चाँसेलर (वाइस चान्सलर)!"

"वाह मामी!" मोतीलाल के मुँह से निकला।

"आप चुप रहिए पाहुन जी, इतने बड़े-बड़े काम के लिए बाहर जाते रहते हैं, एक बार भी नैं बोले कि मामी तुम भी चलो।"

"आप वहाँ जातीं?"

"एक औरत पर जुलुम हो रहा है और एक औरत हम भी हैं। हमको नैं जाना चाहिए?"

यह प्रत्यक्षत: गौरा देवी पर वार था, वे चुपा गईं। मोतीलाल ने सोचा, यही मौका है, गिरे पर एक-आध वार और हो जाए, बोले, "हमको तो कहती है, ई बुढ़ाई बेर कहीं नैं जाना है।"

"माने बुढ़ाई बेर मेहरारू के लहँगा में घुसकर बैठे रहिए।"

"अब इन्हीं से पूछिए।"

बचने के लिए गौरा देवी ने बाथरूम की शरण ली—"आप बैठो मामी, हम अभी आए।"

मामी ने हमेशा की तरह नाक को सिकोड़कर जुम्बिश लेते हुए बिचकी मारी—"हुँह!" सहसा ही वे पथरा गईं। पलटकर गौरा ने भी वैसी ही बिचकी मारी थी—"हुंह!"

दोनों बिचकियाँ परस्पर टकरा गई थीं। प्रत्यंचाएँ अभी भी तनी हुई थीं। एक पल को समय विरम गया। चलते-चलते रुक गई पृथ्वी। रुक गए, चन्द्र-सूर्य, ग्रह और नक्षत्र।

दोनों ही अटपटी स्थिति में आ फँसी थीं। निजात पाने के लिए मस्टराइन तो बाथरूम में चली गईं लेकिन मामी के पास कौन सा ठाँव था! देर तक अपनी स्थिति को तोलती रहीं मामी, 'कुछ भी हो, यह गौरा के अधिकार क्षेत्र में अनुचित दखल है। चली जाएँगी। कल ही चली जाएँगी। लेकिन इस बार बेलारी नहीं, कहीं और।'

एक पल में दुनिया इधर से उधर हो गई थी। इससे अनजान मोतीलाल अपनी ही दुनिया में सन्तरण कर रहे थे। उन्होंने गहरी आत्मीयता से मामी को देखा।

मस्टराइन बाथरूम से बाहर आईं तो मोम से पाथर में बदल चुकी थीं। उस समय मामी बालकनी से गली की ओर देख रही थीं। उन दोनों के अतिरिक्त वहाँ कोई न था। बहुत चुपके-चुपके मोतीलाल के जीवन में अनुपूरक की भूमिका में दाखिल हो रही थीं मामी—कभी फोन से, कभी चिट्ठी से, कभी प्रत्यक्ष!

शाम को अकसर बाहर घूमने निकल जातीं मामी—कभी रिक्शा से, कभी गाड़ी से; कभी गौरा के साथ, कभी सावित्री के साथ। कभी किसी के लिए चूड़ी खरीदतीं, कभी बिन्दी, कभी साड़ी, कभी ब्लाउज। कभी मिठाई लिए आतीं, कभी नमकीन!

मोतीलाल चुपचाप इस परिवर्तन पर गौर कर रहे थे।

सात दिन रहीं मामी। सात दिनों में शायद ही कभी खुलकर बतियाईं हो मोतीलाल से। मोतीलाल कुहुककर रह जाते।

बोलीं वे आठवें दिन जब उन्हें बेलारी वापस लौटना था,

"तनी घाट तक हमें पहुँचा न दीजिए पाहुन!"

गौरा देवी ने प्रतिवाद किया—"अरे इनको काहें ले लिवा जा रही हैं? जाने को तीर घाट, निकल जाएँगे मीर घाट! अभी 'गेयान' आवेगा तो गाड़ी से छोड़वा देंगे।"

"पुरान आदमी हैं हम, गाड़ी-घोड़ा का क्या करेंगे? डुगुरते-डुगुरते पहुँच ही जाएँगे।"

रिक्शा 'बड़की खंजरपुर' के पास आया तो मामी ने रिक्शेवाले को कहा, "सीढ़ी घाट चलो।"

"वहाँ क्यों?" मोतीलाल ने पूछा।

"नदिया एक घाट बहुतेरा...। कभी-कभी दूसरे घाट भी हो लेना चाहिए।"

बातों का क्रम शुरू हुआ तो दोनों खुलते गए। अब वे साठ पार के बूढ़ा-बूढ़ी नहीं, किशोर-किशोरी थे जैसे। बातें थीं कि खतम ही नहीं होने को आ रही थीं। मामी ने पूछा, "बिरेन्दर बाबू कैसे हैं? तबीयत कैसी रहती है? नवका स्कूल कैसा चल रहा है?" मोतीलाल ने पूछा, "दुर्गा बाबू कैसे हैं, सलहज और बच्चे कैसे हैं, और बुधुआ...?"

मामी ने पूछा, "किताब छप के आ गई?"

मोतीलाल ने पूछा, "क्या मकई के मचान पर अब भी 'विद्यापति' गाती हैं?"

बातें चुक नहीं रही थीं और राह चुक गई। मोतीलाल का सहारा लेकर रिक्शे से उतरीं मामी।

"यहाँ क्यों आईं?"

"यह सीढ़ी घाट है। यहाँ हम दू बेर नहाये थे।"

"कब?"

"तब हम जवान थे।... ये पेड़ तब नहीं था। बाद में किसी 'साधू' ने लगाया। यहाँ मनौती मानी जाती है। कहते हैं सच्चे मन से जो माँगो, मिलता है।"

चौड़े-चकले पत्तोंवाला पेड़... कुछ बड़े-बड़े फूल नीचे गिरे थे। जैसा पेड़ वैसा फूल—दोनों आकार में बड़े-बड़े। मामी आँख मूँदे मनौती मान रही थीं।

पलटीं तो मोतीलाल ने पूछा, "यह किस चीज का पेड़ है?"

"आकाश चम्पा का।"

"क्या कुछ खास है इस पेड़ में?"

"हाँ, दो-दो बार बसन्त आता है इसमें—दो-दो बार खिलती हैं आकाश चम्पा की कलियाँ—जिन्दगी की तरह़। एक बार जो जीवन जिया, उसमें कितना कुछ जीने से रह गया जिस-जिस मोड़ पर मुड़ना था, नहीं मुड़े, जहाँ पलटकर पीछे देखना था, नहीं देखे, जहाँ ठहरना था, नहीं ठहरे। सो, आकाशचम्पा उन भूलों को सुधारती है, पहली बार जिन डालों में फूल नहीं आए होते, दूसरी बार उन डालों पर भी फूल खिलाती है।"

मामी बोल रही थीं और उनकी नजर सीढ़ी-सीढ़ी उतरकर सामने बहते गंगा के फैलाव पर फैल रही थी—"भगवान हमको बार-बार नया कर-करके भेजते रहते हैं अपने बच्चों के रूप में—अब भी उन भूलों को ठीक कर लो!" वे जैसे किसी अनजाने लोक से बोल रही थीं—सुख से परे, दु:ख से परे, अतीत और अनागत से परे।

"चलिए मामी जी, देर हो रही है।"

"देर तो पहले ही हो गई है पाहुन।" वो आकाश चम्पा को फिर से देखने लगी थीं।

"मामी जी आपका नाम भी तो...।"

"हाँ मेरा नाम चम्पा है, तभी तो कोई भँवरा नहीं टिका...।" एक उदास हँसी बिछल गई उनके चेहरे पर। रिक्शे पर बैठते हुए मोतीलाल ने पूछा, "अच्छा जिन्दगी ने तो आपको कुछ दिया नहीं, इस आखिरी पहर में आपने क्या माँगा भगवान से।"

"क्या करेंगे जानकर?"

"फिर भी?"

"कुछ बातें ढकी रह जाएँ, इसी में सबकी भलाई है।"

बात आधे पर टूट गई। रिक्शा चला जा रहा था। मोतीलाल ने थोड़ी देर तक चुप रहने के बाद पूछा, "एक बात पूछें मामी, राधा और किसन भी मामी-भगिना थे... न?"

"हाँ क्यों?"

'उनके जीवन का एक प्रसंग है! महाभारत का युद्ध शेष ही चला है। अक्षौहिणी सेना समेत सारे रिश्तेदार, शत्रु, मित्र मारे जा चुके हैं। थकी आयु, थके कदम, थके

मन से लौट रहे हैं कृष्ण। ऐसे में बूढ़े कृष्ण को मिलती है बूढ़ी राधा। वही राधा जिसे गोकुल छोड़ आए थे कभी और बीच में सुधि न ली। उम्र रीत गई, उम्र बीत गई। कृष्ण ने राधा को देखा होगा, राधा ने कृष्ण को। दो हियों के हाहाकार, दो तूफान आमने-सामने। यह एक अलग ही महाभारत रहा होगा मामी, जहाँ बची होगी सिर्फ हार, सतत हार...!'

मामी ने दूसरी ओर ताकते हुए उन्हें रोकना चाहा 'लेकिन...' बोलते-बोलते रुक गईं मामी, ताब खा गईं मामी—"मैंने उस दिन कहा था न, फिर उस सम्बन्ध में कोई बात नैं करेंगे। हमे कमजोर न बनाओ, हे पाहुन! हाथ जोड़ते हैं बल्कि आप जाओ अब। घाट आ गया है। अब आप इस पार, हम उस पार।"

"उस पार बेलारी या कहीं और?"

"वहीं, जहाँ पति गया था, जहाँ..." कहकर रोक लिया मामी ने, पूरा नहीं किया वाक्य को, तनिक ठमककर कहा, "बूँद ही सही, उस आन्दोलन की धारा में समाकर धन्य हो जाएँगे।"

"लेकिन...."

मोतीलाल के 'लेकिन' को आधे रास्ते ही लौटा दिया मामी ने—"ना, हमें रोकना नहीं, टोकना नहीं, ढूँढ़ना नहीं पाहुन। अब आप जाइए, खामखा मेरी गौरा माय शक करने लगेंगी।"

"अरे बाप!" सहसा वे चिहुँक गईं। सामने गौरा थीं। बड़ी देर से, बहुत पीछे से वॉच कर रही थीं। मामी की देह एकबार काँपी फिर स्थिर हो गई।

"तुम तो बेलारी जाने को निकली थीं मामी?" गौरा ने तंज कसा।

मामी से कोई जवाब नहीं बन रहा है।

कार पर पीठ टिका, वक्ष पर दोनों बाँहें साधे खड़ी हो गई हैं मस्टराइन, सामने दोनों अभियुक्त खड़े हैं मामी और पति। पल-पल पहाड़ हुआ जा रहा है। साँस-साँस भारी।

"याद है, मामी, कभी अनजाने में हमने आपको भैरवी कहा था?" गौरा ने धीमी गुर्राहट में बात का पहला चरण पूरा किया, फिर तनिक ठमककर बात के दूसरे चरण को अपेक्षाकृत तल्ख आवाज में उठाया—"गलत बोले थे? अरे परेम ही करना था तो तनी पहले किया होता, और करने से पहले कायदे का आदमी तो ढूँढ़ लिया होता। ई का कि उमिर को भी दाग लगाया, रिश्ते को भी....?"

सदा बड़बड़ाती रहनेवाली मामी की जबान आज तालू से जा चिपकी है। झुकी-झुकी नजर कभी इधर देखती है कभी उधर जैसे खुद के खड़े होने की जगह तलाश रही हो। खड़े-खड़े जैसे शताब्दियाँ बीत गईं। अन्तत: जबान की जड़ता टूटती है। पर यह क्या, यह कैसा निर्वेद भाव है, शब्द झर रहे हैं या डाल के पड़े-पड़े मुरझाए फूल...

"अपने ही गढ़े हुए झूठ और ठेसुआये हुए अरमान...! इनसे घबराकर कई बार जिन्दगानी को सूली पर चढ़ाए मगर फिर उतार लिए। डूब मरने को बहुत पानी था गंगा जी में। लेकिन ना, नहीं मर पाए। सोचे, क्यों मरें, जब इत्ते सारे पापी जिए जा रहे हैं तो एक पापी और सही! मर जाने पर तुम लोग फिर कहाँ मिलते। सो ऐसे तो मरनेवाले नहीं हुए हम। मरेंगे मगर मरने लायक कोई कारण तो मिले। मिल गया, सो आज निकल पड़े। डरो नहीं। तुम्हारा कुछ भी चुराकर नहीं ले जा रहे हैं सखी, चाहो तो नंगा झोरी ले लो।"

"रुक जाओ मामी।" गौरा ने रोकना चाहा मामी को।

"नहीं!"

किसी के रोके नहीं रुकीं मामी। रिक्शा पकड़ा और चली गईं।

उधर मामी गईं, उधर मस्टराइन अपने बहके हुए पति को लेकर घर आईं। सोचा, इस निगोड़े मरद की आँख में जरा भी पानी बचा होगा तो मूड़ी उठा के जरा भी नहीं ताकेगा उनकी ओर। मगर यहाँ तो ढब ही अलग था। मोतीलाल तो और भी सुर्खरू होकर निकले थे। उन्हें इस बात पर गहरा सन्तोष था कि मामी ने अन्तत: वही राह चुनी जो वे अपनी पत्नी को चुनने के लिए कहते, कि यह उनके प्रेम की विजय है। अन्तत: यह सिद्ध हो गया कि मामी के प्रति उनका सुझाव सही था।

पति का रंग-ढंग देखकर चिन्ता में पड़ गईं मस्टराइन। अफसोस कि सगुन बिचारनेवाले, सुग्गेवाले धनराज पंडित भी नहीं हैं और न ही सहारे के लिए झा जी।

ऐसे में उन्हें महराजिन जी की याद आई। चारधाम तीरथ करके कल ही लौटी हैं फेंकूसिंह के साथ। नेपाली के बगल एक कोठरी में रहती हैं। वैसे महराजिन का नाम लेते ही मन तीता हो जाता है मगर परिवार सँभालना है तो मान-अपमान को ताक पर रखना होगा।

महराजिन उन्हें देखते ही खिल गईं। सारा मलाल भूलकर उन्होंने न सिर्फ हिमालय से लाई हुई जड़ी दी बल्कि एक 'सिद्ध तांत्रिक' का पता भी बताया।

उन दिनों गौरा देवी की गाड़ी आए दिन उस 'तांत्रिक' के दरवज्जे खड़ी दिखती।

पर उसके पहले कि कोई परिणाम निकलता, एक और ही घटना घट गई।

नक्स हूँ अपने मुसव्विर से गिला रखता हूँ

"**डैड!**" खाने की टेबुल पर बैठते हुए ज्ञान ने पिता को सम्बोधित किया, 'डैड?' मोतीलाल चौंक गए, इस सम्बोधन पर। फिर लगे तोलने ज्ञान के शब्दों को। ज्ञान ने अटकते हुए कहा, "वो जो नीम के चारों ओर की फालतू जमीन है, उसे आप कहें तो स्टडी सेंटर में मिला लूँ, सेंटर का लुक भी ठीक हो जाएगा, पेड़ भी सुरक्षित हो जाएगा।"

जबान खिंच रही थी, शब्द बहक रहे थे। पिता से इतनी बड़ी बात कहने के लिए ज्ञान को शराब के आरोपित साहस का सहारा लेना पड़ा था। मोतीलाल हतवाक! यूँ तो उन्हें मालूम था कि ज्ञान दोस्तों के बीच पीता-पाता भी है, ब्याह में 'बार' की व्यवस्था कर उसने खुलेआम अपने इरादे जाहिर भी कर दिए थे। लेकिन उनके सामने इस तरह पीकर पेश आएगा, यह उनकी कल्पना से भी परे था। वर्षों का अंश-अंश बनता गुबार फट पड़ना चाह रहा था। उन्होंने यथासम्भव खुद को नियन्त्रित रखा— "यह क्या तुमने पी रखी है?"

"यस आय हैव। बट नथिंग रांग विथ दिस डैड।"

"ज्ञान, इधर देख रहा हूँ, यू आर ग्रोइंग टफ ऐंड डिस्परेट डे बाई डे। आज तो तुमने हद ही कर दी। ह्वाट्स द प्रॉब्लम विद यू? क्या समस्या है तुम्हारी?"

"मेरी समस्या? मेरी तो कोई समस्या नहीं, हाँ आप बताइए, आपकी कोई समस्या हो तो।"

पूरा परिवार सकते में आ गया। गौरा दैवी ने बीच-बचाव करना चाहा—"हम पूछते हैं, ई पूछ-पुछौवल खाने के बाद नहीं हो सकता?"

"नहीं मम्मी। डैड को बोल लेने दो।" ज्ञान ने माँ को अँगुली हिलाकर मना कर दिया—"यस डैड बताइए। आज तो यह लुका-छुपी का खेल बन्द ही हो जाए। क्या समस्या है?" वह एग्रेसिव हो रहा था।

"मेरी समस्या तो तुम हो ज्ञान!"

"मी?" ज्ञान की अँगुली अपने सीने पर थी।

"हाँ तुम! तुमने मेरे सबसे अच्छे दोस्त ओझा जी और अपने सहकर्मी के.के. पर हाथ उठाया, बात बढ़ी नहीं कि वे मेरा लिहाज करते थे। अजय और मनु महाराज तुम्हारे मित्र और शुभचिन्तक है। अपने और आरती के ब्याह में तुमने मुझे हर स्तर पर खारिज किया। लोगों को उजाड़कर गलत तरीके से जमीन ऑकुपाई करके स्टडी सेंटर खोला, जहाँ लड़कियों की इज्जत तक महफूज नहीं। आज तुम दारू पीकर बदतमीजी से नीम की जमीन भी छीनने आ गए। मैं पूछता हूँ, इस परिवार में

मेरी हैसियत क्या सिर्फ एक रबर स्टाम्प-भर की है? तुमने मुझे अन्धा धृतराष्ट्र मान लिया। क्या यही रिटर्न है मेरा?"

"धृतराष्ट्र आप हों या न हों, कलर ब्लाइंडनेस से आप इनकार नहीं कर सकते डैड। हमेशा...। बचपन में पढ़ाई के नाम पर मारा-पीटा। न हाईस्कूल, न इंटर, न ग्रैजुएशन, कहने के बावजूद आपने मेरे मार्क्स सुधारने की जहमत नहीं उठाई? जबकि सारे पेरेंट्स और गार्जियन्स अपने लड़कों को लेकर परेशान थे, आपको भी मालूम है, मुझसे बोदे-बोदे लड़के फर्स्ट क्लास के मार्क्स लाते रहे। अपनी मास्टरी और हेडमास्टरी करते हुए आप यह सिद्ध करने को परेशान रहे कि देखो, मैं अपने उसूलों का कितना कायल हूँ, मेरे बच्चों का भविष्य नष्ट हो जाए तो हो जाए, मैं कहीं पैरवी या पैसा देने नहीं जाऊँगा। मैं बना-बिगड़ा अपनी ही करनी से। आपने हमारे लिए किया ही क्या है जो रिटर्न माँगते हैं?"

"बाबू जी से ऐसे नैं बोलते बेटा।" गौरा देवी ने बेटे को रोकना चाहा।

"क्यों नहीं बोलते मम्मी, इन्होंने किया क्या है अपने बच्चों के लिए? दवा-दारू न करा पाने से जैसे हमारे दो बहन-भाई मर गए, हम भी मर गए होते, वो तो कहिए कि तकदीर थी, बच गए। दीदी का जैसे-तैसे बियाह कर बोझ उतारा, मरे या बचे उसका भाग्य। ये तो कहो तुम थीं मम्मी तुम, कि झा जी को पकड़कर उस बिगड़ी को सँवारने में अन्त-अन्त तक जुटी रहीं। बीमार थीं, देह में शक्ति न थी, फिर भी हमारे लिए काँवर लेकर गईं बाबा धाम। अन्त-अन्त तक खुद को भी बेचा और मुझे, अपने इस इकलौते बेटे को भी।"

"तुमको?"

"छुपाओ नहीं माई, मुझको सब मालूम है, पाहुन को लेक्चरार बनवाने के लिए अपने गहने भी दिए, मुझको भी गिरवी रखा झा जी की किसी बेटी से बियाह का वचन देकर।"

"मुझे माफ कर दो बेटा!" सिसक पड़ी मस्टराइन—"तुम नैं जानते हम कितने मजबूर थे। दो बेटी गँवा चुके थे। न गहना न गुरिया, न अकिल न गेयान; जो थे, बस तुम थे।"

"देख लीजिए डैड, खुद को हरिश्चन्द्र आप सिद्ध करते रहे पर असल में हरिश्चन्द्र कौन था—माई! खुद को बेचा, बेटे को बेचा। मुझे नाज है ऐसी माई पर।" वह किंचित रुका, फिर बोला, "स्टडी सेंटर न खोलता तो दीदी और जीजा जी समेत आपके चहेते लोगों को कहीं सिर घुसेड़ने का ठाँव तक न मिलती... और सुनिए, ओझा जी हों या के.के., मैं उनपर हाथ उठाना नहीं चाहता था लेकिन दोनों ने हद कर दी थी। मैं पूछता हूँ, मैं आई.ए.एस. नहीं कर सका तो किसी के बाप का क्या? क्या हक था उन्हें मुझे डंक मारने का? डंक मुझे तबसे मारे जा रहे थे, जबसे मैंने

स्कूल ज्वाइन किया। आपमें कुब्बत होती तो आप रोक लेते, हेडमास्टर थे। अगर मैंने ओझा अंकल पर हाथ न उठाया होता तो जीना हराम कर देते लोग, न सिर्फ मेरा बल्कि आपका भी, गालियाँ मुझे ही नहीं आपको भी दी जा रही थीं। पीट दिया, सब शान्त हो गए। वही हुआ के.के. के साथ। जब मैं ईमानदारी से पढ़ाना चाह रहा था, मुझे गालियाँ दी जा रही थीं, अब नहीं पढ़ाता, मेरी इज्जत करते है।"

"हाथ जोड़ती हूँ भैया, चुप हो जा। खाना लगाऊँ?" सावित्री ने ज्ञान को टोका।

"चुप! एकदम से चुप हो गया।" ज्ञान ने मुँह पर अँगुली रख ली पर नशा था कि उबाल खा रहा था--"बस एक बात दीदी!"

"एकदम नहीं।"

"सिर्फ एक, वो नीम पर कुछ झूलता रहा है, जनेऊ होगा, डैड, वोऽऽऽ!" ज्ञान ने खिड़की से नीम को दिखाया--"आप जनेऊ निकाल-निकालकर फेंकते रहे, और वो बार-बार लौटता रहा आपके गले में। ढोंग था। आप राधाकान्त झा नहीं बन सके। याद नहीं होगा, हम बताएँ...? वो अपने मामा के मामा! उन्होंने जनेऊ तोड़ा और उसकी सजा झेली। आपका तो कोई न था, न माँ, न बाप, न गोतिया-दयाद, न रिश्तेदार। आप प्रगतिशील बनने का ढोंग कर सकते थे लेकिन माई और हम लोग...? हमारे तो सब हैं। मैं इस तरह की नाटकबाजियों से ऊब गया हूँ, मैं जैसा हूँ, वैसा हूँ। इतिहास का बनाया हूँ, खुद नहीं बना। मैंने इसे विधिवत धारण किया है और नहीं फेंकता इसे। न, नहीं।" ज्ञान ने जनेऊ को धनुष की डोर बना लिया--"यह ब्राह्मणत्व कहीं-न-कहीं मेरे 'मान' को तुष्ट करता है।" ज्ञान ने विजेता के अन्दाज में पिता को देखा।

"अब तो खाना लगा दें?" सावित्री ने पूछा।

"अभी भी पूछ रही हो?" माँ ने डाँटा।

"रुको सावित्री!" इस बार मोतीलाल ने रोका--"मैं अबतक चुप था कि तुममें से कोई तो मेरे पक्ष में खड़ा होगा लेकिन नहीं, ज्ञान ने मेरा सबकुछ छीन लिया, मेरी पत्नी, बेटियाँ, रिश्ते और तो और, अपने बेटे को जिसका मैंने बड़े अरमानों से नाम रखा था 'ज्ञान'। उसने मुझे तुम लोगों के बीच कन्विक्ट भी बना दिया। मेरा कसूर यह है कि मैंने इनके नम्बर नहीं बढ़वाए, कभी कोई पैरवी नहीं की। कसूर यह कि मैं अपनी सन्तानों को क्लीव, दयनीय, परमुखापेक्षी और बैसाखियों पर नहीं खड़ा देखना चाहता था, कसूर यह कि मेरी दो सन्तानें मर गईं और उन्हें बचा नहीं सका। मैं गरीब था, हत्यारा नहीं पर मुझे हत्यारा कहा गया। ढोंगी नहीं था पर मुझे ढोंगी बताया गया, मेरी निष्ठा पर सवाल किए गए। इतना जहर भरा था मेरे विरुद्ध तुम्हारे मन में ज्ञान? तुम मेरे सामने हो, तुम्हें देख रहा हूँ, सुन रहा हूँ, महसूस कर

रहा हूँ, तुम्हारा यह रूप नहीं देखा था मैंने। तो सुनो, मैं कोई प्रतितर्क नहीं देने जा रहा अपने बचाव में। अगर तुम जैसे हो, वैसे हो तो मैं भी जैसा हूँ, वैसा हूँ। तुम अगर इतिहास के बनाए हुए हो, तो मैं भी आकाश से नहीं टपका। मैं भी इतिहास का ही बनाया हुआ हूँ। मैं नहीं देता नीमवाली जमीन, उसपर मैं 'सेंटर' के उजाड़े हुए लोगों को बसाऊँगा।" कहकर वे उठे और बाहर चले गए।

फिर वही नीम का पेड़।

यह वर्ष का शेषान्त था और मोतीलाल इस ठिठुरती शाम में नीम के चबूतरे पर अकेले बैठे हुए थे। नीम अब बोधिवृक्ष बन गया था और मोतीलाल तथागत...!

और कितनी हतक कराओगे मोतीलाल? चन्द्रमा बाबू गए, ओझा जी गए, झा जी गए, प्रसाद जी गए। और तो और मामी भी चली गईं। इतने लोगों का अभिशाप लेकर तुम कबतक बचे रह सकते थे, सो आज तुम भी गए—घर से भी, बाहर से भी। गए नहीं, अपमानित कर निष्काषित किए गए। क्या संकल्प लेकर चले थे और पहुँचे कहाँ? जिस दुनिया को सँवारने के चक्कर में तुमने जिन्दगी के इतने कीमती वर्ष जाया कर दिए, वह दुनिया बद से बदतर होती गई। अब भी वक्त है, इस मास्टरी मरीचिका से बाहर निकलो मोतीलाल!

पृथ्वी रोज की तरह अपनी धुरी पर साढ़े सात अंश के कोण पर झुकी-झुकी अपनी दैनिक और वार्षिक गति पूरी करने में लगी हुई थी पर उन्हें लगा, झुकाव कुछ ज्यादा ही झुकाव है, गति कुछ ज्यादा ही तेज गति है। काश यह सब, कुछ देर के लिए थम जाता, सिर्फ कुछ देर के लिए। एक बूढ़ा एक बार फिर से उठकर खड़ा होने की कोशिश कर रहा था।

तुम अपने फ्रंट पर, मैं अपने फ्रंट पर

डोमन भुइयाँ हत्याकांड पर हाई कोर्ट की सुनवाई पूरी हो चुकी है। फैसला कल सुनाया जाएगा। आज ही से जगह-जगह के जत्थे पटना पहुँचने लगे हैं। सत्तर पार की उम्र में भी मोतीलाल का मन बल्लियों उछल रहा है। एक शताब्दी, एक सहस्राब्दी बीत गई। 2000 आ गया। झारखंड बन गया। पर उन्हें इन्तजार है एक भोर का। इस भोर की प्रतीक्षा में, लगता है, कितनी शताब्दियाँ और सहस्राब्दियाँ बीत गईं। कल कब आएगा? आँखों ही आँखों में रात कटी है। सुबह पार्टी के एखलाक अहमद और प्रवीर घोष आए तो जैसे वे तैयार ही खड़े थे।

भागलपुर से पटना इतनी दूर क्यों है? गाड़ियों में इतनी चेन-पुलिंग क्यों होती है? लीजिए, फिर रुक गई। अब क्या है? सिग्नल नहीं मिल रहा?

प्रवीर बाबू अखबार दिखाते हुए कहते हैं—"कल रात ही वीरेन्द्र प्रताप सिंह पर लगाए गए हत्या के आरोप को झूठा साबित करते हुए उन्हें बाइज्जत बरी कर दिया गया।"

"अरे वाह! बहुत कुछ बचा हुआ है अभी भी।" मोतीलाल आह्लादित हो गए।

आँधियों पर सवार होकर जैसे पटना पहुँचते हैं। विधायक निवास पर किचर-काँय मची हुई है—यहीं रुककर प्रतीक्षा की जाए या सीधे बक्सर चल चला जाए? मोतीलाल ने आते ही जैसे मोर्चा सँभाल लिया है, "यहाँ रुकने से बेहतर है, उन्हें बक्सर से ही सीधे जुलूस बनाकर लिवा आएँ।"

"यादव जी फोन लगाइए, फोन।"

"मास्टर साहब!" यादव जी गम्भीर हैं—"हमारा आचरण औरों से भिन्न होना चाहिए, सादा और सन्तुलित। फिजूलखर्ची और प्रदर्शन से हमें बचना होगा।"

मोतीलाल फिर भी कुछ-न-कुछ बोलते चले जा रहे हैं, शौर्य की अनन्त गाथा, परत-दर-परत खुलती जा रही है।

"लीजिए, आ गए।" एक शोर उठता है और भीड़ का रुख सड़क की ओर हो जाता है।

एक-एक कर रुकती हैं गाड़ियाँ। निकलते हैं बिरेन्दर बाबू। एक-एक से मिलते बढ़े आ रहे हैं। कोई प्रदर्शन नहीं, जैसे मामूली आदमी हों। वही चेहरा, चेक की कमीज, काला पैंट, पर कुछ ज्यादा चमकता हुआ। साँय-साँय करती सुस्पष्ट उच्चारणोंवाली वही आवाज पर कुछ ज्यादा ही गहरी। जेल ने पूरी तरह माँज दिया हो जैसे।

"सर आप भी...?" थकान के बावजूद बिरेन्दर बाबू के चेहरे से खुशी छुपाए नहीं छुप रही जैसे शैवाल की गझिन जकड़बन्दी को भेदती हुई कोई निर्मल कुँई (कमलिनी) खिल आई हो।

यह क्या! इसके पहले तो चीख-चीखकर आसमान सर पर उठा रखा था मोतीलाल ने पर अब जब बोलने का वक्त आया तो जबान जड़ क्यों हो गई! कितना कुछ तो पूछना था, कितना कुछ बताना था पर उनका कंठ यकायक बन्द क्यों हो गया? सिर्फ भिंचे हुए हाथ उठे हैं। नसों के बेतरतीब उभार में झुर्रियों-भरे पके लोमोंवाले हाथ की कसी हुई मुट्ठी तनी हुई है हवा में जैसे कोई पेड़ अपनी जड़ों को उठाकर खड़ा हो गया हो।

"लाल सलाम!" तनी हुई मुट्ठियों के सलाम का जवाब देते हैं बिरेन्दरबाबू—"आपकी जवानी तो लौटी आ रही है मास्टर साहब! आपकी किताब का क्या

हुआ?... "एक्जैक्टीट्यूड' वर्सेज रियैलिटी' वाले आपके सिद्धान्त ने बड़े-बड़ों की नींद हराम कर दी है।" जड़ता अभी भी बरकरार है। मुट्ठियाँ हवा में धँसी हुईं...।

"ठीक है, आपको कष्ट करने की जरूरत नहीं है, मैं खुद राँची में आपसे मिल लूँगा।"

पूछना चाहते हैं, "मामी...?"

गाड़ी का फाटक खुलता है और बैठकर चले जाते हैं बिरेन्दर बाबू। मोतीलाल की रुकी पड़ी साँसें अब गति में आई हैं— 'इतना ही यथेष्ट है। तुम्हें देख लिया, छू लिया। महसूस कर लिया तुम्हारा आब और ताब। इससे ज्यादा एक मुक्तिसंग्रामी योद्धा को और चाहिए क्या! अब तुम अपने फ्रंट पर जाओ, मैं अपने फ्रंट पर। रहीं मामी, तो जहाँ भी होंगी अपने फ्रंट पर ही होंगी।'

लौट आए कासिमपुर के अपने घर में... घर जहाँ मकडजल फैलता ही जा रहा था।

"कहाँ चले गए थे?" मस्टराइन की फिर वही जिरह। कोई जवाब नहीं देते।

"सेंटर पर काम इतना बढ़ गया है और आप खाली बौआते (आवारागर्दी में भटकते) रहते हैं। बुढ़ाई बेला में गार्जियन बनकर बैठके देखते रहते कि कहाँ गलत हो रहा है, कहाँ सही, सो नहीं।" हमेशा की तरह इन झिड़कियों का समापन भी हुआ उनके उसी परिचित तकिया कलाम से—"बेकार ए न लड़का-लड़की पैदा किए।"

"यहाँ उदय जी हैं, सावित्री है, ज्ञान है, तुम हो... ज्ञान से कहो कि उस स्कूल से रिजाइन करके इस स्कूल को सँभाले।"

"दे देगा रिजैन, बस दू महीना सबर कीजिए।"

"सिर्फ दू महीना?"

"हाँ, दू महीना फिर डोल-कमंडल लेकर जहाँ जाना हो, चले जाइए। नैं रोकेंगे।" वे अन्दर जाते-जाते ठमक गईं।

"और जाइएगा कहाँ हमको सब पता है, वोई कुछ राजपूत, कुछ बाभन, कुछ लाला, कुर्मी, कोईरी, कुछ यादव, कुछ 'आदिवासी', कुछ अछूत—माने सर्वोजाति के छुटुआ। खाँटी बराहमन तो एक भी नहीं, सब लुहेड़ा लोगों का दल।"

गौरा देवी से बात करना पत्थर पर सिर टकराना है। पर इस बुढ़ापे ने पत्थर को अन्दर से भुरभुरा कर दिया है। चाम चुचक गए हैं, चाल सुस्त पड़ गई है, बाल अलबत्ता डाई कर काले बना रखे हैं। मन कड़वा हो आया, पर 'दो महीने...?' इस दो महीने पर इतना जोर क्यों दे रही हैं राजमाता गौरा देवी? इन दो महीने में कुछ होनेवाला है क्या? खैर!

राँची से कागज-पत्थर, पोथियाँ समेटकर भागलपुर लौट आए। इधर कुछ बहुत ही अच्छे शोध आए हैं उन्हें भी लेता आया है पंकज। स्टडी-सेंटर के अपने ऊपरवाले कमरे में डूबे रहते हैं रात-दिन। थक जाते हैं तो उठकर खिड़की पर आ जाते हैं और नीम के पेड़ को देखने लगते हैं। काफी बूढ़ा हो चला है पेड़। कितने दिनों से वहाँ गए नहीं, सिर्फ यहीं से देखकर तसल्ली कर लेते हैं। छाँव कम हो गई है पर चबूतरा अभी भी आबाद है। यह तो अच्छा हुआ कि अपनी जमीन होने के बावजूद ज्ञान ने इतनी इनायत तो बख्शी कि उसे घेराबन्दी के बाहर रखा और साधारण लोग भी उसका उपयोग कर पाते हैं। किसी दिन करीब से जाकर देखना होगा। उसे पार्क में तब्दील कर एक सूचना पट्ट लगवा देंगे। कभी-कभी मन नीम की डाल से उड़कर जा पहुँचता है, सुखौती की कंशी पर, कभी प्रज्ञा पर, कभी पहाड़िया लोगों पास और कभी मामी के पास। तन बूढ़ा पर मन अभी भी जवान... उनके ठीक उलटे हैं पहाड़िया लोग, जो भी जीवन मिलता है छककर जी लो, मरना तो है ही। जिन युवक-युवतियों से उन्होंने बात की थी, सम्भव है, कुछ मर चुके होंगे और कुछ नए जन्म ले चुके होंगे, 38-40 तक मर जाने के लिए...। कभी-कभी मन जा पहुँचता है बिरेन्दर बाबू के पास। सुनते हैं, इन दिनों चौतरफा संघर्ष चल रहा है, जबरन हिंसा के विरुद्ध उनका अभियान एक तरफ, उन्हें नक्सली कहनेवाली भाजपा, काँग्रेस, जद, जदयू आदि के विरुद्ध अपना जवाबी अभियान दूसरी तरफ, परिवार में पिता श्री से असन्तोष तीसरी तरफ और पार्टी की अन्दरूनी बहस और स्ट्रैटेजी की समस्या चौथी...। पर उन्हें विश्वास है कि उनका नायक अजेय है। हर प्रतिकूलता को अपने अनुकूल बना लेगा। वैसे एक कचोट भी है जो उन्हें जब-तब सालने लगती है। क्या कर लेगी एक छोटी पार्टी? सारा नियन्त्रण तो दिल्ली से होता है। एम.पी. बन भी गए तो उनकी संख्या कितनी होगी—हद से हद दो-तीन! इनके काम को भुनाना तो सब चाहते हैं मगर उनका अनुकरण करना नहीं। थोक के थोक एम.एल.ए., एम.पी. बिक रहे हैं। संसद से विधानसभा तक पट गई है गुंडों से। संसद में पहुँच भी गए तो क्या तीर मार लेंगे? क्या कर पाए ए.के. राय?

ऐसे में तसल्ली पंकज के पास होती है—"एक भी चेहरे पर मुस्कान ला पाएँ तो जनम सार्थक हुआ समझिए, फिर आपके बिरेन्दर बाबू ने तो लाखों चेहरों को मुस्कान बख्शी है, लाखों लोगों ने जुल्म का प्रतिवाद करना सीख लिया है सर।" और कल्पना में मोतीलाल बिन बुलाए अपने नायक के साथ हो लेते हैं, गाँव-गाँव घूमते हैं, भीड़ में समा जाते हैं और पूछ बैठते हैं—"क्या वजह है भैये कि दलाल तुम्हें हाँककर ले जाते हैं, तुम भेड़ की तरह सिर झुकाकर चले जाते हो जबकि ये बहादुर सूरमा जो बिना किसी स्वार्थ के तुम्हारे दु:खों के खात्मे के लिए तुम्हें संघर्ष की राह पर आने को ललकारते हैं, तुम पूँछ सटका लेते हो? कहाँ भागे जा रहे हो भैये इस बाजार की मरीचिका के पीछे...?" बिरेन्दर बाबू की नजर मोतीलाल पर

पड़ती है—'मास्टर साहब! अपने फ्रंट पर जाइए, अपने फ्रंट पर।'

मुँह ही मुँह में कुछ बुदबुदाते हुए चलते हैं, इन दिनों। मन जब असफलताओं से तीता हो उठता है तो जबरन खींच कर ले आते हैं मामी के पास, वही तो गुप्त सोता हैं, सखौती की कंशी की तरह, जिसे किसी को बताते नहीं। सिर्फ वे जानते हैं और उनका हिया जानता है पर यह गोपन कभी-कभी ऊपर आकर चुगली करने लगता है और छुपाने की सारी कोशिश नाकाम हो जाती है जैसी आज...

जाने किस धुन में चले जा रहे थे कि घाट देखकर हड़क गए। यह तो वही घाट है, आकाश चम्पा का वही पेड़ जिसे मामी ने दिखाया था कभी। घाट के लिए तो निकले नहीं थे वे। यहाँ कैसे आ गए!

"तो फिर हवा उड़ाकर ले आई?" अन्दर कोई तंज कसता है।

"नहीं, नहीं, वो मैं शायद उस अन्धे की टोह में आ गया हूँगा।"

"कौन-सा अन्धा?"

"ना-ना, शायद शरत बाबू के गंगा में चौंकानेवाले दृश्य की टोह में।"

"अच्छा, अच्छा शरत बाबू की टोह में...!"

"ना माने..."

बहाने पर बहाने गढ़े जा रहे हैं। कोई बहाना काम नहीं आ रहा। सतृष्ण नजरों से ताक रहे हैं गंगा के उस पार। यहाँ से इस कोने पर 5-6 कि.मी. दूर उस पार है बेलारी। कोई झलक भी नहीं मिलती उस मनभावन सूरत की। वहाँ से भी चुकी है वह क्या पता, कहाँ?

यह पहली बार नहीं हुआ और आखिरी बार नहीं हो रहा है। फिर-फिर मन बहकेगा। फिर-फिर बहाने गढ़े जाएँगे।

अब स्वीकार भी लो मोतीलाल!

विधि का लेखा! ओह, जिन्दगी अगर विधि का लेखा हो तो कुछ चीजें तो मैं जरूर मिटाना चाहूँगा।

'क्या-क्या मिटाना चाहते हो मोतीलाल?' अन्दर से कोई सवाल आता है, 'जन्म?'

'...'

'परिवार?'

'...'

'विवाह?'

'...'

'आजादी की अपनी भूमिका?'

'...'

जवाब नहीं सूझ रहा है। पायदान-पायदान नीचे उतर रहे हैं मोतीलाल। गंगा के सीढ़ी-घाट की निचली सीढ़ी पर छलक रहा है छीछिल पानी। पाँव के ऊपर बह रहा है पानी। सामने दूर-दूर तक फैला हुआ है पानी। घास-पात, तिनके, फूल, प्लास्टिक कितना कुछ बहा जा रहा है पानी की मन्थर गति के साथ।

'कम से कम 'गौरा' की जगह 'चम्पा', 'ज्ञान' की जगह 'पंकज', 'उदय' की जगह 'वीरेन्द्र' तो कर ही देता।'

अन्दर से उपहास करता है कोई—

'हर शै की एक भूमिका होती है मोतीलाल, उसके साथ ही खत्म हो जाती है वह। यही जगत है। सामने जो था, उसमें का कितना कुछ दूर जा चुका है। जो बीत गया, गया। बचा क्या है यह देखो!'

'सब तो बीत गए।'

'ना। औरों का दोष मत दो मोतीलाल। सोचो, क्या यही उपलब्धि रही जीवन की—कुछ तड़पती, कुछ सिसकती आत्माएँ! बस? किस इतिहास को ढूँढ़ते रहे जीवन-भर, जहाँ किसी साम्राज्यवादी ने पाँच-पाँच बागियों को फाँसी दी थी, एक बेरहम इतिहास और भी बनता गया! मुड़कर देखो तनिक, कहीं ऐसा तो नहीं कि वहाँ किसी सनकी ने पत्नी, बेटे-बेटी, भाई और मामी को अपनी सनक की डाल से लटका रखा है? ये कोई काठ की कठपुतलियाँ न थीं जिन्हें जब कहते आँख मटकातीं, जब कहते कमर, जब कहते सिजदा करतीं। इनकी अपनी आन-बान और शान थी। इनका सम्मान करना था, इन्हें समझना था।'

'मन क्यों बार-बार कहता है कि इस मोतीलाल को डस्टर से मिटाकर एक मोतीलाल फिर से बनाओ, जो निरा काठ का न हो, जिसकी आँख में नमी हो, और मन में संवेदना?'

'यह एक मासूम सवाल है। जिसका जवाब है—'नहीं।' जीवन कोई उत्तर पुस्तिका या ब्लैक बौर्ड नहीं कि इसे रबर या डस्टर से मिटा दो। न—नहीं मिटाया जा सकता इन्हें, हद से हद स्थगित किया जा सकता है। माना कि पत्नी, पुत्र, बेटियाँ, रिश्ते—सारे सम्बन्धों की एक उम्र होती है, उम्र बीत जाने पर उन्हें बस ढोए चलना होता है। फिर भी....'

यह एक बैताल-विक्रम संवाद था, बैताल के सवालों का जवाब न दो तो भी मुक्ति नहीं और दे दो तो भी नहीं।

जितनी सीढ़ियाँ उतरकर नीचे आए हो, उतनी ही सीढ़ियाँ चढ़कर ऊपर जाओ तो वहाँ एक पेड़ मिलेगा—याद है, मामी ने बताया था उसका नाम 'आकाश चम्पा'!

मामी ने ही बताया था इस आकाश कुसुम के बारे में—'दो-दो बार बसन्त आते हैं इसमें, दो-दो बार खिलती हैं आकाश चम्पा की कलियाँ—जिन्दगी की तरह। एक बार जो जीवन जिया, उसमें कितनी भूल-भ्रान्तियाँ रह गईं—जिन मोड़ों पर मुड़ना था, वहाँ मुड़े नहीं, जहाँ रुकना था, रुके नहीं। काश, एक जीवन के बाद एक जीवन होता, एक आजादी के बाद एक आजादी, एक लड़ाई के बाद दूसरी लड़ाई! सो, आकाश चम्पा भूल सुधारने के फिर से मौका देती है—पहली बार जिन डालों में फूल नहीं आए होते, दूसरी बार उनमें भी फूल आ जाते हैं।

काश जिन्दगी आकाश चम्पा होती—रियैलिटी नहीं एक्जैक्टिट्यूड! युटोपिया नहीं हकीकत!

आकाश चम्पा

कभी सर्दी, कभी गर्मी; कभी धूप, कभी बरखा; कभी पतझड़, कभी बसन्त—एक साथ कई मौसमों में भटक रहा है बनजारा मन। मोतीलाल कभी बच्चे बन जाते हैं तो कभी बुजुर्ग... और कभी-कभी जवान भी!

'जवान...?' अन्दर से टोकता है कोई।

'हाँ जवान भी।' कुछ लजाया-लजाया-सा उत्तर है।

'मामी की दी हुई जवानी है, मामी का दिया हुआ बसन्त! है न?'

'शशि मुख पर घूँघट डाले
आँचल में दीप छुपाए
जीवन की गोधूली में
कौतूहल से तुम आए!'

मोतीलाल कवि बन गए हैं—'तुम क्या जानो, कितना सुरभीला और आत्मीय एहसास होता है प्यार।'

'और यह एहसास तब और कई गुना बढ़ जाता है, जब परकीया हो। है न?'

'धत्त!'

'पर यह एहसास बड़ी देर से आया। हुजूर आते-आते बहुत देर कर दी।'

'ठीक कहते हो, मन के ताल पर साथ नहीं देती देह। बस खुशबू का एक झकोरा है, आकर सिहराकर चला जाता है।'

'रीयैलिटी या एक्जैक्टिट्यूड...?'

'एक्जैक्टिट्यूड! अपना ही आईना डराने लगता है। मामी कहती थीं, मेरे आकाश चम्पा में सबकुछ दो-दो बार होता है, दो बार फूल आते हैं, दो-दो प्रेमिकाएँ, प्यार भी दो-दो। लेकिन जब मामी के साथ वीरेन्द्र का अहसास मिल जाता है तो एकबारगी भूल जाता हूँ कि मेरी उम्र पचहत्तर पार कर गई है। इतनी ताकत कि समाती नहीं बदन में। ऐंठते हुए चलता हूँ गोया पहाड़ों को उठाकर नदी के उस पार रख आऊँगा और नदी को रस्सी की तरह मोड़-मरोड़कर जेब में रख लूँगा।'

लेकिन सदा-सर्वदा कहाँ रहता है पराग में नहाया मन!

दिल्ली से लौटे तो ऐसा ही कुछ खिंचा-खिंचा मन, कुछ खाली-खाली मिजाज। ऐसे में पत्नी और पुत्र, राजनीति और समाज की सारी असफलताएँ अररा कर टूटती हैं। इस खालीपन का इलाज किसके पास है? पंकज से चिन्ताएँ शेयर की जा रही हैं।

"पंकज हमने दिल्ली देखी। ठट्ठ से ठट्ठ मकान, फ्लाईओवर्स, सड़कें, दुकानें, मॉड समाज, वैभव और विलासिता का बाजार, रफ्तार—सब मुझपर टूटे आ रहे थे। इसमें गरीब कहाँ थे, मेहनतकश किसान-मजदूर कहाँ थे, मानव दर्दी ओजस्वी चेहरे कहाँ थे—उनके लिए दिल्ली तब भी दूर थी, आज भी दूर है।"

पंकज ने पूछा, "आशावादी और निराशावादी की परिभाषा क्या है सर?"

मोतीलाल ने चश्मे को नाक के ऊपर खींचा, पंकज का चेहरा फैल गया, "आशावादी वह है जो अँधेरे में किसी ऐसी रोशनी की कल्पना करता है जो वास्तव में होती ही नहीं, जैसे तुम!"

"और निराशावादी वह है जो उस काल्पनिक रोशनी को फूँक मारकर बुझाने की कोशिश करता है, जैसे आप!" पंकज से हँसते हुए कहा।

"पर भैये, आदमी तो रिटर्न चाहता है न—इसी जनम में।"

"हाँ जब ऐसा नहीं होता तो टूटने लगता है, कभी-कभी आत्महत्या भी कर लेता है—नीम की डाल से।"

चहलकदमी करते हुए वे नीम के पेड़ तक आ गए थे। शायद गुरु-शिष्य दोनों ही श्रीप्रकाश के बारे में सोचने लगे थे। स्टडी सेंटर की चौंधियाती रोशनी में झिलमिल करती नीम की जटिल संरचना में प्रश्न उलझकर ओझल हो रहे थे।

"इतिहास में सही-गलत का फैसला होने में कभी-कभी सदियाँ गुजर जाती हैं।" पंकज ने कहा।

"और फिर भी सही-गलत का फैसला नहीं हो पाता।"

थोड़ी देर चुप रहने के बार पंकज ने कहा, "जानते हैं, इस बार चुनाव में मैंने अपने साथियों की मदद से बूथ कैप्चरिग नहीं होने दी तो मुझ पर अजय सिंह के गुंडों से साँठ-गाँठ करने का आरोप लगा है और एन्क्वायरी चल रही है।"

"तुमने मुझे बताया नहीं?" मास्टर साहब हैरान होकर उसे ताकने लगे।

पंकज ने जवाब में कुछ कहा नहीं, सिर्फ प्रणाम किया और चलता बना। झाड़ी में सींगें उलझाए बूढ़े बैल-से मास्टर साहब बड़ी देर तक इस सवाल से जूझते रहे। घर लौटते समय उन्होंने देखा, स्टडी सेंटर में अजय की कार दाखिल हो रही थी। जवाब मिल गया। अजय की शिकायत वह अजय के मित्र-परिवार से कैसे करता?

अगले दिन मास्टर साहब ने पंकज के सामने एक तात्त्विक प्रश्न रखा—"मुझमें और तुममें क्या फर्क है पंकज?"

"फर्क!" पंकज सहसा समझ नहीं पाया प्रश्न को—"फर्क कहाँ है? आप ही के 'स्कूल' का मैं विद्यार्थी हूँ, प्रभु जी तुम दीपक हम बाती..." हँसने लगा पंकज।

"नहीं, फर्क है, मैं जिस राह को सही मानता हूँ, उसपर दूसरों को खींच लाना चाहता हूँ, है न? मुझमें धैर्य नहीं है, तुरन्त प्रतिदान चाहता हूँ, ढुलक भी पड़ता हूँ। और तुम...? तुममें अपार धीरज और आत्मबल है, तुम व्यक्ति के अन्दर स्वत: विश्लेषण और चाहत पैदा कर उसे कन्सीव कराते हो। ज्ञान के साथ इसी ज्यादती के चलते मैं उसे कुंठित और दमित बना गया। आय कनफेस! आय डीपली रिग्रेट!

दिन कृष्णपक्ष के चन्द्रमा की तरह घिसते-घिसते घिस गए और एक काली रात को दूरदर्शन ने बताया कि राष्ट्रपति शिक्षक दिवस पर इस वर्ष योग्यता के आधार पर जिन शिक्षकों को पुरस्कृत-सम्मानित करनेवाले हैं, उनमें एक नाम ज्ञानवर्धन का भी है। चिहुँककर बैठ गए।

उन्हें अपना अतीत याद आया, पंकज का वर्तमान याद आया और आँखें बुदबुदे-सी बाहर निकल आईं। जाते समय पंकज से व्यंग्य में कहा,

"तुम्हें पता है, तुम्हारे मित्र ज्ञान को राष्ट्रपति पुरस्कार मिल रहा है।"

"इसमें आश्चर्य क्या है?" वह हँसने लगा।

बिफर पड़े मास्टर साहब—"तुम्हें इस बात पर गुस्सा भी नहीं आता?"

पंकज पूर्ववत मुस्कराता रहा—"यह एक लाजवाब सवाल है।"

"तुम कैसे आदमी हो, अभी भी तुम अजय के बच्चों को पढ़ाने जाते हो?"

"पढ़ा तो औरों को भी रहा हूँ।"

"बट ह्वाई? सँपोलों की जितनी भी पूजा करो, वे डसना छोड़ देंगे?"

"इसलिए कि दुश्मन के दुर्ग पर बाहर ही नहीं अन्दर से भी प्रहार किया जाता है ताकि भेड़ियों की नस्लें बदलें ताकि इन्हें सही मायने में पितृहन्ता बना सकूँ।" उन्हें निरुत्तर कर चला गया पंकज। उसके जाने के बाद उन्हें याद आया, आज वे उससे उसपर चल रही एन्क्वायरी की बाबत बात करनेवाले थे कि क्या खुद पहल करें इस विषय में? उनकी बात अजय शायद ही टाल पाए। पर... हैरान होकर देखते हैं

मास्टर मोतीलाल उसे, वह भुतहे चबूतरे पर ठिठककर नीम को एक नजर देखते हुए चला जा रहा है। फिर खुद से बातें करने लगते हैं वे—"मुझे नहीं आया था मगर मैं देख रहा हूँ पंकज, तुम्हें तपती रेत पर नंगे पाँव चलना आ गया है।"

देर रात तक आँगन में करवटें बदलते रहे, जब जी को किसी तरह करार न आया तो किवाड़ धीरे से खोलकर जा पहुँचे नीम के चबूतरे पर।

कोहराम-भरे दिन के बाद किले की तरह चमकते स्टडी सेंटर के आभिजात्य से निरासक्त चबूतरा! दूर-दूर तक सन्नाटे में तैरते मकानों से घिरे जहाँ-तहाँ, जैसे-तैसे-सोए भिखमंगों अपाहिजों के बीच कैसा लगता है यह नीम का पेड़...युद्ध के बाद वीरान युद्ध-शिविरों और शवों के बीच, युद्ध क्षेत्र में अकेले खड़े, बूढ़े संन्यासी जैसा, जिसकी एक बाँह कट गई हो और एक बाँह विभीषिका के निषेध में तनी हुई—'रुको!' बहुत पुराना पेड़ है। क्या-क्या नहीं देखा होगा इसने! इसके साये में जाने कितने बटोहियों, चरवाहों, पशुओं और पक्षियों ने थकान मिटाई होगी। कितनी बारातों, मांगलिक गीतों, पूजाओं का केन्द्र रहा होगा यह। कितनी ही शव-यात्राओं को असहाय निहारा होगा इसने। लाठी, भाले, तलवारों, तमंचों, तोपों, गुलेलों की खून की प्यासी आवाजें भी सुनी होंगी इसने और कितनी ही बार घोड़ों की टापों से रौंदी जाती धरती की भी। अपनी घनी शाखों को फहराते हुए युगान्तर की दूरियाँ तय करता रहा होगा यह पेड़!

आज यह पेड़ घिर गया है चारों तरफ से चक्रव्यूह में—मकानों और मक्कारों से, इतिहास की धरोहर को कन्धे पर उठाए विद्ध पक्षी की तरह एक डैना ऊपर हिलाते हुए। उड़ नहीं सकता अब। कन्धे पर एक पाकड़ का पौधा उग आया है—शायद आश्रय लेनेवाले परिन्दों में से किसी की बीट से उपजा हो। परजीवी पाकड़ कितना हरा-भरा है और नीम का बूढ़ा पेड़ कितना बेजान-सा! पाकड़ ही कल को सत्य हो जाएगा, नीम का अस्तित्व मिथ्या! तने से बूँद-बूँद 'नीर' टपकता है, नीर नहीं आँसू...! पेड़ भी रोते हैं क्या...? पता नहीं किस-किसके आँसू हैं—पाँच स्वाधीनता सेनानियों के, महाराजिन की गर्भवती बेटी गंगा के, निरीह निष्ठावान श्रीप्रकाश के, विद्या-दान की प्रतीक उसकी छोटी पाठशाला के या उससे भी पीछे, सदियों पीछे से लेकर आगे भविष्य की लहुलुहाती परतों के बीच स्वाधीनता की आदिम आग, राग और विराग के खारे-कड़वे आँसू।

हाई पावर लेंस पर भाप की परत चढ़ गई थी। सारा कुछ धुँधला नजर आ रहा था। उन्होंने चश्मा उतारकर अँगोछे से रगड़कर साफ किया और खुद से सवाल किया—"अब मैं क्या कर सकता हूँ।" सवाल शून्य में फना हो गया।

मास्टर मोतीलाल अरराकर चबूतरे पर बैठ गए। 'टूटे नख रद केहरी, वह बल गयो थकाय...' रूक्ष पठार-सी खुली पड़ी थी दूर-दूर तक जिन्दगी, टूटे बुर्ज, ढही हुई मीनारें, टूटी बावलियाँ, सूखते सोते...

मास्टर वे थे पर जिन्दगी-भर पढ़ाए जाते रहे—कभी अपनों के द्वारा, कभी गैरों के द्वारा। आज उन्हें पढ़ानेवाले सफल है और वे असफल। कितने चालाक निकले उन्हें भुनानेवाले—उनका हर कुछ भुनाया, राग भी, त्याग भी। आज उन्हीं के सामने धृष्टता से उनके आदर्शों पर पाँव रखकर इस पाकड़ के पेड़ की तरह विजेता बने उनको मुँह चिढ़ा रहे हैं वे सभी।

जिस जिन्दगी में कभी संकल्प लिया था कि न कभी दैन्य स्वीकार करूँगा, न पलायन, उसी जिन्दगी में अब क्या बर्बरीक के कटे मुंड-सा टुकुर-टुकुर देखना भर रह गया है इस कपटी कुरूक्षेत्र को? नहीं इस सूखते वृद्ध पेड़ की एक कलम अभी भी आजाद है—बिरेन्दर बाबू। यदि वह परजीवी पाकड़ एक सत्य है तो नीम की यह कलम भी सत्य है।

और ... शिक्षक-दिवस पर जिस दिन ज्ञानवर्धन पुरस्कार प्राप्त करने दिल्ली गया हुआ था जिस दिन उजालों की चौंध से चिहरा रही थीं दीवारें, मास्टर मोतीलाल ने चुपचाप अँधेरे में निष्क्रमण किया। बहुत देर बाद जब जश्न में डूबे परिवार को उनकी सुधि आई तो लोग ढूँढ़ने निकले। चारों तरफ खोज होने लगी—"कहाँ गए? कहाँ गए?"

जवाब टी.वी. के न्यूज चैनल पर आ रहा था.....

'आज दोपहर जनपक्ष पार्टी के विधायक वीरेन्द्र प्रताप सिंह की हजारीबाग के बनगाँवा गाँव में तीन अज्ञात बन्दूकधारियों ने गोली मारकर हत्या कर दी। वीरेन्द्र सिंह वहाँ अपने जनसम्पर्क अभियान के तहत एक सभा में शिरकत करने गए थे कि मोटरसाइकिल पर सवार तीन बन्दूकधारी आए और पूछा, 'वीरेन्द्र सिंह कौन है?' वीरेन्द्र सिंह खुद सामने आए, कहा, 'मैं हूँ' और बन्दूकधारियों ने उन्हें गोली से छलनी कर दिया। सिंह के समर्थकों में गहरा आक्रोश है। पुलिस के सूत्रों ने बताया कि इलाके की नाकेबन्दी कर ली गई है पर अभी तक हत्यारों और हत्या के कारणों का कोई पता नहीं चला है। बिहार, झारखंड में राजनीतिक हत्याओं की यह ताजा कड़ी है। वीरेन्द्र सिंह को उस क्षेत्र में गरीबों का मसीहा के रूप में जाना जाता था...।'

उधर अपने घर से बहुत दूर हजारीबाग में कोई बूढ़ा शोक में मूर्च्छित पड़ा है—'हाय हाय! यह क्या हो गया!'

बिरेन्दर बाबू के दो मंजिले मकान के सामने भीड़ जमती जा रही है। कोई खड़े-खड़े रो रहा है। कोई रोते हुए चला आ रहा है। कोई अकेले-अकेले किसी पेड़ के नीचे बैठा सिसक रहा है, किसी-किसी के आँसू सूख गए हैं। स्त्री-पुरुष, बूढ़े-जवान, सभी। सबको सब पहचानते भी नहीं। वह बूढ़ा भी अर्जुन के एक पेड़ के तले हतवाक बैठा हुआ है। हाय! क्या सोचा था और क्या हो गया! कितनी जल्दी-जल्दी कितना-कितना सोच लेते हैं हम! गुब्बारे पर सवार आसमानों की बुलन्दियाँ छूने जा रहे थे हम कि वज्रपात हुआ, गुब्बारे में छेद हो गया और औंधे मुँह सीधे जमीन पर आ गिरे। देह में सत्त नहीं बचा कि दो कदम जाया जा सके।

बिरेन्दर बाबू की लाश पोस्टमार्टम की औपचारिकता पूरी होने के बाद घर के सामने रखी हुई है। मीडिया के कुछ लोग जैसे अभी-अभी पैदा हुए हैं, पूछ रहे हैं, "किसने मारा? मंत्री ने? एस.पी. ने? उग्रवादियों ने? किसी राजनेता ने? किसी से अदावत तो नहीं थी?"

अचानक फट पड़ता है बूढ़ा—"उन्हें सबने मारा, सबने!" रुकी पड़ी आवाज खुली तो खुलती ही चली गई...

जबरन पुलिस उन्हें ले आती है भागलपुर। वहाँ पहुँचकर अड़ गए हैं अपनी जिद पर, "कासिमपुर नहीं जाएँगे, यहीं अन्न-जल त्यागकर बैठे रहेंगे, जब तक हत्यारों का पता नहीं चल जाता।"

"क्या करेंगे मास्टर साहब?"

"बस हत्यारे से एक छोटा-सा सवाल—'क्यों मार डाला उन्हें? मार तो डाला, क्या एक भी वीरेन्द्र सिंह पैदा करने की कूबत है तुममें?—है? है? है?"

सरकिट हाउस में ही अनशन पर बैठ गए हैं।

रात दो बजे कोई फोन बजता है—"क्या...? हम पकड़ के लाने को बोले थे और तुमने मार ही डाला?"

"सर हम तो इज्जत के साथ ही ले आना चाह रहे थे कि..." उधर से आवाज आती है।

"चोप, एकदम से चोप!"

नेता जी का नशा हिरन हो गया है। समझ में नहीं आता कि इस बूढ़े की लाश का क्या करें? गंगा में फेंक दें या किसी जंगल-झाड़ में? इन ससुरों ने कहीं का न रखा। सुबह जब यह खबर फैलेगी तो एक नया बवाल खड़ा हो जाएगा। एक वीरेन्द्र सिंह की हत्या की बात को ही नहीं सँभाल पा रहे हैं हम और उस पर यह दुर्घटना!

"सुनो!"

"जी सर!"

"एक काम करो। इनको इनके घर के बगल के पेड़ से झुला दो, ऐसे, जैसे कि लगे, इन्होंने खुद फाँसी लगाकर आत्महत्या की हो।"

"जी।"

"जगह मालूम है? स्टडी सेंटर के उत्तर सटा हुआ पेड़ है—शायद नीम-वीम का। जाड़े की रात है, शहर में कर्फ्यू है, आज वहाँ कोई न होगा। अभी लाश ठंडी नहीं हुई होगी, जल्दी करो। हुशियारी से।"

घंटे-भर बाद फोन आता है—"हो गया सर!"

"किसी को पता तो नहीं चला?"

"नहीं सर!"

रोज की तरह तड़के उठ गई हैं मस्टराइन। नहा-धोकर पूजा की डोलची लेकर चल पड़ी हैं पूजा के लिए। आज नीम के चारों ओर यह भीड़ कैसी? उगते सूरज की पृष्ठभूमि पर नीम पर यह क्या है? कोई कपड़ा?

आँखों पर हथेलियों का औंधा मेहराब बनाकर देखती हैं—मेहराब के अन्दर एक पेड़ है, नीम का बूढ़ा पेड़, जिसकी इकलौती टूटी डाल से झूल रही है कोई लाश!

पहली बार नई-नई आई थीं और मास्टर साहब ने दिखाया था।

तब मन-ही-मन झुँझला पड़ी थी—'कहाँ, मुझे तो कोई लाश-वाश नहीं दिख रही।' आज भी नहीं दिखी। खबर पाकर पंकज दौड़ा-दौड़ा आया है। उसकी लाशों की सूची में एक लाश ढूँढ़े नहीं मिल रही थी, शायद आज पूरी हो जाए सूची।

"कौन है?"

"कौन?"

"कौ।.....?"

झूलती लाश बोल पाती तो कहती—'मैं, मोतीलाल, इतिहास का विद्यार्थी, अब तक इतिहास के बाहर था, अब अन्दर आ गया हूँ। जितना बन पड़ा, पुरखों के पापों का प्रायश्चित्त किया और इस तरह इतिहास की भूलों का संशोधन भी...! इतिहास में हर बार अपने होने को प्रमाणित करना पड़ता है।'

है न...मैं था, मैं हूँ, मैं अब भी हूँ।

❑❑❑